走出大山的人

揭光保　著

沈阳出版发行集团
沈 阳 出 版 社

图书在版编目（CIP）数据

走出大山的人 / 揭光保著 . -- 沈阳 : 沈阳出版社，2022.11

ISBN 978-7-5716-2809-3

Ⅰ . ①走… Ⅱ . ①揭… Ⅲ . ①纪实文学 – 中国 – 当代 Ⅳ . ① I25

中国版本图书馆 CIP 数据核字 (2022) 第 214706 号

出版发行：沈阳出版发行集团 ｜ 沈阳出版社
（地址：沈阳市沈河区南翰林路 10 号　邮编：110011）
网　　址：http://www.sycbs.com
印　　刷：三河市华晨印务有限公司
幅面尺寸：170mm × 240mm
印　　张：22.5
字　　数：320 千字
出版时间：2022 年 11 月第 1 版
印刷时间：2023 年 3 月第 1 次印刷
责任编辑：周　阳
封面设计：优盛文化
版式设计：优盛文化
责任校对：李　赫
责任监印：杨　旭

书　　号：ISBN 978-7-5716-2809-3
定　　价：98.00 元

联系电话：024-24112447
E - mail：sy24112447@163.com

作者简介

揭光保：1953年6月生，江西南昌市新建区人。系中国楹联学会会员、江西省作家协会会员、南昌市作家协会和南昌民间文艺家协会会员。著作有：报告文学集《倚天长剑》《铁警神剑》《乘风扬剑》；文学作品集《潜心铸剑》；理论文集《西昌论剑》；通讯报道集《崇文尚剑》；文史著作《揭姓史话》《中国赣菜新建味道》《大公坛》；传记文学《揭傒斯传》；历史小说《皇姑传奇》《西山剿匪》《揭猛传奇》《揭子演义》；长篇报告文学《匹夫之歌》等。

一位农家子弟的人生奋斗足迹

主人公饶贵生

序

郑克强

巍峨的武夷山耸立在中国的东南部，山麓西面的江西境内有一个闻名遐迩的蜜橘之乡——南丰县，这里栽培的蜜橘自唐朝开元年间开始就为皇室贡品，被斯大林誉为“橘中之王”，是国家地理标志产品和中国名牌农产品。我的朋友饶贵生就是从这里的大山走出来，他抱着南丰蜜橘一样的人生信条——“不求最大，但求最好”，在奔向人生大海的征程中，演绎了一曲曲精彩的创业之歌！

贵生虽然小我几岁，但也基本可算同一时代的人。新世纪初，我们在南昌高校新区建设过程中相交相识，深为他不平凡的经历感慨，也为他充沛的热情感动，更为他取得的一桩桩业绩感佩。这个从赣抚平原飘洒着橘香的红色土地上走出的汉子，似乎浑身总有一股使不完的劲儿，给人留下深刻的印象。

贵生 1954 年出生，生在新社会，长在红旗下。自幼勤奋好学，有幸在改革开放之初 1978 年考入江西财经学院（今江西财经大学），并于 1982 年 7 月毕业于贸易经济系贸易经济专业，获经济学学士学位。大学毕业后，他毅然下基层，担任南丰县供销社副主任。1985 年，贵生带领 7 名干部到当地比较落后的三溪乡扶贫。通过深入走访群众，发挥当地资源特点，摸索出一条全面振兴三溪经济的新路子。他在三溪乡任党委书记期间，形成了“讲直的、干实的、来快的”办事风格，在与当地群众的共同努力下，三溪乡迅速摘掉了“穷帽子”。

20 世纪 80 年代末，饶贵生先后担任抚州地区外贸局副局长、局长，曾引进抚州地区第一家中外合作企业。突出的工作业绩引起了上级领导部门的重视，1996 年 3 月，他被调入省外贸部门工作，担任江西省纺织品进出口公司总经理。在改革开放的大潮中，饶贵生以敏锐的市场眼光，宽阔的国际视野，形成了“抢抓机遇、敢为人先、不怕困难”的工作理念，积累了丰富的管理经验和提升了组织领导能力。

2001 年年底，饶贵生转战教育领域，担任江西省对外经济贸易学校校长。他抢抓机遇，和学校一班人马在瑶湖之畔开启了新校区建设的艰难历程，其间的酸甜苦辣不与其共事者真的很难体会。“十年磨一剑”，2003 年经教育行政主管部门考察评估，终于使学校升格为高职院校——“江西外语外贸职业学院”。这是贵生人生道路上攀登的又一个高峰。为了学院的发展，他倾注了大量的心血，始终以高度的责任感、强烈的事业心、饱满的热情、旺盛的斗志投身于工作之中，做出了积极贡献。十几年来，学院发生了天翻地覆的变化，实现了跨越式发展：在校生规模达到 15000 人，各项重要指标翻了 10 倍，外贸学院凭借其鲜明的办学特色，严谨科学的管理模式，中西合璧的美丽校园，深受社会称赞和好评。办学综合实力在全省乃至全国商务系统同类高职院校中名列前茅。

《走出大山的人》一书就要出版了，通读一遍，是一部很好看的纪实性文学作品。然而，在聆听作者讲述一件件往事的同时，思绪又不可避免地被拉向已经渐行渐远的奋斗岁月。那字里行间再现的真实故事情节与秉持的客观分析态度，分明是在冷静而生动地记载近七十年穿越时空的峥嵘岁月。

《走出大山的人》是一部反映改革开放中干部成长的纪实性书稿，书中主人公饶贵生实际是在对这一重大题材做历史细节的“补充作业”——书中既描写了“事”，也塑造了“人”，里面有许多作者对人生的深刻感悟，也从一个侧面衬托出我们这个伟大时代的鲜明特征，通过其个人经历中的鲜活事例，见微知著，讴歌新时代，展示新变化，反映新进步。相信一定会给读者朋友们以全新的启迪。

是为序。

2022 年 7 月 21 日

（作者系南昌大学原党委书记，管理科学与工程博士生导师）

目录

第一章　寒门生孺子 康都育新苗

一、出生康都

初冬时节，广袤的赣东大地，丘陵起伏，阡陌纵横，松竹摇曳，层林尽染。一排排山垄梯田，晚稻收割后的禾蔸齐整，鸟雀飞舞，觅食遗谷。喜获丰收之后的农民在这农闲日子里，有的在种植油菜、萝卜等冬季作物的旱地上锄草、施肥，有的进山砍柴，持弓狩猎。位于武夷山北麓下的江西省南丰县太和镇康都村，排排农舍，袅袅炊烟，整个村庄沉浸在一片祥和、恬静、舒适的氛围之中。

1954 年 11 月 23 日（农历甲午年十月二十八日），正值小雪节气。虽然时令已经进入冬季，但这天却是风和日丽，令人感觉暖意洋洋。就在正午时分，居住在康都村下街的一户贫苦农民家里，忽然传出一阵婴儿呱呱坠地的啼哭声……

这个降生的婴儿就是本书的主人公饶贵生。

他刚一出生，父亲饶明裕心里乐开了花，非常喜爱这个白白胖胖的儿子，视为掌上明珠。因为饶明裕自己是个吃“百家饭”长大的孤儿，生活极其贫穷，直到 30 岁才娶亲成家。这么大的年纪能够找到老婆，结婚后能这么快就顺利生下一个宝贝儿子，正所谓“大龄得子”，怎能不叫他特别喜爱！在儿子出生后的第二天，他便给小宝贝起了个亲昵的乳名“小弟崽”。时至今日，村上的老年人还都习惯称呼饶贵生的乳名“小弟崽”。

饶贵生的出生地名叫康都村，又叫康都堡、康都圩，在太和镇东南 7.5 公里处，距南丰县县城 30 公里。全村有 200 多户人家，1000 多人口。据清《南丰县志》记载：康都建村时间为952年，即后周太祖郭威广顺二年。康都村“宋时有银场，是乡试所之一，称看都”，后改称“刊都”，至清末，有人以百姓康泰之意且按谐音改称“康都”，此后“康都”之村名沿用至今。

康都村四面环山，远远近近的丘陵连裙结带，绵亘浪漫；大大小小的峰峦婀娜飘逸，龙飞凤舞。康都村有两条小河，一条名叫横路江，穿村而过，发源地是地处武夷山半山腰的源头自然村。另一条名叫东江，是由康杉古道上的梅水桥和红家湾两股山泉溪水汇集而成。尔后，两条江在大陂脑汇合，一路逶迤，穿过石陂下，流经黄井湾，进入丹阳坪上村，注入九曲河，然后一路向前，横跨桑田镇，汇入南丰人民的母亲河——盱江。美丽的盱江发源于与南丰县相邻的江西广昌县驿前镇血木岭东峦，从广昌由南向北蜿蜒而下，流经南丰县境54公里，从南城县汇入抚河，流进赣江，再注入鄱阳湖，最后进入长江水系，然后奔向大海。康都村外成片的山垄水田环围俯临，形成一个天然的盆地，也可算是群山之中的小平原。

康都村坐落在江西省南丰、黎川与福建省建宁三县交界处。距江西黎川县县城38公里，距福建的建宁县县城35公里。村庄沿河而建，东西走向，主街与河流并列而行，分为上街、中街、下街，另一街跨越河流，称之为岭上，与主街构成一“人”字形，就像一个英俊的少年迈开双腿奔向巍峨的武夷山。康都村房屋毗连，成扇状聚结在层峦起伏的卧牛山下。村内有一条小溪汩汩而过，显示着康都村的俊秀与灵动。

康都村地处丘陵山区，依山傍水，群峰叠嶂，绿林耸翠，天蓝水清，风光旖旎。随着季节的交替更换，这里会出现不同的优美景色，令人赏心悦目，难以忘怀。一年四季，空气清新，氧离子甚多，气候分外宜人。每到春天，万木披绿，百花吐艳，人们挥鞭喝牛，忙着春耕生产，山林里不时传出布谷等各种鸟儿的阵阵欢唱声，夹杂着荷塘、水田里不时响起愉悦的蛙鸣声，就像一曲曲美妙动听的迎春交响乐；进入夏季，虽然南方的气候逐渐炎热，但康都地处山区，大部分日子比较凉爽，尤其在早晨与夜晚，使人感到非常舒适，丘陵树林、田野禾苗，到处绿波荡漾，沁人心脾，在这绿色的世界里很容易让你陶醉；深秋，这里天高云淡，满田满垄一片金黄，成熟的稻子沉灿灿压弯了腰，旱地上的南瓜、红薯等硕果累累，到处呈现丰收的景象，身临其境，令人心旷神怡；隆冬，这里与省城南昌相比，日均温度高出三摄氏度，如果遇上下雪天气，屋檐挂凌，池塘结冰，漫山遍野披上圣洁的白衣，各种树木枝上结满冰花，银装素裹，分外妖娆，正如毛泽东《清平乐·会昌》诗词中所称赞的那样：“风景这边独好。”

武夷山巍峨挺拔，莽莽苍苍，奇峰突兀，峭壁神飞，好似一匹由东向西奔驰的骏马，腾云驾雾，黛绿缥缈。武夷山位于康都村的地段有紫蜜峰和百丈隘两座山峰，海拔高度678米。由于山势陡峭，丹霞地貌，受东南沿海台风影响，气候特点是“白天风扫地，晚上月点灯”。500米以上的山坡上没有密林大树，只生长茅草灌木。每年到了冬季，漫山遍野的野生毛栗子挂满枝头，引来大批村民上山采摘。饶贵生小时候也曾多次参与其中，一般每天可以采摘到10斤左右，带回家后晾干炒熟，吃起来香甜可口。在那食品短缺的年代是一种难得的山珍果品，深受人们欢迎。

康都村就像一块镶嵌在赣东山岭丛中的晶莹宝石。尤其是康都村与其相邻的福建建宁县杉溪村，虽然隔着雄浑峻峭的武夷山，但是，自唐宋以来，官府在这里修筑了一条车马驿道，名曰“康杉古道”，把武夷山两边的康都村与杉溪村连接起来，成为江西南丰人们翻越武夷山、往来福建建宁的必经之地。

这条康杉古道，横跨武夷山，长度大约10公里，穿插于崇山峻岭，似长蛇，若葛藤，人行其间，攀岩附壁，游荡于峡谷沟壑之中。由于翻山越岭，坡陡路险，从康都村到杉溪村，一般步行要走3个小时。在康杉古道的最高处百丈隘，有一座酷似城门的“关门”，建立在两峰之间的垭口之上，为石砌拱门。“关门”两边悬崖峭壁千仞，中间幽谷深渊百丈，俯首鸟瞰，青峰翠峦倒映于碧绿的溪水之中，随波荡漾；抬头仰望，天成一线，非方非圆，酷似悬挂于高空的一缕蓝色丝带，丝带边缘的苍松古柏，如同蓝天上飘忽的巧云；举目所及，断崖残壁，犬牙交错，满山灌木，遍峡藤萝，幽深的峡谷中烟腾雾漫，氤氲缭绕，织成了一幅奇异的锦缎。这座“关门”是江西与福建两省的分界点，西北面山脚下是江西南丰康都村，东南面山脚下则是福建建宁杉溪村。据《寰宇记》卷一百一十记载：百丈岭“在县南八十里。高百丈，与建州将乐县分界”。

百丈岭即百丈隘。《清一统志·建昌府一》载：百丈岭“亦名百丈隘，即古刊都银场。旁有石牛洞，在(南丰)县东南六十里。山高路险，外固中宽。唐僖宗时，朱从立知刊都镇务，竖旗山上，因名顿旗峰，后遂据石牛洞为乱，寻败死。明时尝设巡司”。过去，康都村和杉溪村都分别是这条古道上的驿站，在康都这边古道的路途旁，相间建了两座“风雨亭”，以供过往行人途中歇息和避风躲雨。

正因为康杉古道在建国之前以至唐宋元明清以来都是江西南丰进入福建建宁的必经之路，尽管康都村是一个地处江西省边远的普通山村，但千百年来一直比较繁华和热闹。康都每月初一、十一、二十一“当墟”，每到当墟之日，周边村庄的村民都会来康都赶集，建宁县杉溪村及附近的老百姓也会沿着康杉古道来康都市场购物。当时南丰商人用独轮车推着南丰大米到福建建宁换购食盐，许多商人还会在康都的旅馆住上一宿。不知从何年开始，康都村就有麻石铺成的街道，设有邮所、商铺、旅店、饭馆。这里边贸活跃，商贾云集，是个人口较多，百姓相对比较富庶的集镇。数百年来，陆续有不少外地人在康都落户定居。康都村是一个包容性很强的村庄。本地居民以上街的宁氏，中街、下街的唐氏、戴氏、符氏为主。抗战时期接纳了一批来自南昌、抚州的难民，主要居住在下街；20 世纪 60 年代初，三年困难时期收容了一批来自广东兴宁县的灾民，现主要居住在岭上；1969 年响应党和国家的号召，安置了 140 多名来自浙江淳安县新安江水库的移民，居住在康都村入口处唐家坳上。五湖四海人流汇聚，使康都村村民结构与众不同，文化多元化，通过优势互补，取长补短，和睦相处有效促进了康都村的不断发展和繁荣进步。

不仅如此，康都村还是全国著名的“红色村庄”，是红军反“围剿”时的苏区根据地之一。第二次国内革命战争时期，康都村是南丰往来于建宁、通广昌、连黎川的交通要道和战略要地。1931 年 5 月 30 日，红军第一方面军攻占了福建建宁县城，标志着第二次反“围剿”取得决定性的胜利。之后，红一方面军总司令部和总政治部于 6 月 3 日从福建建宁移驻南丰康都村，以毛泽东、朱德等为首的红一方面军临时总前委，6 月份在康都村先后召开了第七、八、九次前委会议和第一次前委扩大会议，这四次会议后来在党史、军史上被统称为“康都会议”。至今，康都村还保留着红军遗留下来的许多革命遗址和遗迹，主要有红一方面军总司令部旧址、总政治部旧址、毛泽东旧居、朱德旧居、总部电台旧址、康都乡苏维埃政府旧址、康都会议旧址陈列室、红军医院、红军井、红军战壕等；在一些土坯房的墙壁上还留有当年的红军标语，如“打土豪、分田地！”“农民起来实行土地革命！”“打倒出卖中国的国民党！”“粉碎敌人围剿红军！”“欢迎白军士兵拖枪过来当红军！”等等。

“康都会议”对南丰、黎川苏区的开辟，对建宁、泰宁苏区的巩固，对红军队伍的建设，尤其是对中央苏区取得第三次反“围剿”的胜利，都具有十分重要的意义，在中国军事和革命史上占有辉煌的一页。

红军在康都村播下了革命种子，留下了浓郁的红色基因。饶贵生就是从小沐浴着红色基因长大的。他在 2019 年回家乡康都探亲时，听说南丰县委要把康都村建设成为爱国主义教育基地，便慷慨解囊，专程到浙江杭州一家雕塑厂，自费 5 万元，定制了一座红军战士持枪站岗姿势的铜质塑像，捐赠给故乡康都。塑像立于红一方面军总政治部旧址前练兵场上。该“红军”铜质塑像高 1.8 米，重达 700 余斤。在塑像底座刻有饶贵生撰写的一首题为《红军颂》的诗歌，既表达了他对红军将士的崇敬与景仰，也包含着他热爱家乡、饮水思源之情怀。

《红军颂》

红军握枪士气高，
安营康都反围剿。
枪林弹雨打天下，
横扫顽敌皆英豪。

“红军”英雄主题雕塑揭幕仪式于 2020 年 1 月 16 日上午在康都村举行，由红军雕塑捐赠者饶贵生和南丰县原政协主席李履才、太和镇党委书记黄科玲、镇党委副书记戴爱军、康都村党支部书记宁武能共同揭幕。饶贵生在揭幕仪式上讲话，表达了对家乡的深厚情谊，深情表示如果没有这康都的山山水水，就没有他今天的成就。他总想着为家乡做点事，也希望家乡的建设越来越好。他说：“康都会议”虽然已过去 80 多年，但红色精神仍然熠熠生辉，这是革命前辈留给我们最珍贵的财富。革命先烈虽然长眠地下，但他们的精神与青山共存，与日月同辉，永远教育和激励着一代又一代老区儿女。我们要永远铭记饶贵生捐赠的红军塑像，没有当年红军将士的流血牺牲，就没有革命的成功，就没有我们今天的幸福生活。在实现中华民族伟大复兴的征程中，我们要继承先烈遗志，传承红色基因，不忘初心、牢记使命，让红军精神发扬光大，世代永传，让家乡人民过上富裕幸福的生活。

饶贵生捐赠的红军塑像

康都村在新中国成立之前非常贫穷，村民们大都是住着茅草盖的土坯房，常常食不果腹、衣不蔽体。新中国成立以后，在共产党领导下，南丰县逐级建立区、乡革命政权和各村的保农会，相继开展剿匪反霸、收缴枪支、征购粮食支援前线、进行土地改革、分田分地分果实、划分阶级成分和镇压反革命等一系列革命运动。到 1954 年 11 月饶贵生出生时，南丰县农村已基本完成社会主义改造，正在酝酿组建农业互助组和农村初级社。

饶贵生家住在康都村下街不知何年所建的一栋砖木结构破旧房屋，该栋房子的名字叫“江家庭堂”。然而，饶贵生的祖辈都不是康都村人，其父亲饶明裕也不是在康都村出生，而是 3 岁时被其母亲从老家带到康都娘家村来生活。饶贵生的祖居地是在距康都 60 里路远的南丰县白舍镇古竹村彭坊自然村，在他父亲饶明裕刚满 3 岁的时候，1895 年出生的祖父饶钦文，因在乱世年代参加“绿林”突遭横祸被人谋害去世。饶贵生的祖母黄氏为了逃命，便带着幼小的儿子躲避到娘家康都村来生活。

二、贫寒家世

饶贵生的父亲饶明裕（别名饶憨仂）是在苦水里泡大的。其父亲饶钦文去世之前，生了两个儿子，一个是 3 岁的饶明裕，还有一个 1 岁的小儿子，那时饶明裕外婆家里也很贫穷，突然增加幼儿寡母三个人生活，其寒苦困窘可想而知。祖母黄氏看着自己两个幼小的儿子，心想娘家原本就一贫如洗，再添加自己和幼儿三人，长此下去生活怎么过呀？祖母经常为此忧愁得泪流满面，哀叹自己命苦。一年之后，在好心人介绍下，祖母为了减轻其娘家人的生活负担，便把大儿子饶明裕托付给她的母亲抚养，自己带着小儿子，告别娘家各位亲人，远嫁他乡去了，未料这一走，便成了永别。饶贵生长大后才听人说，祖母很不幸，改嫁后不久，那个小儿子突然患病夭折了，可怜的祖母每天以泪洗面，后来也身患重病而撒手人寰……

饶明裕尔后便成了一个名副其实的孤儿。他从小寄养在外婆家里，外婆对他既怜悯同情又疼爱呵护。饶明裕从小就很懂事，也很争气，他自幼年开始就咬紧牙关拼命劳动，放牛、上山砍柴，下水捉鱼，每天起早贪黑地干活。由于他非常能吃苦，总是一身泥水一身汗地摸爬滚打，不知从何时起，他的右脚患上了血丝虫病，长年溃疡流脓水。在那贫穷落后、缺医少药的年代，一直无钱治疗，留下了终身残疾，给他的人生带来了极大的痛苦，尤其是下水田劳动非常艰难。

常言说："穷人的孩子早当家"，生活逼迫着饶明裕从小就独立思考和面对人生。他生性聪颖乖巧，为了求生存，不仅在劳动中不怕苦不怕累，而且人小志气大，不怕穷不低头。他很小就想着自己的生活不能等待别人施舍，要靠自己去争取和奋斗。想要什么，都得靠自己去努力。他懂得，人生在世就是一场磨难经历，只有尝尽酸甜苦辣，才会苦尽甘来。人必须有志气，要靠奋发努力创造幸福，不论结果是喜是悲，总不枉在这世界上拼搏了一场。

为了不给外婆家里添麻烦，饶明裕 10 来岁时就四处给人做短工。先是替人放牛及帮人做一些简单的农活，以此赚饭吃；到了十四五岁，便开始寻找大户人家打短工干农活，凡是正式劳动力能干的活他都扛起来干。渐渐地，除了赚饭吃以外，也能赚点工钱。他就这样在十分苦寒的日子中煎熬，尽管非常勤劳，但是遇到灾荒年，还是经常吃了上顿没下顿。

由于饶明裕干活非常勤劳卖力，那些需要请短工的人家都喜爱雇请他。无论谁家，只要有人请短工，他都会去做，虽然收入微薄，但总比饿肚子、要饭强。尽管他的右下腿长期患病溃烂，干重农活不大方便，算不上很强的劳动力，可是人们都知道他为人厚道，很能吃苦，干活舍得卖力气，对各种农活也很娴熟，做事能让人放心，因此很多人都乐意雇请他做短工。许多年来，饶明裕记着外婆去世前对他说过的两句话："人穷志不穷""吃得苦中苦，做得人上人"。后来，他不仅在同类打短工者中出类拔萃，被人雇请的日子最多，相对比别人赚的工钱也多一些，由此解决了生活中的基本困难问题，同时他在打短工的过程中也经受了磨砺，各项农活都做得又快又精，算得上是村里的一把好手。虽然家徒四壁一无所有，但他吃苦耐劳，苦难的日子总算年复一年熬过来了。

饶明裕平时生活十分俭朴。他知道自己的未来还有很多大事要做，打算先攒钱建一栋像样的房子，以便结婚成家。因此，他一方面拼命干活赚钱，另一方面特别注意节俭，能省的地方尽量省，积少成多，聚沙成塔，盘算着有机会就娶妻生子，为父母亲、为祖宗争一口气。他勤劳苦干，省吃俭用，生活逐渐有所好转，但由于当时的环境和条件所限，变化还是不大，快 30 岁了一直打着单身，没能娶亲成家。

南丰县自从 1934 年红军长征离开以后，苏区遭受国民党反动派的残酷镇压，广大农民重新生活在水深火热之中。直到 1949 年 8 月 17 日全县解放后，贫苦农民才翻身当家作主人。饶明裕同康都村的广大村民一同欢庆翻身解放。

刚刚获得解放的康都村，由于传承着红军闹革命的红色基因，在共产党领导下开展收缴枪支、除奸、反霸、征粮、建立革命程序、进行土地改革等各个阶段的革命运动中，广大农民群众都紧跟共产党，配合新生的红色政权进行各项革命运动，群情非常振奋。因此，康都村迅速建立起了人民政权，很快恢复了革命秩序，土改工作搞得如火如荼。

农村轰轰烈烈的土地改革运动结束以后，广大农民非常珍惜地经营着自己所分得的土地，不误农时进行耕种。那时候农村都是各家各户单干，农业生产对于抵御重大自然灾害确实没有能力。因为那时农村水利设施很差，缺乏电力和机械化，严重地阻碍了农业发展。于是，农民自发地成立了互助组。后来相继又转成了合作社。

饶明裕虽然没上学读过书，目不识丁，但他由于出身贫苦，对共产党派进村来的工作干部所宣讲的革命道理很容易接受，对翻身解放表现出极大的激情。他坚决支持新生的红色革命政权，积极配合区、乡干部组织开展各项工作，很快，他被吸收为一名保农会干部。成立互助组以后，他担任一个互助组的组长，到后来成立人民公社，他还当了几年生产队长。

按照农村当时的风俗和规矩来说，饶明裕在康都村算是一个“外来户”，但他由于心肠好、品德正，在村里，大事小事都吃得起亏，乐于助人，虽然自己贫穷不堪，但乐善好施，每当看到某些方面需要帮助的对象，他都会“不请自到”，主动帮助别人。因此他从小就在康都村赢得了上上下下的称赞，人缘特别好，许多人都愿意与他合伙共事。

1953 年冬，康都村疾风暴雨式的土改高潮过去了，村民们慢慢平静下来，忙着搞自己的生产、生活，安心居家过日子。村里有一个因前夫被人民政府镇压后独守空门、时年 28 岁的寡妇刘招金，此时上门前来给她提亲说媒的人络绎不绝，介绍她嫁到别的村庄去。据说当时刘招金已基本确定改嫁给邻村一个家庭条件比较好的男人。

村里人纷纷议论，有的说：刘招金这么年轻，总不能长期守寡，再婚改嫁是合情合理的；有的说：她要嫁人本是理所应当，谁也没有权力阻拦，但是我们康都这么一个 1000 多人的大村庄，有好几个 30 岁上下的单身汉，与刘招金配得上，她如果能留在本村改嫁，大家都知根知底有多好。

村里几位德高望重的老族人也非常关心此事，便凑到一起商量起来。有一位辈分高、年纪大的长者名叫朱云娥，人们都尊称“云娥婆婆”的女族人，住在刘招金家附近，对刘招金比较熟悉也很关心。云娥婆婆说：我们康都村什么后生、汉子都有，她要是改嫁在康都，就可解决本村一个单身汉的娶亲问题，何必要嫁到外村去呢？我们要想办法让刘招金留下来嫁在本村。刘招金嫁到康都来已有 10 余年了，大家对她比较了解，知道她心地善良，为人宽厚仁慈，待人诚恳真挚，肯急人危难，愿周济贫困。四邻八舍，亲戚朋友，只要有困难，无论求与不求，她都慷慨解囊相助，是一个很贤惠、很正派的好女人，这样的女人应当留在我们村里。另一个老族人曾凤娇阿姨接过云娥婆婆的话说：对嘛，古话讲得好，“肥水不流外人田”，她要是改嫁在我们康都村该多好，一来对本村有利，能够解决一个单身汉的婚姻难题；二来对她本人也好，在康都人熟地熟，生活、劳动都融洽；三来，对她已生下的几个小孩都好，在康都村心里踏实，便于养育成长。还有一个老族人姚伇大婶说：嫁给谁合适呢，听说刘招金原本是白舍苦竹刘村一个秀才人家的千金小姐，知书达理，人也长得灵秀，若是介绍一个太差的，与她不相配，以后吵吵闹闹也麻烦。第四个族人想了想，说：住在下街的饶明裕比较合适，他虽然没有文化，但人长得五官端正，生性聪明，头脑灵活，又勤劳，能吃苦，尤其是他为人很不错，德行很好。所差的是家里太穷，还有就是饶明裕的脚有点毛病。云娥婆婆听了，口气肯定地说：可以呀，饶明裕家里穷算什么问题，现在土改了，他也分到了土地和农具。有道是“十穷怕九做”，只要勤劳肯干，还怕穷吗？至于他的脚那点毛病也不要紧，又不是不能劳动，怕什么。曾凤娇阿姨也表示完全赞成。

云娥婆婆等几个老族人又商量了一阵如何做通刘招金和饶明裕双方思想工作的办法之后，于是分别找刘、饶二人进行沟通，做劝说工作。

刘招金见村里几个有威望的老族人尤其是云娥婆婆上门来郑重其事找她说亲事，心里慌乱起来。听了几位长者说的来意，她起初很有些反感，心想：“新社会主张婚姻自由，我没了老公再婚嫁人难道还要阻挠不成？对于我嫁到哪里、嫁给谁，你们管得着吗？”后来，在几位老族人心平气和、循循善诱的开导下，她慢慢改变了态度，觉得他们的话有道理，是关心自己。心想：“是啊，我已经是生育了三个子女的女人，虽然二儿子在长辈的撮合下过继给了本家的伯父；那个八个月大的小女孩也已经抱送给了福建人抚养，这两个孩子不用我操心。可是大儿子戴传道还只有9岁，是完全要靠我抚养的。如果继续在康都村生活下去，脚踏实地土生土长，不会有外人歧视。但是，嫁到别的村庄去了那就不一定，假使那里的人宗族观念强，牛角往里弯，那大儿子将来受人欺负就可怜了。再说，我也只是听媒人介绍对方如何家庭殷实，那个男人究竟好不好，性格等方面与自己合不合得来呢？我还没见过面，心里没有底。刚才族人介绍的本村人饶明裕，自己倒是有些了解，为人确实不错，不仅精明能干，勤劳朴实，而且慷慨大方，乐于助人，与乡里乡亲都很融洽。然而，他毕竟是一个孤儿，无依无靠，又家徒四壁，一贫如洗，另外，他的右脚还有点毛病。”想到这里，她的心里充满着矛盾，感到很纠结……

饶明裕这边，几位老族人找他说明原委之后，他想：刘招金出身书香门第，父亲还是一个秀才，长期当私塾先生，在本地有名望。她从小受家庭环境的熏陶和父亲教诲，识诗文，懂礼教，人也很贤惠，身材小巧玲珑，长相天生丽质，性格温柔善良。俗话说：娶好一门亲，子孙三代兴。虽然刘招金已生了三个小孩，但她年龄还不大，比自己要小两岁，正合适。再说，自己这么贫穷，家不像个家，要不是翻身解放，谁愿嫁给我呢？想到这里，饶明裕便毫不犹豫答应了下来。

在几位老族人的释心撮合与左邻右舍的反复规劝和执意挽留下，刘招金终于选择留在康都村，愿意与饶明裕结婚成家。于是，在 1953 年农历腊月初八，两人结了婚，组建起了新的家庭。

三、父亲取名

饶明裕自从结婚以后，心里非常高兴，更加勤劳实干，处处关心、体贴妻子。刘招金虽然经常为自己起起落落的遭遇和变故而多愁善感，但又庆幸嫁给了饶明裕这么一个理解她、关心她的丈夫，她那原本受伤的心灵得到了抚慰，渐渐地，本性温柔、善良的脸上有了笑容。

转眼到了 1954 年的冬至，虽然已是隆冬季节，但由于连续多日天气晴好，赣东南的气温在江西算是比较高的，地处丘陵山区的康都村，早晚温差比较大，白天太阳出来以后蛮暖和，夜幕一降临便确实有些寒冷。

这天上午，在饶明裕的土砖木屋面前场地上，围聚了村里老老少少一大群人。一来，饶明裕买的这栋旧房子虽然有些窄小，但屋前场地面对着太阳，且又避风，冬日只要天晴，就会有不少人坐到这里晒太阳、聊天。二来，今天的日子非同寻常，是饶明裕结婚后生下第一个儿子小弟崽的“满月”日，几个亲戚一大早就赶来参加他儿子的“满月”酒席。屋前场地上已经摆好了几张从邻居家里借来的八仙桌和木板凳，聚集了一群亲朋好友，非常热闹。

饶明裕家里一贯比较贫穷，但是解放后，尤其是近三年以来，他把土改分到的几亩田地耕种得非常精细，种下的水稻以及旱地作物都特别好，年年丰收。本来，江南数省当年都涨大水，绝大部分滨湖沿江地区遭受严重的洪涝灾害，甚至有不少地方颗粒无收。而南丰县是丘陵山区，虽然有一条盱江穿境而过，但流经南丰的盱江，大部分河面比较宽，水流出得快，南丰县遭洪水灾害的地方很少，康都村没受到洪灾影响。相反，涨水之年雨水多，丘陵山区的年景就好，庄稼收成也就好，因此，饶明裕家这几年的生活明显好转。他深知自己能结婚生子，一是感谢共产党领导人民翻身解放；二是感谢康都村的父老乡亲收留他这个孤儿，关心、帮助他组建起了像样儿的家。半个月前，饶明裕就跟老婆刘招金商量好了，要借儿子“满月”之机，摆几桌酒席答谢关心和帮助过他们的老族人、亲朋好友和左邻右舍。

中午时分，酒席在一阵鞭炮声中开始了。坐在首席座位上的是村里颇有名望的云娥婆婆等老族人和一位十里八乡闻名的李先生。这位老先生年逾古稀，银须白发，红光满面，精神矍铄，性格开朗，心地善良。饶明裕自己虽然没有读过书，但他知道读书识字的重要。他听妻子刘招金说过，她的父亲与这位老先生相识、相交有年，关系很好，所以，他今天把这位老先生也请来喝酒。

饶明裕依次敬了满堂客人一杯酒之后，接下来便是同桌人互相敬酒，你要我喝，我劝你饮，那场面，那氛围，欢天喜地，热闹非凡！

酒过三巡，菜过五味，那位多年教私塾的李先生笑呵呵地举起酒杯，一口饮干小半杯糯米酒，然后放下筷子说：“明裕呀，都说你的这个儿子长得好，能否抱过来给大家看看？”

饶明裕满脸堆笑地赶忙进屋去叫老婆抱儿子过来。不一会儿，刘招金抱着小弟崽出来了，很多人自然争先恐后地围拢过来，不停地说着称赞的话。

老先生先是端详着他老友的女儿刘招金。刘招金未出嫁之前，他在刘家村老友家里不止一次见过，早就知道老友这个女儿长得秀气，没想到刘招金现在年近三十，依然丽质玲珑。老先生虽然心中惊叹，但碍于身为先生本能的尊严，并没有夸出口。他笑眯眯地仔细打量起抱到他跟前来的婴儿“小弟崽”，只见这男孩五官端正，天庭饱满，方头大脸，眼珠黑亮，鼻梁高挺，耳朵宽厚，看身骨架子也比较大。老先生懂得面相知识，因此看得特别仔细。他发现婴儿左眼的眼珠角上有一粒芝麻大的小白点，老先生明白，这个小白点按相书说的叫作“洞察秋毫痣”，相当于长了第三只眼睛，将来善于观察人情世故。老先生还发现婴儿左耳的耳廓内长有一颗肉痣，按相书说法，耳朵主福，知福看耳，耳廓犹如蚌壳，耳廓内的肉痣就是珍珠，叫作“金蚌藏玉珠”，意味着这个婴儿长大后会富贵双全，前途远大，一生幸福。

老先生端详了一阵婴儿之后，对众人说：“饶明裕这个儿子长得很不错，真是‘寒门生贵子’‘山区育壮苗’，这个孩子将来会很有出息，一定是个衣食无忧、富贵幸福之人”。

众人爆发出一阵欢呼叫好声。

其实，那天中午刘招金刚产下婴儿，疼痛还未平息，接生婆把婴儿擦洗干净、用备好的小棉被把婴儿包裹好，放进刘招金头边被子内，悄声对刘招金说：“恭喜你生了个‘贵子’。我刚才在给婴儿擦洗时发现，你儿子左眼珠角上长了一颗白芝麻痣，又在左耳廓内长了一颗肉痣，这是富贵之人的象征。恭喜、恭喜！”

“满月酒”结束之后，很快，春节就要来临。饶明裕虽然家里还不宽裕，且自己已经生了个儿子，但是，他把妻子刘招金带来抚养的前夫所生的长子戴传道看得跟自己亲生的儿子一个样。戴传道到现在只有 10 岁，但这孩子很懂事，饶明裕已带养了一年多，也带得很亲，叔叔长、叔叔短的，特别亲切可爱。眼下要过年了，饶明裕记着给这个大儿子戴传道买新衣服，在腊月二十三，即是过小年的头一天，他一早就动身，走了六十多里路，专门赶到南丰县城给戴传道买了一身绒衣绒裤和一件蓝色上身外套，同时也买回来了一些年货和春节拜年用的小礼品。

刘招金抚育小孩有经验，把小弟崽带得很健康，加上她的奶水也好，很养人，小弟崽一天天长大，健健康康。满了四个月之后，更加活泼可爱，虎头虎脑的，一双黑眼睛骨碌碌转，东张西望，见人就笑，很讨人喜欢。刘招金虽然生了几个儿子，但她更疼爱这个小弟崽，觉得小弟崽特别乖巧、灵活，尽管还不会说话，但大人向着他说要做什么，他好像听得懂似的，能领会到大人的意思。饶明裕呢，对小弟崽真是疼爱得无法形容。也难怪，他由于贫穷，熬到 30 岁才娶妻成家，结婚仅一年就添丁生了这么个宝贝儿子，且又长得这么可爱，要说多高兴就有多高兴。

轻松、喜悦的日子过得飞快，不觉 1955 年的冬季已经来到。小弟崽快到 1 周岁，能放手单独站立走路了，且已经牙牙学语，会喊爸爸、妈妈和哥哥。不过，他喊叫的可是当地的方言“呀呀”（爸爸）、“姆妈”（妈妈），还会说几个简单的词，如“我要”“不要”“冷”“好”等等，但吐音还不够清晰。更为可爱的是，他不喜欢大人给他喂粥、喂饭，这么小就从母亲手里抢碗自己用匙子挑着粥、饭往嘴里送，还吃得有模有样，这可乐坏了饶明裕、刘招金夫妻俩。

等到 1956 年的春节来临，小弟崽已 2 岁多了。刘招金青少年时期未出阁之前是个闺中小姐，在当私塾先生的父亲身边读书识字，学了不少文化知识。她见小弟崽如此聪明伶俐，便开始教小弟崽背《百家姓》。刘招金听父亲说过，《百家姓》是一本启蒙教材，旧社会人们读私塾，读的第一本书就是《百家姓》。刘招金像教唱歌那样教儿子读，分四句为一段，反复地领读，她念一句就引领小弟崽跟着她念。“赵钱孙李，周吴郑王。冯陈褚卫，蒋沈韩杨。”小弟崽的记忆力特别好，接受能力很强，加上《百家姓》朗朗上口，读起来有节奏、有韵味，他只要反复读上几遍，就能一字不漏地背出来。刘招金满心欢喜，紧接着教小弟崽诵念下一段：“朱秦尤许，何吕施张。孔曹严华，金魏陶姜。”这样坚持每二三天左右教小弟崽读一段新的内容，不到三个月，就把 142 句、总共 568 个字、504 个姓氏的《百家姓》全部念熟了。母亲刘招金没有教他逐个字怎么认、怎么写，但能够背诵出全文，已经非常不错了。

接下来，刘招金便依次教小弟崽读诵《三字经》和《千字文》，也是分几句一段循序渐进地教他，到这年的中秋节，已经能背出《三字经》和《千字文》中的许多句子。再往后，刘招金教小弟崽读诵唐诗宋词，并开始教他看图识字。什么李白的“床前明月光，疑是地上霜”呀，什么王之涣的“白日依山尽，黄河入海流”呀，等等，小弟崽就像唱歌似的，按照词组的节拍摇头晃脑唱，没教上几遍就背得滚瓜烂熟。只满 3 岁，就能够背诵十几首诗词。在母亲的辅导下，他还能看图识字呢！

不仅如此，小弟崽的好奇心特别强，玩耍时遇到新鲜的事情感到好奇，就问身边的大人。3 岁过后，父母亲带他玩的时候，他看到什么事物都会问“为什么”，经常向父亲或母亲提一些问题。夏天的晚上，屋前场地上摆着竹床乘凉，望着天上密密麻麻满天的星星，他就来掰着小指头算，“一个、两个、三个、四个……”算错了就重新算过，算了几遍还是算不清，就气得哭起来。起初，刘招金见小弟崽突然莫名其妙地哭了就过来逗他，问他哭什么，小弟崽告诉母亲：他在数天上的星星，数着数着就数乱了。刘招金便耐心对他说：一是天上的星星太多太多，大人都没有谁数得出来，你一个小孩子怎么数得清呢？二是天上除了星星还有云彩，你白天不是看见了吗，有白色的云，有蓝色的云，有灰色的云，还有黑色的，晚上看云的颜色不清，但云会走动，风吹着云走，有时候云把星星挡住了，你就突然看不见了，一会儿云飘走了，星星又出来了，你怎么能数得清呢？小弟崽非常认真地听着妈妈的解释，脸上依然显出迷茫，还是似懂非懂。不过他不再哭了，现出一脸的天真，像是在思考着什么。

这年的中秋节，饶明裕一家四人吃过晚饭之后，坐在屋前场地的竹床上乘凉，刘招金看着正在吃月饼的小弟崽，若有所思地对饶明裕说："你看小弟崽一天天长大，再过几年就要上学读书了，总不能一直叫个乳名吧，应该给儿子再起一个大名。"饶明裕觉得老婆言之有理，便说："招金，我不识字，你有文化，你就给儿子取个名吧。"刘招金推辞说："不行，我晓得规矩，儿子的名字是要父亲取的，还是你取为好。"饶明裕见妻子硬要他给儿子取名，便皱起眉头，脑子里突然想起给儿子办满月酒时，那位老先生说的"寒门生贵子"的话，转念又想起村上有个邻居的儿子沈贵生，比自己的儿子大四五岁，长得眉清目秀，个子高大，身体健康，也很聪慧机敏，非常可爱。饶明裕经常在心里自语："要是我的小弟崽能像沈贵生这样长大就好了。"想到这里，他对自己说，他的儿子叫沈贵生，自己的儿子就叫饶贵生吧。于是，他就借用这个邻居儿子的名字，给儿子取名饶贵生。想好以后，他便对妻子刘招金说：俺儿子的名字也叫"贵生"行不行？

刘招金听了，高兴地说：行呀，叫"贵生"好，既好叫又好听，含意更好，叫"贵生"是贵人的意思，将来一定会富贵幸福有出息……

四、童心好奇

1958的秋天，赣东大地秋高气爽，漫山遍野瓜果飘香，满田满垄稻谷金黄。人们说，康都村从表面看是地肥林茂环境好，实际上是风水好，这话确实不假。

你看，康都村背靠东北婆娑壮丽的冬瓜山，面朝东南浑厚雄伟的武夷山，村前一条汩汩流淌汇入盱江的小溪。站在村庄前面举目远眺，层层梯田飞金流黄，白练盱江流水奔腾，迤逦丘陵青岚如烟，放牧孩童踏歌而行。凝神注视，宛如一幅秀美娇艳的山水画，使人觉得心醉神迷，胸襟豁然开阔。尤其是村西边人们惯称“水口”的地方，三面耸立着大小五座山峰，就像仙女湖天池沐浴归来的五位仙女，亲如同胞姊妹，排列成弧形相拥而立，环抱着一个小盆地，朝向康都村庄东北角的峰峦之间隔着一个狭窄的隘口。站在冬瓜山峰看水口，水口里面的小盆地，犹如一个盛珠装玉的聚宝盆。康都村的“水口”与附近相邻的杭山村后龙山和樟坊村马鞍山遥相呼应，不仅形成锦丽秀美的风景，而且吸引着古时的风水先生赞不绝口地道出此地属风水宝地之秘谣：

杭山的后垄樟坊的鞍，
康都的水口不用看，
若是三项并一项，
衙门的官员出一半……

在这个秋天，小弟崽已不“小”了，他当上哥哥了——母亲生下第一个妹妹桃容……

说他不小，那是玩笑话，当不得真，小弟崽毕竟还不足4周岁，充满着天真和稚气。不过，他那好奇心更加明显和突出，看见什么事物都感到好奇，总爱问个为什么，而且总是“打破砂锅问到底”，非要问出个来龙去脉不可。例如，晚上看见月亮，小弟崽就问母亲：月亮为什么晚上才出来，白天怎么看不见？听了母亲在哄他睡觉时给他讲嫦娥奔月的故事，他就问母亲：人们能到月亮上去吗？母亲说：“普通的人不能，只要你以后好好读书，学到了科学知识，你就能到月亮上去。”小弟崽听了母亲的话，一本正经地回答母亲说：“好，我一定好好读书。”

冬天来了，一天上午，小弟崽跟着母亲到村前水塘里洗衣服，他突然想起在春天里，听到这口水塘有不少青蛙“呱呱”叫，现在怎么没有青蛙叫呢？便问母亲：青蛙怎么在春天叫，冬天听不到叫呢？它们跑到哪里去了？问得母亲望着他笑，他却拖住母亲洗衣服的手，要母亲告诉他。他的性格就是这么好强，他想知道的事问你，你如果不马上回答他，他会缠着你不罢休。还有一个夏天的晚上，他和几个小朋友趁着月光在外面玩，回家的时候，带回了不知从哪里捉到的一只萤火虫放在竹床上，专注地盯着萤火虫一闪一闪发光的肚皮。盯了好一会，见父亲过来了，便问父亲：这只虫的肚子为什么会发光？父亲只知道这个虫子名字叫萤火虫，并不知道它的肚子为什么会发光，因此，只回答了这个虫子的名字。小弟崽却不满意，生气地闹着说：“不行，你没告诉我它为什么会发光。”这时母亲刘招金正好忙完了厨房洗刷拾掇的活，听见父子俩正在吵闹，便走过来告诉小弟崽说：“妈妈知道这个萤火虫为什么会发光，这个虫子呀，跟其他的虫子不一样，它的肚子里面的脂肪是一种磷，磷在白天光线强的时候看不见它发的光，到了夜晚天气黑暗的时候才会看见它肚皮内的光。为什么会一闪一闪呢？人的肚皮在呼吸空气的时候是不是一起一伏的？那一闪一闪就是萤火虫呼吸空气造成的。”小弟崽对母亲的回答十分满意，尽管他根本不懂得磷是什么东西，磷又为什么会发光，但母亲说明白了这个虫子的肚皮是因为有磷才会发光的道理，所以，他高兴得抓起那个萤火虫，把它的肚皮翻向上面，又仔细盯着看……

小弟崽的好奇心就是这么强，看到什么没见过的东西都想知道，而且从小性格就非常倔强，他问你的问题，你不回答出个子丑寅卯来，他会缠着你闹个没完。这可苦了他的父亲，饶明裕从未读过书，没有文化，对好些事物只知其然不知其所以然，很多事情只会做，说不出个道道，因此老是被儿子问住。这也许是后来父亲要逼着儿子上学读书的一个原因吧。母亲刘招金从小在她父亲身边学习文化，看过不少书籍，对儿子所提的问题都能耐心回答，因此，小弟崽总喜欢向母亲问这问那。

随着小弟崽渐渐长大，母亲刘招金便开始教儿子读诗词。毕竟儿子还太小，不认识字，也还不懂得诗词里面的意思，解释了他也理解不了，母亲就按照诗词字节词组的节奏教他诵、教他背，有时候母亲也教小弟崽学唱儿歌。夏夜，每当皎月当空，满天星斗，母亲就会叫儿女们坐在自己家门口的大石头上一起赏月、数星星，这时小弟崽就会拖着母亲教他唱儿歌，真是其乐融融。那些儿歌的歌词虽然旧俗，但含义还是蛮深刻，有一定的教育意义。饶贵生至今清楚地记得，母亲教的有几首儿歌对他的启发很大，很有激励作用，使他终生难忘。其中就有母亲教他学唱的关于月亮的儿歌：

月光光，水汪汪，
打开窗户洗衣裳，
洗得衣裳雪雪白，
打襟哥哥去学堂，
去学堂，上金榜，
中得状元回家乡……

再如母亲教他学唱星星的儿歌：

星里崽，夜夜来，
外婆叫你寄信来，
什里信？河信；
什里河？银河；
什里银？金银……

小弟崽的父亲虽然不会教他背诗呀什么的，可会讲笑话（民间故事），他虽然没有文化，不认识字，但是他记性特别好，平时听别人讲过的故事，都记得很清楚，全部能够“现买现卖”讲出来，甚至还能添油加醋，绘声绘色加以发挥，比别人讲得更好听。他见小弟崽喜欢听笑话，便经常在晚上给小弟崽讲，什么妖魔鬼怪，什么神仙皇帝，什么牛魔王、白骨精，什么八仙过海、七姐下凡、牛郎织女，等等，这些神话故事都是饶贵生小时候十分喜爱听的。

小弟崽天真烂漫地成长，对大自然、对天文地理知识怀着一颗强烈的好奇心和求知欲，仔细地观察、体验、模仿、学习。母亲教他学唱儿歌，他很感兴趣，没学几遍就唱会了，一个人单独能完整地唱出来，虽然稚声稚气的，但是唱得有腔有调。他的母亲望着这样乖巧聪明的儿子，总是喜上眉梢，打心眼里高兴。

小时候，村里人吃饭用餐经常端着饭碗到门外吃，与邻舍们边吃边聊天，当地方言叫“走家吃饭”。小弟崽打从四五岁起，就喜欢凑热闹，几乎每餐饭都端着饭碗到聚集着吃饭人的地方去吃，一边吃饭一边听大人们闲聊。“走家吃饭”成为他的一种生活习惯和爱好，有时也遭到父母提示和批评，到外面吃饭，尤其冬天饭菜容易冷掉，吃了对身体不好。

那时农村里的生活非常单调，村民大都生活贫穷，衣服不足。冬天比较寒冷，山区柴火多，遇上刮风下雨，尤其是下雪的天气，不少人家就会在厅堂烧一堆树蔸柴火，大人小孩都围着烤火取暖。饶明裕是个勤快人，平时砍的柴比较多，堆在屋侧边一大长堆的茅柴，也有不少树枝、树棍、树蔸、硬柴（方言称“霸柴”），所以每到寒冬腊月，他家就会拿硬柴在厅堂里烧一堆篝火，村里许多大人和小孩也来他家烤火取暖。他们一边烤火一边聊天，天南地北，无所不谈。有时说笑话，讲故事，主要是讲过去的人怎样读书，怎样考中状元，讲某村谁在外面做生意赚钱、某地谁考中了举人、进士，更多的是讲神仙和妖魔鬼怪的故事，什么断头鬼、阴曹地府，什么狐狸精、猪婆精等等，小弟崽听得很害怕。当他听到有人讲孙悟空三打白骨精时，虽然也是神话、鬼怪故事，他却不怕，听到精彩处，还情不自禁地鼓掌说：“打得好！打死那个白骨精！”当听到有人讲武松打虎的故事，他也一本正经地称赞说：“武松了不起！是个大英雄！”

有时候在家里烧火取暖，只有全家大小围着火堆烤火，小弟崽也会拖着父亲给他讲故事。饶明裕就会把多年来在外面听到的故事讲给小弟崽和其他子女听，什么薛仁贵征东，罗通扫北，薛刚反唐，什么刘备、关羽、张飞桃园三结义，什么孔明借箭，什么刘备借荆州有借无还呀、孙权赔了夫人又折兵呀，等等，父亲讲得绘声绘色，小弟崽听得出神入化。父亲曾经讲过的一首刘备过江招亲的顺口溜诗歌：“刘备过江去招亲，保驾将军不离身。喝了孙家的招亲酒，生到太子抱回家。”现在仍然记忆犹新。他听了一个，还要父亲再讲一个。总是没完没了地缠着要父亲再讲，有的地方没听明白，也要父亲再讲一遍解释给他听。这些故事对小弟崽的成长起了很好的启蒙教育作用。

从小弟崽出生后的第二年起，村里人逐渐地三五户、七八户结合起来，成立互助组。当然这是人民政府的号召和引导，因为农民经过土改分到了田地，但有的人家由于主要劳动力生病，或是没有耕牛、缺少农具什么的，田种不好，仍然贫穷，共产党就引导农民组织互助组，目的是让大家团结起来，互相帮助搞好农业生产。当时不少农村已经成立了初级社，有的地方还成立了高级社。

在1958年春节过后，康都村里好几个互助组正在酝酿联合起来搞初级社。饶明裕自然是很积极主张成立初级社的，他本来就是村里规模最大、户数、人口最多的互助组组长。现在组建初级社，饶明裕考虑到自己由于右脚有疾体力不强，又没有文化，打算不再担任社长了，让能力比他强的人来当。他在农忙的季节总是起早摸黑的，做着生产劳动和合作社里的事，整天在外面忙。母亲刘招金既要带着他和小妹妹桃容，又要为全家人烧茶、煮饭、洗衣服等等，有时候还得下地去帮父亲干农活。

进入春耕春插的农忙季节，小弟崽抱着好奇的心理，经常跑到田埂路上观看大人耕田耙地，看母亲卷起裤管下到秧苗水田拔秧，拔到一担秧苗以后，便挑到耕耙好了的水田去栽禾。小弟崽见母亲弯下腰用右手巴掌稍弯着斜伸入秧苗丛内抓住一把秧苗，左手配合着把秧苗拔出泥，再把秧苗根部在水里上下摇动着洗掉泥巴，摇摆得泥水"嘟嘟"响，直到泥巴全部洗去，然后用手把秧苗拍平整，抓一根干稻草把那扎秧苗捆绑好，放在身后的水田里，又继续弯腰去拔下一扎秧苗。母亲从弯腰伸手拔秧到洗泥、捆扎，动作非常熟练、麻利，小弟崽看得眼花缭乱，觉得非常有趣。他也学着母亲的模样，脱下鞋子打着赤脚卷起裤管，一扭一歪走下秧田来帮母亲拔秧苗。母亲听见小弟崽脚踩泥田的响声抬头张望，见到儿子正弯着腰一小撮、一小撮正在学拔秧，心疼地吆喝儿子赶快上路去，但小弟崽根本不听母亲的吆喝阻止，依然坚持拔秧，然后把拔下的一把秧苗在水里摇摆着洗泥。母亲见小弟崽在泥水秧田里站也站不稳，随时可能摔跤，身上已到处沾满了泥巴，又见儿子手里拔出的秧苗零零乱乱，心想儿子这么小哪里会拔秧？就赶紧过来拖着小弟崽一条胳膊，不由分说把他拖上田路，强行逼着他回家去……

康都村不知从何时起，有中秋节放嘮俚（当地俚语，即放孔明灯）的传统习俗，小弟崽从小非常喜欢。每年到中秋节来临，村里的一群青少年，自发地相邀着到各家各户募捐，筹集钱款，购买铁圈和白纸，然后送至村里二位懂得嗙俚工艺的邹冬保、符鸿吉师傅家中去制作，多余的钱作为师傅的烟钱，以示谢意。嗙俚体积庞大，成袋状，袋口有铁圈，铁圈中间有网圈，供放松油柴之需，松油柴是嗙俚起飞的燃料。嗙俚折成之后，中秋节晚上吃过晚饭就到晒谷坪燃放。燃放时袋口朝下，由村里四个成年男子手提嗙俚的四个顶端，手要轻，不可让其破损。折叠嗙俚的师傅在嗙俚的下方，点燃松油柴，待嗙俚内部浓烟密集，嗙俚就有脱手欲飞之势，师傅点燃下方备好的小鞭炮，四人齐放手，嗙俚冉冉升起，带着村人美好的期待与祝愿。村里大大小小的孩子们早已在此围观等待，这时所有孩子的目光都一齐追随着嗙俚的飞向，好奇，惊叹，欣赏，孩子们会朝着嗙俚坠落的方向奔跑，小弟崽是同龄孩子中跑得最快的一个，真有“夸父逐日”之态。

孩子们追逐和捡回落到地面的嗙俚，还有一个原因是嗙俚体内燃放的松油柴烧完了，嗙俚便会坠落下来，孩子们就会将嗙俚捡拾回来。若嗙俚破损不大，让师傅稍做修补，次日晚上可继续放飞；若破损严重，也要拾回铁圈，以待来年中秋节折纸重做。康都村这种放嗙俚的习俗，是孩子们对理想光明的追求。

饶贵生虽然离开家乡已经 40 多年了，但是康都村中秋节放嗙俚的习俗至今还在继续传承，村民们用自己的方式和习俗欢度中秋佳节。

五、上山砍柴

1958 年的夏秋之交时节，康都村的人们忙完了抢收早稻和抢种晚稻（俗称“双抢”），男劳动力开始耘禾，从事晚稻田间管理；女人则在旱地收豆角，摘辣椒，种青菜、萝卜。忙完这些农活之后，便是从事收摘花生、采挖红薯、上山砍柴等农活。

饶明裕一年四季都非常繁忙。那时区、乡政府都在总结办互助组、初级社和高级社的经验。近两年来，各地农村在人民政府的引导下，许多农民自愿结合，组织成大大小小的初级社，农业生产不丢下一户，大家互相帮助、齐头并进。广大农民尝到了走社会主义集体化道路的甜头，生产积极性很高，逐步把一个个小规模的初级社合并，扩大成高级合作社。附近有的区、乡已传达贯彻党中央关于成立人民公社的指示精神，开始组织成立农村人民公社了。此时，饶明裕作为一个基层农业互助组的组长，自然成了村里的骨干力量。因此，忙完秋收后，以至整个冬季，他都在配合区、乡政府建立农村人民公社的事，很少有空闲砍柴、种菜。

饶明裕和刘招金两夫妻，加上戴传道和小弟崽、女儿桃容，全家五口人生活，一应家务事都在刘招金身上，她也是长年累月忙个不停。

然而，戴传道和小弟崽这两个同母异父小兄弟都很懂事，小弟崽年龄虽小，志气不小，经常跟着哥哥一起上山去砍柴。不过，他这么小去砍柴，实际上是图好玩，平日里他看见村里的大人上山砍柴总是挑着沉重的一担柴回来，感到既新鲜又刺激，于是跟着哥哥去砍柴。起初，小弟崽拿着毛镰不知道怎么砍柴，急得要哭，便张望着看附近其他人是怎么砍。他看见有些大树底下的地上散落着三三两两从树上掉下来的枯树枝，就跑过去捡起来，觉得这些枯树枝也可以烧。他高兴极了，于是就到处寻找地上的枯树枝。那时康都村满山遍地都是茂密的森林，树木参天，每到秋冬时节，树上掉下的枯枝很多。小弟崽砍柴砍不动，就捡枯树枝。捡得多了，他不会用肩膀挑也挑不起，就用一根绳子捆着，把绳子的末端放在肩膀上，用两只手分前后上下抓紧绳子，将柴火放在地上拖，把柴火拖回家。戴传道比小弟崽年长十岁，力气比较大，有时候他的柴担不算很重，也会把小弟崽捡的柴捆到他的柴一起挑，让小弟崽空手走路。

一次，小弟崽跟着哥哥和村里一些比他大几岁的孩子上山去砍柴，照例是东寻西找捡枯树枝。他只顾盯着山地上寻找枯枝，走得离开了伙伴群。当他捡到了一抱枯树枝正要返回伙伴群时，才发现与人群走散了，单独一个人在茂密的林子里钻来钻去，心里有些害怕，就在他抬头张望辨别返回的方向时，突然看见了一群野猪，正在往山下奔跑，似乎没有发现小弟崽。野猪长着棕黑色的毛，形状有些像家里喂养的猪，只是头没有家养的猪大，嘴巴又长又尖。此时他吓得浑身打颤，眼睛闭紧，嘴都扭歪了，站在那里不敢动弹。好在小弟崽平时听大人们讲过：见到野猪不要怕，别作声，人有三分怕野兽、野兽有七分怕人，人怕它，它更怕人，自古蛇不乱咬人，虎不乱吃人，只要你站着不动，它一定会走开。于是，小弟崽壮起胆子慢慢睁开眼睛，站在原地一动不动。果然是虚惊一场，那群野猪一阵风似的跑远了。

后来，小弟崽无意中听母亲说有些枯树枝太枯了，正在腐烂，不好烧，烧出来的气味也很难闻。他心想，难怪别人一般都不捡枯枝，而是用毛镰剁砍新鲜的柴火。从此以后，他不再捡枯树枝，跟着哥哥戴传道学砍柴，很快就学会了。哥哥戴传道毕竟比他的力气要大许多，每次都是用两根绳子分别把剁砍下的柴火捆成两个柴捆，再用毛竹扁担一头挂一捆，用肩膀挑回家。小弟崽力气太小，还不会挑，仍然用绳子拉着一捆柴火从地上拖回家。小弟崽人虽小，但心很大，竟然暗地里与哥哥戴传道比谁砍的柴多，实际上他怎么也比不过哥哥砍的柴多，小弟崽那种不服弱的顽强劲，就是这样锻炼出来的。他每天都盯着哥哥砍柴的目标拼命砍，由此，码在他家屋侧边的柴堆便越来越大……

小弟崽渐渐长大了一些，发现康都人砍柴是有讲究的。按柴的品种和类别分为三种类型，一种是砍茅柴，即砍抽茎的丝茅柴和树丫枝“软”柴，用毛镰剁，再用小毛竹作绳子捆成两捆，用毛担（即两头削尖）插进柴捆挑回家；另一种是砍“硬”柴，即砍树干，要用斧头劈，需要比较大的力气，砍时很累，巴掌有时会震出血泡。砍下树干后，再将树干砍成一段一段的，装进格俚（即用两片毛竹削薄，弯曲成椭圆形），每两个一担，每个夹栏装满树干后一头一个用扁担挑；第三种是砍“系马桩”，也称砍“大柴”，即砍别人砍走树干的树兜，需斧头和镰刀并用，既耗力气，又比较难砍。另外，按所砍的柴的质量分还有两种，一是砍活树或活丫枝，叫作砍“湿柴”，挑回家后要放一段时间，晾晒干了才好烧火；二是砍“干柴”，即先把树丫枝或树干砍倒放在山上，当天不挑下山，让它晾晒干，过些日子再去挑回家。这样既挑得轻快，又马上可以烧用。

忆往昔，康都村周边的冬瓜山、麻中坑、冷水坑等层峦叠嶂的密林中都曾经留下了饶贵生砍柴伐木、挥洒汗水的身影和足迹。

过去，康都一直是山高林密，柴多树多，大山林子里面藏着很多野兽，诸如山羊、兔子、野鸡、狐狸、豹子、獐、麂、穿山甲、野猪、豺狼、老虎等等，20 世纪 50 年代就多次出现过老虎，饶贵生小时曾亲眼看见过大老虎。

世世代代生活在山区的人，养育、造就了一些“靠山吃山”、打猎营生的猎人。新中国成立以后，由于走上了社会主义集体化道路，人们要参加集体生产劳动，一年到头专门从事打猎的人几乎没有了，但在秋冬农闲季节抽空上山打猎的人有不少，小弟崽的父亲饶明裕就会打猎。他小时候曾有多次看见过父亲趁农闲进山去打猎。那时打猎，国家鼓励人们消灭“害虫”，只要确保安全不打死打伤人就行。若是猎人打到了吃家禽家畜甚至咬人吃人的野兽，国家还给奖励。打猎的人都有一支六七尺长的铁管大铳（即猎枪），装火药打小铁籽，一铳打出去，一把小铁籽 10 多粒呈直径两尺左右散射出去，只要大方向瞄准不错，总会有几颗铁籽打中猎物，因此猎人出去打猎大多会有收获。

1959 年冬日的一天下午，康都村有个住在小弟崽家附近的何祖俚师傅，在深山里放骡子，被一只凶恶的大老虎咬伤了，村里很多人都跑到何师傅家里去看望他。只见何师傅满头、满脸以及前胸都在流着鲜血，此时正在脱下上衣用清水擦洗血迹，在场的人都建议他赶快去医院消毒、上药，旁边有人说已经派人去请医生过来。小弟崽后来听人说，何师傅家里养了好几头骡子，当时他正在山上放骡子，突然，一只老虎从斜坡芭茅丛后面冲出来咬死了他的一头小骡子。何师傅愣了一刹那，就在老虎要开始吃那头被咬死骡子的时候，他怒从心头起，力从胆边生，来不及多想，挥起手中的长管猎铳就朝老虎猛打过去，未料被老虎的前爪从他的左脸到右胸抓了一下。此时何师傅手里的猎铳也在慌乱中不知怎么带动了扳机漫无目标地打响了。那种猎铳的响声在近距离非常响，震耳欲聋。也许是剧烈的铳响声把那只老虎吓到了，或许是何师傅的命大，这一声铳响之后，老虎慌张逃跑了，要不然，何师傅真的是性命难保……

至今，饶贵生还清楚地记得，在 1959 年隆冬的一天中午，他的父亲饶明裕与村庄上的另外两个猎人一起用毒箭射死了一只华南虎，三个人替换着抬进村，就放在离他家不远处小水溪旁的石巷里。饶贵生当时听他父亲向围观的村民们说：他们三个人设计挖坑用毛竹安装了一个活动机关，野兽行走到附近触动了机关，就会弹出毒箭射击野兽。真是幸运，父亲与人合伙第一次射击的竟是一只那么大的老虎。他们三人一起将倒在地上奄奄一息的老虎围住，再慢慢用棍棒、铁铳托将老虎打死。饶贵生后来听说，那个竹子做的弹性弓箭是他父亲设计的。他们把射伤的老虎打死以后，就用绳子把死老虎的四只脚牢牢地绑在一起，然后再就地砍了一根毛竹，用毛竹穿在绑着的老虎四只脚中间，两个人一前一后使劲把老虎抬了起来。当时他们还担心老虎没有断气，有可能会闷活过来，还把老虎的嘴巴用麻绳扎紧了。由于老虎太重，山上没有路，柴草荆棘稠密，高低不平坡陡难行，两个人抬着很累很难走，另一人就分别替换着抬一段路，结果，三个人都累得不行，抬一段路就放在地上歇一会儿，这样歇了好几次，才喘着粗气把老虎抬回来了。

不知是谁拿来村里的一杆大秤，把老虎抬起来称，230 多斤重。饶贵生现在还记得，他的父亲与另两个打猎的人就在那条石巷把老虎剐了皮。因为当时政府鼓励、支持人民打虎除害。后来三个打猎人把那只老虎的尾巴割了下来，拿到县政府去领奖，领到了 100 元奖金。一时间饶明裕等三人成了远近闻名的打虎英雄，在全县扬名四方。

饶贵生清楚地记得，他的整个少年时代都非常害怕老虎，经常听说有老虎窜到村庄伤人、吃猪的消息。只要听到有人说“老虎来了”，小孩子就被吓得提心吊胆，甚至浑身发抖。村里有不少小孩在淘气、哭闹的时候，他们的父母亲如果逗他不住口，就往往会搬出“老虎”来吓唬小孩，故弄玄虚地装作惊讶说一句“老虎来了”，这样小孩顿时就会被吓得乖乖的再也不敢作声和啼哭……

六、山野放牛

20 世纪 50 年代后期，在中国社会主义革命和社会主义建设的历史征程中，是很不平凡的时期。党中央确立了“鼓足干劲，力争上游，多快好省地建设社会主义”的总路线，确定了“超英赶美”的“大跃进”经济计划，同时在农村普遍建立“集体经济，三级所有”的人民公社制度（“三级”即人民公社、生产大队、生产队）。人们把总路线、“大跃进”、人民公社归纳为“三面红旗”。南丰县的樟坊公社及其下属各个大队、生产队都相继成立。

康都大队当时隶属于樟坊公社，距樟坊五华里，共有六个生产队，康都村由于村庄大，人口比较多，生产队数占全大队一半，另外三个自然村占一半。大队部驻扎在康都村。小弟崽一家属于康都大队下街生产队。

农村普遍建立了公社、大队、生产队，可以说是开天辟地的第一回，广大农民兴高采烈，走上社会主义集体化的崭新道路。

常言道：万事开头难。在 1958 年岁末和 1959 年年初，经历了前所未有的新鲜和工作困难，在大家的顽强努力之下，下街生产队各项工作都走在全大队的前头。

新建立的农村大队、生产队，如何安排和管理生产劳动，使全队的社员分工合作，实行“按劳分配”等等，一切都得有个尺码标准。生产队规定男强劳动力参加集体劳动，每天最高标准记十分；女强劳动力每天最高标准记八分，体力或劳动能力较差与未成年人则视情况下降工分标准。所记的工分到年终参加生产队分红。在每年的年初，生产队要进行一次民主评议，确定每个人的工分标准。当时流行的两句话叫“工分工分，社员的命根”。

通过各种统筹建队，刚成立的下街生产队共有耕牛十头，队上砌土砖盖茅草建了一排牛栏。已经到了春暖花开的时节，队委会决定把这些耕牛分散到社员家去放养，一户分一头，放一头牛一天记工二分。放牛任务分配采取先自愿报名再视情况抽签的办法，如果报名多于或少于十户，都分别采取抽签来确定哪一头牛归谁家负责饲养。结果，饶明裕家分到了一头比较强壮的水牛。他便在心里盘算着由谁来承担放牛任务？让戴传道放嘛，这孩子已 15 岁了，在生产队是半劳动力，加上他个子比较高大，也比较结实，集体评工分已评上一天七分的标准，就是说，传道参加集体劳动一天可赚七分，而放牛一天只有二分，根本划不来。让小弟崽放牛比较合适，但又担心这孩子还太小了，天天出去放牛，他受不受得了？晴天会好一些，要是遇上刮风下雨的天气，可能困难会很大。饶明裕怀着矛盾的心理回到家来，与妻子商量是否让小弟崽负责放牛的事。妻子刘招金认为，小弟崽已经超过 5 岁了，平常天气好，是可以放牛，如果遇上刮风下雨天气，就让戴传道代理他去放。饶明裕为了试探、考验小弟崽，先对他故意说：“你还太小，不懂事，不知道放牛有多辛苦，放牛是无论起风下雨，天天要出去放，就像人天天要吃饭一样，牛也是天天要吃草的。而且还要懂得，牛是生产队里的宝贝，放牛的责任很大。这么艰难的事，你年纪太小，做不了。”小弟崽听父亲这样说他，又气又急，嗫嚅着争辩道：“就你说我还小，放不了牛，刚才我在外面玩，就听到张某家的儿子和李某家的女儿都承担他们家放牛的任务，他们比我都大不了多少，我怎么放不得了？谁说我放牛怕吃苦？我保证把牛放好！”饶明裕与妻子对视了一下，算是统一了意见，便对小弟崽说：“既然你喜欢放牛，那就暂时让你放，假如你放不好，那就得换哥哥传道去放。”小弟崽高兴地应答：“好！”便跑出门去了……

小弟崽开始放牛，起初半个月确实很兴奋、很积极，但过了一段时间，“吃新鲜饭”的毛病就犯了，新鲜感、好奇心一阵风似的过去了，他开始感到很累、很烦。春天雨水多，要是遇到刮风下雨的日子，他穿着蓑衣、戴着斗笠，卷起裤管，牵着那头水牛吃草，心里很不是滋味。尤其是风一吹感到冷就浑身不舒服。然而，小弟崽只消极了没几天，很快又坚强起来了，他的上进心、好胜心占了上风。他想，自己向父母亲作过保证，再苦再累也要把牛放好。他暗暗下决心，一定要坚持到底，让牛膘肥体壮起来，更好地投入春耕生产。他不仅坚持每天出去放牛，而且注意选择放牛的地方，寻找青草长得茂盛的山洼地或田坎路去放。为了让牛专心吃好草，他总是牵着牛绳子，不许牛东奔西跑，“监督”着牛吃草。这不但使耕牛能吃到好草，还不用担心耕牛跑到地里去吃庄稼。当然，有的时候同伙伴们一起，把牛牵到大片的荒山去放，他也会同其他伙伴一样，把牛绳搭在牛角或牛脖子上，让牛自由自在去找青草吃，便同大家一起玩耍。

平常的日子就这样每天都在野外放牛，遇到春耕、“双抢”等农忙季节，耕牛每天要耕田耙地，放牛的人就利用清晨和黄昏的空余时间牵牛吃草，在吃早饭和吃午饭的时间段，耕田人歇工回家吃饭，而放牛人也要去放牛，让牛吃些青草，俗称“放饭牛”。在吃这两餐饭的空余时间“放饭牛”，是很难受的，试想，别人都回家吃饭，你一个小孩子却要饿着肚皮出门去放牛，等到耕田的人开工，你才把牛牵给耕田人，才能回家吃饭，在这一两个钟头内放牛，又饿又寂寞，心里会痛快吗？然而，小弟崽却不是这样，他对饲放那头耕牛始终精心精意，非常舍己。

小弟崽同小伙伴们放牛的时候，学到了一首《戴花要戴大红花》的新儿歌，歌词很简单，只有四句，既朗朗上口，又铿锵有力，他非常喜欢，一下子就学会唱了。

戴花要戴大红花，
骑马要骑千里马，
唱歌要唱跃进歌，
听话要听党的话。

适度的虚荣心是促进青少年成长的催化剂和营养素。当时小弟崽已能理解歌词积极向上、奋发有余的主题思想，是的，戴花就要戴大红花，骑马就要骑千里马。那么做人呢？就要做个优秀的人，做事就要做得比谁都好。

小弟崽从小上进心、好胜心都很强，但急躁的心理也比较强。一天下午，他同小伙伴们到村背后山中放牛，照常把牛绳搭在牛脖子上，让牛自己随意找青草吃，他则和小伙伴一起玩“跳房”的游戏。不知不觉到了傍晚，大家开始寻找自己饲放的耕牛，准备牵牛回家。可是，小弟崽放的那头牛却不见踪影了，他在山上绕了几个大圈都没有找到。太阳马上要下山，牛没找到，怎么得了，小弟崽慌乱了手脚，他一边继续寻找，一边急得大哭起来。小伙伴们等了他一会，还是不见他找着耕牛，眼看天快要黑，便牵着各自的耕牛踏着夕阳纷纷回家去了。小弟崽更加着急，找着找着心里害怕碰到老虎，不敢再找牛，一路哭着跑回家来，一见面便拖着父亲要他赶快去找牛。饶明裕问儿子牛是怎么丢的？是在什么时间发现耕牛不见的？小弟崽回答不出所以然，只是急得哭。他见父亲还站在屋前不肯赶快去找牛，越发着急，便号啕大哭，耍起泼来，一边哭着一边在地上打滚。他的母亲刘招金在厨房做晚饭，听到小弟崽的哭声，就赶过来安慰他，劝他不要哭，伸手拉他起来。他怎么都不肯起来，哭得更加伤心。父亲饶明裕只得转身往外走，出去找牛……

谁都不知道那头耕牛往哪个方向跑了，或是吃了别个村庄人的庄稼，被人家牵去了？牛又不会说话，喊它不会应，外面黑灯瞎火的，如何寻找得到？饶明裕出去找了近一个小时，结果还是空手失望而归。当然，饶明裕有社会生活经验，他遇到本村庄人就嘱咐人家说自己儿子饲放的牛跑丢了，如有谁听到有关消息请尽快转告他……

饶明裕全家人只得焦虑地在家里等消息。真是惊喜，到了晚上十来点钟，那头牛自己摇摇摆摆跑回来了，一场虚惊才告结束。

农村实行人民公社化之后不久，南丰县各个公社、大队都在响应上级号召，土法上马大炼钢铁。康都大队也在西边山头上用石头砌起了一座炼铁炉，不知从哪里运来一些铁矿石，把矿石码进高炉内，砍伐了很多大树在高炉底座的灶膛日夜不停地烧火。烧了一个多星期，结果炼出来一堆似铁不是铁、似矿石不是矿石的铁渣。后来干部们为了完成任务，发动社员群众各家各户捐献破旧的铁锅，拿去炼钢铁。有的人家没有破旧铁锅，就把新锅拿去抵数。七搞八弄折腾了大半年，钢铁没有炼出来，山上的大树倒是砍了不少，一片片茂密的森林在那一座座高炉中化为炭灰……

在开展大炼钢铁运动之前，上级要求农村以生产队为单位办大食堂，说是为了节约劳动力，省得每家每户都要留一个人在家做饭，好让更多的人有时间参加集体生产劳动。开始，生产队有稻谷，食堂按时煮饭、开饭，社员们有饭吃，意见不大。但是没过多久，到 1959 年的年底，粮食越吃越紧张了，食堂就减少开支，每人每天半斤米（规定早餐 1 两米稀饭，中、晚餐分别 2 两米饭）。这样的定量，对参加农业生产体力劳动的社员来说，最多只能算吃个半饱，多数人连半饱都谈不上。饶贵生清楚地记得，那时食堂是用小竹筒蒸饭，开饭的时候由食堂管理人员分发给大家，每人一罐。他每当拿到自己的那一小罐子饭，三下两下就吃光了。父母亲见小弟崽吃得那么快，几乎每次都从他们自己碗里匀一点饭给他吃。他每日三餐等到食堂快要开饭的时候都早早地往食堂跑，抢先领竹筒饭吃，根本不需要吃菜就把饭吃下肚了。食堂里也没有什么好菜，更没有多少油水。小弟崽吃那么点饭，哪里经得起消耗？因而他总是饥肠辘辘饿着肚子度日。

1960 年和 1961 年，国家经历了严重的困难时期，真是苦不堪言，食堂里没有米，无法开办下去，不得不解散食堂。生产队里分得的粮食少得可怜，吃饭简直成了吃“零食”，主要靠吃各种蔬菜和红薯、山芋等充饥，蔬菜长不好，红薯、山芋也不够吃，就上山下地挖各种野菜充饥，时间长了野菜也挖不到，有人发明了吃苎麻叶、到山上挖一种叫“蕨柳”柴的柴蔸捣碎，掺点米粉煮熟吃……

饶贵生就是在这样忍饥挨饿的日子中渐渐长大的。那种食不果腹的日子一直延续到了 1962 年才有所好转，至今仍然历历在目。

七、砻谷舂米

20 世纪 60 年代，赣鄱大地的广大乡村，由于贫穷落后，缺电缺油，饶贵生除了上山砍柴，捕鱼捞虾，放牛打猪草，还得从事一项重体力劳动，即砻谷舂米或碾米。农户从生产队分配到的口粮是稻谷，必须经过各户自己加工成白米后，方能入锅煮饭。

以前农村没有机械设备，要将金灿灿的谷子脱壳去皮变成雪白的大米，必须经过砻谷、舂米、筛糠等多道工序才能完成，饶贵生家里祖祖辈辈都是靠着这种传统单一、粗放繁重的方式求生存，砻谷是其中一项重体力活动。砻是一种破谷脱壳的加工器械，陪伴着农家人度过了漫长的岁月，砻和石磨在结构和工作原理上有许多相似之处。由砻盘、砻身、砻甑、砻心、砻手、砻牙、砻勾、砻脚和木架组成，缺一不可。制作砻谷器械需要一定的经费，为了降低制作成本，一般都是采用十户左右的农户联合投资，共同管理，轮流使用一台砻具。

饶贵生记得，康都隔壁寨里村有一位制造砻具的李满生师傅，个子高大，虎背熊腰，五大三粗，面相和善，平日腰上扎着一块黑色的大围布，挑着一副担子走村串户，上门制作砻具，框子里面放着各种各样的制砻工具，铁锤、篾刀、锯子等。制作砻具是一项技术活；既要懂得篾编技术，编制砻身、砻甑；又要会做木匠，制作砻架、砻脚；更要能掌握好煸炒砻牙的火功，即制作砻牙，是用坚硬的木头劈成小片，烘干后放入热锅中煸炒，使其变坚硬，再用锤子一片一片整齐地嵌入上、下砻盘捣紧的瓦泥磨层中。要是没炒透，砻牙硬度不够，就砻不出糙米，并会将谷子压碎，降低出米率，但是炒过了头，砻牙又容易变脆断裂，用不了几次就得重新更换，严重影响使用寿命。

古人语“三百六十行，行行出状元”。李满生师傅手艺精湛，制作的砻具推拉轻便，出米率高，经久耐用，深受乡亲们的欢迎和尊敬。实践证明，做任何事情，只要认真对待，精益求精，慢工出细活，就能出类拔萃、独占鳌头。

砻的操作类似于推石磨。首先从砻甑投料口放入稻谷，继而手抓砻钩推把，手动脚不动，按顺时针方向匀速推动砻甑，谷粒流入砻身，经砻身和砻甑的磨牙相互摩擦，谷壳和谷粒逐渐分离，分离后的谷壳和糙米自砻身边缘落入砻盘，再由砻盘流入放在出口处箩筐中。一般情况下，一担谷子砻完大约需要两个小时左右。砻完一担谷子往往累得满头大汗、浑身酸痛，非常疲劳。谷子砻完以后还要碓米、过筛，费力花时，方能加工出白米，下锅煮饭，端上餐桌，供人食用。农家人有一句谚语“世上三般苦，砻谷拉锯挖山土”。砻谷之事，作为淡淡的乡愁，一直停留在饶贵生的记忆中，难以忘怀，真真切切地向人们昭示“谁知盘中餐，粒粒皆辛苦”。

砻谷这种劳动方式一直延续到 20 世纪 60 年代，那时已成立人民公社，集体经济实力有所增强，技术也有进步，农村开始通电，有了脱粒机、碾米机，砻，这种使用了上千年比较原始的生产工具才退出历史舞台。

饶贵生记得很清楚，从懂事起至 80 年代，在他的家乡康都村经常有农民在家里做一些传统工艺，如：磨豆子做豆腐、煎米糖、榨米粉、榨油、酿酒等等。小时候每当看见村民家里在做某一工艺，他便驻足观看，随着渐渐长大，有的传统工艺也学会了自己动手做。随着时间的推移许多传统工艺都慢慢消失了。

八、水沟捉鱼

1960 年的春天，虽然人们都在过着忍饥挨饿的日子，但自然界依然春光明媚。康都村外的池塘蛙鸣阵阵，流水潺潺；堂前燕子穿梭，衔泥垒窝；山野草长莺飞，绿满枝头。

村里的食堂自从春节前夕由于粮食不足而解散以后，再也无法恢复，每家按人口分得的一点口粮，根本不够吃，社员们就在锅内放入大量野菜再加一点米煮成稀菜粥凑合着吃。社员们只得将秕糠磨碎，做糠粉饼吃。天天这样吃，蔬菜生长不赢，人们就挖蕨菜配细秕糠吃，后来还把砻里磨谷时整破出来的粗糠炒熟磨碎做饼子或干脆用调羹挑着吃。村里有的人吃糠粉的日子太久，被糠粉涨得拉不出屎来，有时甚至还得请家人帮忙，用掏耳朵的小挖匙或者用铁丝从肛门处挖大便……

小弟崽的父母亲非常勤劳，菜园里种的各种蔬菜较多，由于施的肥多，长得比较好，所以饥荒的日子比一般的人家过得稍微好一些。尤其是小弟崽从小就学到了父母亲的勤劳，除了每天出去放牛，一有空闲，他就拿着土箕和脸盆到外面水沟、农田流水的缺口去捞鱼虾、捉泥鳅、捡田螺。春耕农忙季节时，牛被牵去耕田耙地，小弟崽闲不住，隔三岔五就会出去捉鱼捞虾。由于春天的天气乍暖还寒，他穿的破旧绒衣棉袄的衣袖、裤管很难卷起，有时卷起了在忙乱中也会落下，所以在捉泥鳅、捞鱼虾的过程中经常把衣袖、裤管搞得湿漉漉的，父亲饶明裕担心他会受冷，总是心疼地不许他出去捉鱼捞虾，可他趁着父亲没看见就偷着出去了，为此没少挨父亲的骂。

春耕时节他还到农田去捡田螺，早稻插秧之后如果下田去捡会踩坏禾苗，他就想法子把一个小铁勺绑扎在一根 2 米长的竹棍一端，人站在田路上，寻找禾田爬出泥的田螺，一看见就用小铁勺把田螺舀上来，放进随带的鱼篓内。由于小弟崽勤劳又机灵，家里经常有小鱼虾、小泥鳅和田螺吃，这既改善了生活，又减少了饥饿，且增加了营养。

在春夏之交时节，一场雷雨过后，总会有一些惊喜发生，这时节是捕鱼捉虾的黄金时机。雷雨降临，河沟里的鱼儿非常活跃，就会倾巢出动，趁着上面水田缺口流下来的水玩逆水戏游，享受暴雨带来的美食，寻找冲流泥土中的蚯蚓和各种被淹死的昆虫吃，甚至牛粪都是小鱼的美味佳肴。每逢雷雨过后，康都村的人们就会用竹篾制作的鱼笼或小渔网，到流水缺口装鱼，都能捕捉到不少各种大大小小的鱼虾。

小弟崽遇事爱动脑筋，善于分析琢磨，从这年开始，他捕捉了几回鱼虾泥鳅之后，很快就掌握捞鱼虾捉泥鳅的规律和诀窍，人还没出门，心里就知道哪个稻田的缺口、水溪的什么地方有鱼虾、有泥鳅，所以他每次都能捉捞到一些小鱼和泥鳅。有一天傍晚，小弟崽通过扫田窟，抓到一条一斤半重的大鲶鱼。他非常高兴，回到家里，天已经黑了，迫不及待地点亮一盏煤油灯，从厨房拿来一把菜刀和一块砧板，放在堂屋天井边的石头上剖鱼肚清除内脏。就在他使劲剖鱼肚时，一不小心将旁边的煤油灯碰倒了，煤油全部洒在鲇鱼身上和鱼肚内。他又气又悔，只得把剖开了肚子清出了内脏的鲇鱼拿到水塘去洗。不知擦洗了多少遍，鲇鱼仍然充满了煤油气味，于是母亲又打来清水洗，洗了好几盆水，煤油气味还是很浓，母亲没有办法，只得对小弟崽说：这鱼不能吃，煤油味太重。最后，只好依依不舍把这条鲇鱼扔掉了。为此事，小弟崽后悔得伤心落泪，难过了好几天。

端午节前后，小弟崽如果是上山放牛，就遍山寻找野果子吃，遇上雨天之后，他便带个竹篮悄悄地到山坡柴草地段寻找蘑菇，小弟崽捡蘑菇特别精明，别人漫山遍野没有目标地寻找蘑菇，他上山捡了几回，就了解了蘑菇的生长特点，知道什么地方会长蘑菇，往往一次会捡到一篮子蘑菇。从山野长出来的蘑菇，他已经辨认得出哪种蘑菇有毒不能吃，哪些蘑菇没有毒可以吃，全家人吃了他捡回来的蘑菇，都平安无事，从未发生过中毒现象。他还能叫出每种蘑菇的名字，什么毛笋菇、茶树菇、肚子菇、苋菜菇、野鸡菇等等，这些野生的蘑菇鲜嫩可口，煮熟后是一道美味佳肴。

端午节过后的 6 月，正是青黄不接之际，在那灾荒年代，人们更加盼望着 7 月早稻开镰收割的日子快点到来。禾稻已然在扬花、抽穗、灌浆了，稻田里间杂生长出了不少高出稻穗一个头的稗子，那些稗子普遍比稻谷成熟早一些，挨饿的人们等不得稻谷收割，纷纷下田去采撷稗子晒干磨粉做粑粑吃。

盛夏季节，康都山区有时受福建沿海台风影响，时而一阵狂风、一场暴雨，将屋后邻居枣树上快要成熟的枣子吹落，一时满地都是枣子。小弟崽便抓住时机，跑到枣树林中去，喜出望外地发现满地都是落下的枣子，心想，如果伸手摘树上的枣子那是偷窃，被主人抓到了会挨骂甚至挨拳头，而我从地上捡起狂风吹落的枣子不算偷窃，被人捉到了也没有关系。于是，他便迅速捡起地上的枣子，不一会儿，衣服上的几个口袋全部装满了枣子。便跑到屋子里吃起来，觉得很甜、很有味儿。

“双抢”过后，由于天气炎热，夜晚，青蛙便会伏到田埂路上吃露水。这个时间，村里有些年轻人便点着松把火去捉青蛙，捉到了青蛙就拿回家，掺辣椒红烧，做成美味佳肴，既有营养又味道鲜美，非常好吃。小弟崽从小看着别人捉青蛙，非常眼馋，稍长大些，便跟着哥哥戴传道去捉青蛙，并且学会了用“咽咽咽”的声音诱捕青蛙。曾记得，有一天傍晚下了一场暴雨，康都村北郊唐家坳上一块刚翻过土的油菜田里，由于蚯蚓很多，引来了许多青蛙（田鸡）来此觅食。当天晚上小弟崽跟着哥哥戴传道打着松把火去这块油菜田里抓田鸡，到了田边便听见蛙声一片，此起彼伏，叫个不停。不到一个小时就抓到了四五斤田鸡，最后兄弟俩披着星光满载而归，心里乐滋滋的。

1960 年的农村，人们都在忍饥挨饿中苦撑着，好不容易撑到了早稻开镰，农民的生活才出现了一线转机。但当时的粮食产量普遍不高，加上有些地方受水灾，有些地方受旱灾，尤其是像康都村那样的山区农田，冷浆比较重，粮食产量更低。由于是实行人民公社“三级所有”集体分配政策，不少地方还盛行着“浮夸风”。据说当时国家正在归还债务，被逼得没有办法，粮食征购任务繁重，所以交完国家征购任务之后，社员们所分的口粮就不多了，一年不足半年的粮食，日子仍然过得紧巴巴。

日子一天天地过去，小弟崽天真烂漫地生活着、成长着。此时，母亲刘招金却有一番打算，她从小受到她父亲的教导和影响，在她的头脑里根深蒂固的是“万般皆下品，唯有读书高”，心里暗想再穷再苦也要让儿子上学读书。她的这种想法也与丈夫饶明裕不谋而合。饶明裕虽然没有文化，但他要让儿子读书的思想非常坚定而又明朗，多次反复地对小弟崽说过，到了读书的年龄一定要去读书，不读书没有文化将来会吃亏的。在 1958 年村里创办小学时，刘招金与饶明裕便把她的大儿子戴传道送去读书。小弟崽已经 7 岁了，准备下半年就也送他去上学。小弟崽从小悟性好，记性强，接受和理解能力都不错，平时教他什么一讲就懂，且常常有着“举一反三”的悟性，对他讲前句他就明白了后句。因此，刘招金对小弟崽从小就非常看重，很早就教他背诵古诗，讲解古人刻苦读书成才的故事。

饶明裕家里1962年又生了小女儿饶桃红，由于吃饭人口多，生活负担重，日子过得艰难自不必说。懂事的小弟崽整日帮着父母亲干活，加上饥饿，虽然与村里同龄的少年相比身材较高，但非常瘦削。整个康都村都贫穷落后，缺乏文化生活，人们白天干活，没有什么玩的，晚上母亲就把小时候跟着父亲学到的一些国学知识教给小弟崽，带他诵读《三字经》，背“人之初，性本善，性相近，习相远。苟不教，性乃迁。教之道，贵以专……”

母亲带着读了一段，只重复几遍，未曾料到小弟崽就能背诵出来。母亲便接着带他诵读下一段。这样一个晚上学一点，循序渐进，很快，小弟崽就能把整篇《三字经》背出来。饶明裕夫妻俩见儿子学得如此专心，心里都暗暗高兴。

一天晚上，刘招金正准备接着教小弟崽诵读《千字文》，未料小弟崽却向母亲提问：“娘，书中很多东西我都不懂得，请您给我讲解一下，好吗？”

刘招金说：“好哇，什么问题？”

小弟崽说：“‘昔孟母，择邻处。子不学，断机杼。’这是说的什么东西呀？”

刘招金便向小弟崽讲解道：“在很早的时候，有个名叫孟轲的小男孩，起初很调皮，一天到晚喜欢跟着几个邻居小伙伴在一起玩闹，不是模仿东家砍柴做饭，就是模仿西家杀猪卖肉，总不好好读书。他的母亲为了不让他跟这些玩熟悉了的孩子再在一起玩，就搬家到一所学堂附近去住，心想换过一个陌生的环境，儿子可能会变好。可是，住到新的地方以后，儿子很快又跟这里的小孩玩上了，整天惹是生非，与别的小孩打架，专做调皮捣蛋的坏事，仍然不愿好好读书。他的母亲再次把家搬到另一个地方去住，谁知小孟轲还是贪玩，不愿读书。有一天，他从学堂逃学回家，他的母亲知道了，气得把正在织布的梭子都弄断了。这一回母亲的发怒，对孟轲的思想触动非常大，使他能够猛醒过来。从此以后，孟轲就像变了一个人似的，彻底改过自新，刻苦发奋读书，后来终于成了一个杰出的思想家、文学家，非常有名的儒家思想代表人物。”

小弟崽听完母亲的讲解，似乎明白了其中的道理，他听得很着迷，沉浸在思考之中。过了一会，他见母亲没有再说什么，便紧接着又问：

“娘，书中说‘如囊萤，如映雪。家虽贫，学不辍。’和‘如负薪，如挂角。身虽劳，犹苦卓。’这些话说的都是些什么意思呀？”

刘招金见儿子这样好学多问，内心无比欢喜，但她没有把欢喜表露出来，只是平静、耐心地给儿子慢慢讲解：“前面四句是说从前有个叫车胤的小孩，非常喜欢读书，由于他家里穷得买不起点灯的油，夏天的晚上，他就捉萤火虫来照着看书；还有一个叫孙康的小孩，家里也是穷得没有油点灯，他为了坚持读书，冬天下了雪，晚上他就把书映着雪光来读。这两个人的家里虽然都很贫穷，但是他们都从小就很有志气，非常刻苦读书。后来两人果然都科考中举，很有作为，很有成就。后面‘如负薪，如挂角。身虽劳，犹苦卓。’这四句也是说两个在历史上都鼎鼎有名的人物，一个名叫朱买臣，相当喜爱读书，在劳动时挑着柴担还不忘诵读；另一个名叫李密，很小的时候就放牛，把书挂在牛角上边走边读……”

小弟崽若有所思，过了一会儿，他打破砂锅问到底，接着又问母亲：“还有‘香九龄，能温席。融四岁，能让梨’讲的是什么呀？”

母亲这时见夜已很深了，心想，小孩子正是长身体的时候，晚上一定要睡好觉。便说：“时间不早了，下次再给你讲，现在赶快睡觉吧。”

“谁言寸草心，报得三春晖”。在饶贵生整个童年时期，母亲的每一次悉心指教和谆谆教诲犹如和煦的春风滋润着他幼小的心灵；像黑夜里的油灯，照亮了他的成长之路。

九、观看跳傩

众所周知，南丰县是名扬全国的“傩舞之乡”。傩舞，俗称“跳傩”，是南丰县特有的一种民间舞蹈。每逢春节，从农历正月初一起，至十五元宵节止，傩舞班会流动到各个乡村，连场演出，热闹异常。每个傩舞班，一般有 20 人左右。无论在禾场空坪，舞台厅堂，用一条长凳，三根竹竿，支起帷帐，便成场面。演出时，锣鼓铿锵，唢呐高奏，有些还伴以竹笛、二胡。演员身穿彩衣，头扎布巾，面戴“头盔”（木雕面具），手持道具，翩翩起舞。其表演形式多样，有独舞、双人舞、群舞、小舞剧。内容丰富，多取材于古代神话故事、民间传说以及《西游记》《封神演义》等小说。跳傩仪式除驱鬼逐疫外，祈求人丁繁衍和农业丰收也是傩祭仪式的重要内容。每场演出时间，一般两个小时左右，也有长达三四个小时的。

南丰傩舞自汉代开始，历经漫长岁月，不断改革、创新，逐渐演变而成为一种独特的传统民俗舞蹈。因其动作简朴、刚劲，保持较多的原始风格，是沿袭古代驱鬼逐疫的仪式“驱傩”，被《中国民族民间舞蹈集成·江西》誉为“中国古代舞蹈活化石”。宋代是南丰傩舞的发展时期，南丰县三溪乡石邮村有个姓吴的人在外地做官，在他告老还乡的时候，当地士绅送给他一个傩舞班子和八个面具，带回南丰，使得许多村庄纷纷仿效“跳傩”；明、清两代，南丰傩舞进一步完善，至清后期，受戏曲影响，“乡傩”逐步娱乐化，编演了许多新的傩舞节目。中华人民共和国成立前夕，南丰已有傩舞班上百个，分布于各个乡镇的部分村庄。中华人民共和国成立后，在党和国家的重视下，通过多次派人挖掘、整理、研究、创新，傩舞这门古老艺术再展新姿。县文联和县文化馆联合开展傩舞普查，完成了《中国民族民间舞蹈集成·南丰傩舞资料册》的搜集整理工作。

20 世纪 50 年代，尽管南丰县农村普遍比较贫穷，精神文化生活非常匮乏、单调，但在每年的春节期间，许多乡村仍然流传着一个非常特别的民间传统娱乐活动——表演傩舞戏。

1959 年的春节来临了。小弟崽听人说，村里已请好了傩班在正月初八日晚上来本村演出，兴奋得手舞足蹈，天天数着日子盼望着观看跳傩。随着日子一天天靠近，村里各生产队已经抽派劳动力开始搭戏台。戏台搭在康都村沙洲坪的中心位置，这个地方面积比较大，可容纳上千人观看傩舞表演。村民们好不容易等来了正月初八。这天傍晚，小弟崽早早地催母亲做好了晚饭。他不等全家人到齐，自己一个人添饭吃了，未待天断黑，便同左邻右舍一帮小伙伴，跑到了表演傩舞的戏台近前，选好位置坐在那儿，一面与小伙伴们嬉戏、聊天，一面焦急地等待傩舞开演。

随着夜幕降临，沙洲坪人越聚越多。戏台前左右两边的木柱上挂起了两盏气灯，顿时光亮耀眼，把整个戏台及场地照得一片通明。那时农村没有通电，傩班晚上演戏都是购置这种特制的烧煤油并打足气的汽灯照明，气灯底部中间装有一个小球形状的细铁丝网，这种气灯灌油打气点燃后光度很强，大概相当于500支光的电灯泡。

晚上八时许，跳傩开幕了。首先是大队书记谢禄才讲话，他简略介绍了请傩班来康都村表演傩舞的情况，接着说："在南丰县许多乡村，有大大小小的傩班上百个，今天请的傩舞队是全县历史最久、名声最大、傩舞表演最好的一个傩班，1953年获得过江西省及中南区民间艺术会演古典艺术奖。"

随着一阵锣鼓的明快节奏响起，跳傩仪式首先开场。跳傩仪式依次有起傩（开箱、出洞、出案）、演傩（跳傩、跳魈、跳鬼）、驱傩（搜除、扫堂、行靖）、圆傩（封箱、封洞、收案）等程序。12个表演者身穿各式古代服装，面戴各种稀奇、狰狞的面具，拿着大刀、马刀、铁棍等武器，在火把照耀下沿门驱疫，将危害人类的邪魅赶走。接着表演"搜傩"，开山持铁链与钟馗、小神进入各家厅堂、房间搜索，捉鬼驱邪。

跳傩仪式之后，便是演出傩舞剧目《开天辟地》。这个剧目是开场傩，具有先导开路之意。小弟崽目不转睛地认真观看着戏台上跳傩者的表演，只见舞蹈者头扎头巾，头戴面具，身穿紧袖衣裤，肩披绿叶状大氅，腰紧水纹网形围裙，动作时而舒缓，时而刚劲有力。"雷公""傩公傩婆""钟馗""双伯郎"等扮演者相继上场，在一阵犹如山呼海啸、乾坤震撼的锣鼓声中，手持长柄板斧，上挡下拦，左劈右砍。古朴、粗犷的舞蹈动作让小弟崽目不暇接，惊讶不已。《开天辟地》以开山、雷公粗犷有力的动作，展现傩舞开天辟地的磅礴气势。全剧分为"开天辟地""生命造化""风调雨顺"等10个段落。小弟崽当时并不知道傩舞《开天辟地》内容的含义和来历，只是被傩舞者的惊奇动作吸引着眼球，啧啧称赞这个傩班艺人技艺高超的精彩表演。后来，他通过听别人的谈聊，才搞清楚傩舞《开天辟地》反映的是，相传天地玄黄，盘古氏双手挥钺（斧头）上劈下砍，左拦右挡，疾若风雷，英勇无比，终于使天地初开，宇宙澄清。雷公乃司雷之神，"雷曰天鼓，雷神曰雷公"。这场傩舞，小弟崽自始至终看得全神贯注，既惊讶，又兴奋，精神生活上得到了极大的满足，使他眼界大开，浮想联翩，感悟甚多……

十、寻找乐趣

20 世纪 50 年代出生的人们，童年时期根本没有现在超市里琳琅满目的各种玩具，那时的农村普遍贫穷落后，文化生活非常单调，农村里既没有幼儿园，也没有哪家商店有什么儿童玩具卖，农村里的孩子没有谁会想到要父母亲给他买玩具。但是，爱玩好动是儿童少年的天性，出生在农村的孩子也不例外，会千方百计因地制宜寻找乐趣。他们创造了自己的许多玩法，同样也玩得津津乐道、有滋有味。在康都村，不知是谁从外面学来的，还是孩子们自己发明创造的，儿童少年爱聚在一起，结伴玩耍“抓坏蛋”、捉迷藏、“老鹰抓小鸡”、打弹弓、打陀螺、踢毽子、滚铁环、丢手绢、跳绳、跳房、“搭纸宝”等项目，经常玩得入迷，到了吃饭的时间仍忘记回家，遇到有月亮的夜晚，村里总是会有不少家长到处寻找、叫唤自己的小孩子回家。

饶贵生的孩提时代就是这样过来的。他小时候玩得特别开心，每当小伙伴们玩出一个花样，他不但一学就会，而且比其他小孩子都要玩得精，总是赢的时候多。例如玩捉迷藏，别的孩子无论躲藏到什么隐蔽的地方，他分析、判断能力非常强，就像会掐算似的，能猜出人家会找什么样的地方躲藏，几乎每次都能顺利抓到“坏蛋”（躲藏者）；轮到他当“坏蛋”去躲藏，则往往别出心裁，出其不意地隐蔽在别人认为不可能躲的地方，谁也抓不着他，直到躲藏的规定时间到了才自己走出来。

打陀螺也是小弟崽的强项。他小时候玩陀螺，制作工艺粗糙，找一根粗一点的木棍，用锯锯成两寸小段，然后用刀将一头削尖便成了陀螺。甩鞭是找一根粗细长短适宜的布带或麻绳，再找一根粗细长短适宜的小木棍，在棍子的顶端削一道槽，把绳子在槽里拴牢，便成了甩鞭。打陀螺的时候，将绳子缠绕在陀螺上，然后猛地一甩，陀螺甩开后快速旋转起来。接着，用绳鞭按一个方向抽打陀螺，使之旋转不停，谁的陀螺旋转时间最长，谁就是赢家。这项游戏很普及，孩子们跑到平坦的场地上打起陀螺，鞭声啪啪美妙动听，玩得非常开心。

打弹弓是小弟崽最喜欢玩的玩具之一。弹弓的制作很简单，找一个木质较坚硬且开了一个叉的树枝，两个叉尖处用刀削一道浅槽，买一些橡皮筋结成适长的带条，两端分别系牢在剥好槽的叉枝上便成了弹弓。如果没钱买橡皮箍，就将太破旧准备扔掉的雨鞋剪成带条代替橡皮筋。弹弓做成后，以小石子做子弹，射击时一手持弹弓支架，一手拉中间放一粒石子的橡皮带，视射击目标远近，拉橡皮带或长或短，射击目标——子弹——眼睛三点形成一条直线，三点一线越直，射击精度越高。那时候国家号召除“四害”，麻雀是其中之一。康都村是山区，麻雀特别多，小弟崽在放牛时间或空闲玩耍的时间，经常用弹弓打麻雀，既为消灭“四害”出了力，又可将麻雀脱毛剖肚洗净，用来改善伙食。在那饥荒的日子，真是极富营养的美味佳肴。

孩提时代，小弟崽无论出去放牛还是在村里玩耍，爱玩一种“捡石子”的游戏。所玩的石子是精心挑选的大小适中且光滑、呈圆形，手握五粒石子哗啦往地上一撒，第一轮：先抓一粒石子抛向空中，并快速捡起一粒在掌中，再两眼瞄准所抛的石子落点准确回收掌中。然后继续抛一粒、捡一粒，直至地上四粒石子全部捡到掌中。第二轮：将五粒石子撒在地上，捡起一粒抛向空中，再快速捡起地上的两粒石子，两次捡完。第三轮：将五粒石子撒在地上，捡起一粒抛向空中，再快速一次捡起地上三粒石子、一次捡剩下的一粒。第四轮：将五粒石子撒在地上，捡起一粒抛向空中，再快速将地上的四粒石子捡到掌中，并收回抛向空中的石子。如此顺利完成才算赢。如果都能顺利完成，那就紧接着继续，谁先失败谁就输了。不过，一般等不到继续，早就有人失败。这种捡石子游戏看似简单，却有着开发智力、锻炼眼睛和手指之功效，需要脑眼手密切配合。脑要反应敏捷，眼珠要紧盯石子上下而转动，手要快速准确抓住石子。

“跳房子”是小弟崽很喜欢玩的一种游戏，当时非常流行。在一块平地上依次画上八个方格、一个弧形天井，即九间房子，基本为竖排。首先是三个单间，即竖排三格，编号一、二、三；再排双间，编号四、五；双间上面排一单间，编号六；单间上面又排双间，编号七、八；该双间上面从两边角上画一个半边圆形（弧形）即天井。画好房子以后，每次基本上是两人或三人来比赛，人太多了不合适。其玩法是每人捡一块瓦片，议定先后跳的次序。先跳者将瓦片抛至第一格，然后一只脚成自然抬起，另一只脚开始跳进房子踢瓦片，按顺序踢进第二格、第三格……脚和瓦片自始至终都不能压到线，否则为失败，让对手开始跳。如果顺利通过了八间房，就把瓦片踢进天井，将那只抬起的脚小心翼翼放到第七间空房，形成一只脚在第七格、另一只脚在第八格。然后双脚跳转身换格，使背朝天井，弯腰从胯下伸手捡瓦片。捡到瓦片后，再单脚换顺序跳回到起点，并背朝房子将瓦片举过头依顺序丢进第一格房，丢进了这间房就归你的，就继续从下一格开始跳，直至脚或瓦片压（过）界为失败，让对手跳。最后的输赢要等八间房全部抢走了，看谁得到的房子多。

“搭纸宝”也叫“搭标”，也是小弟崽非常爱玩的游戏，以至于到他读上学好几年级还时常与小伙伴们一起玩。纸宝（纸标）是用废旧书本、报纸折成四方形，一人先掏出一个放在地上，另一人也掏出一个纸标来搭对手放在地上的纸标，依靠搭时的风力把地上的纸标“翻转身”，朝上的搭成朝下，你就赢了，对方的这个纸标就归你了。玩时只许一人搭一下，没搭转身就轮到对方搭。如果搭转身了不但地上这个被搭转的纸标归你，而且对方还要拿一个纸标放在地上让你再搭。玩“搭纸宝”可要讲究点技术，用力大小要准，搭地上纸标位置更要准，不巧就搭不转身。

在饶贵生儿童、少年时代，农村经常有货郎担（当地俚语叫“换荒担”）走村串户，一边摇响“拨浪鼓”，一边叫喊着“有鸡毛鸭毛鸡净皮牙膏瓶换吗？换针换线换桂花糖嘞！”康都村每当来了换荒担，小弟崽就会叫母亲给他找能“换荒”的废旧物，换取一点桂花糖吃。本来，母亲难得积聚到一点废旧物，是要用来换针线等以便缝补衣服的，但耐不住小弟崽的“纠缠”，只得给他去换桂花糖吃，为此也免不了挨母亲骂“好你个油辣嘴”（意为好要吃的馋嘴）。

偶尔，也有铁匠到康都村来打铁，制作菜刀、锄头、铁锹、禾镰、火钳、砍柴刀等。小弟崽好奇心强，围着临时铁匠店观看铁匠师傅如何把一块粗铁烧红、锻打成各种铁器工具。

第二章　矢志学文化 发奋苦读书

十一、启蒙上学

光阴似箭，转眼到了 1960 年的 8 月底，虽然时令已经进入了秋季，但在赣东大地，由于久晴无雨，天气干旱，白天仍然很炎热。

当时赣东大地上半年不少地方遭水灾，紧接着下半年又开始受旱灾，早稻粮食普遍歉收，完成征购任务之后所剩无几，社员们遭受着最为严重的饥荒。康都村也不例外，饶明裕夫妻从儿子的前途着想，虽然家里贫穷，还是按照计划要把小弟崽送去上学读书。临近开学了，家里没钱给儿子买书包，刘招金愁中生智，从衣橱里找出自己的一件布满间隔小红花的半旧衣褂，精心剪裁，一针一线缝成了一个漂亮的小书包。

书包的问题解决了，母亲又为小弟崽没有像样的衣服发愁。那时许多商品都很匮乏，国家从 1955 年开始实行“粮票政策”（即购买与粮食有关的物品都要用粮票）以来，购买其他许多商品也逐步使用票证，如买布做衣服用布票、买肥皂用肥皂票、买火柴用火柴票、买食糖用糖票、买香烟用香烟票等等。布票是按人口发的，每年每人 6 尺。家庭人口多的可以轮流调整做衣服，人口少的更加叫苦连天，因为只能买 6 尺布，做一件衣服都不够用。小弟崽除了过年做件新衣服外，平时主要是穿哥哥戴传道过去穿小了的旧衣服。过年做的衣服是冬春季节穿的，比较厚，夏秋季节天气炎热不能穿。小弟崽夏天穿的几件衣服本来就是哥哥穿旧了的，现在补丁盖补丁，破旧得很难看了。裤子好办，热天小弟崽从不穿长裤，以前给他做的那件浅蓝色薄长裤还勉强能穿。刘招金想：如今，小弟崽马上要去上学读书，“破蒙”上学可是人生的大事，儿子第一次走进学堂穿那么破旧的衣服怎么行呢？想到这里，她感到既辛酸又惭愧。情急之中，她想起丈夫平时舍不得穿的一件还有 8 成新的白色衬衫。“对，将他父亲这件白衬衫改小一点给小弟崽穿。”拿定主意后，刘招金等不及与丈夫商量，立即动手改缝。她估计，丈夫也一定会同意的……

9 月 1 日上午，秋高气爽，阳光普照，正是康都小学开学报到的日子。年已 7 岁的小弟崽吃过早饭，背着母亲给他缝制的花布书包，穿着一身上白下蓝的衣裤，把早已从大孩子们口中听熟的一篇课文当作儿歌，嘴里哼着“爷爷七岁去讨饭，爸爸七岁去逃荒，今年我也七岁了，高高兴兴上学堂”，屁颠屁颠地来到学校报名上学。

父亲饶明裕原本担心儿子年幼胆小，准备亲自带他去学校报名，但小弟崽坚持自己一个人去，不让父亲送。学校就在康都村的东边上街，他平时到学校附近玩耍过，知道去学校的路怎么走，于是一路小跑着来到了学校报名。

小弟崽走进校门，找到接待新生报名的老师。这位老师男性，年纪在 40 岁左右，身材较高，稍偏瘦弱，讲一口本地方言。老师见到他来了，便拿出新生报名册，问他叫什么姓名，他随口回答说：“我叫小弟崽”。老师一愣，接着问他：“你姓什么？大名叫什么？”他回答道：“我姓饶，人们都叫我小弟崽。”老师忍不住笑了一下，重复问他：“你有没有取大名？小弟崽应该是你的乳名吧？”这时才想起来了，父母亲早就给自己取了另外一个名字叫“饶贵生”，但当时他也不知道是不是大名，想了一会儿，便回答老师说：“我还有一个名字，叫‘饶贵生’。”于是，老师笑着说：“这就对了嘛。”便在新生报名册上登记下了“饶贵生”。

饶贵生交了 2 元书、学费，并领到了语文、算术 2 本课文和几个作业本，在老师的指引下，来到了一年级新生的教室。原来，那位负责报名的曾美熙老师，就是教新生一年级的语文老师。

一年级新生共 19 个同学，饶贵生个子比较高，坐在倒数第二排。至今他还记得，第一节语文课，曾老师教的第一句话是“毛主席万岁”。曾老师把“毛主席万岁”五个字工工整整地写在黑板上，一个字、一个字带学生读，教学生认这些字，带读了三四遍之后，便带领学生把课文连起来读，他用地道的方言先读着“毛、主、席、万、岁”，他读一句，同学们跟着读。

饶贵生“破蒙”上小学读书，虽然时间过去了60多年，但他现在还记得，一年级语文的第一篇课文是“日月水火，山石田土”；第二篇课文是“大小多少，上下来去”；第三篇课文是“一二三四五,六七八九十”；第四篇课文是“人手足，口耳目”；第五篇课文是“花草木，鸟虫鱼”……当时他每学完一篇课文，都能背得滚瓜烂熟。

上第二节语文课，曾老师先将“日月水火，山石田土”八个字写在黑板上，一个字、一个字教学生读。同学们读熟以后，曾老师就叫同学们都看着书，对着课文上每个字上面的图，讲解每个字的形状和含意，讲得活灵活现，“日”字上面图内的那个太阳果然像个“日”字，“月”字上面图中的那个月亮果然像个“月”字。这样把那八个字讲解完了，曾老师就把前四个字和后四个字连成两句话带学生读，然后就叫同学们集体朗读，直到同学们读熟了，并能够背出来。

第三堂语文课是学习写字。曾老师仍然是先把“日月水火，山石田土”八个字写在黑板上，然后分别从第一个“日”字讲起，讲这些字的写法。讲“日”字，他用粉笔在黑板写一笔讲一句笔画：一竖、一横折竖钩、一横、又一横。讲完了“日”字接着讲“月”字：一撇、一横折竖钩、一横、两横……这样一笔一画按顺序写给学生看，写一画念一句，并要学生跟着他念。写完“日月水火，山石田土”八个字之后，曾老师就让学生拿出铅笔，翻开语文作业本，练习写字，教学生怎么握笔。他挥着手里的小竹棒，念一笔，让学生写一笔，写完第一个“日”字之后，他就下位来检查学生写得怎么样。曾老师发现大部分同学写得歪歪扭扭根本不像“日”字，有的同学还不会握笔。于是曾老师检查一个，就捉住那个学生握笔的手教他重新写一遍，手把手教大家怎样握笔，指教大家写字。当检查到饶贵生时，曾老师发现他握笔的姿势比较好，尽管字写得也不是很工整，但完全写对了。于是，曾老师当众举起饶贵生的本子，把他写的“日”字拿给全班同学看。须知，饶贵生在上学之前也是从未练习过写字。

曾老师的表扬使饶贵生非常高兴，激发了他的上进心，对读书产生了浓厚的兴趣，所以一开始他就很热爱学习。开学上课的第一周，语文、算术分别做了两次作业，每次的作业，老师批改的每一道题都是用红水笔打个大大的红勾，下面写着鲜红的100分。对一个刚入学启蒙的学生来说，老师表扬、鼓励的话语是激发孩子们学习兴趣的金玉良言，能给孩子幼小的心灵播下希望的种子，弥足珍贵。

开学后第二周，班主任老师对同学们说要选班长，同学们都是刚入学的新生，不知道怎么选，曾老师便提名饶贵生当班长，让同学举手表决，结果，全班同学都举起了右手，一致表示同意。

饶贵生当上班长以后，学习更加认真，不仅自己带头遵守纪律，还大模大样地“管”起班上的每个同学来，发现哪个同学在上课时说话或做小动作，他不等老师讲，就会站出来指正、制止。每天上课，他都聚精会神用心听老师讲解。有时候老师刚刚开讲，他就明白了意思，还会嫌老师教得太慢。

学习课程安排每个星期上一节音乐课。上音乐课是一位姓吴、年纪不到 30 岁的女老师，第一节音乐课教学生学唱：

我在马路边捡到一分钱，
把它交到警察叔叔手里边。
叔叔拿着钱，
对我把头点，
我高兴地说了声，
叔叔再见。

这首歌欢快流畅，朗朗上口，歌词也很好记，虽然同学们对歌词内的有些字还没学，不认识，但歌曲一唱就唱熟了，一节课下来，几乎全班所有的同学都学会了唱这首歌，因而，这节音乐课让同学们都很兴奋，气氛很活跃，那位女老师也很满意。快要下课了，吴老师没想到饶贵生班长却举手向她提问，老师便问：“饶贵生同学，你有什么问题？”他说：“老师，我们这里没有警察，捡到了东西交给谁呢？”老师回答他说：“那就交给学校老师。”他停顿了一会，接着又问道：“老师，如果不是在学校里捡的又交给谁呢？”老师回答他说：“那就交给家长，如果有人来寻找，确定是哪个的就还给哪个。”

事情真是有点巧合，就在这节音乐课之后的第二天上午，饶贵生在上学的路上捡到了一串钥匙，来到学校以后，他毫不犹豫地把这串钥匙交给了老师。老师后来转交给学校隔壁的失主，受到了热情称赞。在当天傍晚放学的时候，学校按班级排队出校门，校长当众表扬了饶贵生，号召全校同学学习他这种拾金不昧、助人为乐的精神。饶贵生听后，心里美滋滋的。

上学读书两个月了，学校进行期中考试。饶贵生语文考试得 95 分，算术得 100 分，总分全班排第一名。然而，他自己却不满意，后悔语文没有得到满分，丢掉的那一道五分填空题他本来是会做的，但在考试的时候完全是自己疏忽而做错的。他后悔莫及，认真寻找原因，认为是自己慌手慌脚而造成的，考试时一看到卷子觉得很容易做，提起笔就写，做完了也没有检查，只图第一个交卷，结果出了错也不知道。

事实上，饶贵生这种“图快”的急躁性格一直存在，偶尔还会出现由于疏忽大意出错的事。就在开始上学读书第一个学期的国庆节之后，10 月 5 日就是中秋节了。10 月 1 日国庆节，学校放两天假，在星期天这日早晨，饶贵生的父亲给他 1 元钱到太和公社街上赶集买东西，叫他买一些豆腐、豆芽和酱油，父亲叮嘱他，这是买来全家人过中秋节吃的东西，其中有一角钱，让他自己在街上买一碗清汤（馄饨）吃。那时候买清汤不仅比较便宜，而且主要是不用粮票，如果买包子、馒头、油条、粉面等吃，都是要用粮票才能买。吃国家粮的人粮票好办，农村人可不好弄，社员逢年过节买面买饼，主要是县、社干部来农村蹲点时吃派饭，每餐给一角五分钱、四两粮票，社员将平时供干部吃派饭收到的粮票积聚下来。如果粮票不够用，只有拿米到粮管所去兑换。

虽然以前父亲曾带饶贵生上过两次太和街，但是他单独去十五里远的太和街买东西，还是第一次。实际上，上街赶集，是饶贵生最愿意做的一件事，他感到非常高兴。因为对他这样一个生长在山坳里没有出过远门的少年儿童来说，每赶一次集，都是最好的外出活动。尤其那时农村普遍贫穷落后，从他记事起，从未花钱买过什么零食吃。如今父亲叫他单独上街赶集，虽然来回要走很远的山路，但心里仍然很高兴。他之所以乐意去上街赶集，还有一个原因就是夏天能吃一碗“凉粉”或一根冰棒，冬大能品尝一碗清汤（馄饨）。

这天早晨，他匆匆吃过早餐，便兴高采烈出发了，一路上走走跑跑、蹦蹦跳跳，觉得新鲜好奇的地方便停下脚步观望一阵。到了太和街，他打算先去买好豆腐、豆芽和酱油，然后到街上转转玩玩，将剩下的那一角钱买碗清汤吃。于是，他首先找到买豆腐豆芽的店铺，见来此店铺买菜的人很多，排了长长的队，他也赶快去排队。在排队的时候，他突然想起入学前几年因贪嘴在村里买凉粉吃而挨打的事：那年盛夏的一天中午，邻村一个专做卖凉粉小生意的老太婆又来到康都村卖凉粉，是采撷山上一种名为“荻树柴”结的野果去壳磨粉做成的，5 分钱一碗。这老太婆做生意很鬼精，她吆喝时不说“卖”凉粉，而是叫“吃”凉粉，饶贵生因年幼不谙世事行情，听到老太婆叫“吃”凉粉，以为不要钱叫自己吃，便赶过去“要”了一碗吃了。吃完后，老太婆向他讨钱，他哪里拿得出？老太婆见他没有钱，便说：“你没有钱不要紧，我认得你父亲，你走吧，我会向你父亲要的。”结果不用说，隔了两天，父亲把他叫到跟前，严厉地骂了他几句，并叮嘱他说：“你个好吃鬼，以后可不准赊账贪吃了……”

站了一会儿队，轮到饶贵生买了，他赶紧把手伸进荷包里面掏那 1 元钱，可是，钱找不着了，他的衣服就只有两个口袋，搜了几遍也没有找到。他急得要哭，后面排队的人见这个小孩占着位置不买东西，便发脾气吼叫他站开。没有办法，他只得退了出来。买东西的钱丢了，他再也没有心思在街上玩，便悻悻地往回家的路上走，一边走一边东张西望寻找那 1 元钱，心里幻想出现奇迹，能把钱找回来。然而，集市的路上人来人往川流不息，丢失的钱哪里还能找得到？一直走到家门口也没有寻着钱。此时已到吃午饭的时间了，他心情沮丧，又累又饿，尤其是怕父亲骂，猜想这个时候父亲正在家里吃饭，他不敢回家，心想等父亲吃完饭上工去了再进屋，他便在村外的小路上漫无目的来回不停地慢步走着。结果父亲出村时老远望见了他，把他叫了过来，见他两手空空的，追问他买的东西在哪里？饶贵生不得不如实说那 1 元钱弄丢了，急性子的父亲气得瞪着眼睛骂他太粗心了，还拿起一根小竹棍打了他一顿。这件事在饶贵生的脑海中留下了永恒的印记，50 多年过去了，他仍然难以忘怀……

转眼，冬季来临。在寒冷的冬天里，饶贵生由于家里贫穷，只穿着一件旧棉袄，脚上没有袜子，光着脚穿一双旧布鞋，遇上下雨天气，也是光着脚穿一双有点大不合脚的旧雨鞋，走起路来一拖一踏的，坐在教室里，冷得打哆嗦。学校的条件也很差，是一个旧祠堂，房子比较大，中间一个天井，四面透风，特别寒冷，雨雪交加，天寒地冻，屋檐上经常挂着一排排冰溜子，饶贵生的手脚到处是冻疮，有时只能靠跺跺脚，活动一下冻僵的小腿。

饶贵生也许是吃惯了苦、受惯了冻的原因吧，似乎不觉得苦和冷，仍然天天照常上学，认真读书、做作业，每次考试，他心里想的就是争取考到第一名。而且，在每天早晨上学之前，他都得起早去放一阵子牛。傍晚放学回家后，他也会帮助父母亲做点家务活。那时农村开始分了点自留地，农民每天参加集体生产劳动，傍晚休工以后都要忙着到自留地上干一阵活，天黑之后才能回家，所以各家吃晚饭都要点煤油灯。每晚在吃饭的时候，饶贵生总是吃得很快，全家人都还在吃，他一个人早早地吃完以后，把桌上的几个菜碗往一边推开，便从书包里拿出课本、作业本和铅笔，凭借煤油灯微弱的光亮做家庭作业，日复一日从未间断，真可谓寒窗苦读，学而不厌。

十二、老家做客

时间一天天匆匆而过。尽管那时的生活特别苦寒，人们每天都在忍饥挨饿，饶贵生几乎每餐都吃不饱饭，但到了学校，他仍然精神饱满地投入到学习之中，他的成绩在全班同学中一直遥遥领先，期末考试，语文、算术成绩都是全班第一名。放寒假那天，他获得一张“优秀学生”的奖状，奖到一支铅笔、一个铁皮文具盒。1961 年下半年，读完一年级后顺利升入二年级。

1961 年即将过去，学校开始放寒假了，饶贵生再次被评为“优秀学生”。

在这一年的上半年，康都大队的老百姓忍受着严重的饥饿，咬紧牙关搞农业生产。不过，上级也在调整农村政策，社员家里按人口每个人分到了二分旱地和一分水田，作为私人的自留地让各户社员自己耕种。

这一年没有受到大的自然灾害，粮食产量有所提高，较之以往几年，算是一个丰收年，因此，在这年的下半年，社员们的生活稍微有所好转，基本上可以填饱肚子了。

1962 年春节就要来临。人们知道，春节是中国人民几千年来的传统佳节。虽然一年之中有许多个传统节日（如清明节、端午节、中秋节、重阳节等等），但人们最为看重、最为隆重且节庆时间最长的是春节。从冬至开始，人们就着手置办“年货”。从头年腊月二十四至翌年的正月十五，都属于春节期间。

腊月二十四晚上，每户人家都会打扫房屋，搞好内外卫生，洗好碗、碟，装上自己做的饼、糯米团、瓜子、爆米糖或芝麻糖等，置摆于灶台上，点亮蜡烛，敬上香。灶烟囱管贴上灶神爷的像或贴用红纸写上“司命府君位”，并贴“上天奏好事；下地降吉祥”小对联。然后户主与孩子在灶神像前跪拜。第二天腊月二十五，是康都村过“小年”的日子，又称为“小孩子过年”。过“小年”的早晨，各家各户都要到村祖堂敬香，叫作“还年火”。有条件的人家会杀阉鸡，中午烧好鸡、肉、鱼、蛋、蔬菜、薯粉汤、糯米丸和酒、饭等，点蜡烛、敬香火、打爆竹、敬拜天地和祖宗，然后全家人聚餐过小年。

除夕这天，康都村里非常热闹。首先是每家每户都要贴春联，春联一贴，每户人家的大门上都红彤彤的，真是“千门万户曈曈日，总把新桃换旧符”，呈现一派辞旧迎新的景象和喜气洋洋的气氛。有句俗话，叫作“有钱没钱，回家过年”，意思是说，无论长期出门在外做什么生意，从事什么工作，都会赶回家过春节，在除夕之夜，同家人一起吃“年夜饭”（亦称“团圆饭”）。人们把除夕阖家欢聚，一起吃年夜饭，叫“团年”。除夕这天人们特别兴奋、忙碌，清晨开始杀鸡、切肉、煎鱼、炒菜、煮豆腐、炒粉丝、做汤丸等等，准备着全家人的年夜饭，即“团圆饭”。不少地方有吃年糕的习惯，象征生活步步高。在除夕，每家都忙着洗漱锅碗瓢盆，打扫卫生，贴春联，祭祖宗。吃过“团圆饭”之后，家家户户张灯结彩，红烛高照，特别是村庄祖堂，更是里三层外三层，人气鼎沸，堂前中间用干松柴燃起一堆大火，大家围坐在四周，一圈又一圈，烤火的、议事的、看热闹的，洋溢着浓浓的乡情与欢庆节日的气氛。堂前上边的神龛上，中间端坐着本村人敬仰的菩萨，紧靠神龛稍矮的一张大长条桌上，摆满了祭品三牲。全村各家各户到祖堂相聚，一起守岁，叙旧话新，互相祝贺新春佳节。除了户主便是看热闹的小孩，其他人则在自己家里，也在堂屋烧一堆大火，既可取暖，又讨了“红红火火迎新年”的吉利。三十夜也叫“隔岁夜”，家长都会给小孩“压岁钱”。喜欢玩的青少年则聚在一起敲锣打鼓，笑语欢歌，甚至闹到天亮。除夕夜，各家各户吃团圆饭之前都要放爆竹，睡觉前到厨房灶前撮揖装香，然后鸣爆，这是送灶公爷上天。当时钟到达 12 点新年来临时，家家户户都会再次燃放爆竹，将节日的喜庆气氛推向高潮。

到了正月初一，一年复始，万象更新。正月初一是“岁之元，月之元，日之元”，是一年中的“首日”（亦称“元日”）。过“大年”是整个中华民族的传统节日，无疑，过“大年”也成了康都村一年之中最作兴、最热闹的节日。黎明时分，各家各户陆续鸣放鞭炮，迎接新年到来。爆竹声此起彼伏，震天撼地，响彻云霄。小孩子都喜欢玩爆竹，那时候由于农村普遍比较贫穷，家长没钱给小孩买玩具，村里的一些男孩子就在此时起来捡未燃的爆竹。家里条件好点、有手电筒的就用手电筒照明捡，家里太穷没有手电筒的就早早地准备了几根松油枝点燃照明，争抢着到每户放过鞭炮的人家大门口捡爆竹。捡到有引子的爆竹随时点火燃放；没有引子的则将爆竹归中折断，使之露出里面的黑硝，然后将折断露黑硝的爆竹黑硝向内摆放成一个圆圈，只要点着一个，圆圈上的爆竹便会一个接着一个依次燃烧起来，煞是好玩。饶贵生从五岁至十来岁每年的正月初一大清早，都会跟其他小伙伴们一同起来捡爆竹。

天亮以后，每家每户在开门时亦要鸣爆，称为开财门。大年的早餐不能吃晕菜，一般是吃油圆（油煎的糯米粑粑），炒青菜、烧红萝卜等。中、晚餐吃丰盛的荤菜，享受美味佳肴。早饭过后，全村人开始互相拜年，一般是年轻人和小孩出门上户去拜年，年长者则在家中接待和受拜。生了男孩的人家要准备米酒，掺水煮沸，拌上红糖，招待前来拜年的人。

对于拜年，康都人非常看重，除本村人初一早晨与上午相互拜年之外，凡是有礼尚往来的亲戚都会在春节期间相互“拜年”。民谚说：“初一崽，初二郎，初三、初四老姑丈”，意思是：初一这天儿子给父母亲拜年；初二女儿、女婿尤其是新婚的女儿、女婿要给岳父母拜年，叫“做新客”，一般要在娘家住到元宵节以后返回，也有住到初十左右返回的。期间如果女婿家里有事，女婿可以先回去，到商定的日子女婿再来接媳妇一同回家。女婿要选在一天清晨到岳父村庄各家各户给村人拜年，然后全村各家会在吃早饭之前装碟子（糖果之类）到祖堂去统一招待这位“新姑丈”。

从小随母亲逃难来到康都村生活的饶明裕，从来没有忘记自己的祖籍地，虽然忙于生计，平时根本没有时间去老家走往，但在他的心中，老家彭坊村是他祖祖辈辈的生活地，也是他本人的出生地。因此在每年的春节期间，他都会去老家住上几天，给本族的叔叔伯伯以及长辈们拜年。1961 年的春节，他计划带着儿子小弟崽一同去老家拜年。小弟崽已经 8 岁多了，且早已“启蒙”上学，都读二年级了，应该去老家看看。老家在南丰县白舍公社苦竹大队彭坊生产队，离康都村有 60 里路。正是路途太远的原因，所以小弟崽自出生以来，饶明裕还没有带他去过老家彭坊村。

饶明裕的老家彭坊村距妻子刘招金的娘家下彭村不远，不过，刘招金的父母亲早在解放前后就相继去世了，娘家现在有她的弟弟及弟媳、侄儿、侄女等亲戚。饶明裕遵从当地“初一崽，初二郎”的拜年习俗，每年春节期间回老家，也会到妻子娘家下彭村逗留一天做客拜年。饶明裕打算在今年春节的正月初二上午带小弟崽动身，赶往老家彭坊村去给叔叔伯伯们及全村的父老乡亲拜年，第二天（正月初三）再赶到下彭村，给舅舅、舅母们拜年，并在下彭村歇上一宿，正月初四再返回康都。

那时候农村人的生活都比较贫穷，人们的餐桌上天天普遍是腌菜、霉豆乳，再加上季节性的蔬菜，很难吃得到肉、鱼。小孩子一年到头盼望着过年，一来过年家长会准备年货，把好吃的都留到过年来吃，二来过年就有机会走亲访友拜年，拜年做客就会有好菜吃。小弟崽从懂事起，就喜欢跟着父母亲到亲戚家去拜年，这是一年中最开心的事情。小孩子去亲戚家拜年，都是为了那翘首以盼的 1 元钱“压岁钱”，即使要走 3 ~ 5 个小时的山路，也乐于前往。小弟崽记得，那些年除了春节拜年走亲戚有好吃的东西之外，再就是村庄上相互有交情的人家做红、白喜事也会有好菜吃。不过那个年代由于经济紧张物资匮乏，好吃的菜肴不能尽如人意，都是平均分配，还不能全部吃完，必须打包带一点回家给家里人享用。

这天，小弟崽听说今年春节父亲要带他去老家以及舅舅家拜年，心里乐开了花。学校一放寒假，每天晚上便赶紧做老师布置的寒假作业，在除夕之前就把所有的寒假作业做完了。

大年初一到了，天刚放亮便鞭炮齐鸣，邻里之间相互拜年祝福，整个康都村沉浸在新年欢天喜地的热闹气氛之中。小弟崽同父亲和哥哥戴传道等着参加完村里的拜年活动，以便第二天早点启程去老家拜年。小弟崽第一次去祖籍地彭坊村“做客”，心里高兴极了。可惜当时家境寒酸，父母亲没有钱给他买新衣服，过新年穿的仍然是去年那件浅灰色的棉袄，现在穿也还算合身，他便穿上那件洗得干干净净的旧棉袄去做客……

十三、寻根问祖

20 世纪 60 年代初，南丰县的农村普遍都没有修公路，山区的路不是崎岖的羊肠小道便是狭窄的田埂路，从康都村到苦竹彭坊村，绝大部分是山间小路，翻山越岭，很费力气。山间的红土地“晴天一块铜、雨天一泡脓”，一旦遇上下雨的天气，到处是烂泥巴，便寸步难行。小弟崽的运气真好，第一次出远门就碰到了晴好天气。

他精神抖擞，活蹦乱跳地紧紧跟随着父亲行走，一步也没有落下，且多数时候还抢先走在前头。父亲好几次问他累不累？小弟崽说一点都不累，问他要不要父亲背？他爽快说不要背。父亲一边走一边叮嘱他：一定要懂礼貌，到时介绍亲戚怎么称呼一定要热情、微笑地称呼。小弟崽点头说：“知道。”

一路上父子俩紧赶慢赶，从康都去彭坊村刚好要途经石咀村，中午便在石咀村母亲刘招金的干妈杨氏婆婆家里吃中饭，停歇一个小时左右再启程，大约走了六个多钟头，终于在傍晚太阳下山的时候赶到了彭坊村。

彭坊村坐落在陡峭的高山脚下，面向东南，山丘环绕，森林茂密，风景优美。村庄不是很大，只有十几户人家。村庄左右两侧有十几棵古老的大樟树，村前有一条小溪哗哗流淌，一片田垄被几座山丘的延伸挤压，弯曲成好几处垄岔。村庄前面偏南有一处形似乌龟、特别突兀的小山包，衬托出该村的风水佳境。而这座小龟山有一个山咀渐低渐矮至水溪旁边，就像乌龟把头低下伸向水溪喝水。饶明裕的曾祖父（当地方言称太公）饶克用与其他几位祖宗就安葬在乌龟山地下。先后有多位风水先生曾经说过这块祖坟地非常祥瑞，其子孙后代会人丁兴旺，富贵双全。当然，这些话没有确切依据，只能反映祖先的美好心愿。

在彭坊村老家，饶明裕的家族人丁兴旺。据饶氏族谱记载，饶贵生的家族属于广昌千善，原名迁善，别名冠裳。饶氏于宋绍兴年间，由南丰县东山迁此建村，取村名为迁善。清末，省写为千善，寓千万从善之意。千善饶氏始祖为罴公后裔“三十公”。经过长期繁衍生息，开枝散叶，目前有男丁 1900 余人。2014 年 4 月 6 日，千善冠裳饶氏公祠在千善乡千善村“倒港排”开工重建。新建的公祠占地 3 亩，面积 360 平方米，总投资近 100 万元。饶贵生一族后来外迁南丰县白舍镇古竹村彭坊自然村居住，经薪火相传，目前人口 100 余人。饶明裕曾祖父“克用为孟福第三子”，可见饶克用至少有三兄弟。他又生子三个：绍锦、绍沐、绍麟，绍锦便是饶明裕的爷爷。绍锦成家后也生子三个：钦华、钦文、钦武，其中二子钦文即是饶明裕的父亲。

饶明裕父子俩走到村庄院墙门口，便受到堂叔饶明祯等一群本家大小宗亲迎接，一阵寒暄尤其是把小弟崽介绍给宗亲们认识，一一称呼之后，便被簇拥着来到堂叔家。堂屋早已燃着一堆干硬柴火，进门后顿时感到暖烘烘的。

不一会儿，堂叔家便摆上了丰盛的新年饭菜。上桌一看，有红烧肉、豆腐炒肉、干鱼、干笋炒辣椒、油菜柳等，还特意杀了一只老母鸡，炖了一大钵鸡汤。小弟崽好久没吃到过这样丰盛的菜肴，加上走了这么多路也早已饥肠辘辘了，他一坐上桌就拼命吃，父亲悄悄拍他的腿提醒他斯文一点，小弟崽心想，眼前人们的生活都非常困难，不知堂叔家里费了多大的心思才准备到一桌珍贵菜肴。

晚饭之后，陆续有饶明裕的旁系大伯、二伯、堂叔、堂兄弟到饶明祯家里来看望和陪伴饶明裕父子。大家围着一堆大火坐了下来，开始了烤火聊天、话桑麻、谈农事、拉家常。小弟崽虽然有些累了，这会儿也坐在父亲身边烤火，听大人们谈天说地。都是本家宗亲，与父亲相见，感到分外亲切，过年有机会聚在一起，自然是无所不谈，其乐融融。

他们谈了一阵作田种地、生产队办食堂、去年收成不错、生活转好等等的话题之后，不知谁聊起他们家族、村庄以及在南丰、广昌等附近的饶姓人，后来竟谈到姓饶的来历，可能是每年正月初一村里都要给新出生的“红丁”上族谱的原因吧，大家都感到非常新鲜。大人们说事，小弟崽插不上嘴，只好聚精会神地听着。

坐在上首那位年纪最大的饶和仔太公说：曾听上届修谱的先生讲，饶姓是一个很古老的姓氏，距今已有 2300 多年历史，最早的发祥之地，是山西临汾，到了唐朝发生“安史之乱”，饶姓人为了躲避战乱，由北向南方迁徙，首先迁到我们江西的饶州（即今鄱阳县），后来开枝散叶，再转迁至临川、广昌、南丰以及湖北、湖南、安徽、浙江、福建、广东、台湾等省，遍及全国十几个省市。

另一位长者接过话说：对饶姓的发源以及这边饶姓的来历，多年来查找过这方面的资料。饶姓的来源，传说有四五种，追溯到远古时期，饶姓系上古五帝之一唐尧的后裔。尧名放勋，帝喾之子，唐尧受封于唐，定都平阳（今山西临汾），谥号为“尧”，史称唐尧。3000 多年前，周武王灭商，分封诸侯，追思元圣，周武王封地给帝尧后人子京，住蓟（今北京附近）。其子“理”迁移到山西平阳，子孙后代以祖上谥号为姓，称平阳尧氏。到了西汉的汉宣帝时期，讲究“避讳”，当时有个叫“尧潋”的在朝廷当京兆尉，同朝御史大夫魏相上奏皇上，说尧姓虽与刘姓同为上古唐尧的嫡系后代，但帝尧乃上古五帝之一，百圣至圣，故尧潋也应该避讳。于是汉宣帝就在“尧”的左边加一个“食”旁，尧姓变成了“饶”姓，赐尧潋改姓“饶”，擢升为太傅。饶潋就是我们中华饶姓的始祖。

那位长者停歇下来，端起身边桌上的茶碗喝了一口茶水，打开烟袋，掏出一张作业本大的纸，从烟袋内抓一撮自家种的烟叶丝，放在纸上慢慢卷成小长喇叭状，再从火堆边上捡起一头燃烧着的小木柴，点燃烟卷连吸两口，吐出浓浓的烟圈，然后又滔滔地讲起来：

由于安史之乱，山西的很多饶姓人举家逃难，乘船顺水逃到江西的瓦屑坝。瓦屑坝是鄱阳湖畔的一个古老渡口，现在是上饶专区鄱阳县莲湖乡的一个自然村，北宋直史馆著作郎、江西宜黄县人乐史所著《太平寰宇记》在“鄱阳县”中载：“莲荷山在县西四十里彭蠡湖中，望如荷叶浮水面”。此山即今之莲湖乡（莲荷谐音称莲湖），明代称立德乡。

这个瓦屑坝是全国的两大移民集散地之一，一处是山西洪洞县的“大槐树”，另一处就是江西鄱阳县的“瓦屑坝”。由于流落到瓦屑坝的移民越来越多，在此落脚生活的人繁衍后代，瓦屑坝一个村庄早已容纳不下，便由近及远向饶州（上饶）、九江两府各县扩散，但移民们都说是到了瓦屑坝。临川、广昌、南丰等地的饶姓人就是陆续从瓦屑坝顺着河道乘船过来定居生活的。

年龄尚幼的小弟崽哪里知道这些？实在是太新鲜了，这是他第一次知道自己姓饶的来头出处。虽然他还没上学读书，对几位长者所谈的好些内容一知半解，似懂非懂，但是由于他非常好奇，求知欲非常强，所以他越听越兴奋，刚才两位本家长辈讲的关于饶姓的历史渊源，他全都铭刻在脑子里……

小弟崽第一次走那么远的山路，实在太累了，晚上又陪老家亲人们聊得那么晚，第二天早晨睡得迟迟醒不来，直到上午快十点钟才起床。吃过中餐以后，父亲便带着他依依不舍地告别老家的长辈宗亲，动身上路赶往母亲的出生地下彭村。

从彭坊村到下彭村有 15 里路，由于山路崎岖，走了近三个小时才到。小弟崽曾听母亲说过：外公刘在荣，是一个民国时期的秀才，执教了 40 多年私塾。外公熟知孔孟诸子，擅长书画，是一位在当地有一定名望的老先生，早在 1950 年因病去世。外婆也更早病故。母亲刘招金是单丁，没有嫡亲的兄弟姐妹，外公刘在荣有一个弟弟，名叫刘在腾，生育了四个儿子一个女儿，因为家庭贫寒，又染上了赌博恶习，一生贫穷潦倒、家徒四壁、忍饥挨饿，靠卖儿卖女度日和还赌债，大儿子刘斯龙过继给了哥哥刘在荣名下做儿子，二儿子刘斯飞和三儿子刘斯凤都卖送给了古竹村刘氏宗亲，只留下四儿子刘斯舞在自己身边传宗接代，延续香火；小女儿刘娇容最后也卖到福建宁化县安远乡张氏人家里做童养媳去了，换回的钱财用于购买棺材，安葬父亲刘在腾。无数事实证明：赌博是万恶之源，是导致家庭衰败的毒瘤。在那暗无天日、民不聊生的旧社会，老百姓的遭遇真可谓是一把辛酸泪，命比黄连苦。后来穷人翻身当家做主人，舅舅们通过不断努力，学习文化，大舅刘斯龙当了村支部书记。刘斯飞、刘斯凤两位舅舅也陆续迁回家乡，娶妻结婚，重振家业，后来二舅刘斯飞当上了人民教师，三舅刘斯凤则成为一名银行职员。随着生产生活条件的改善，每个舅舅都生育了好几个儿女，开枝散叶、人丁兴旺。改革开放以后，许多晚辈都走出大山，上学深造、下海经商、干事创业，并取得了很好的业绩，大多数已经迁往南昌市和南丰县城等城市居住。其中三舅刘斯凤的儿子刘国才及孙子刘伟、孙女刘娟等都在南昌买房买车，安居乐业，过上了小康幸福生活，日子过得像顺梢吃甘蔗，一年更比一年甜。

每年过春节到母亲老家下彭村就是给舅舅、舅母拜年，饶明裕父子俩一进村就受到热情接待，尤其是对第一次来做客的小弟崽特别欢迎。

吃过晚饭以后，大人们坐下喝茶、问候，闲聊着各地的情形、时事。

第二天上午，小弟崽跟随大舅的儿子刘水来表弟一起去给长辈拜年，参观当地的刘氏祠堂。他回忆母亲曾告诉过他：外公祖籍地是苦竹刘家村，后来开枝散叶才搬到现在的下彭村居住。苦竹刘家村的祖源，是汉景帝刘启之子中山靖王刘胜的后代刘翼的第三子孟三公，在北宋晚期为躲避战乱，从武夷山南面的福建三明府迁徙到古竹来的，已经将近上千年了。因此，苦竹刘村可谓是“名门世家”。

古竹村坐落在高山顶上的一块盆地中，形如三把金交椅。村庄的四面，有五座山峰相护，状如骏马，成“五马并朝”之势。这“五马”分别为马鞍寨、马鞍腰、驾马山、黄马窠和走马排。东边是紫云峰，南边有万龙寺和金炉庵，西边有南华寺，北边有龙泉庵。村民的房屋依山坡自上而下建造，砖墙木柱青瓦居多。整个村庄很长，随着弯曲的地形而建，村中间有一条溪水从上至下川流不息，不少房屋建在小溪两边，形成合面相对。村庄四面山岭环绕，风景秀丽。村里名胜古迹不少，古建筑众多，有古祠堂、古书院、古戏台、古寺庙、古民居等大中型建筑，也有古井、古亭、古石桥、古门第等众多小型遗存。数百年来，凭借着依山傍水的独特条件，刘氏族人在古竹村生生不息、丁兴财旺、代有贤良，顺着村中主干道，有一大片紧紧相连且排列有序的古祠堂。一共有九座古祠堂，规模较大的有三座，其中最为古旧的要数明末所建的“炳炎公祠”。

他听刘姓长辈们说过，古竹刘家村在其祖宗开基立村的时候，村庄周围山上长满了毛竹，因而村庄得名“古竹”。据传，古竹村的刘氏家族为了祈盼吉祥如意，祖祖辈辈人丁兴旺，托意山上的竹林能够根深叶茂，四季常青。特意通过入赘的方式，招进了一名叶氏女婿，并划了一片竹林命名为“叶家排”，给叶氏作为生存发展、开祖立业的基地。从此，刘叶两族结为秦晋之好，在古竹村生活劳作，和睦相处，一起守护、开发、建设共同美好的家园。其中，自幼聪明好学，勤奋刻苦，乐于奉献的叶志明同志通过奋力拼搏，事业有成。曾任沙岗乡党委书记，南丰县卫生局局长等。他就是古竹村中叶氏家族的优秀儿女和先进代表。村中的明清建筑参差错落，古老斑驳的鹅卵石小道蜿蜒延展，它们在岁月的长河里波澜不惊，用独有的历史积淀和淳朴气质诠释着时光之悠。村庄分里、外两堡，中间隔着一座山梁和一口池塘，两条小溪分别贯穿里、外两堡，到牌坊下面汇成一流，名为�溪。筲溪上搭有十几座石板桥，桥两旁盖了数十间砖房木屋，或断或连，甚为美观。筲溪两边两条石板路，干爽清洁，晴日可眠可坐，雨天不履而行，鞋不沾泥。溪的两边有很多大大小小的池塘。

古竹刘家村的“黄泥书院”建于南宋时期，位于村庄南面，坐南朝北，面向村庄。刘氏族人以“科第人文、贤哲显贵”为训，聘请先生，传道授业，虽经历朝更替，却从未停办过。然而，就是在这座深山书院里，前后走出了5位进士，13位举人，21位贡元，1位武状元。据总祠堂内悬挂的《仕宦》匾额登录，村里先后有近百位刘氏族人入仕，上至尚书、大夫，下至县丞，其中有宋时任河南开封府府尹的刘翼，清乾隆时任监察御史、诰受中宪大夫的刘绍锦等官员。

听完祠堂中长辈们的介绍，小弟崽不由感叹道：古竹村真不愧是一个历史厚重、文化璀璨、人才辈出、闻名遐迩的千年古村啊！

十四、转学樟坊

1962年春节一眨眼便过去了，春回大地，万象更新。春是幸福的使者，送来了和煦的暖风，明媚的阳光，醉人的气息；春是神灵的布谷鸟，唤醒了沉睡的山村，催动着农夫吆牛播种；春是杰出的画师，染绿了山，染碧了水，染红了花。

康都小学已如期开学，正上二年级的饶贵生天天背着小花布书包上学读书，天真烂漫，快乐成长。

这年初春，康都村随着农村生产、生活的复苏好转，到处生机勃勃，社员们过完元宵节以后，便擂秆放索，锄草翻地，积肥晒种，早早地开始了春耕备耕生产。

尤其可喜的是，父亲饶明裕最近接到通知，被公社领导安排到太和林场当职工，进了社办企业工作。他知道父亲的右腿长期溃烂，参加农业生产多有不便，下水田劳动非常吃力。特别是建立生产队以来，样样农活都带头干，父亲又是一个生性要强、爱面子的人，可想而知这些年来父亲忍受着多么大的艰辛和痛苦。这年正好太和公社创办林场，公社、大队干部为了照顾父亲，安排他进了公社林场。

现在好了，饶明裕虽然到林场劳动也很辛苦，但是旱地干活不用下水，再辛苦也比种田好多了，从心里感谢大队和公社领导关心、介绍、推荐，照顾自己到新的岗位工作。

在这年的5月，母亲刘招金生下了第二个妹妹，取名叫“桃红”。

9月，饶贵生读三年级了。语文老师开始教学生写作文。第一次写作文，老师出的题目是“记一件有意义的事”。曾老师反反复复地对同学讲写作文的方法，教同学们写好一件有意义、有收获的事情。

布置学生写作文以后，大概隔了一个星期，上语文课的时候，曾老师夹着一大摞同学们的作文本，先没有发回给学生，放在讲台上，说是这节课要给同学们讲评作文。并拿出一本学生作文本翻开，一字一句读给大家听。当曾老师念出第一自然段，饶贵生听出来了念的是他写的作文，顿时脸上感到火辣辣的，心里七上八下跳个不停，不知道曾老师会讲他的作文写得好还是不好。念完之后，并没有直接评价，而是问同学们：“这篇作文写得好不好呀？”

饶贵生知道老师是指他写的作文，坐在位子上没有作声，未料同学们却异口同声地回答：“写得好！”

曾老师接着问：“好在哪里？”没有人作声。曾老师用眼睛扫视了每个同学一遍，继续问道：“有没有谁能回答的？请举手”。最后还是没有人举手。

曾老师便开始讲评：“刚才大家都听了，这个同学作文写的内容是，有一个同学在一个星期天的下午，去参加生产队劳动的路上，遇见村里一位70多岁的五保户张大爷，挑着一担沉重的柴火回家，老人家累得满头冒汗，挑着柴担走得东倒西歪非常吃力，他见状便赶了上去，接过老大爷肩上的柴担挑起来。他叫老大爷走在前头带路，帮助他把柴挑到了家里。老大爷千恩万谢，留他喝碗茶再走，他说马上要去上工，连忙告辞赶到田头劳动去了。晚上生产队记工分时，负责记工的会计说他下午上工迟到了，要扣减他1分工。他也没有解释，结果虽然扣了他1分工，但是他心里乐滋滋的，仍然十分高兴。

曾老师说：“这篇作文既然大家刚才都说好，好在什么地方呢？第一，他所写的这件事，的确是一件非常有意义的事。大家说：帮助老人挑柴回家，这种乐于助人的事有没有意义呀？”

同学们齐声回答：“有——意——义！”

曾老师又说：“第二点，这篇作文的结构也很完整，你们看，有时间——‘一个星期天的下午’；有地点——‘在去生产队出工的路上’；有发生事件的原因——‘遇见张大爷挑着柴担费力的模样’；有结果——‘帮助张大爷把柴挑到家里’。你们说，这件事写得完整不完整呀？”

同学们又齐声回答：“完——整！”

曾老师接着讲解道：“不仅如此，晚上生产队记工分，别人不知道他做好事去了，迟到了一些时间，耽误了一点劳动，要扣他的工分。可是他做了好事不讲出来，没有说出迟到的事实真相，被扣除了1分工。尽管这样，他心里仍然十分高兴。大家看，他没有写这件事如何如何有意义，而是写这件事之后受到扣工的委屈，心里仍然对自己做了助人为乐的一件好事而感到高兴。这不正是说明他所做的那件事有意义吗？这比直接写如何有意义难道不是更好吗！”

曾老师停顿了一会儿，又说：“第三点，刚才大家都听了，这篇作文的语言写得也很流畅，没有写什么多余的闲话、废话，只是有极个别的错别字。大家说，有了以上的三条优点，这篇作文是不是好作文呀？”

同学们再次齐声回答老师：“是——好——作——文！”

曾老师转而又问同学们：“你们知道这篇作文是谁写的吗？”

大部分同学你望望我、我望望他，感到茫然不知。

坐在饶贵生旁边的那位同学在曾老师念作文的时候就听出是饶贵生的，便举手站起来回答老师说：“我知道，是饶贵生写的作文”。

全班的同学都转过脸来，向饶贵生投以钦佩的目光……

饶贵生受到这次表扬之后，学习更加刻苦认真，对写作文的兴趣更浓。从此，他的作文经常被曾老师当作范文在班上进行讲解和点评。这更激发了饶贵生读书的热情和积极性，也增强了他的荣誉感。

1963 年春，饶贵生开始读三年级下学期了。在一个周末的晚上，天空挂着一轮皎月，饶贵生吃过晚饭做完家庭作业以后，便来到家门口的田间小道上散步。他走在村前的水塘边上，沐浴着阳春三月的和煦微风，欣赏着田园夜色。他抬头观望星朗月明的夜空，走着走着，耳边听到田野里一片青蛙的“啯啯”鼓噪声，他知道这是青蛙在闹鸣叫春。蛙声不但唤醒村民们要开始耕地播种，也唤醒了他幼小的心灵，提示他要发奋读书，好好学习，天天向上。他听着此起彼伏、响成一片的青蛙鸣叫声，触景生情，脑子里忽然产生灵感，于是返回家里，拿出笔和本子，一气呵成写成了一首题为《蛙声》的诗歌：

星朗明月夜，
处处闻啯啯。
田间蛙鸣声，
唤醒小男儿。

这是饶贵生平生第一次写出的诗歌，心里特别高兴。在他小学四年级上学期的期中考试中，语文得到了 98 分，全班第一，但是算术考试由于粗心大意，奔着第一个交卷，后面的那一题分数多的试题做错了，结果算术只得了85分。教算术课的刘老师在发卷讲评的时候，特意点他的名，并给同学们作分析，讲饶贵生为什么会做错，这真让饶贵生无地自容，感到脸上发烧。他非常懊悔，恨自己粗心大意，本该能够做对的，却做错了。这天中午放学回家后，他把自己关在房间里哭了一阵，母亲叫他出来吃饭，他任凭母亲怎么叫也不肯开门，决定自己罚自己一餐饭。直到下午上学的时间到了，他才背起书包，饿着肚子上学去。母亲又气又心疼，在他后面拼命叫他吃一碗饭再去上学，他无动于衷，不答不理母亲，头也不回朝学校走去……

饶贵生小时候上进心和虚荣心特别强，无论是学习语文还是算术，每次考试甚至每次作业，他都要争取拿第一名。不拿到第一名，他就会觉得没脸见人，没脸见父母，没脸见老师，没脸见同学，心里就会非常难过自责。

1963年春，康都小学如期开学。饶贵生已经开始读小学三年级下学期了。3月中旬，学校在全体学生中掀起开展学习雷锋的热潮。

原来，在这年的2月22日，毛泽东主席应《中国青年》请求为雷锋同志题词。雷锋是一名中国人民解放军某部运输连的战士、班长。1962年8月15日，在辽宁抚顺市望花区不幸因公殉职，年仅22岁。雷锋同志因公牺牲后，他的日记与事迹陆续被一些新闻媒体报道出来。《中国青年》杂志社觉得雷锋是和平时期青年的一个楷模，打算在1963年3月2日出一本特刊，专门介绍雷锋事迹。2月17日他们给毛主席写信希望毛主席能为雷锋题词，毛主席看信后为了全面概括雷锋同志一切从人民利益出发，全心全意为人民服务的精神，写下了“向雷锋同志学习”这一著名题词。3月2日，毛主席的题词在《中国青年》上刊出了。4日，新华社发通稿。5日，全国各大报纸纷纷刊载毛主席的“向雷锋同志学习”的题词。毛主席题词以后，刘少奇、周恩来、朱德、陈云、林彪、邓小平等党和国家领导人都先后题了词。后来，中央决定，把3月5日定为学雷锋纪念日。从此，在全国广泛开展学习雷锋的活动。

饶贵生作为班长，自然是走在全班学生的前头，积极开展向雷锋同志学习，大力宣传雷锋同志的事迹。他原本从小受到父母的良好教育和熏陶，历年来做了不少助人为乐的好人好事，思想健康，品质纯正、优良，现在通过学习雷锋同志的模范事迹，从内心深处崇敬雷锋，表示一定要处处以雷锋为榜样，树立爱憎分明的阶级立场和奋不顾身的无产阶级斗志，发扬公而忘私的共产主义风格，言行一致，乐于助人，积极奉献，勇做一颗“螺丝钉”，并在学习中发扬刻苦钻研的“钉子”精神。

饶贵生至今还清楚地记得，他在读四年级的时候，语文课分别有《小英雄雨来》《黄继光》《董存瑞》《邱少云》《刘胡兰》《鸡毛信》《刘文学》《飞夺泸定桥》等等课文，还有毛主席诗词《七律·长征》。每学一篇课文，他都被课文里英雄人物的事迹深深地感动，英雄主义和爱国主义思想在他的灵魂之中扎下了根。他不仅当时对这些课文都背得很熟，而且能够讲解一个个英雄人物的故事，以至于笔者在采访时问他还记得读小学语文课《小英雄雨来》是怎么回事？他熟练地回答：抗日战争时期，晋察冀有个 12 岁名叫雨来的小英雄，他被迫给敌人带路，却把日本鬼子带进了八路军的地雷阵，炸得鬼子狼嚎鬼哭。他以后又站岗放哨，送鸡毛信，配合八路军与鬼子周旋。笔者又问他《黄继光》的课文，他不仅能说出黄继光在抗美援朝上甘岭战役中，用胸膛堵住疯狂扫射的敌人暗堡机枪眼，让部队顺利冲上去的英勇事迹，而且还背诵他小时候唱过的儿歌：

英雄黄继光，
挺胸堵机枪。
扔出一颗手榴弹，
炸得敌人稀巴烂……

1964 年的夏天，小学四年级语文、算术等课文新课都上完了，老师为同学们布置了几天简短的复习，很快便进行期末考试。考试结果，饶贵生的总成绩仍然是全班第一名。

康都小学属于初级小学，设置安排教学是一年级至四年级，没有五、六年级。饶贵生知道，如果升级再读书，就要走出康都小学，由县教育局统一安排，转入樟坊公社樟坊完全小学读书。

那时樟坊公社范围不算大，1970 年“扩社并队”，樟坊公社并入太和公社。如今，太和镇的那个行政村“樟坊村”，就是原樟坊公社所在地。

樟坊小学距离康都村有 3 公里。在这年的暑假期间，饶贵生向村里几个比他高一年级、已经转升到樟坊小学读五年级的学生打听过，樟坊小学比较严格，要求读五、六年级的高小学生全部吃、住在学校，星期六下午才能回家，星期日下午必须返校，中途不准离开学校。饶贵生想到自己升级转到樟坊小学去读五年级，可家里生活困难，连被子都买不起，思想产生了动摇，想打退堂鼓，不愿离开家里，离开父母，到樟坊完小去上学读书。是啊，此时的饶贵生毕竟还不满 10 周岁，思想非常单纯、幼稚，也从未离开过家里。

临近开学了。8 月 30 日傍晚，饶明裕从公社林场下班回家，在吃过晚饭之后问儿子：到樟坊小学读五年级要交多少书费、学费呀？饶贵生没有吱声。父亲其实早就看出儿子有不想再读书的思想，此时耐心地问儿子：“后天就要开学了，你怎么还不做好准备？”饶贵生见父亲追问，知道瞒不过去，便小声说：“我不想再读书了。”饶明裕非常恼火，但还是压住语气，继续追问：为什么？饶贵生嗫嚅着回答：“樟坊完小要求学生在那里住宿，俺家里没有多余的被子；您又在公社林场工作，家里没有劳动力，我们家是欠钱户，我不去上学，就可以多赚工分，还可帮助母亲种自留地，多做点家务……”饶明裕没等儿子说完，顿时火冒三丈，眉毛倒竖，开始发怒，喝道：“超支户是你考虑的事吗？我没赚工资吗！”饶贵生再也不敢作声，也没有哭，只是流下了几滴眼泪。停了好一会儿，饶明裕压下火气对儿子说：“你知道父亲没读过书，没有文化，吃过多少亏吗？如今社会发展很快，你要是不去读书，没有文化，是要吃一辈子亏的，你懂吗？”

饶贵生很怕父亲再对他发脾气，也听懂了父亲话中的意思，便悻悻地点点头。

父亲接着平静地说：“有句老话，叫作‘生崽不读书，好比养头猪’。你现在不读书，将来能有什么出息？明天，你一定要老老实实赶到樟坊完小去报到读书。”他见儿子点头答应了，便又说道：“我已经跟隔壁邻居谭国贤同学的父亲讲好了，他家里有被子，同意你跟他儿子共铺睡。你明天和他一同去樟坊学校报到。”

十五、抄写字典

樟坊小学不愧是一所完全小学，老师比较多，教学比较规范，学校的纪律也比较严格，并且要求五、六年级的学生一律在学校住宿。

王美松老师是饶贵生的班主任。当时许多老师上课都是讲本地“土话”，不会说普通话。受老师的影响，直到现在，饶贵生讲话都夹带着家乡口音，使他的普通话不标准。开学后的第一个星期，由于同学之间都很陌生，王老师没有急着要同学选班长，而是先让大家互相熟悉、了解，观察每个同学的表现。其实，王老师对全班的每个同学早已有所了解，因为多数学生是本校读四年级升级上来的，像饶贵生那样从外地转来的学生，在报到的时候，他一一看过四年级期末考试成绩报告单上的评语，知道学生们以前的学习成绩和在校表现，也知道谁以前当过班长。结果过了两个星期，王老师才让学生选班长、副班长和学习委员、劳动委员。

通过老师提议，同学们选举，饶贵生又一次当上班长了。他心里当然高兴，学习更加用功，班上的工作也积极主动地做，凡是老师布置的任务都带头完成，有的同学学习上不够努力，他会主动帮助、指导，有的同学懒惰或者调皮，他也会大胆对他（她）进行提示并要求纠正。

饶贵生由于家里没有多余的被子，只好与本村的谭国贤同学搭铺睡。吃饭是从家里拿来的大米，送到学校食堂过秤称，然后换领饭票，烧的柴火都是由学生上山砍来的。平时吃的菜也是从家里带来，用有盖的竹筒子装一筒腌菜、辣椒酱、干小鱼等，吃一个星期根本不够。刚上学那会儿正是9月，气温比较高，腌菜过了三四天就发霉变质，学生们照样吃。一个班的男同学住在一个寝室，大家所带的菜基本上到星期四就吃光了，余下的一两天只得吃白饭，如有个别同学的菜罐还剩了点菜，其他同学还会围过来抢着吃。对此，饶贵生却从不抢别的同学的菜吃，有时他从家里带了点腊肉、荷包蛋之类的好菜，他还会主动分一点给同学们吃。

樟坊完小每个星期都有一节劳动课。老师为了让这些读五、六年级的高小学生能为学校做点实事，就把两周的劳动课合并某天一起上，改为每两周进行一个下午的劳动。第一次上劳动课是种菜，学校的旁边有一片菜园地，老师带同学们在菜园翻地，然后把翻转的土耙细，把地铲平整，用锄头挖成一条一条浅浅的沟，再让学生从厕所抬粪水浇到菜地的沟内，把萝卜籽撒进土沟中，用锄头盖上一层薄薄的细土。9月下旬一个星期五下午的劳动课，学校安排饶贵生那个班的同学上山砍柴。

到了上劳动课的那天下午一点钟，全班的同学都在教室集中，然后由劳动委员整队出发去离学校三里远的山上砍柴。同学们个个都带上了毛镰和扁担、绳子，王老师也带了劳动工具，走在同学队伍的后面。饶贵生精神抖擞地走在最前面，这不仅是他身为班长理应要带头，更主要是他从小热爱劳动，尤其是砍柴，他在入学读书之前就多次跟着哥哥上山砍柴。这天下午三个小时的砍柴劳动，他表现得非常活跃、积极，砍的柴是全班同学中最多的。老师在进行总结点评的时候，自然又表扬了饶贵生。

1964 年的秋天在紧张的学习中悄悄过去，冬天很快就来临了。这一年的冬天冷得比较早，也特别冷。饶贵生由于在学校是与邻居姓谭的同学搭铺睡。晚上睡觉的时候，这个同学经常耍脾气，睡着睡着就把被子卷到他自己一个人身上，饶贵生睡到半夜就经常被冷醒过来。他从小受到母亲谦恭礼教的影响，冷醒后见被子都被这个同学卷压过去了，想到被子是人家的，自己也不好说什么，只得爬起来把白天穿的衣服全部穿在身上，坐着等天亮。饶贵生处在少年长身体时期，加上白天学习紧张，所以晚上一般都睡得很沉，但由于老是盖不到被子，仍然经常被冷醒。终于有一天，冻得生了病，咳嗽、流鼻涕、发高烧，浑身像浮起来似的没有力气，还喘着粗气。王老师见他生病，中午派了两个同学送他回家去休息，叮嘱他尽快请医生看病，服药治疗。

饶贵生回到家里，母亲非常心疼他，当即带他去大队卫生所看医生，打了针，开了一些药丸。服用了两天药，在母亲的精心调理下，他的病迅速好起来了。这正是，小孩子生病，来得快去得也快。

饶贵生病情好转以后，并没有及时返回学校去上课，这天一早起来，他就拿着毛镰和扁担绳子上山去砍柴。上午和下午都去了生产队参加劳动，晚上到生产队部记了工分。第二天早晨，母亲早早地为他做好了咸菜，给他装了一小布袋的米，叫他去学校上课。可是他却对母亲说："我不想再读书了，父亲在公社林场上班，家里没有劳动力干活赚工分，会欠生产队很多的口粮款，我要参加集体生产。"说着就出门到生产队劳动去了。母亲追不上他，气得没法，只得等丈夫回家来了告诉他，让他来管管儿子。由于公社林场的事情也很多，饶明裕经常是在林场住宿，正好这天傍晚下班后，饶明裕抽空回家来了。当听说儿子不愿读书的情况之后，肺都要气炸了，拿起一根长长的竹竿，赶到儿子劳动的田间追打，一直把儿子赶到山上去了。饶明裕一边追打儿子一边说："你不去读书，我就不认你这个儿子。"由于他的右腿有问题，追了一段路，只得停下来，望着儿子的背影吼骂道："你告诉我到底去不去读书？如果明天还不去读书，我打断你的腿！"

饶贵生害怕父亲打他，这天晚上许久不敢进屋，一个人在屋前屋后转，母亲不放心他，出门摸黑到处寻找他，直到十点多钟才找到了他。此时他的父亲已经睡了觉……

饶贵生睡在床上，想着父亲逼着要他读书，完全是为着自己好，今后能有出息。他知道父亲非常有主见，性格很倔强，父亲认准了的事，别人无法改变他的看法。想到这里，他轻轻地叹了一口气，默默地在心里对自己说：那就继续去读书吧，好在自己的学习成绩还不错，这次旷课是由于自己生病回家的，并不是逃学，现在学校里还没有人知道自己不想读书的事。今晚是躲过了父亲，明天早晨不等父亲起床自己就早些走，否则还要挨父亲的打骂。

经过一个夜晚的折腾，饶贵生睡到早晨太阳已经几丈高了才醒来。此时他发现父亲已经去林场上班走了，母亲在厨房做饭。母亲见儿子起床了，赶紧打好热水叫儿子洗漱，接着添饭给他吃。在饶贵生吃饭的时候，母亲已把菜罐和米袋放到身边。他吃完饭以后，说了声："娘，我去上学了。"便提起菜罐和米袋，闷着头走出了家门……

饶贵生返回学校之后，不声不响地继续读书。他对父亲为什么逼他读书，也渐渐地想明白了，从此，他便更用功认真读书。由于他的接受能力比较强，各门功课的成绩都排在全班前三名，因此，别的同学在学习上感到比较吃力，他却很轻松。为了给自己打好基础，从读五年级的第二个学期开始，在每天晚上的自习时间里，他做完作业以后，借来老师的《新华字典》查找不懂的字、词。那时候什么东西都短缺，就是有钱也买不到字典等工具书，看着看着，他爱不释手，便动起了抄写字典的念头。

他说干就干。周末回家时，他向母亲讨要了 1 块钱，买了好几个本子，便开始抄写《新华字典》，他“加班加点”一个劲地抄写，抄了一页又一页，抄了近一个学期，还有大概四分之一没有抄完。暑假期间，他回家参加生产队里“双抢”劳动，每天起早摸黑拔秧、栽禾，休工后到家里的自留地干活，有时帮助家里放牛。秋季学期开始后，他读六年级了，仍然借来那个老师的字典，利用各种空余时间见缝插针不停地抄写，硬是坚持把《新华字典》全部抄写下来了。

苍天不负苦心人，汗水孕育果实。抄写字典看似有点愚蠢可笑，实际上不无裨益。饶贵生通过抄写《新华字典》，磨炼了吃苦耐劳的意志和毅力，识字解词能力也明显提高。

日月穿梭过，冬去春又回。1966 年春季学期，饶贵生一直努力刻苦学习。经过樟坊完小二年的煎熬和磨砺，他克服了重重困难，总算圆满完成了学业，高小终于毕业，并以优异的成绩升学进入初中。暑假期间，他接到了潋注中学寄来的录取通知书，他知道自己顺利升入潋注初中是一件值得庆贺的事情。当时小学毕业升入初中的比例非常低，班上 30 个同学中只有 6 个升入潋注中学继续读书，其他人都回乡务农。他便感觉自己很幸运，并暗暗下决心，一定要珍惜难得的学习机遇，发奋读书，掌握更多的知识。

十六、复学付坊

饶贵生早在 1966 年 9 月由樟坊小学毕业后便考入潋注中学（即太和中学前身）。由于“文革”，学校停课一段时间，饶贵生整整休学三年。到了 1969 年，学校在“学工，学农”的基础上恢复了文化课教学。

在这种大环境下，家长们希望能让休学在家的孩子就近重新上学。当时担任康都小学校长的李相宏从教育工作会上得知，为了方便贫下中农子女上学，有条件的偏远大队，可以附设初中班。并及时向大队领导作了汇报。由于开设初中班需要增加老师，会加重负担，在开会研究时，部分大队干部有不同看法，反对开设初中班。时任大队书记的谢禄才眼光远大，明确表态小孩子读书是好事，培养人才很重要，便果断拍板同意开设初中班。并确定由南丰一中下放的梅秀峰老师负责语文教学，知青李绍声担任数学老师并兼任班主任。同时，安排大队广播员，上海知青夏月华兼任体育、音乐老师。最后，初中班如期开学了，共招了 16 名学生。当时饶贵生没有来上学。一问才知道，饶贵生不愿上学，到生产队出工劳动去了。饶贵生的父亲饶明裕针对儿子的倔强性格，不愿上学读书的情况，当天晚上便来到知青点，找到了李绍声老师，请求他帮助做做工作。李绍声老师平时就和饶贵生关系很好，沟通起来比较顺畅，第二天李老师便找到饶贵生谈心，采用晓之以理，动之以情的方式询问饶贵生不愿读书的原因。饶贵生便愁眉苦脸地说："我不愿重新上学主要有以下两点思考：一是父亲身体不好，家里经济条件差，放弃读书，参加生产劳动可以减轻父亲的负担；二是到大队附设的初中班读书，要和低自己一、二届的孩子同班共读，颇感委屈和没有脸面。"李老师听后便循循善诱，阐述读书的重要性，并坦言就是当农民也要学文化，懂科学，才能过上好日子。饶贵生听后，感到李老师的话言之有理，从而打消心中的疑虑，表示愿意重新上学读书。饶贵生重新上学后，由于学习用功成绩优良，课余时间参加公益劳动积极肯干，表现突出。

康都小学刚办起来的初中班，老师上课没有课本教材。杨老师教语文，主要是读报纸学政治、背诵唐诗、讲历史故事、读成语典故、练写毛笔字，等等。虽然没有课本，但杨老师把语文课的内容安排得很丰富，加上深入浅出讲得非常生动，学生们很喜欢听，都乐意接受。不言而喻，大家的收获也是很大的。

康都小学初中班只开办了一年，上面又来了通知，撤销大队所办的初中班，要求把初中班的同学都转并到付坊中学去读初二。太和公社在 1968 年"扩社并队"时被撤销而并入付坊公社。付坊中学距康都村大概有 8 公里路。

1971 年 2 月，饶贵生来到付坊中学读初中二年级。付坊中学比较正规，老师都是来自原潋洼中学，师资力量比较强。组织上委派曾经担任过朱坊公社党委书记，当时下放在付坊的陈芳才同志当校长。学校规定初中部的学生全部在学校住宿，每周才可以回家一次，星期天下午必须返校。负责教初三年级语文课且担任班主任的是赖世英老师。入学不到两个星期，同学之间、同学与老师之间都互相熟悉、了解，赖老师在班上要同学选班干部，饶贵生又被选举为班长。赖世英老师是瑞金县人，1963 年宁都师范学院毕业分配在南丰县工作，1968 年调入付坊中学任教，赖老师主要讲授语文和地理，他不仅有学识、有水平，知识面很广，而且敬业精神很强，工作起来总是精神焕发，使人感到他有一股使不完的劲。他上课很认真，教学方法好，非常有激情，讲课循循善诱、通俗易懂，很容易接受。他平易近人，爱接触同学，课余时间经常与同学交流，给同学讲历史，不仅讲中国的历史知识，还经常讲世界的历史知识，什么古埃及、古罗马、巴黎、华盛顿、莫斯科，等等。赖老师尤其对《三国演义》非常熟悉，能从头至尾把人物、事件和典故讲得一清二楚，如桃园三结义、三顾茅庐、孔明借箭、关公走麦城、刘备借荆州、火烧赤壁、智取姜维、空城计、失街亭、三马同槽等等，赖老师都讲得活灵活现。赖老师为人慈善、和蔼，爱生如子，无论学习上还是生活方面都言传身教，为人师表，尽心尽意关心、教育、帮助每一个学生，以其高尚的人格魅力，引导、感化学生健康成长。饶贵生对赖老师十分崇敬。他经常说："赖老师的为师之道、为人之道，使我一生受益。"饶贵生离开付坊中学半个世纪以来，他还坚持经常去探望赖世英老师，并送给赖老师一块"为人师表"的牌匾，悬挂在赖老师家的厅堂里，以表达对恩师的感激之情。

十七、攻读高中

饶贵生在付坊中学读书期间，除了政治、语文和数学课之外，还开设了物理、化学和英语课。但学校依旧没有统编教材，教学内容都是由各任课老师根据过去的教材，结合学生以往所学习的情况而自行挑选安排的。饶贵生这批学生以前没有学过物理、化学和英语，任课老师不得不从初中的第一册课文教起，把整个初中年级的课程安排到两个学期内教完，因此，老师只能是选择性地教学，有些课程也只能是“蜻蜓点水”似的向学生讲授。不过，那几年读书升学、升级并不完全凭考试成绩的优劣，而是强调政治挂帅，基本上是愿意读就继续往上读。所以在那些年，学生的学习成绩出现明显的“两极分化”，好的能教同年级学生，差的考试只能得二三十分，甚至有的交白卷。

饶贵生属于基础较好、积极要求进步的学生，在当时的学习环境中，几乎得到了“突飞猛进”式进步，学习成绩急剧上升。成绩越冒尖，他就越对学习感兴趣，学习就更加刻苦用功，渐入良性循环。在班上，他的语文、数学一贯基础好，成绩冒尖自不必说，现在新学物理、化学和英语，老师上课的内容都能听懂、消化掌握得了。不仅如此，他还设法向相关任课老师借来整个初中阶段的老教材进行自学和复习，到初中毕业时，他把初中阶段的全部功课都学习完了。当时学校为了创新教学方式，还选拔学习成绩优良的学生上讲台授课，饶贵生就曾经为同一个年级其他班的学生上过物理课。

那时候特别强调走“五七”道路，劳动课非常多，每隔一天便劳动一个下午，有时还要劳动一整天。饶贵生不仅学习认真，成绩优良，在劳动中也模范带头，苦干在前。

到这年年底，初二年级进行了期末、毕业考试。1972 年 1 月饶贵生初中毕业了，临放假那天，初中毕业班的同学还进行了简单聚餐，学校给每个同学颁发了初中毕业证……

1972 年的春节，饶贵生是在焦急的等待中度过的。他想着自己一波三折，在艰难曲折中完成了初中阶段的学业，拿到了初中毕业证，但对下一步的去向又出现了迷茫。他在毕业时听赖老师说，原太和公社又要从付坊公社分开，重新成立新的太和公社，上面强调发展和普及教育，凡有条件的公社中学都要创办高中，初中毕业生不需到县中去读高中。可是，他还没有得到正式的通知，一切都有可能发生变化，到底自己能不能升学？升学到哪里读高中？还是个未知数。再说，他的家庭由于吃饭人口多，劳动力少，生活仍然很困难。他想到父亲为了全家人的生活，一年到头没日没夜，干完了公社林场的割松油、种蘑菇等副业生产，还得忙自留地上的农活，实在是太辛苦了。如今自己已满了 17 岁，即将成为生产队里评满分工的正式劳动力了，应该早点出来帮助父亲分担家庭生活的担子。然而他又想起前段日子传说国家要实行教育整顿，可能要恢复高考制度。他在这两年复学读初中以后学习成绩一直在班上名列前茅，他也非常渴望继续深造，能升学读高中。究竟是继续读下去，还是回家参加农业生产，饶贵生的心里很纠结、彷徨……

就在元宵节前两天傍晚，父亲饶明裕从公社林场回到家里，在吃晚饭的时候，父亲把他带来的一张太和公社中学的入学通知书交给饶贵生，并对他说："你已经被录取了，可以升入太和中学读高中了。读书是大事，千万不能耽误，再过三天你就要去太和中学报到入学了，请尽快做好准备，把该带的东西都整理好，安心读书去。家里的事不用你操心，一切有你老爸顶着，生活再困难也要让你继续上学读书。"

高中同学留影

父亲简短的几句话，让饶贵生心里的迷茫顷刻间便冰消雪化、雨过天晴。原来父亲眼光看得更远，他再也不敢向父亲提起放弃上高中回家劳动减轻生活负担的话，并且自己也坚定地选择继续升学读高中。他被父亲几句解开他心中疙瘩的话深深地感动着，从内心深处敬佩父亲的见识和关爱。

当时太和中学还没有校舍，是借公社旁边一个名叫寨里村的两栋新建的新农村公寓当校舍。学校和教室非常简陋，但这里的师资力量却非常强，很多老师是从省、市、县和外地的名牌大学下放分配来的，他们分别毕业于南京大学、厦门大学、西安交大、江西大学，还有南丰中学下放来的，等等。担任饶贵生高一（1）班的班主任，先是张惠泉老师，一个学期后调回抚州原籍地工作去了；后来是杨金根老师，原南丰县中学的一名骨干老师，曾经荣获过省级劳动模范。

也许是班主任张老师抑或学校领导事先对新生原初中毕业的学校进行过了解，一开学，张老师就点名推荐饶贵生当班长。这对饶贵生来说，是一个很大的鼓励和鞭策。他处处以“一班之长”的身份严格要求自己，少说多干，事事以身作则，模范带头，“上任”伊始就赢得老师和全班同学的称赞。当时由于是新恢复成立的太和公社，太和中学也是新办的，尤其是高中部，更是刚刚创办，没有现成的校舍，是公社安排借用新农村公寓做校舍。学校没有房子做食堂，校领导便发动老师和同学“自己动手”，一起上山砍树木、毛竹，搭茅棚盖厨房。下雨天茅棚地面都是积水，青蛙活蹦乱跳，蚂蟥都爬到师生的脚上，环境非常艰苦恶劣，但是师生们一起生活、一起办学，度过了一个又一个难忘的日子，同甘同苦，结下了深厚的师生情谊，虽苦犹甜。

在日常教学和生活中同学和老师都很愉快、很乐观。每天上课，老师教得认真，学生学得用心；每逢劳动，师生们都争先恐后，舍己苦干，整个太和中学充满着蓬勃向上的活力及和睦友好的良好氛围。

在整个高中学习阶段，饶贵生结识了很多有名的老师，如南京大学毕业的柯建中老师、西安交通大学毕业的蔡伟新老师，浙江大学毕业的陈胜老师，江西大学毕业的李文渊老师等等。尤其是教他语文课的班主任杨金根老师，爱岗敬业，教书育人，工作兢兢业业，埋头苦干，不仅知识渊博，教学艺术高超，而且处处以身作则，为人师表。

在太和中学读高中，同学们仍然是从家里带米、带菜，在学校吃、住，每个星期六下午可以回家，星期天下午返回学校，早晨统一敲铃起床早操，每餐吃饭，学生都像出操那样排队整班到食堂依次打饭，再端回到寝室吃，晚上同学们集中到教室进行晚自习，老师经常会在晚自习时走进教室辅导学生，遇到有同学提出共性问题时，老师还会在讲台上进行讲解。当时太和中学整个高中阶段，语文和数理化课程都讲授完毕，学生们学到了系统的知识，为后来同学们参加高考和人生发展奠定了良好基础。

杨金根老师是班主任，教语文课。杨老师的知识面广，讲课信息量大，并且口齿伶俐，条理性强，效果非常好。特别是有时别的老师因急事不能来上课，他就主动顶班，从不浪费学生的学习时间，也不计报酬。杨老师的这种默默奉献的精神，体现了学者匠心、师者风范的育人情怀，一直鞭策和鼓励着饶贵生认真负责做好本职工作。杨老师处处以身作则，与学生打成一片，同吃同住同劳动，朝夕相处，言传身教，用自己的实际行动熏陶和带领学生在那艰苦年代不断进步与成长。

到了 1973 年，学制已经变更了，由春季招生入学改为秋季入学。饶贵生这届学生由原定高中读两年毕业延长半年，要到 1974 年 7 月毕业。看来国家真的要恢复高考制度了，老师、同学无不感到精神振奋，学生们学习抓得更紧，始终以饱满的激情投入学习，准备以优异的成绩迎接高考，有的同学在晚上自习结束的铃声响过很久后仍不离开教室，继续复习功课，经老师再三催促才回寝室睡觉，还有的同学用手电筒照明，躲在被子里看书学习，一时间校园里奋发读书、刻苦钻研蔚然成风。

第三章　欣逢好时机 喜圆大学梦

十八、高中毕业

1974年春季开学了。高考仍然无法恢复，即将高中毕业的学生无不感到“大失所望”，老师也普遍迷茫起来。所有任课老师在感叹之余，都调整课程，开始安排一些农村生产、生活和科学种田的知识进行教学。

饶贵生此时的思想非常沉重而又复杂。表面上，他仍然尽力配合老师维护课堂秩序，上好每一节课。内心感到非常悲观，想的最多的是毕业后究竟做什么，自己的人生道路怎么走下去。他很忧愁，每天课余时间尤其是晚上，苦恼得几乎要流眼泪，心想自己“生不逢时”，想读书却没有书读，想考大学却不给机会。父母亲含辛茹苦让自己读书，自己也越来越喜爱读书，况且学习成绩一直比较优良，目前离上大学仅仅“一步之遥”，饭熟只差一口气，却停了火封了炉，不给机会考大学，断断续续读了十几年书，读来读去还是回家去“扒泥巴块”，心里实在不是滋味。

时间一天天过去，很快就到了6月下旬，饶贵生就要毕业了。马上就要结束高中阶段的学习生活，走向社会，返回到自己的家乡当农民。面对自己不知所向的人生，他的心潮无时无刻不在起伏震荡……

他很留恋复学以来在初中、高中阶段紧张学习的时光。在学校，虽然生活上非常艰苦，天天吃的是家里带来的酸腌菜、萝卜干之类的咸菜，且劳动课也很多，但他毕竟学到了不少语文和数理化等知识，还学到了一些英语。

此时，他不由想起了在入学“破蒙”读小学一年级时加入少先队的情景，尤其是音乐老师教大家学唱的那首《中国少年先锋队队歌》令他刻骨铭心，难以忘怀。

我们是共产主义接班人／继承革命先辈的光荣传统／爱祖国 爱人民／鲜艳的红领巾飘扬在前胸／不怕困难 不怕敌人／顽强学习 坚决斗争／向着胜利勇敢前进／向着胜利勇敢前进 前进／向着胜利勇敢前进／我们是共产主义接班人

……

饶贵生在这首歌声中成长，从小就怀着要做“共产主义接班人”的理想，刻苦努力学习。十余年来，虚荣心和好胜心一直伴随着他积极奋发向上，从读小学一年级起就立志考上大学，学习和掌握更多的知识，将来为国家、为社会作出应有的贡献。

他一直严格要求自己，不论是读初中还是高中，他的学习成绩一直在班上名列前茅。在读高中一年级时，他在一篇日记中写道：人生路漫漫，是一场接力赛，昨天为今天奠基，今天为明天铺路，日复一日，持之以恒，人生之路就会越走越坦畅，事业有成，收获幸福。

复学读初中、高中以来，饶贵生庆幸自己能够有机会结识到一些知识渊博又为人师表的好老师，他深信这些老师是他的榜样，是他今后人生路上的标杆，老师们的为人之道，将是他取之不尽、用之不竭的精神食粮。从这些老师身上，学到了怎样做事、做人。此时，不由想起了他的班主任杨金根老师——

青年时代的饶贵生

杨老师是江西新干县人，“文化大革命”前在南丰中学任教，主要从事语文和俄语教学，是南丰中学的一名骨干教师，1969 年下放到太和公社丹阳大队汤王排生产队劳动。不久因“扩社并队”，太和公社并入付坊公社，后来付坊公社中学复课，杨老师被上级领导选调至付坊中学任教。开学不久，杨老师一个人在付坊中学工作，离下乡落户的家有 5 公里远，全家人不在一起，生活多有不便。在学校领导的安排下，杨老师便准备把家搬到付坊中学来。搬家那天，学校安排饶贵生和游德平等几位学生帮忙，拉上两台板车前往丹阳大队汤王排村帮助杨老师搬家。杨老师和妻子、两个儿子、一个女儿全家五口人，家里非常清贫，要搬的东西很少，主要是几床被子、衣服和必需的锅、灶、盆、桶等生活日用品，仅仅两个板车就把杨老师的全部家当装下了，而且他的小女儿还坐在板车上。后来重新成立了太和公社，太和中学与付坊中学分开，杨金根老师便又被分配到太和中学任教。

杨老师经常对同学们说：学习全靠自己用功，老师好比引路人。杨老师上语文课，既提纲挈领，又循循善诱，讲到紧要处，绘声绘色，深入浅出，其教学方法生动有趣，大家都很容易接受。杨老师批改同学的作文，可以说是呕心沥血、煞费苦心，对每一个学生的每一篇作文，他都批改得很细致、很用心，小到错别字、词语，大到每句话、每个段落，他都批改得非常认真，在好的句子下面用红笔画圈，最后对每篇作文都写评语，充分肯定优点，恰当指出不足之处，对学生写好作文起到了相当大的启发和鼓励作用。杨老师始终保持旺盛的意志、饱满的工作热情和勤奋的实干作风，爱岗敬业。每天坚持早起晚睡，在饶贵生读高中的两年半时间内，早晨的起床铃和晚上的熄灯铃几乎都是他一个人“包”下来的，从未间断。当时学校条件差，找了一个手扶拖拉机的旧钢圈挂在教室走廊屋檐下，杨老师每次手握小铁锤敲铃，每天清晨，同学们都是听着杨金根老师敲钢圈“当、当、当”的声音起床、做操和学习，饶贵生对杨金根老师爱生如子、无私奉献的精神感动不已。

随即，他也想到了教数学课的柯建中老师——柯老师系福建永泰县人。或许是南丰县与福建省毗邻，只隔一座武夷山的地缘原因吧，他从南京大学地理系水文专业毕业后，被分配到江西省南丰县付坊中学当老师。柯老师初次到付坊中学来时，学校也是派饶贵生等几个同学到汽车站去迎接。柯老师的行李非常简单，只有一床被子、一个旧手提箱，身上穿的是一件洗得泛白的蓝色列宁装棉大衣。入校后住在学校大门旁一间简陋的房间里，窗户上还糊了报纸遮挡外面的光线。柯老师是教数学课，由于他名牌大学毕业，知识面广，功底扎实，讲课的条理性特别强，教学也很有艺术性，善于抓住课程中的重点，突出分解难点问题，而且口才又好，善于启发学生。柯老师还写得一手漂亮的魏体小楷，板书非常整洁清晰。他上完一节课，中途不用擦黑板，在讲课的过程中不时地把归纳出来的课文要点布局均衡地写在黑板上。讲课时间也掌握得非常标准，不看钟表，每次上课他说“这节课就讲到这里”时，学校的下课铃就会响起，常常是一分钟不差，非常准确，从不浪费学生的时间。柯老师上数学课，同学们都感到既紧张，又轻松，只要注意力集中，用心听他讲课，就没有听不懂的，再难的问题也会迎刃而解。柯老师引导着学生们有效地克服“平时不烧香、临时抱佛脚”的陋习，注重上好每一节课，抓住每节课时刻苦学习，要求和引导学生做到“平时多下苦功，考试放轻松”，在全班营造出了“不考不玩、小考小玩、大考大玩”的学习氛围，真正体现出“团结、紧张、严肃、活泼”的生动局面。由于柯建中老师爱岗敬业，工作踏实，教学水平高，能力强，在学生、家长和社会上声名鹊起，备受赞誉，同时也引起上级领导的重视，后来被组织上发现，选拔培养他进入南丰县的领导班子，先后担任县政府副县长、县委副书记、县委书记，最后在抚州市政府副市长的位置上光荣退休，成为一名党的高级领导干部，备受人们敬重。

饶贵生又想起教他物理课的蔡伟新老师。蔡老师是福建惠安县人，西安交通大学毕业，与柯建中老师一起分配到江西南丰县付坊中学、太和中学任教，讲授物理课。蔡老师身材高大、温文尔雅、风度翩翩，工作上兢兢业业，默默耕耘，为培养饶贵生这些同学完成高中学业，尤其是以后考上大学，走出深山，成长成才，同样付出了辛勤的劳动，打下了良好基础。

常言说：“近墨者黑，近朱者赤。”什么样的老师，什么样的教育环境和学习氛围，就能培养出什么样的学生。老师都非常喜欢学习成绩好、积极要求进步的学生。饶贵生把从读小学到读初中、高中所有上过课的老师想了个遍，觉得所有教过他课的老师都喜爱他，对他很关心，他对这些老师也十分尊敬。不过，印象最深的还是初中时的班主任赖世英老师和高中时的班主任杨金根老师。虽然读初中和高中总共只有三年半时间，并且一边读书一边劳动，学校也够简陋，老师断断续续上课，但老师与学生们同甘共苦，长年累月艰苦奋斗，结下了深厚的师生友情，给了饶贵生许多生活体验和有益启发，对他走上社会以后的整个人生影响很大，成了他学习进步与成长的“人生导师”。赖老师和杨老师不仅知识广博，教学水平和教学方法俱佳，更为主要的是这两位老师克勤克俭的良好品德、吃苦耐劳的敬业精神和雷厉风行的工作作风，都在饶贵生身上留下了不可磨灭的印记，老师们的高尚品德和闪光点在他心里深深扎下了根，使他无论在毕业回乡的逆境中，还是当代课老师，以及后来报考大学、走上工作岗位，以至逐级走上领导干部的舞台，都起到了潜移默化和“引路领航”的特殊作用。

十九、留校代课

1974 年 7 月 12 日，正值盛夏，骄阳似火。武夷山脚下的康都村，虽然早晨和夜晚有些阴凉，但是白天却格外炎热，这也许是山区不太通风且吸热厉害的原因吧。

这天上午，饶贵生在太和中学参加高中毕业班的班会，杨金根老师先作简短的毕业祝辞，接着亲手把毕业证依次颁发给每一位同学，然后召集大家到操场集体合影。

那时学校很穷，没有条件安排毕业“会餐”，照完相就算是整个高中学习阶段生活正式结束了。同学们都陆续回到寝室提取自己的行李，怀着难以名状的复杂心情，互相依恋着道别，一个个心情沉重地走出校门，踏上回乡的归程……

饶贵生走在回家的山路上，又热又闷，一路默默无言地走回康都村。他走进自己的家门，已是中午十二点钟了。母亲见儿子背着行李，一副疲惫、沮丧的模样，赶紧接下儿子的行李。她早已做好了中餐，等待着儿子回家吃中饭。哥哥戴传道在去年年底就结婚成家了，已不在父母家用餐，父亲在公社林场工作，没有回来。饶贵生同母亲和妹妹、弟弟一起吃完中饭以后，母亲就叫他先休息一下。他从学校回家时，大热天走了那么远的路，实在有些疲劳，所以二话没说就午睡了。

“当、当、当！”生产队下午出工的铃声把饶贵生惊醒，他连忙坐起来，揉揉惺忪的眼睛，便到住在隔壁的哥哥戴传道家去问生产队今天干什么活。哥哥正在扛起搭谷脱粒的大木桶要出去上工，见弟弟回来了，惊喜地说："你回来了？"饶贵生说："回来了，毕业了。"下午生产队干什么活？戴传道说："今天首次开镰割禾。你刚回来，就在家里休息，明天再去上工。"饶贵生回答："哦，今天就开始'双抢'了？我不用休息，这就跟你一道去割禾。"说着，他就挑起戴传道准备带走的扁担、谷箩，与扛着打谷木桶的戴传道一前一后去下稻田割禾……

在农村生活过的人都知道，农民一年中最忙、最累、最辛苦的事莫过于"双抢"。那时的生产队平时是集体生产劳动，大家同出同休，一天记十分工，但在春插和"双抢"时节，为了赶季节，争进度，把栽禾、割禾的活进行"包工"，按田亩面积计算工分，劳动力强干得多可以多挣工分。也有一些无法包工的农活，如晒谷、整田、拔秧等等，仍然按平时统一上工、休工的方法，干一天活最高记十分工。

由于早熟品种产量不高，生产队种早熟水稻，是为了对付"青黄不接"，所以种得比较少，第一天开镰割禾，生产队没有实行"包工"，社员们在一起收割。再过两天"双抢"进入高峰，就会"包工"。按年龄计算饶贵生已经是正式劳动力了，当然就要加入"包工"割禾的行列。

在饶贵生复学之后读初中、高中的学生时代，每年放暑假以后，刚结束学校的期末考试，回到家里便要立即参加"双抢"劳动，经受高温酷暑和繁重田间劳作的大考。所谓"双抢"，是中国长江流域特有的名词，即抢收早稻，抢种晚稻。每年的"双抢"一般都是在7月中旬开始。盛夏时节，稻子一天天趋于成熟，整个田野空气中散发着阵阵稻香，一眼望去好像金色的海洋，金光闪闪，非常耀眼。在赣东农村流传着以下农谚："小暑小割（割稻子），大暑大割（割稻子）"。在中国南方，水稻一年种两季，7月份早稻收割后立即耕田，重新栽插晚稻，并且必须在立秋前将晚稻栽种完毕。如果延误了季节，收成将大减，有的年份遇到寒露风，甚至绝收。"所以双抢期间农民们分秒必争"，白加黑干活，天未亮，公鸡尚未打鸣就得起床，下地干活，晚上天黑了还得披星戴月，劳作到九点钟左右才能拖着疲倦的身体回家休息。

7月盛夏，赣鄱大地像硕大无比的大蒸笼，热浪从大地往上涌，在田野中滚动，在天地间升腾。饶贵生每年7月中旬放暑假后，一回到家"就得参加紧张的双抢劳动"。在热浪翻滚的农田里割稻子，具体方式是，先弯下腰，左手抓住稻秆下部，右手拿着禾镰，从稻子离地面十厘米左右的部位割下来，分别扎成一小把放在田间。然后有人将割好的稻把拿去脱粒，最早是将四方形的打谷桶拖到稻田里，凭借最原始的人力把一捆捆割下的稻子往木桶的四壁上甩打，利用惯性原理将稻粒甩进打谷桶中。劳动中始终满头大汗、浑身湿透，一天下来腰酸背痛，胳膊疼得抬都抬不起来。后来，到了20世纪70年代初有了半机械的脱谷机。用脚踩作为动力，驱动轴轮转动，双手握住稻子放到齿轮的轻轴上脱粒，手脚并用，效率高多了。但是劳动强度也非常大，一天下来非常疲倦。每年到了7月下旬，抢收、割稻子的任务基本完成，便及时转入栽插晚稻阶段，尽管插秧不如割稻子、踩打谷机体力消耗那么大。但是由于整天弯腰驼背，脸朝泥土背朝天，双脚泡在滚烫的田水中，还要受蚂蟥的侵害，经常双脚鲜血直流，惨不忍睹，晚上回到家中，同样腰酸背痛，被蚂蟥咬过的伤口又痒又疼，难以入眠。饶贵生每年盛夏酷暑时节参加“双抢”劳作，都会联想起唐代诗人李绅的诗句：“锄禾日当午，汗滴禾下土，谁知盘中餐，粒粒皆辛苦”。

饶贵生家所在的下街生产队，劳动力比较整齐，因此每年“双抢”的进度在全大队算是比较快。他刚刚走出校门放下书包，当天就投入生产队收割水稻，接着参加“包工”割禾。他的两个妹妹都参加了“包工”栽禾。最小的弟弟饶小毛已经9岁了，在康都小学读三年级，学校早已放了暑假，这时也跟着两个姐姐下田送秧。这样每天起早摸黑苦干了近半个月，生产队完成了早稻收割任务，紧接着他便加入栽种晚稻的队伍，又连续干了10天，终于结束了晚稻插秧。经过近一个月时间没日没夜干下来，晒得浑身墨黑，累得腰弯背曲。虽然他从小在家里劳动惯了，身材比较高大，也有一些力气，但是，他毕竟近年来在学校读书，与生产队里长期从事农业生产劳动的其他社员相比，干体力劳动尤其是干“双抢”这样的繁重农活，也是非常吃力。可不，他的脖子、两条胳膊和大腿，好些地方被晒得脱了一层皮。然而，他无论干什么农活都不服弱，整个“双抢”硬是咬紧牙关顽强地坚持了下来，他参加“包工”割禾和栽禾劳动，平均每天合到16工分。

“双抢”忙完了，生产队恢复了正常集体劳动，主要是耘禾、用独轮车推谷到公社粮管所交征购粮任务等农活。饶贵生仍然坚持每天同其他劳动力一样，队长安排什么活就干什么活，一天也没有歇过。

在“双抢”劳动中，有些社员图进度，图数量，图多赚工分，往往忽视干活的质量，例如收割稻子，为了图快，乱丢乱抛，天女散花，把谷子撒得田里到处都是，造成很大损失。对此，饶贵生感到心疼，他想，到了手的稻谷这样白白浪费掉，真是太可惜。

那时每个生产队给社员记工分都是三天记一次，一般安排在晚上进行。到了记工分的时候，社员们吃过晚饭，都会不约而同地陆续赶到队委会，一家至少会来一个人。由会计拿出记工本按顺序念名字，念到一个就先让本人说这三天上工的时间做什么事，有没有迟到、有没有旷工，然后由社员们证明，队长拍板认可，确定记多少工分。有句老话说：“人齐脚不齐”，一个生产队几十个人参加集体生产，总会免不了有人因家里临时有这样那样的急事而缺工的、迟到的。三天时间记一次，队长一个人也记不清楚每个社员三天中出工的具体情况；有个别贪心占小便宜的，明明自己迟到、缺过工，却故意隐瞒不说出来，想蒙混着让会计给其记满分。有的社员知道，便指出来；还有的迟到过的社员在扣工分时说是扣多了，结果发生争吵，有时还会争论不休。为此，生产队每次到了记工分的时候，经常吵吵闹闹，甚至会吵到深夜十一二点钟才不欢而散。饶贵生有文化，素质高，从来没有与人发生过争吵，这不仅是他非常遵守生产队的劳动纪律，很少出现迟到、早退的现象，而且即使有时因家里有急事而耽误了时间，也会实事求是，缺了多少时间自己会主动说出来，队长和其他社员说扣多少工分就扣多少工分，即使扣多了一点，也都表示接受，从不提出异议，在乡亲们面前，表现得得体大气。

8 月 25 日下午，饶贵生正在田间出工劳动，康都大队的谢邦禄会计找到他，对他说：“刚才接到公社文教办公室电话，让我通知你，要你明天赶到公社文教办去拿通知，并强调说明天上午一定要赶到。”

那时候南丰县农村不但交通不便，通信也不是很顺畅，公社只与每个大队接通了电话线，每个大队只有一部手摇电话机。公社的电话总机是设在邮电所，公社办公室安装的也是手摇电话机，公社向大队打电话都要通过邮电所总机接转。

饶贵生感到很纳闷：心里想自己已经毕业离开学校回乡当了农民，在太和中学读书也没有什么遗留问题，公社文教办公室与我从来没有任何联系，还能有什么“通知”叫我去拿呢？转而又想：应当相信大队谢会计不会骗我。有道是："是福不是祸，是祸躲不过"，那我明天就去公社文教办，看看到底是什么通知。

第二天吃过早饭，饶贵生便上路赶往太和公社文教办。以前，他虽然没有进过公社文教办的门，但知道公社文教办就在中学隔壁。他这次去公社文教办拿通知，不像以前读书时提着米袋、拿着菜罐，今天是空着手，走得特别轻松，七八公里路程不到 1.5 小时就到了。

果然，文教办的门是开着的，有三位同志正在上班工作，他们见到饶贵生走进办公室来，虽然相互都不认识，但已猜到了七八分，有位同志便直接问："你叫什么名字？"饶贵生立即回答："你好，我叫饶贵生。请问，通知我来有什么事啊？"

坐在办公室中心位置上的包绍文主任直截了当回答说："请你自己看看吧。"接着就递给饶贵生一张盖有南丰县教育局公章的《通知书》，内容是：同意太和公社推荐的饶贵生同志到太和中学任代课老师。每月工资 30 元。

饶贵生喜出望外，双手握着《通知书》看了一遍又一遍，高兴得手都有些颤抖。还是文教办主任催他：拿这份《通知书》到太和中学，找校长报到吧。饶贵生的心里处在极度的兴奋状态中，听到文教办主任如是说，才好不容易回过神来："感谢包主任关心！"又转身面向其他两位同志道谢，便兴高采烈地走出文教办，径直向太和中学赶去……

当时的太和中学校长名叫涂相林，饶贵生很顺利地找到了校长办公室。涂校长认得高中毕业班的班长饶贵生同学，一见面，便主动与饶贵生打招呼，微笑着接待了他。其实，涂校长已经知道县教育局批准同意太和中学招聘两名代课老师，其中饶贵生还是太和中学推荐给公社文教办的，公社文教办请示公社领导同意后才上报县教育局审批。

饶贵生从涂校长办公室出来，立即去杨金根老师家里看望老师并报喜，杨老师见面后的第一话便是欢迎和祝贺他来太和中学当老师。

经过短暂寒暄和表达感激之情以后，饶贵生告别了杨老师，两腿生风般地走上返回康都村的路。他想以最快的速度把这个"从天而降"的好消息告诉父母亲，给家人送去一个惊喜！

当时与饶贵生一起被聘用在太和中学任代课老师的还有他的高中同窗好友游德平同学。游德平成绩优秀，表现突出，思维敏捷，表达能力强，讲课深受同学们欢迎。一年后，投笔从戎，参军去了，早早走出了大山。在部队期间，通过摸爬滚打，奋力拼搏，上了军校，读了大学，被组织重用提了干。后来，由于身体原因，申请转业到地方工作，当上了公务员。由于工作有建树有成绩。最后，在抚州市临川区人事局副局长的位置上退休，游德平同学与饶贵生志同道合，兴趣相同，在青年时代的学习生活中结下了深厚友谊，成为知心好友。

游德平同学的父亲游庆章籍贯临川县唱凯镇，是由上级有关部门选派到南丰县的第一批拖拉机驾驶员教练，其人品德高尚，爱岗敬业，乐于助人。为南丰县培养了一大批年轻的拖拉机手，对加速南丰县农业机械化的进程作出了有益贡献。在 20 世纪 60 年代，农村交通运输条件落后，拖拉机除了农忙季节耕地以外，平时也是重要的运输工具。游庆章师傅经常主动帮助村民们运货送人，提供热情服务，被大家誉为“热心的游师傅，村民的好朋友”。

游德平同学的母亲李斯珍，是一位慈祥的妈妈，平日里总是面带笑容，讲话轻言细语，和蔼可亲。含辛茹苦养育大了五名儿女，用满腔心血和辛勤汗水奉献家庭。她为人处世热情大方，乐于助人，与邻里之间和睦相处，关系融洽。她还是一名手艺精湛的裁缝师傅，几十年如一日走村串户，深入邻近的丹阳、坪上和汤王排等村庄上门制作衣服，无论春夏秋冬，白天黑夜都飞针走线，辛勤劳作，由于心灵手巧，手艺娴熟，态度认真，缝制的衣服合身好穿，款式新颖，深受村民们欢迎和尊敬。

二十、初上讲台

1974 年 9 月 1 日是太和中学秋季新学期开学的日子。饶贵生 8 月 26 日接到代课通知，28 日便带着生活和学习、工作用品，提前三天来到学校报到，作好开学前的各种准备工作。为了便于工作，上课时能准确掌握时间，饶贵生咬紧牙关，好不容易凑齐了 100 元钱，购买了一块辽宁产的红旗牌手表。在当时物质匮乏，能买手表也算是一件新鲜事，令人羡慕。

来到学校以后，后勤组的老师把已安排好的住房钥匙交给他，并带他看了住房，是一间 8 平方米的单人房间，办公兼住宿。饶贵生放下行李，整理了一下房间铺好了床，便去领取教材，准备开始备课。并向老教师请教“怎样当老师”，“如何上好课”。

30 日上午学校召开教师大会，首先是涂校长传达上级有关文件和会议精神、接着讨论校务会研究的新学期工作意见和要求，再由教务组组长宣布新学期教学计划和安排，并明确了各位老师所承担的教学任务。饶贵生是负责教初一（1）班的语文课，并担任该班的班主任。

饶贵生非常庆幸自己能被推荐留在母校当代课老师。两个月之前，他还是太和中学的一名学生，现在却转身成了一名老师。由“学生”变成“先生”的角色转换来得这么快，而且，还担任班主任，怎能不让他感慨万分！他十分清楚肩上的担子有多重，身上的责任有多大，心里暗暗立誓，决不辜负学校领导和组织上对自己的信任。

当时，初一年级一共有二个班。饶贵生刚刚放下书包，就握起教鞭，深感这是学校对他的信任和期望。下午，初一年级任课老师开会，由年级组长安排和布置新学期的教学内容。当时还没有全国统编教材，使用的是省编教材。

在正式开学前的几天内，他不分日夜地认真做好备课等各种准备工作。他通过了解发现，初一（1）班的学生，年龄参差不齐，最大的有 16 岁，最小的才 13 岁。当他第一次走进教室，有的学生看见老师如此年轻，比他们大不了几岁，不以为然地发出“嘘嘘”声。饶贵生当然明白学生是什么意思，这完全在他的预料之中。他根本不去计较学生对他的态度，按照他预先的准备，第一堂课，与学生面对面对话。他特别强调课堂纪律和作业要求，着重讲了“三准”“三不准”。“三准”是：准许学生与老师讨论和争辩学习上遇到的各种问题；准许学生向老师提出各种授课的意见和建议；准许学生在课余时间跟老师交朋友。“三不准”是：上课不准迟到早退；老师授课时学生不准交头接耳说话；做作业练习尤其是考试不准互相传抄和拖延时间上交。

饶贵生讲授第二堂课时，在学生中引起各种不同凡响。有的心存疑虑，认为这个“愣头青”老师很可能“嘴上没毛、说话不牢”；有的感到新鲜，认为这个年纪轻轻的新老师与以前的其他老师不一样，对学生的要求不同，看样子很严厉；还有的非常高兴，认为这个跟自己小哥哥一样大的老师说话很有趣，实际文化水平和教学能力一定不差。“三准”“三不准”体现了民主教学，尤其是对“准许学生在课余时间跟老师交朋友”这一条感到很亲切，因此，绝大多数学生对这位年轻的新老师表示欢迎和尊重。

在接下来的教学中，饶贵生总是不折不扣地按“教学纲要”进行。在上每一堂课之前，都做足准备，大到课时安排，小到对每篇课文的历史背景、主题思想、段落大意，以及词义解释、写作特点，都刻苦钻研，认真备课。加上他的口才很好，讲课抑扬顿挫有激情，讲解每一个问题都能深入浅出，绘声绘色，上课时能牵引学生的心神和注意力，使学生听得声声入耳，收获很大。在执行课堂纪律和倡导民主教学方面也能做到“言必信、行必果”，该表扬的表扬，该批评的批评。仅两个星期下来，全班的学风秩序井然，在学生中的威信明显提高，学校领导经观察和了解，对饶贵生这位初出茅庐的年轻老师投以赞赏的目光。

饶贵生勤勉躬行，一丝不苟，把全部精力都投入到教学之中。课堂上，他既严肃认真，又宽严相济，在讲课时要求学生全神贯注听讲；讨论问题时则要求大家不受拘束踊跃发言。在课余时间，尤其是晚自习，他经常下班后还与学生一起复习，一起分析探讨，共同解决学习上的问题。他还经常和学生们一起散步，聊天谈心，全然没有一点老师的架子，日复一日，与许多学生交上了朋友。学生们都很喜欢接近他，尊敬他，碰到什么难题都愿意请教这位“小哥哥”老师，与他讨论问题。这样一来，在初一（1）班，很快形成了一种互帮互学、上下民主、教学相长的活跃和谐氛围。

教育家陶行知曾说过：没有爱就没有教育。饶贵生用自己的言行把爱奉献给每一位学生，如春风化雨，滋润着学子们的心田。他初执教鞭上讲台，就给自己“约法三章”：凡是向学生承诺了的事，一定要兑现；凡是要求学生做到的，自己必须带头做到；凡是要求学生背诵的课文，自己首先背诵给学生听。他用自己的一言一行，诠释着“为人师表”的师道尊严。

在讲授古代诗词《卖炭翁》课文时，饶贵生改变以往的授课方法，自己先把唐代诗人白居易的这首诗原原本本背诵给学生们听一遍，然后才来逐句进行讲解。时至今日，他还能够完整无误地把这首诗背诵出来：

卖炭翁，伐薪烧炭南山中。
满面尘灰烟火色，两鬓苍苍十指黑。
卖炭得钱何所营？身上衣裳口中食。
可怜身上衣正单，心忧炭贱愿天寒。
夜来城外一尺雪，晓驾炭车辗冰辙。
牛困人饥日已高，市南门外泥中歇。
翩翩两骑来是谁？黄衣使者白衫儿。
手把文书口称敕，回车叱牛牵向北。
一车炭，千余斤，宫使驱将惜不得。
半匹红纱一丈绫，系向牛头充炭直。

饶贵生独特的教学方法，被学生们一传二、二传三地在初一年级其他两个班的同学中传播开了，无疑，也传到了全校老师和学校领导的耳朵里。在他走上讲台的第一个学期内，学校领导先后组织初中年级的语文老师到初一（1）班来听课。后来，县教育局主要领导下乡检查教学工作，并要求听课，太和中学也把听课的“任务”安排到初一（1）班，听饶贵生授课。领导们听了饶贵生的授课之后，充分肯定他教学态度认真，授课水平较高，并表扬他讲课方法好，绘声绘色、生动活泼，学生很容易接受。后来在一次全县教学工作会上，县教育局局长李志明在报告中还专门列举了太和中学代课老师饶贵生授课的成功事例……

二十一、业余学艺

饶贵生明确感到，自己能由一名中学生转身而成为一名中学教师非常荣幸，值得珍惜，责任重大、使命光荣。一定要勤奋工作带好班，上好每一节课，引导全班学生共同进步，健康成长。饶贵生从当代课老师的第一天起，就严格要求自己，两个学期下来，他所教、所带的初一

（1）班 48 个学生，经历四次期中和期末考试，每次考试平均分数在全校两个初一年级班中都排在第一位。

饶贵生在学生时代一直当班长，懂得班干部对抓好一个班的组织纪律和学习、工作的重要性，因此他对班干部尤其对选好班长非常重视。有耕耘就有收获。他当班主任所带的初一（1）班，各方面工作都走在前面。各位任课老师一致反映该班的课堂秩序、班级纪律、学习风气最好。

饶贵生当班主任，善于抓两头带中间，对学习成绩好、遵守纪律的同学非常喜爱，对学习成绩不好又比较调皮的学生也不嫌弃，总是主动接近这些学生，有的放矢地采取启发和鼓励式的正面教育。每当发现哪个后进学生有微小进步，就在班上进行表扬，促使该同学精神振作起来，并带动其他后进生一起奋发努力。久而久之，在全班学生中形成了积极向上的良好风气。

饶贵生在太和中学工作期间曾遇到一个非常典型的后进生，该学生名叫林有坤，学习基础很差，不愿上课，性格暴躁，经常惹是生非，欺负别的同学，是全校有名的“钉子生”，学校曾打算开除他的学籍，但由于该生家长再三恳请学校耐心教育，以免流入社会成为浪子。学校领导找到饶贵生征求意见，要将林有坤同学交给他，放在他教的班级继续读书，做好帮教转化工作。他通过思考后，同意校领导的安排，接下了林有坤同学来本班学习。一开始，他主动找林有坤谈心，了解他的基本情况和内心想法，经过耐心疏导和多方提示，林有坤说出了自己的真实感受和想法，也承认自己学习不用功，不遵守纪律，喜欢打架斗殴，主要原因是他天天挨批评，受到老师和同学的歧视，比如说参加学校布置的各种义务劳动，他很卖力。但做得再好，老师也不表扬一句，长此以往，他就破罐子破摔，表现越来越差，陷入恶性循环，变成了坏孩子。通过谈心掌握情况后，饶贵生便因势利导，对该生有的放矢地进行启发式教育，采取晓之以理、动之以情的方式对他“约法三章”，一是遵守纪律，按时上课，尽力读书；二是遇到困难和问题及时告诉老师；三是不再与同学吵嘴打架。他口头答应了，并且行动上也基本做到了。饶贵生细心观察，每当发现他的一点细微的进步就在班上进行表扬。他第一次听到老师在课堂上表扬他，心里感到很舒服，便开始自律起来。后来，饶贵生又发现他劳动比较积极，砍柴、种菜和打扫卫生都做得比别的同学好，第二学期便安排他当了劳动委员，负责组织和带领全班同学共同完成好劳动任务。由于他的表现越来越好，班上同学也与他亲近起来，很支持他的工作，集体活动开展得有声有色，成效明显，还受到校领导表扬。林有坤荣誉感大增，慢慢地学习成绩也跟上来了，每次考试能够及格过关，最后顺利毕业，成为一名合格的初中毕业生。时至今天，时间过去了 40 多年，林有坤已经成为一名事业有成、经济宽裕、家庭幸福的多种经营能手，受到社会尊重，成了当地比较出名的富裕户。饶贵生几年前有一次遇见林有坤，对当年悉心帮教他的饶老师非常热情，充满感激地说："饶老师，是您当年关心、关爱和培养了我，让我改邪归正，完成了学业，学会了做人、做事，才有今天的事业成功和家庭幸福，我将永远铭记，感恩感谢！"

教学工作有条不紊地继续进行。一天晚上，饶贵生抽空去杨金根家中探访。每次与杨老师闲聊，都感到收获甚大。这天晚上聊的虽然是一个老话题——唐宋八大家，尤其是杨老师谈起南丰县籍的宋代历史人物曾巩以及南丰"七曾"，使饶贵生倍感兴致勃发。虽然以前他从书籍中看过有关"唐宋八大家"之一的曾巩的介绍，读过一些曾巩的散文和诗词，也早已知道曾巩是南丰县洽湾镇桃源村渣坑自然村人，距离他的家乡康都村只有 30 公里路，但从未去过渣坑村，对曾巩祖上的情况并不了解，对"南丰七曾"更不知道。这次听了杨老师对有关曾巩及其家族情况的介绍，他才恍然大悟。

在曾巩老家洽湾镇桃源村渣坑自然村，有一座其后人为曾巩建的祠堂。改革开放后，政府与族人共同出资进行了修缮，目前面貌一新，里面展示了曾巩家族的千年发展史。

饶贵生经常暗暗地以赖老师、杨老师等恩师为榜样，用心上好每一堂课，指导、帮助班上每一位学生进步成长。然而，在夜深人静的时候，他也想到自己的前途命运。难道自己就这样当一个没有正式编制的代课老师吗？代课老师到底能"代"多久呢？饶贵生遇事喜欢瞻前顾后思索与探究，且随着年龄增长思维能力日趋成熟，想问题比较长远周到。他一边在持之以恒地尽心尽力当好代课老师，教学和工作都力争上游，一边悄悄谋划着自己的"退路"。他经常想，"代课老师"就是没有编制的老师，说穿了只是一个临时工，随时都可以辞退和解雇。到时候说不要你就辞退了，哭都哭不出眼泪。此时，他又想到那一句“艺不压身”的老话，意思是：人要有门手艺，才能安身立命。他在想：人无远虑必有近忧。自己目前虽然在这里当代课老师，但必须有“一朝被辞退，终身无指望”的危机感，只有想好了“退路”，才能明哲保身，衣食无愁。

饶贵生早在刚升入初中不久、休学在家、拜师学徒的时候，就暗下决心给自己立规矩，一定要通过学手艺，找出路，求生存。

学什么手艺呢？饶贵生有了“学艺”的想法以后，又在为究竟选择学什么手艺而苦思冥想着。他心里明白，再重操当兽医或做圆木的手艺，已经太落后了。自己读了这么多年书，掌握了不少文化科学基础知识，要学手艺，就必须紧贴时代、跟上科学技术进步和发展的步伐，选择一门比较长远、技术含量高、有发展前途的手艺。要是真正学到了这样一门新技能，何愁不能生存和安身立命呢？

饶贵生想到自己的数理化成绩不错，特别是物理课学得较好，对电学和无线电也很感兴趣，在无线电的理论知识方面打下了良好基础。他同时发现当下全国各地，收音机从无到有发展普及很快，农村绝大部分人家都陆续买了收音机，城市有些经济条件好的市民都开始购买电视机观看新闻和文艺节目。他知道收音机、电视机都是属于无线电技术范畴，都有由新到旧、出故障，需要修理的需求，今后修理收音机、电视机一定会有市场。进而，他又想到蔡伟新老师和郭传熙老师，经常有人请他们修理收音机，教物理课的蔡伟新老师房间里面的桌上总是摆着好多等待修理的收音机。他知道，修理收音机，不用走村串户到处去揽生意，也不用一天到晚去别人家里做计工活，只要能接到修理业务，不论白天、夜晚，业余时间都可以做。只要学到了修理无线电技术，万一有一天“代课老师”被减员辞退，也可以开修理摊店，不用回老家去种田“修地球”。想到这里，他便毅然选择学习无线电修理技术。

饶贵生一贯雷厉风行、说干就干。他决定了学习无线电修理后，便分别拜蔡伟新老师和南丰县广播站的郭传熙老师为师，利用业余时间学习修理收音机，所幸二位老师都爽快地答应收他为“徒”。于是，他在两位老师的悉心指导下，买来万用电表、电焊烙铁枪、锡丝、松香油、铁钳、镊子等修理工具，利用星期日休息时间分别走进两位老师家中，学习查找电路、检测故障部件、练习操作焊接零件和电线接头。

俗话说："师傅领进门，修行靠个人。"这话对学习无线电修理技术来说，尤其如此。学艺之所以要拜师，是因为师傅不仅有该门技艺并有实践经验，还能接到需要做的技艺活，徒弟跟着师傅才有条件、有机会动手实施所要学的技艺，就有"临床"练习和操作的平台，真正要想掌握该门技艺，还得靠自己刻苦钻研。饶贵生在读高中物理课的时候，已经掌握了有关三极管、二极管、电阻、电容器等物件的原理和无线电电路等基本知识，现在查看起收音机和黑白电视机的电路和零件结构图并不陌生，什么检波电路、中放电路、功放电路、集成电路等等，他都有所了解，所以他只需学习具体的、基本的修理操作方法。当然，师傅在场指点迷津，要比自己苦苦钻研便捷得多，更容易学熟、掌握。饶贵生从小到大，无论做什么事，学什么知识，都是不学、不做则已，要学、要做，就力争学得、做得最好。他学习无线电修理技术非常刻苦用功，利用点滴的业余时间勤学苦练。在蔡老师和郭老师的指教下，很快就能够单独修理各种收音机和黑白电视机了，并能单独组装收音机……

二十二、恋爱结婚

又是一年荷花红。1975 年盛夏来了，学校已普遍放暑假，饶贵生回到老家康都，帮助父亲割松脂挑松油搞家庭副业、协助母亲拔秧栽禾参加"双抢"赚工分。

紧张的"双抢"基本结束，但暑假还没有这么快结束。一天，饶贵生听邻村一个老同学说，福建建宁县县城商店有"的确良（凉）"衣服卖。听到这个消息，他心里痒痒得很，于是下定决心骑着自行车翻越武夷山，前往建宁县城商店购买"的确良"（化纤布）衬衣。骑自行车沿"南建公路"去建宁县城真不容易，很多路段坡度非常陡，弯道也很多，自行车只能推不能骑，但这对二十出头年轻力壮的饶贵生来说不成问题，结果，第二天他买回来一件白色"的确良"衬衣，并且穿在身上。进村的时候恰好生产队收工，社员们看着饶贵生穿着亮得耀眼、一点皱褶也没有的

“的确良”衣服，既惊奇又羡慕，纷纷聚过来观看，左邻右舍乡亲们闻讯后也跑过来看，围观者一圈又一圈，不下百人。

饶贵生本来就身材挺拔、标致，穿上这件“的确良”衫衣，更显得靓俊、帅气。的确，社员们穿惯、看惯的是皱皱褶褶的棉布衣衫，突然看见饶贵生穿着这么平整、光滑的化纤布“的确良”，都感到新鲜好奇。

饶贵生是康都村第一个穿“的确良”的人，他骑的那辆自行车也是全村第一辆私家车。虽然两三年前大队书记、会计等人就骑上了自行车，但那是公款买的，是为了到公社开会工作方便，大队干部轮流使用。饶贵生作为年轻人，买“的确良”衫衣穿，是有点“显摆”的意思，不过，他买自行车骑可没有想到要“显摆”。那是他被聘为太和中学当上代课老师以后，每个星期六下午学生放学，老师自然休息要赶回家。人们知道，饶贵生是一个很能吃苦、很关心父母亲的人，他要利用周日时间赶回家帮助父母亲劳动。学校距康都村有七八公里，每周来回步行很费力，况且随着社会发展，骑自行车的人越来越多，自己现在当了老师，经济条件也会越来越好，自行车早晚是要买的。于是，他便找到当时在南昌电线厂工作的袁火泉发小，从南昌购买了一辆广州产的红棉牌自行车。

在过去，赣东农村男女娶亲结婚普遍都比较早，凡是生活条件好点的人家，男的到了 20 岁，女的到了十七八岁，父母亲便开始为子女张罗婚事。儿子超过 20 岁没成家就算是大龄青年，女儿超过 20 岁就成了难以嫁出去的老闺女。所谓“男大当婚、女大当嫁”，“早结婚早生崽，早生崽早享福”，便是当地千百年来的传统思想。中华人民共和国成立以后，国家最早制定的第一部法律便是 1950 年 4 月 16 日公布的《中华人民共和国婚姻法》。《婚姻法》规定：男满二十岁、女满十八岁就能结婚。

饶贵生在太和中学读高中的那几年，不断有人向其父母亲提亲说媒，但都被儿子还在读书为由而婉言推辞了。也许是别人看见饶贵生个子高，长得标致，又有文化的原因，认为将来一定会有出息，嫁给他会幸福，所以附近村庄有适龄女儿的人家就托人到饶贵生家说媒。其中有媒人介绍一个与饶贵生小学同过学的女青年，这位姑娘长得端庄俊秀，家庭条件也不错，饶贵生的父母亲都感到满意，便对儿子说，要求他听从媒妁之言，娶这位姑娘为妻。但是，该姑娘的父母亲却不同意，嫌饶家贫穷，说饶贵生个性强、脾气大，“作田不像长工、读书不像相公”，结果这门亲事没有成功。对此，饶贵生感到既委屈又气愤，便对父母亲说：“国家早已提倡自由恋爱、自由结婚。我的婚姻让我自己做主，一定要通过自由恋爱找对象，请父母亲不要为此事操心过多。”

其实，饶贵生心里早已有一个心仪的姑娘，这个姑娘姓周，与饶贵生也是同学。周的父母亲原来是在南丰县城工作，属于城市居民，1970年她跟随父母亲全家人下放到太和公社农村，所以在太和中学读高中。他和周姓姑娘两人同在一所学校读书，随着时间推移，接触、了解增多，两人都对对方产生了好感。不过，那个年代学校不允许学生谈恋爱，而且男女同学之间碰面遇见都会脸红心跳，不敢单独接触。饶贵生与周某算是胆子比较大的，相互偷偷写信，通过鸿雁传书、红叶来往，交流感情。然而，高中毕业前夕，周某在最后的一封信中告诉饶贵生：她在征求父母亲的意见时，不同意她谈恋爱，理由是饶贵生家在农村，是农业户口，毕业后要回乡种田；她家是城市居民，属商品粮户口，尽管毕业后要下乡当知青，但总有机会回城分配工作。若是与饶贵生结婚，一辈子待在乡下种田，没有幸福可言。就这样，由于一根户口之“杠”造成的城乡差别拆散了一对鸳鸯……

饶贵生的父亲曾因过于贫穷而迟迟找不到老婆，直至30岁才结婚。此时饶明裕眼看儿子已经长大成人了，还没有找对象，心里非常着急，母亲刘招金也认为儿子到了谈婚论嫁的年龄，应该找对象成家。父母亲经常催促饶贵生尽快定亲，落实终身大事，并对儿子说，你既然要自己找对象，那也要尽快找，早点成家，早日完婚。饶贵生当上代课老师以后，吃、住在太和中学，家里前来为他提亲说媒介绍对象的好心人络绎不绝，父亲见儿子还没有谈恋爱准备结婚的迹象，担心儿子错过机会耽误婚姻大事，经常催促他回家，与别人所介绍的对象见面。可是，儿子每次都推辞说，学校工作很忙，天天要上课，没有时间去看对象。

到了1975年下半年，饶贵生的父母亲更加着急，每当他在节假日回到家里，都会催逼他早日定好亲事。他总是说还年轻，结婚的事会考虑，不用着急。

一天下午，饶明裕又专门赶到太和中学，对儿子说：“这几天大队书记到我们家，给你物色到一个对象，年龄比你小两岁，人长得很秀气，个子高高的，家庭条件也不错，我和你母亲都觉得与你很相配。明天是星期天，约好了明天请你到女方家去见面”。

饶贵生一听，心里立刻烦恼起来，对父亲说：“老爸，我早就跟你和母亲说过，我的婚姻我自己会考虑，现在还年轻，你们为什么要这么着急逼我找对象呢？”

饶明裕听了，气得眉毛倒竖，眼睛瞪得老大，说：“你以为你还很年轻？你都已经 22 岁了。村里与你一般大甚至比你小的年轻人都娶亲结婚生儿育女了，你还等什么，要拖到何年何月结婚成家呢？”

饶贵生从小时候起就最怕父亲发脾气，他见父亲动了火，便赶紧安慰父亲说：“老爸，你真的不用着急。我最讨厌媒妁之人给我说亲，别人介绍的我都不看，我一定要自己找，自由谈恋爱结婚。”

饶贵生为了让父亲宽心，便故意压低声音说：“不瞒老爸，我已经在谈对象了，请您和母亲放心吧”。

饶明裕听到儿子说已经在谈恋爱，便没有再说什么。他转而考虑怎么去回复大队书记的话。于是，他便告别儿子返回家去……

原来饶贵生真的已经有了恋爱对象，只是还没有正式到女方家去与其父母亲见面，所以双方的家里还都不知道。

在饶贵生刚刚走上代课老师工作岗位的 1974 年秋季学期，他所担任初中毕业班班主任并负责教语文课的初一（1）班，有一个女生名叫唐桂花，1958 年出生，家住太和公社司前大队里源村，距太和公社只有 10 里路，距饶贵生的老家康都有 10 公里。唐桂花身材匀称，皮肤白皙，面容姣好，和蔼善良，学习成绩在班上处于上游。那时饶贵生只顾授好每一堂课，并没有怎么注意这个女生。可是，到了 1976 年的春季学期，那时的初中还是两年制，初二年级班的学生读完这个学期就要毕业了，17 岁的唐桂花已情窦初开，对眼前这位经常到班上来辅导和管理学生的班主任老师印象很好，在她的心里把饶贵生当作英俊的“白马王子”，特别喜爱接近饶老师，千方百计理出一些学习上的问题经常找饶老师请教，饶贵生开始并没有觉察到什么，就像对待其他学生一样，耐心向唐桂花进行讲解，讲解完了以后，便问她听懂了没有？唐桂花连连点头回答说：“听懂了”。然后才彬彬有礼地离开饶老师的房间。饶贵生看着转身走出去的唐桂花，对这个不懂就问、求知欲强、好学上进的女学生感到十分赞赏，在几次班会上还专门表扬唐桂花同学。

渐渐地，唐桂花到饶贵生的寝室兼办公室的次数越来越多，而且问的有些问题并不是语文方面的知识，不少是历史、地理方面的问题，甚至还有农村和农业方面的知识。对此，饶贵生觉得有些奇怪，心想，这个女学生怎么会向他提这么多包罗万象的问题呢？直到5月下旬，大半个学期过去，随着唐桂花找他请教问题次数的增多，饶贵生才明白，她这是故意找“理由”接近自己。虽然每次来向他提问，他都详细讲解，除了认真听讲以外，并没有对他作出过任何的表示，每次来、去都是既大大方方又像是有几分依恋似的。然而，春心荡漾的饶贵生此刻才如梦初醒，原来，这是唐桂花以请教问题的方式主动向他“射”过来一支支“丘比特之箭”……

饶贵生虽然是个有文化知识的青年教师，平时在工作上大胆、勇敢，但是在爱情问题上却像个大姑娘一样腼腆。这也难怪，那个年代农村的社会风气就是那样，男女之间尽管很熟悉，但单独在一起，都会“正襟危坐”、规规矩矩，甚至有的青年男子见到女的都会“脸红”。不过，饶贵生自从知道唐桂花对他有了“那个意思”之后，陡然在心里升起对她的爱恋之情，觉得她不仅长得俊美靓丽，而且非常善良贤淑，他在和唐桂花待在一起的时候，感到特别可亲可爱，心想，这个姑娘将来一定是个善解人意、温柔体贴的贤妻良母，所以，此时的饶贵生也天天盼望着唐桂花“编借口”来找他。到了5月，太和中学有的学生见唐桂花经常在课余时间去找饶老师，已在背后有了一些议论，甚至有个别老师也发现了。

进入6月，春季学期很快就要结束了，饶贵生带教的这个班的学生即将毕业。唐桂花毕业以后究竟是继续在太和中学升读高中，还是回乡务农或是另谋出路呢？饶贵生准备等下次与唐桂花见面时，问问她有什么打算。

一天傍晚，学校里的师生们吃过晚饭，开始自由活动。此时唐桂花又到饶贵生的房间请教学习上的问题来了。饶贵生很快回答了唐桂花的提问，见她还没有离开的意思，便主动邀请唐桂花到学校围墙外去散步，唐桂花见饶老师约她出去散步，心中暗喜，便很爽快地答应了。两人一前一后走出学校大门口，朝着林荫道缓慢地走去。饶贵生虽然年龄比唐桂花大 4 岁，身份又是老师，但毕竟只是一个虚岁 22 岁的小伙子，涉世不深，尤其从未正式谈过恋爱。第一次同自己所教的女生单独在一起散步，总觉得身后有很多双眼睛在盯着，心里感到局促不安，原本想好的问话迟迟说不出口。

好在夏日的傍晚天黑得很慢，太阳早已下山了，晚霞的余晖还迟迟不肯退去，像是有意窥探两个年轻人的秘密。师生二人默默无声地走了很长的一段路，还是唐桂花先开口，小声地告诉饶贵生："我也是出身贫苦农民家庭，父亲名叫唐细运，母亲季金凤都是聋哑人，他们身体很好，也很勤快，平时下地干活很利索，生计没有问题。父亲有一个大哥唐运孙、两个姐姐。由于我的父母亲有语言障碍，平时交流不方便，大伯和伯母对我们非常关心，一直没有分家，日子过得比较顺畅安稳。大伯唐运孙非常勤劳，为人厚道，有一个儿子唐印仔，我有一个姐姐叫唐桂花，当时大家庭共计七口人。由于伯母杨毛伎精明能干，善于治家，富有爱心，多年呕心沥血，操持家务，将家里的大小事情安排得井井有条，使整个家庭团结和睦，人人勤劳孝顺，小日子过得比较称心如意，含辛茹苦地养育大了自己的儿子和我们姐妹俩。现在我已经长这么大了，也有了初中文化，在村里的姑娘们中算是文化程度比较高的，不用再读下去。我打算初中毕业以后不再读高中，回家参加生产队劳动赚点工分，减轻家里的生活负担。"

饶贵生"哦"了一声，似乎感到失望，心想，既然你的家人已经作出决定，很快就要离开学校回家乡去，我还能说什么呢?

唐桂花本想听听饶老师的意见，只见他什么都不说，对自己好像漠不关心，也感到失望。过了一会儿，她又期期艾艾地嗫嚅道："尤其是我母亲，还说、还说……"

饶贵生见唐桂花欲言又止，像是不好意思把她母亲的话说出来，便着急地催问："你家里人对你说什么？"

唐桂花见自己已说开了头，话收不回去了，她为了掩饰羞涩故意咳嗽两声，只得吞吞吐吐而又别别扭扭地低声说道："他们说，村里和我一般大的姑娘都已陆续订婚了，还有两个出嫁了。到我家来说媒的隔三岔五不断绝，催得我都快要烦死了……"

哦，原来是这样。饶贵生安慰唐桂花说："你还只有 17 岁，虚岁也就 18 岁，你着急什么呀？”

唐桂花忙争辩说：“你不知道，哪里是我着急？我一再对家里人说，别人介绍的我谁也不找，我的婚姻必须让我自己做主，我要自己找。”

饶贵生听到这里，不禁脱口而出：“原来你的家里人也是这样啊？”

唐桂花惊愕地问：“什么‘你的家里人也是这样’？”

饶贵生赶忙解释道：“哦，你家里人与我的父母亲都是一个样子，而且你也同我的想法一样。你不知道，我家的父母亲催我催得更紧，要求我结婚成家，媒人也经常上门提亲，给我介绍对象。我也是跟你一样回答的，别人介绍的我都拒绝，我必须要自己找一个真正喜欢、她也爱我的对象。”

唐桂花听了饶贵生这一番话，心里疑窦顿生。停了好一会儿，唐桂花又嗫嚅地问：“那你现在找到了你的心上人了吗？”

饶贵生回答：“没有，你没见我天天待在学校里忙着吗？上哪里去找呢？”

唐桂花释怀了，她忍不住轻轻地笑了几声。饶贵生问：“你笑什么？”

唐桂花搪塞着说：“我没笑什么。饶老师，时间不早了，班上快要晚自习了，我们回校吧。”

在返回学校的路上，两人都加快了脚步……

转眼到了唐桂花这届学生毕业的日子。学生们准备回家，到了向老师依依告别的时候，她给饶老师投来信任尊重和依依不舍的眼光……

唐桂花的娘家乡里源村坐落在深山沟里，昔日的穷乡僻壤，虎啸之地。村口常年竖立着一块高大的牌坊，上面镌刻着一副楹联“昔日虎啸深山沟，今朝处处换新貌。”里源村在 20 世纪 70 年代，曾经有过一段非常风光的发展史。当时，江西对新农村建设提出了“八字头上一口塘，两边开渠靠山旁。中间一条机耕道，新村盖在山坡上”的统一建设模式。由于里源村所处的地理位置，刚好符合省里的基本要求。另外，尽管当时该村交通闭塞，经济落后，村民贫穷，但是该村耕地面积较多，山林资源丰富，发展潜力较大。再则，时任生产队队长唐金孙头脑灵活，胆子很大，敢闯肯干，有魄力，有干劲，尽管作风比较霸道，有几分土豪气，但倘若有上级有关部门支持，还是能够带领和发动村民干事创业，改变贫穷落后面貌。因此，里源村引起了上级领导的关心和关注，1969年被列为江西省省级新农村建设示范村。1980年，时任省委常务副书记兼省长的白栋材带领地、县、公社各级书记亲临里源村实地考察调研，研究部署该村抓好新农村建设工作，并确定从以下几个方面支持和促进里源村的经济发展和村民生活改善。一是按照省里的统一规划，将村民的住房一律移建到村两旁的山坡上；二是大力增加双季稻种植面积，提高粮食产量；三是大力开发山林资源，兴办竹木加工厂，壮大集体经济，增加村民收入；四是尽快修通进村公路，解决运输难的问题；五是通过发放紧俏物资购物券，为全村农户配齐“一圆、二滚、三四方”（即每人一块手表，每户一辆自行车和一台缝纫机）；六是成立电影放映队，组建业余剧团，改善村民文化生活。另外，组织村民走出大山，赴南昌、上海、北京等大城市旅游观光，参观考察，开阔视野，增长见识。

后来，在上级政府和有关部门的关心支持下，通过全体村民艰苦奋斗，苦干巧干，抓生产，搞建设，谋发展，仅用了三年的时间，村里的经济实力明显增强，村民收入翻了一番；盖起了一栋栋新楼房，建起了仿古式楼台亭阁，村容村貌焕然一新；修通了进村公路；村民们戴上了时尚的上海牌手表；村民出门骑着崭新的凤凰牌自行车，妇女们缝制衣服用上了蜜蜂牌缝纫机。农闲时节欢天新地走出家门，逛南昌，游北京。昔日的建设规划都梦想成真，变成现实。里源村发展变化的鲜活事例获得各级领导和广大群众一致好评。《江西日报》和全国性新闻媒体都刊登过，宣传里源村的经验和做法。在当时物资严重匮乏，农村普遍比较贫穷落后的社会环境中，引来无数羡慕的眼光和赞誉。曾一度在赣东大地被传为众人皆知的佳话。

唐桂花初中毕业以后，按照互相约定，隔一段时间就会选择周末的日子与饶贵生相会一次。这样你来我往又交往了半年时间，两人便“私订终身”了。到了1976年的春节，两人终于分别对各自的父母亲挑明了他们恋爱的事。饶贵生的父亲饶明裕听了儿子所说的有关女方的情况，高兴得禁不住“嘿嘿”笑了起来。饶明裕与妻子商量后，着手忙着操办儿子的婚事，并听说7月12日是“黄道吉日”，便决定待儿子学校放暑假之后，就在这一天为儿子举行婚礼。

饶贵生结婚时的新房是一间极其简陋，只有9平方米的土木房子，阴暗潮湿、光线很差，只开有一个小窗户，里面的墙壁是用竹篱笆织的，由于年久未修，大部分墙面粉刷的石灰已经脱落，凹凸不平，非常难看，一碰就有碎土和灰尘掉下来。因为家境贫寒，无钱翻修，用作新房时只好糊上旧报纸，稍微显得平整干净一些。屋内摆放着一张中式带床架的木床，上面挂罩着土夏布蚊帐，床的斜对面放着一张矮柜，上面摆着一台“三五”牌座钟和镜子，简易化妆盒等物品，床的左侧是一个衣柜，分上下两层，共四扇门，这就是饶贵生结婚新房的全部家当。在那各种物资非常匮乏的年代，饶贵生的父亲饶明裕为操办儿子的婚事，真可谓呕心沥血、绞尽脑汁，先后整整准备了两年，先是从山里砍了几棵野樟木放在屋檐下晾干备用，后来还找了一些陈年旧木料，通过拼拼凑凑总算把制作儿子新房家具的材料准备好了。然后请了一位浙江木匠师傅上门制作，用了近一个月的时间才完成。为了增添喜庆氛围，请求木匠师傅在衣柜和矮柜的几扇门上绘制喜鹊报春的油画。由于木匠师傅不善绘画，结果弄巧成拙，喜鹊画成了麻雀，油画像涂鸦，既难看又俗气，饶贵生看后感到啼笑皆非，坚持要铲除掉，重新油漆。后来，因为要增加费用，便不了了之。饶贵生每次走进房子看到那几幅油画就觉得心里不爽，留下了永远抹不去的烦恼和遗憾。但是，饶贵生心里明白父亲一生含辛茹苦都是为了儿女，对父亲的艰辛与付出充满感激之情，感恩之心。

父爱如山，比山伟岸；父爱如江，比江宽广。父亲饶明裕为了儿子的婚事操碎了心，他每当想起儿子结婚以后，能抱孙子，传宗接代、薪火相传，便有一股使不完的劲儿，再苦再累也无怨无悔。为了儿女生活幸福，家庭兴旺，发达是他一生最大的心愿和永恒的追求。

在那个年代，人们结婚，不准搞诸如送帖、办花烛酒、祭拜祖先、坐床喝彩、吹吹打打抬花轿等旧传统风俗，也不准搞“大操大办”，而是提倡婚事新办，节约办婚庆，连锣鼓、唢呐都不准用。饶贵生自己是代课老师，自然有政治思想觉悟，也主张紧跟形势，节约从简，婚事新办。他同父母亲商量后，只杀了一头自家养的肉猪，送给女方家里100斤肉、100斤面。请了部分亲朋好友在家里简单办几桌酒席，以示庆贺。

结婚那天，天气晴朗，风和日丽，饶贵生请了十几个亲朋和好友帮忙，每人骑一辆自行车去里源村迎接新娘。唐桂花头戴斗笠用以遮太阳，穿着普通的嫁衣，带上一个樟木箱装的简单嫁妆，坐在自行车上嫁到了康都村……

二十三、报考波折

1976 年，对饶贵生来说，是终生难忘的一年，不仅收获了爱情，结婚成家了，而且在这年年底，妻子唐桂花生下了宝贝女儿饶丽，当了“爸爸”。他继续在太和中学当代课老师，出色的工作表现受到校领导与公社、县教育局的肯定和表彰，并利用星期日等业余时间拜蔡伟新老师和郭传熙老师为师学会了修理收音机。

中国在 1977 年恢复了高等学校招生考试入学的制度。这是改变许多人命运的一项重要决策，也是中国当代史上的一件大事。

饶贵生高中毕业已经三年多了，左等右盼好不容易等来了国家恢复高考。上级文件明确规定从 1966 年废停高考以来历届高中、初中毕业的社会青年都可以报考，但是一条“已婚青年不能报考”的“土政策”却把他“拒之门外”，剥夺了他 1977 年 12 月报名参加高考的权利。

不过，当时刚恢复高考，饶贵生的心里也存有疑虑，他不知道像自己这样农村中学高中毕业的青年是否能够考得上大学，因此对报名参加高考也没有认真对待。当他听到已婚不符合报考条件就没有去争取，与这次报考的机会失之交臂。

首次恢复高考的考试时间在 1977 年 12 月下旬，考场集中在县城中学。到 1978 年的 2 月，高考录取的结果出来了，南丰县在被录取的人员中，有两位是 1974 年太和中学毕业、与饶贵生同班同学，一个名叫王政才，被浙江大学录取；另一个名叫肖水根，录取在上海交通大学。听到这个消息，饶贵生感到十分震惊，在为这两个同班同学庆贺、高兴的同时，更为自己没能参加高考感到非常遗憾。他想，别的人我不了解，这两个同学的学习成绩我十分清楚，当年，我的学习成绩并不比他们差，他们两能考上大学，并且都是重点、名牌大学，我为何不能？真可惜苍天不开眼，没能给我报考的机会……

饶贵生从来是个特别要强、不服弱的人，哪里咽得下这口气？好在，他没有悲观，垂头丧气，立刻振作起来，对自己立下誓言，错过了第一次报考再不能错过第二次，今年报名考大学的机会要尽力抓住，一定要实现自己从小就想读大学的梦想。

在听到两个同班同学参加高考被录取消息的当天，饶贵生便花了 11 元钱，购买了一套共计 11 本由宜春教研室编写的《高考复习资料》，内容包括文、理两个科目，当天晚上就行动起来，开始投入备考复习。饶贵生的大妹夫刘世会是 1966 年南丰中学初中毕业生，下放在太和公社下桐大队当知青，他便将《高考复习资料》中文科部分的历史、地理资料拿给了刘世会，当时他也结婚生了孩子，邀请和鼓励他参加高考。通过一番努力，刘世会考入抚州师范专科学校中文系，后来成为一名国家教师和中学校长。

饶贵生从这天起，除了认真完成教学任务之外，每天都起早贪黑抓紧时间认真复习与高考有关的课程，摘笔记、做习题，背（英语）单词等。清晨，天刚蒙蒙亮，他就搬个小木凳来到学校菜园小水塘边上看书、背诵重点内容；晚上挑灯夜读，孜孜不倦，做习题试卷……

4 月上旬的一天下午，饶贵生在学校办公室看见《江西日报》登载了 1978 年高考招生方案，在报考条件中有一条新规定：优秀青年婚否不限。饶贵生大喜过望，如获珍宝，心想自己今年报名参加高考的决心下对了，下得好。于是，他赶紧把这张报纸小心翼翼地折叠好，拿回房间珍藏起来。

4 月下旬，各地开始开展 1978 年高考的考生报名工作，太和公社跟 1977 年 11 月首次报考的方法一样，仍然是由公社办公室主任许四星同志负责报名工作。报名登记开始了，饶贵生来到公社办公室考生报名处，许主任对饶贵生有印象，便对他说："我知道你已经结了婚，不符合报考条件，不能报名。"饶贵生便说："我是结了婚，但是今年的高考报名条件有所改变，规定了'优秀青年报考婚否不限'。"说着便掏出那张《江西日报》递给许主任看。许四星说："'婚否不限'那是指'优秀青年'，怎么能证明你是优秀青年呢？"饶贵生立即反问道："你又怎么能说我不是优秀青年呢？"接着又说："优秀青年无非是德、智、体'三好'，首先说'德'，你可以调查了解，我在太和中学当老师，负责教的班级每个学期不仅在全校排名第一，在全县也是名列前茅的，我每年都被评为先进工作者；智育方面，我还没有参加高考，你怎么知道我的成绩不好呢？再说身体，你看看，我非常健壮。”饶贵生硬朗朗的几句话，说得许主任哑口无言。停了一会儿，便对饶贵生说：“你莫急，等我跟县教育局打个电话请示一下。”他便拿起办公桌上的手摇电话机接通了县教育局的电话，虽然电话机中传出的对方接电话的声音不大，饶贵生站在旁边，还是听见了接电话的人说自己是教育局局长。并听教育局局长说：“对太和中学的代课老师饶贵生这个人我了解，还听过他授课，的确是一个很优秀的青年教师，你就让他报名吧。”许四星主任放下电话之后，便不再说什么，拿出一张高考报名登记表让他填写。饶贵生认真填写好了，交了两张自己的照片，道了谢，脸上挂着笑容，高兴地走出了公社办公室。

饶贵生报上名以后，为了实现考上大学的目标，他除了白天上班的时间认真教学外，晚上都是认真复习备考。那时天气炎热，蚊虫叮咬，他全然不顾，汗流浃背，聚精会神看书，每天复习至深夜。当时学校没有通电，靠点煤油灯学习，有时复习得太晚不觉天快亮了，他就眯一会儿便急着赶去上课。

1978 年高考考试的卷子不再是各省命题，而是全国统考试卷。统考的时间是 7 月 20 日至 7 月 22 日，这是当年全国统一高考的时间。考试的科目是政治、语文、数学、物理、化学共五科，另外加试一门英语，正式考试试卷总分为 500 分。

随着高考日期的临近，饶贵生竭尽全力进行着备考冲刺。临近高考时，他的办公室兼寝室墙上张贴满了数理化方面的公式、定理、化学方程式等应考资料，真可谓是“琳琅满目”……

二十四、录取财院

1978 年的 7 月中下旬，正值盛夏酷暑，地处赣东大地的南丰县城像一个蒸笼，大地生火，马路冒烟，热得叫人喘不过气来。

当地曾流传着一句老话，叫作“7 月赶考，热死考相公”，说明旧社会“乡试”“会试”也是在盛夏炎热天进行。1978 年 7 月 20 日至 22 日，正是全国统一高考的日子。饶贵生提前一天来到县城，按照预先的约定，来到郭传熙老师家。他曾经拜郭老师为师学过修理收音机，高考期间就住在他家里。郭老师和晏老师夫妻俩非常热情地接待饶贵生，真心希望他能够顺利考出好成绩。郭老师家住的房子并不宽裕，只有两个房间，有二男一女三个小孩，小女孩同父母亲睡，两个儿子睡西边房间的一张大床。这几天，郭老师的大儿子用一张草席铺在房间地板上睡，让饶贵生同小儿子睡在大床上。为了能让他晚上睡得好，郭老师把家里仅有的一台电扇拿给饶贵生用。

考场就安排在县中的教室里面，教室门口张贴着考场和考生号码，室内每人一桌，桌角贴有考号，考生必须把准考证压在桌角上，以备监考员检查。讲台上摆放着一个墨水瓶，以备考生急用。头一天上午考语文、下午考数学，第二天上午考政治、下午考物理，第三天上午考化学、下午考英语。在考试的第二天刚好遇上强对流天气，瞬间雷鸣电闪，狂风大作，下起了倾盆暴雨。饶贵生正好坐在窗户边的位子上，经历了一场惊心动魄的考验。他处变不惊，沉着答题，从容坚持做完每一道题。三天考试完后便是估分、填报志愿，饶贵生报考的是理科。那时的大学只分重点大学、一般本科和专科三档。为了确保录取的把握性大一些，饶贵生心里只想当一名正式的国家老师，便依次填报了华东师范大学、江西师范学院和抚州师范专科学校等三所院校的相关志愿。

考试结束后，很多人问饶贵生考得如何？他虽然自我感觉考得不差，但毕竟分数没有出来，出于谦虚的本能，只是说一般般……

时间在焦急的等待中一天天过去。9 月 6 日，《江西日报》登载了 1978 年全省高考结果和高校录取的分数线。江西省当年重点大学录取线 405 分，一般本科 360 分，师专和分院 300 分。全省考生的考试结果是 400 分以上 639 人，350 分至 400 分之间的 4741 人，300 至 350 分之间 5468 人。饶贵生看了这则新闻，立即赶往县教育局去查看自己的考试分数。

功夫不负有心人。饶贵生的考试分数是 405 分（其中英语 20 分）。南丰县有 36 名考生上了本科线，他排在第 8 名，成绩超出本科录取分数线。

1978 年 10 月 7 日是星期六。饶贵生在傍晚放学后便回到康都家里。星期天下午，他正在山上砍柴，太和中学的邓必寅老师骑自行车专程从十五里路外给他送来了《大学录取通知书》。饶贵生在砍柴回家的路上，便见到了邓老师，拿到了录取通知书，打开一看，他被录取的是江西财经学院贸易经济系，心里非常高兴，连忙挑柴回家，顿时感到肩上的柴担格外轻松，脸上洋溢着无比的喜悦。此时母亲已经做好了饭菜，特意炒了一盘鸡蛋，招待邓老师吃晚饭。晚饭后，饶贵生和邓老师一同连夜返回太和中学。

全校的老师和学生得知饶贵生接到了江西财经学院的《录取通知书》，都对他表示祝贺。

由于康都村在历史上从没出过大学生，因此，饶贵生考上大学之事很快在十里八乡被传为佳话——饶贵生“中状元”啦。

饶贵生于 10 月 20 日告别太和中学，回到家里，为即将到省城江西财经学院去上大学作一些准备。大妹桃容早已出嫁了，小妹桃红也已订了婚，很快就要出嫁。如今，父母亲都早已年过半百，尤其是父亲，身体欠佳，家里这么多人吃饭，劳动力少，生活负担非常重，自己今后四年读大学期间没有工资，家里的生活如何维持下去？想到这里，他在庆幸自己考上大学圆了多年的梦想之余，真为一家人的生活担忧。好在妻子唐桂花是个通情达理的贤惠女人，把这些事都想在丈夫的前头，几次主动安慰丈夫，要饶贵生安心去读大学，家里的事不仅有父母亲做，她也一定会尽力承担，一切有她顶着，只要丈夫能够读好书，顺利完成学业，何愁好日子不会到来。唐桂花学会了做裁缝手艺，每天挑着缝纫机，走村串户上门给村民们做衣服，做一天可赚 1 元 5 角钱，贴补家用。

饶贵生启程去省城南昌上大学的前夕，曾在付坊中学读初中时的班主任、语文教师赖世英，听说饶贵生考上了大学，心里特别高兴，专门买了一支钢笔、一个笔记本，行走七八公里山路来到康都村饶贵生的家里，慰问、祝贺昔日的“得意门生”，给饶贵生送来欢喜和鼓励。

按照《大学录取通知书》的入学时间规定，江西财经学院新生报到的日子是 10 月 26 日和 27 日，28 日正式开学。饶贵生准备按时去财经学院报到。

10 月 26 日，已是深秋季节。南丰山区茂林修竹，一片青岚。虽是阴天，但和风惠畅，空气清新，使人感到分外舒适。这天清晨，饶贵生吃完早饭，动身启程赶往南丰县城搭乘开往南昌的长途班车。此时村里的左邻右舍都前来送行，当他背起行李即将出门之时，他的父亲拿出一挂大爆竹在屋前场地上点燃，爆竹“噼噼啪啪”的响声，顿时使送行的气氛热闹非凡。饶贵生挥手与众乡亲道别，一步一回头走出村庄，依依不舍与亲人们相互告别，踏上远行求学深造之路。当时他的发小、好友王水祥骑了一辆自行车赶来帮助他送行李到太和公社坐汽车去南丰县城，再转乘长途汽车去省城南昌上大学。

饶贵生从太和乘车赶到南丰县城汽车站，买好了车票，只等待了大约一刻钟，去省城南昌的长途班车就进站了。他走上班车找到自己的座位入座以后，汽车徐徐开出县城，沿着通往南昌的公路行驶。

长途班车到达南昌长途汽车站，已经是当天下午四点钟了。饶贵生下车以后，很快就看见江西财经学院在汽车站接待学生入校的一辆敞篷卡车。他坐上卡车以后，卡车驶出长途汽车站，沿着宽敞笔直的八一大道往北行驶，经过八一广场，进入青山路的中段便向左拐弯上了赣江大桥，然后继续往北行驶，又走了将近半个小时，到达南昌市郊区的蛟桥公社下罗村旁边一座山坡地上，慢慢驶入江西财经学院的校园。一路上，饶贵生站在车厢内，迎着微微的寒风，观望省城南昌市大道两旁鳞次栉比的一栋栋各色建筑，感到赏心悦目，非常新鲜。

接站随行的老师领着饶贵生来到报到处办理了入学手续，领好了饭菜票等物品，带领他找到了住宿的房间和床铺，放下行李，此时已到了吃晚饭的时间，老师便又领着他到学院食堂去用晚餐，一切都非常顺利如意。

饶贵生吃完晚饭以后返回住宿楼，遇见了同楼住宿的几个比他早一些来学院报到的同学，经交谈，原来都是分在同一个班的。于是，他们相约走出宿舍楼，借着通明透亮的灯光，观看正在施工建设中的学院环境。学院坐落在小山冈上，地形有些起伏，面积较大，但当时只建好了办公楼、教学楼、学生宿舍楼和食堂等七八栋房子。

回到宿舍后，饶贵生与同寝室的康志强、张惠明、胡敏成、张善华等同学坐在房间里聊天，交流各自的基本情况。大概聊到八点钟，进来了两位男士。其中一位中年男子挑着一副行李担子，一头是一个樟木箱，另一头是一床捆绑好了的被子。后面紧跟着一名身高 1.5 米上下，头戴小八路军帽，身穿土布棉袄，脸蛋幼稚可爱，笑嘻嘻的小男孩。当时江西财大的学生公寓每间四张双层床，共住八名学生。饶贵生的床铺刚好安排在宿舍进门后的左下铺，便主动与他们打招呼寒暄。紧接着那位中年男子便主动作自我介绍说："本人姓邱，今年 40 岁，我是一位油漆匠，平时从事家具油漆工作，已经有三个孩子，今天一起来的是大儿子。"没等邱先生说完，饶贵生便带着疑虑的口气提问说："邱师傅你来上大学读书，怎么还带小孩子一起来，是不是还有其他什么事情要办？"邱师傅听到饶贵生的问话感到很突然，便急着解释说："不是我来读书，我是送儿子过来上大学，他叫邱鹏，1963 年出生，今年 15 岁，刚高中毕业就考上了大学。"听着邱师傅的解释和介绍，所有在场的同学都感到惊讶，这么小的年纪就能考上大学真是稀奇。后来饶贵生这次提问闹出来的乌龙笑话成了全班同学日后调侃的鲜活话题，同时也揭开了当时大学生年龄结构的奥秘。其真相是，自 1966 年开始，国家废除了"统一考试，择优录取"的高考制度，直到 1977 年才得以恢复。其间，社会上储存和积压一大批知识青年。1966—1967 年的高中毕业生都是 20 世纪 40 年代出生。而 1978 年的应届高中毕业生都是 60 年代出生，因此，在当时 1977、1978 级两届大学生中，出现了三代同班（40、50、60 年代出生），父子同窗的奇异现象。饶贵生所在班级的 78 名同学中，来自各条战线，大部分是下乡回乡知青，也有工矿工人，还有民办教师和少数应届高中毕业生。年纪最大的 1947 年出生，年纪最小的 1963 年出生，年龄相差高达 16 岁。班上的涂岩同学是一名下放女知青，在下乡期间结婚后生了一个儿子，考上江西财院以后，儿子可以随母亲农转非，转为城镇户口，于是她带着儿子的户籍一起到江西财院报到。后来，便出现了 1978 贸经班 78 名学生，班集体户口上却有 79 人的奇葩现象。

在后来四年的大学学习生活过程中，邱鹏同学由于年龄幼小、脑子灵活、满脸童趣、活泼可爱，经常活跃在学校体育赛场、文艺演出等公共场所，成为全校的明星学生，深受大家的关爱和喜欢。

饶贵生早在高考之前，因准备填报志愿需要，查阅过不少有关介绍江西高校的资料，其中就对江西财经学院的情况作过了解。江西财经学院的前身是1923年秋创办的江西省立商业学校；1926年2月，江西省政务委员会将省立工业（原设高安）、省立美术、省立商业学校、省立女子职业学校四校合并，改称南昌职业学校，内设工业、美术、商业、女子四部；同年11月，商业部改设江西省立第二职业学校；1935年11月，学校改设为江西省立南昌商业职业学校；1942年1月，改设江西省立南昌高级商业职业学校。1949年10月，江西省人民政府决定，将省立高级商业职业学校改为江西省立财政经济学校；同年11月，上饶银行学校并入。1950年9月，以江西省立财政经济学校为基础，成立江西省立财政经济专科学校。1952年9月，江西省立赣州职业学校财经科并入。1954年2月，学校调整为江西省财政学校，同年5月，改为国家统计局南昌统计学校。1955年1月，国家统计局衡阳统计学校并入。1958年8月，原国家统计局南昌统计学校、江西省商业干部学校、江西省合作干部学校、江西省银行干部学校、江西省粮食干部学校、江西省财贸干部训练班、江西省服务厅干部训练班等7校合并组建江西财经学院。1962年7月，学院改办江西省财政贸易学校。1965年8月，改办江西省财贸干部学校。1968年10月，江西省财贸干部学校下放。1973年2月，恢复江西省财贸干部学校。1978年8月，在江西省财贸干部学校基础上重建江西财经学院，隶属国家财政部管辖，是一所部办高校。

无疑，饶贵生便是刚刚复办重建的江西财经学院第一届大学生。虽然他在填报高考志愿时，并没有选择江西财经学院，但既然“阴差阳错”地被录取到财院就必须安心就读，全力以赴学好专业知识，完成大学学业。

夜深了，饶贵生睡在财经学院宿舍楼双层床上，久久不能入睡。他想，这或许是他平时长期看书学习熬夜习惯了晚睡，也许是来到一个陌生的地方睡在集体宿舍有些“认生”。特别是当想到自己通过多年努力，今日喜圆大学梦，激动的心情一时难以平静……

蒙昽中，他再次立下誓言，一定要从开学之日起，珍惜机遇、加倍努力、刻苦学习、全身心投入大学学习深造提升的火热生活中去。

二十五、大学苦读

饶贵生在进入江西财经学院一个月左右，家里来信报喜说，妻子唐桂花生了一个儿子，后来取名饶敏。1978 年对饶贵生来说，真的是双喜临门。

有人说：大学生是天之骄子。在 20 世纪 50 年代和 60 年代，我国受高等教育的人较少，大学被誉为“象牙塔”；1977 年恢复高考，但当时大学招生的人数比例也很小，从全国范围说，各行各业都缺乏拥有文化知识的人才，受过高等教育的专业人才更是紧缺。那时的大学生，自然显得弥足珍贵。

恢复高考以后，多年累积下来的草根阶层的高中、初中青年学子，通过“千军万马过独木桥”的渠道考上大学，从穷乡僻壤中走进灯火辉煌的城市，并从此改变自己的命运，改写新的人生。那个时候的大学生都是凤毛麟角、被称为“天之骄子”。而且，当时只要考上大学，毕业后都能安排一份让人羡慕的好工作，拥有“金不换的铁饭碗”，所以，当时的农村，只要谁家孩子考上大学了，就会让人羡慕、眼馋。

饶贵生就是从南丰县山区农村走进梦寐以求的象牙塔，喜圆大学之梦，成为江西财经学院的一名学子。

饶贵生能够上大学确实来之不易，他十分珍惜接受高等教育的机会。也深知，知识不会从天上掉进自己的脑海，只有刻苦学习，才能获得知识、掌握本领。他信奉高尔基的一句话：“书籍是人类进步的阶梯。”在入学报到后的第二天下午，他就到学院图书室去借书。当他走进图书室，看见里面一排排书架摆满了各种书籍，大概有好几万册，感到惊讶，大开眼界，由于过去在农村中学借书很困难，哪里见到过这么多书？他一走进图书室，仿佛走进了知识的海洋。他目不暇接地翻翻这本也想看，摸摸那本也想阅，恨不得一个晚上就把图书室里所有的书籍都读完。第一次到学院图书室就借了十本书。此后，他每个星期至少会来一次图书室，把上一次借的书归还，把现新借的书带走。他进入财经学院以来，仍然每天起早贪黑用功看书学习，如饥似渴地吸收各种知识的营养。饶贵生每当走进学院图书室，就会情不自禁地默默背诵宋真宗赵恒所作的《励学篇》以此激励自己发奋努力，耕耘苦读：

富家不用买良田，
书中自有千钟粟。
安居不用架高堂，
书中自有黄金屋。
出门莫恨无人随，
书中车马多如簇。
娶妻莫恨无良媒，
书中自有颜如玉。
男儿欲遂平生志，
六经勤向窗前读。

饶贵生长期坚持到学院图书室借书阅览，几乎到了爱书成癖的程度，图书室的管理员老师见他如此喜爱看书，对这位“常客”感到好奇，经常投以赞许的目光，并热情相助。饶贵生所借的书，主要是中外名著，四年累计下来，他大概借阅了上百本。他在读高中阶段能够“倒背如流”的唐宋八大家之首韩愈作的《古今贤文·劝学篇》，对他的学习与进步起了很好的激励作用，尤其是《劝学篇》中的“书山有路勤为径，学海无涯苦作舟”这两句话，成了他读大学时的“座右铭”。

饶贵生在江西财经学院所学的专业是贸易经济。这个专业对他来说是一门全新的学问，全新的领域、全新的世界，以前他对贸易经济从未接触过，脑子里一片空白。早在多年前拜师学徒的时候他就懂得学一行、干一行、专一行的道理，现在更明白自己考上了大学，有机会和条件学习深造贸易经济专业知识，决不能辜负党和国家对自己的教育培养，一定要熟练地掌握专业知识，成为国家有用人才，将来走出校门，走向社会，就能够发挥更大的作用，作出应有的贡献。因此，饶贵生不但上课非常认真，全神贯注听讲；对老师布置的自学内容，也能集中精力刻苦钻研，每个课题都力求学懂学通，力争取得最好的成绩。他深知自己能够考上大学是多么不容易。高中毕业以后，自己虽然幸运地留校当代课老师，但当时没有了高考，失去了深造的机会。好不容易等到 1977 年冬季国家恢复高考，自己报考又一波三折，最后才报上了名，通过不懈努力考上了大学。想到这里，他更加珍惜来之不易的深造机会，决心发扬“奋勇拼搏”精神对待每一天的学习。

饶贵生在江西财经学院读书期间，生活非常艰苦。他的经济来源仅靠国家提供的每月 21 元助学金，日子过得十分拮据和寒酸。那 21 元助学金中，17 元是统一发的饭、菜票，只发给 4 元现金，用以购买生活和学习用品等。因此，他每天早餐只能吃稀饭、馒头，连买萝卜干的钱都没有；中餐和晚餐基本上都是买青菜、萝卜之类的素菜下饭，每周只能吃一次狮子头或红烧肉。他记住母亲在他小时候对他说过的话：喉咙深似海，坐吃山也空，生活要节俭。他随时想着家里生活的困难，父亲的身体越来越瘦弱，母亲操持那么多人的家务，还经常到生产队劳动赚点工分，爱人唐桂花接连生了两个小孩，本来家里就非常贫穷，现在他考上大学，当代课老师的工资自然取消，家里经济上更加困难。所以，他宁愿忍饥挨饿，无论如何也不能再向家里伸手要钱了，苦日子只得慢慢熬。

由于学习异常紧张，他又自我加压，负荷超重，同时长时间营养跟不上，身体透支，从大学二年级下学期开始，饶贵生出现严重失眠，身体越来越瘦弱，同寝室的同学告诉他，经常半夜说梦话，大部分梦呓都是在背书学习。暑假期间回到康都老家，妻子也告诉他，说他深更半夜会说梦话。到读大三时更为严重，并患上了神经衰弱症，彻夜不能入睡，整天心烦意乱。对此，他感到非常苦恼，整天恍恍惚惚。他自恨身体不争气，心烦意乱，甚至曾经产生过轻生的念头。后来想到家里上有老、下有小，必须挺过当前的困难，战胜疾病的磨难，无论如何要完成学业，只有大学毕业后，参加了工作，方能回报父母养育之恩，带领全家人过上体面的生活。他心中明白困难是暂时的，苦海有边，光明就在前面，毕业后能分配一份稳定的工作，离开穷乡僻壤，以后的日子会越来越甜。于是，他振作精神，课余时间便开始进行体育锻炼，坚持长跑，学打太极拳，洗冷水澡等，经过一段时间锻炼调理，渐渐恢复了正常睡眠，战胜了神经衰弱，最终还是比较顺利地完成了大学四年的学业。

四年大学，寒窗苦读，饶贵生终于熬过来了。他永远记得财经学院的《校训》：“信敏廉毅”。这个《校训》是 1927 年国家商业部将南昌职业学校改设为江西省立第二职业学校（江西财经学院前身），时任校长罗静远先生制订的，至今一直沿用下来。饶贵生明白，“信敏廉毅”是该校对人文精神和科学精神的个性化表达。“信”符合对青年学生信仰、信心、志向、人生观和世界观的要求；“敏”符合对大学生安心学习的要求；“廉”符合对大学生“忧劳可以兴国，逸豫可以亡身”的告诫；“毅”符合对学生“成为一个刚毅、果敢、坚强不屈的人”的要求和希望。这四字《校训》简明扼要、言简意赅：信而达礼，敏而好学，廉而知耻，毅而弥坚。多么精辟，多么全面。

饶贵生也永远不会忘记江西财经学院的《校歌》。该《校歌》也是创作于 1927 年，由时任江西省立商业学校校长罗静远先生填词，彭一叶老师谱曲。《校歌》文字清顺简洁，旋律雄浑优美。

我有健全的体魄，
我有皎洁的心灵，
我有高尚的理想，
更有奋斗的精神，
德行须臻至善，
学业力求猛进。
言有物，行有恒，
志欲刚，识欲宏，
不惑不忧不惧，
不淫不移不屈，
立己以立人，
负起时代的艰巨，
莫辞建国的劳辛。
信敏廉毅，
敬业乐群，
永葆我校光荣。

江西财经学院的《校训》和《校歌》对饶贵生这样一位从特殊年代、

特殊环境的荒漠中大浪淘沙“淘”出来的莘莘学子，所产生的启迪、激励和鞭策作用无疑是非常大的。

饶贵生深深感到，他来到江西财经学院就读，寻觅的不仅仅是书本知识，亦是锤炼意志，陶冶情操，练就过硬本领，掌握创业能力。他所读的贸易经济系贸易经济专业，全班 78 个同学，分 6 个组，饶贵生是第四组的组长。他的学习成绩在班上中上水平，工作表现也不错，除了刻苦学习文化知识和贸易经济专业之外，还攻读了英语和日语两门外语。饶贵生明白，1977、1978 级的大学生，都将在 1982 年毕业，他们是一群历经艰辛终于获得改变命运机会的幸运儿，是经历了最激烈的高考竞争后脱颖而出的莘莘学子，是大浪淘沙后特色鲜明的特殊群体。这一群体普遍个性坚定沉毅，都能吃苦。大学生活，既单调苦涩，又丰富多彩，饶贵生真切感到既艰辛又充实。他不仅学到了贸易经济专业知识，而且学到了不少政治理论和社会生活常识，提高了社会交际能力和组织协调能力，遇事能够独立思考、明辨是非，善于研讨问题、探究方法。饶贵生把四年大学的主要收获归纳为三条：第一，熏陶出了健全的人格；第二，训练出了科学的思维方式；第三，掌握到了就业生存的贸易经济专业知识。

人的感受往往是这样的，在经历一段生活的时候，尤其是在艰苦运行的过程中，日子过得很长。但是回首往事时，又觉得每天都过得很有意义，弥足珍贵，饶贵生回顾在江西财经学院不平凡的四年学习生涯，总体感到收获颇丰。从报考大学，到就读江西财经学院，他就像钢刀淬火、凤凰涅槃一般，经受了许多锤炼和考验，也获得了不少进步和成长。

他回想起参加建校劳动的日子，由于江西财经学院是 1978 年在江西省财贸干部学校基础上复办，校园正在兴建过程中，他们这一级大学生刚刚开学就经常参加建校劳动。学院每个学期都要安排一周左右的集中劳动，挑土挖山，平整土地，植树造林，真抓实干，一周下来肩膀压肿了，手上磨出了老茧，晴天一身汗，雨天一身泥，削平了一座座山丘，填平了一条条沟壑，种下了大片樟树林，为校园建设付出了艰辛劳动，做出了有益贡献。饶贵生深感，参加建校劳动，虽然吃了不少苦、受了不少累，但也经受了锻炼和考验，练就了苦干实干的作风。

在大学四年中，班主任肖善崐老师给了饶贵生许多关心和帮助，让他得以顺利完成学业。肖老师品德高尚，为人宽厚，慈善和气，关心学生，爱岗敬业，工作认真。他也不会忘记，他所读贸易经济系的系主任赖亚英教授，工作责任心和敬业奉献精神很强，对学生充满爱心。他常说："满招损，谦受益"的教诲，给了每一位学子人生启迪。还有讲授企业管理课程的刘林熙老师，是南丰县人，与饶贵生同乡。刘老师知识面广，教学经验丰富，讲课有条有理，重点突出，丝丝入扣，深受学生欢迎。尤其令饶贵生不能忘怀的是江西财经学院党委副书记、副院长孙传烇。他是 20 世纪 70 年代初一位在解放军某部炮兵团长职位上转业到江西财经学院的领导干部，1973 年担任江西省财贸干部学校校长。财贸干部学校改建为江西财经学院之后，学院领导班子没有及时调整，孙传烇校长到 1979 年才改任党委副书记、副院长，主持学院全面工作。在饶贵生毕业之后的 1983 年任命为学院党委书记。孙传烇书记作风正派，办事果断，管理严谨，呕心沥血，一心扑在工作上，充满教育情怀，对学生严中有爱，贡献很大，深受师生们爱戴和尊敬。

在大学四年中，饶贵生对财经学院以及学院领导，也有自己的看法和评价。院、系两级领导大多数来自部队转业的师、团职干部。他们比较正直，工作扎实，作风果敢，吃苦耐劳，但是过于保守，按部就班，有些偏激。当时社会上已在公开放映电影《庐山恋》《生死恋》等影片，而财经学院却严禁学生观看，更不允许学生在校谈恋爱。

饶贵生在大学四年学习和生活中，积极要求进步，谦虚谨慎，乐于助人，与全班绝大多数同学相处较好，结下了深厚友谊。如班上成绩冒尖的伍世安同学是学习标兵，饶贵生虚心诚意向他学习，遇到学习中的难题就主动请教他，同他一起研讨交流学习问题；又如林怡璋同学，饶贵生几乎在每次考试之前都和他一起讨论分析，互帮互学，共同复习应考，这对双方完成学业起到很大的促进、互补作用；还有工业统计班的赖传生同学，也是一名已有四个孩子才考上大学的"父亲学生"，由于都有共同的家庭背景，课余时间经常一起散步，一起讨论学习问题，倾诉家里的贫穷与辛酸，周末一起看露天电影，排解寂寞，共度艰难时光。有一天晚上，饶贵生上完了晚自习，便信步来到校园篮球场散步，正好碰上赖传生同学，两人不期而遇，心里非常高兴，感到惊喜。于是，两人愉悦地走出了校园，边走边聊，沿着校门外的大道往东边鱼目山方向散步，夜渐深了，星星和月亮都躲进了云中，人也有点饿意，两人走到公路边一排店面旁，看见一家水果店还在营业，便走了过去，花一角钱买了两个西红柿，一人一个吃了起来。也许没人会相信，这是饶贵生读财经学院以来第一次买水果吃，由于快要毕业了，两人即将分别，才咬咬牙花一角钱，破天荒买水果解馋充饥。饶贵生与赖传生二人家庭情况相似，都是高中毕业之后结婚成家、生了小孩、做了父亲，好不容易盼来国家恢复高考而发奋考上大学的，是典型的“贫贱之交”、患难兄弟，有缘在财院校园里相识、相知，结下了终生难忘的真挚情谊。

第四章　赤心报桑梓 老区治贫穷

二十六、选择回乡

岁月如白驹过隙。一眨眼到了 1982 年 6 月。时间老人就是这样，在经历一段时光的时候，人们仿佛感觉走得很慢；但当走完了这段路程，到达站点再回头观看，便惊叹他走得很快。饶贵生即将大学毕业了，此时他觉得四年时间一晃而过，还有很多知识没有学完。在这四年大学生涯中，究竟吃了多少苦，作出了多大努力，付出了多少艰辛，只有他自己知道。在他心中感觉付出是应该的，而收获也是颇丰的，大学四年寒窗苦读，对今后走上社会，走向工作岗位，无论从知识方面还是从思想素养和精神境界上来说，都是取之不尽、用之不竭的宝贵财富。

临近大学毕业时，系里发给每个学生一张分配工作志愿登记表。饶贵生知道，此时国家正处于百业待兴、求贤若渴时期，各行各业人才“青黄不接”。他们这些大学生是改革开放后通过统一高考所选拔、培养出来的第一批大学生，将会受到社会普遍欢迎，填补急需的人才空缺。所以，他们毕业的分配去向不会差，饶贵生早就听到议论，他们这一届毕业生基本上都能分在城市，进机关及所属单位工作。

根据国家的分配政策和饶贵生的学习成绩与表现，他可以分配到国家部委去工作，也可以留在省城南昌工作。但是，饶贵生在毕业分配工作的去向问题上，早在 1982 年寒假回家时，已经同父母亲和妻子唐桂花商量过，并作好了打算。在填报毕业分配志愿表之前，他就曾向系主任表白过自己的毕业分配去向。他的想法是：放弃留省城工作的机会，选择回南丰县老家工作。当时系领导问他为什么有这样的打算，他回答得非常朴实：第一，我是从南丰县考来的，出生、成长都在南丰，并且世世代代都生活在那里。南丰目前还比较贫穷落后，我现在学到了一点知识，应该回报家乡，为改变南丰的落后面貌尽一分绵薄之力；第二，我在考大学之前就已结婚，并且生了两个小孩，都在老家农村生活，我的父母亲年纪都老了，身体也越来越差，我如果在南丰本县工作，星期天、节假日回家，看望、照顾父母亲和妻子儿女更方便；尤其是近两年来，农村已普遍实行土地承包责任制，我家缺少劳动力，面临的困难很多，可以帮助家里解决一些实际问题。班主任听了饶贵生充满爱国爱家、知恩图报的回答非常高兴，“学业有成，回报家乡”，对他如此高尚的情怀，明智的选择，当场表示赞同和支持。

饶贵生想到自己即将大学毕业，就要步入社会，走向工作岗位，他决心在今后的岗位上，无论环境优劣，条件好坏，都要积极向上，发奋努力，为社会做好每一件事，时时、处处不辜负党和国家对自己的教育培养，对得起“大学生”这块金字招牌，不论在何时何地，都要尽自己最大的努力去拼搏，用自己的实际行动回报社会。

1982 年 7 月 1 日，江西财经学院举行毕业论文答辩仪式，饶贵生撰写的毕业论文题目是《浅谈如何开拓农产品销售市场》，由于论点明确，论据充分，对策和措施针对性较强，顺利通过答辩，因而获得经济学学士学位；7 月 21 日，财经学院公布毕业生分配方案。饶贵生接到的分配通知是：到抚州地区人事局报到。

当饶贵生拿着分配通知书来到抚州地区行署，找到人事局，负责接待他的领导同志说：“按照抚州的情况和你的条件，你可以留在抚州工作，也可以回南丰县去工作。”饶贵生果断选择了回南丰报效桑梓……

二十七、初显身手

1982 年 8 月 18 日，是一个值得纪念的日子。饶贵生从江西财经学院毕业以后，正式分配工作，并如愿以偿地按照自己的选择，被分配到了南丰县。

饶贵生把抚州人事局转开的大学生毕业分配介绍信和江西财经学院毕业档案等有关手续资料交到南丰县人事部门以后，有关领导听说饶贵生是主动要求回家乡南丰工作的，对他表示诚挚欢迎。当时曾经有县商业局、财政局、粮食局等部门向县大中专毕业生分配办公室请求将饶贵生分配到他们单位工作。经过县组织人事和教育等部门组成的大中院校毕业生分配工作领导小组研究，决定分配他到县商业局工作。

在 20 世纪 80 年代初期，国家刚刚实行改革开放，正处于计划经济向市场经济过渡的起步阶段，物资匮乏，商品紧缺，许多商品供应价格实行“双轨制”。商业部门是主要的民生保障部门，是很火的热门单位之一。饶贵生能够被安排商业部门工作，备受人们羡慕。

按照常规，大中院校毕业生分配，一般都要先到基层单位工作两年以上才能调进机关；且无论是行政单位还是事业单位，参加工作第一年为见习期，满一年后才转正为正式干部。南丰县对待饶贵生打破常规，将他分配到县商业局工作，一进门便被直接安排在局机关业务科室担任科员、干事。不但如此，他仅仅在县商业局机关工作六个月，就被借调到南丰县人民政府财贸改革办公室当干事，随后还兼任县政府副县长何重九的秘书。在饶贵生走出大学校门参加工作刚满一年时，1983 年 9 月，就被破格提拔为南丰县供销社第一副主任，成为一名副科级领导干部。充分彰显南丰县领导求贤若渴，同时也体现出饶贵生“肯干事、会干事、能干事”的聪明才智和工作能力。

初出茅庐显身手，发挥才干扬风帆。故事还是从他被安排到县商业局当干事讲起。他一走进商业局报到上班，局领导见他是财经学院毕业来的“高材生”，没有让他下基层“见习”，而是把他留在局机关工作，给他提供了较好的干事发展平台。

说实话，饶贵生虽然年龄不算小，已经 28 岁了，但是他的经历还是比较简单，除了读书，就是在家务农，当代课老师，大部分时间都浸泡在学校的环境中，恢复高考后考上大学，毕业后才走上正式工作岗位。他除了对农村农业以及学校教书的工作与生活有所了解之外，对社会其他领域各行各业都比较陌生。不过，商业、供销、粮食等部门与他在江西财经学院所学习的贸易经济专业知识均有关联，这也许是县里把他分配到商业部门工作的主要原因吧。

南丰县商业局是主管全县商贸流通管理和服务的行政管理单位，内设办公室、业务股、财会股等职能股室，也有好几个下属专业公司，如百货公司、五交化公司、食品公司、副食品公司等。饶贵生到县商业局报到上班后，被安排在局机关业务股担任干事。他非常珍惜通过艰辛努力获得的工作条件和平台，积蓄已久的工作激情迅速燃烧起来。他已经是一个受过高等教育的青年知识分子，且从小学到大学一直当班干部，虽然没有管理工作经验，但具有较好的工作潜能，有一颗不服弱、不认输和奋发进取、勇于拼搏的上进心。再加上他所具备的文化和贸易经济专业知识，一到商业局业务股上班，就拼命工作，查阅资料，熟悉业务，了解全县商业系统的各种情况和问题。

当时南丰县商业局办公楼和干部宿舍在同一个院子里，上班迟到、早退和中途溜岗的现象比较普遍。饶贵生懂得细节决定成败的道理，从上班的第一天开始，就非常注重细节，从每一件小事做起，坚持早上班，晚下班，每天早上 7 点 30 分就到了办公室，打扫卫生，整理报纸文件资料，打好开水。等其他同事 8 点钟上班时，办公室里干干净净，一切准备工作都做好了，人一到就可以开始工作。下午一般都是 6 点以后才离开办公室。曾经有二次接电话的事情，给饶贵生留下了深刻印象，一次是有一天早上 7 点 50 分钟左右，其他同事都还没有上班，县委书记吴国辉来电话找揭瑜瑜局长询问有关工作情况；另一次是某天下午 6 点钟左右，李耀南县长又来电话找揭局长调度布置工作，当时其他同事都下班了，只有饶贵生还坚守在办公室。因此，以上两次领导打来的电话，都是他接的，并及时找到揭局长接听电话，关键时刻为局领导排了忧，解了难，没有影响工作，发挥了很好的作用。由于饶贵生组织纪律性强，关键时刻能坚守工作岗位，给局领导留下了良好的印象，获得大家的一致称赞。

另外，饶贵生爱岗敬业，勤奋工作，每项任务提前完成，都能交出满意答卷。他所负责的文秘等日常事务做得井井有条，写出来的汇报、总结材料和领导讲话稿，不仅条理清楚、语言精练，而且思路清晰、见解独到，字字句句都能切中要害，突出重点，可谓是别具一格，耳目一新。与此同时，他还能够充分应用所学知识，积极主动撰写新闻稿件，参加工作半年时间内就在《江西日报》和抚州地委机关报《赣东报》上发表通讯报道 20 余篇，赢得了社会关注和好评。

南丰县商业局下属国有企业——食品公司，是专门负责全县生猪收购、上调和屠宰任务的单位。那时仍然实行计划经济和“统购统销”政策，每个公社、大队、生产队都有生猪征购任务，南丰县每年完成生猪征购任务都难度很大。饶贵生到商业局上班不久，局长便带着他下乡调研和催促收购生猪工作，连续一个多星期下乡调查，通过深入部分大队、生产队进村入户察看社员家里的猪栏，了解猪源情况，听大队、公社干部情况汇报，查阅相关资料，并参加有关会议讨论分析难以完成任务的原因和问题，饶贵生很快形成自己的观点，认为农户家中有猪源，社员群众和基层干部亦有国家意识，愿意完成生猪上调任务，存在的问题主要是生猪收购网点少，运输能力差，农民上交生猪难，缺少收购资金，有时农民交猪后食品公司打欠条。据此，饶贵生及时写出了一篇 3000 多字的调查报告。县政府分管财贸工作的副县长何重九看后非常高兴，完全赞同。后来，在县四套班子联席会议上汇报研究生猪收购工作时，本来应由商业局长汇报调研情况，何副县长向县主要领导建议，让执笔起草调查报告的饶贵生作汇报。他的汇报声音洪亮，条理清晰，重点突出，措施可行，引起了与会领导的赞许和重点关注。联席会议根据他的汇报内容，研究决定采取四条措施：一、专门召开一次全县生猪收购动员会；二、筹集 100 万元资金专门用以收购生猪；三、增加 10 个生猪收购站；四、增加 20 辆运输车辆运输生猪。会后，县委、县政府把饶贵生的汇报材料作为《会议纪要》文件，下发至全县各公社和县属各单位，对指导全县的生猪收购工作发挥了良好作用。尔后，县委书记吴国辉还专门来到县财贸改革办公室看望饶贵生，了解、考察他个人的有关情况。

饶贵生出色的工作能力与表现得到县委、县政府领导肯定，他仅在县商业局工作六个月后就被借调到县政府财贸改革办公室。说是“借调”，实际上就是“刘备借荆州——有借无还”，不再可能回到商业局办公室来工作了，局长揭瑜瑜心里叹息：“好人才，留不住”，在送别饶贵生时还流下了惋惜、留恋的眼泪。

饶贵生被“借调”到县政府财贸改革办公室工作后，更加勤勉努力，积极肯干，其才华得到更好地施展和发挥。经县委、县政府领导力荐，至 1983 年 8 月底，县委组织部门经过考察，在饶贵生参加工作刚满一年时间，即刚满“见习期”，就被破格提拔为县供销社副主任，进步之快当时在南丰被传为佳话。

饶贵生记得古希腊有位享有“力学之父”美称的数学家、物理学家阿基米德说的一句话：“给我一个支点，我可以撬动地球”。这句话虽然讲述的是杠杆原理，但是却常常被人们用来说明学习和工作的条件与平台的重要性。他虽然是土生土长的南丰人，但以前除了在学校读书就是回老家康都务农，只知道南丰县的“冰山一角”，对整个南丰的历史、地理、规模、人口、经济、资源、文化等各个方面都了解不多，比较生疏。参加工作以后，他充分利用工作的便利条件，抓紧各种机会和点滴时间学习，尽快熟悉和掌握全县的各种基本情况。

南丰县位于江西省东部、抚州地区南部，隶属于抚州管辖，全境东西长 60 公里，南北宽 55 公里，总面积 1920 平方公里。在 20 世纪 80 年代初，南丰县有琴城、白舍、太和、市山、沙岗、三溪、西溪、洽村、波罗、桥背、洽湾、东坪、莱溪、桑田、中和、傅坊、太源等 17 个公社，176 个生产大队，总人口大约 30 万人。

饶贵生对南丰县的历史文化方面的知识很感兴趣，通过查阅《南丰县志》等资料，对南丰县的历史文化了解得很清楚，早在 3000 年以前的商周时代就已经有人类繁衍生息。三国吴太平二年（257 年）建置南丰县，隶属与之同一年新设立的临川郡。到隋朝开皇九年（589 年），南丰县废止，并入南城县。至唐代景云二年（711 年）恢复设置南丰县，划归抚州管辖，隶属江南道。唐朝先天二年（713 年）又废止南丰县。仅仅七年之后，在唐开元八年（720 年）又重新设置南丰县，仍然隶属抚州。这样反反复复，设了废、废了设，直到宋朝的绍兴八年（1138 年）春，划出南丰县南境的 3 个乡，另设 1 个县，因南丰划出的这三个乡“道通闽广、隶属建昌”而取名为“广昌县”。在第二次国内革命战争时期，1930 年 4 月南丰县成立苏维埃政府，1932 年 2 月与广昌合并为南广县；次年 4 月又与广昌分设。1934 年 10 月红军主力长征后，属国民党统治下的江西省第七行政区。1949 年 8 月 17 日，中国人民解放军江西省军区抚州军分区第四八三团第一营解放南丰，属抚州分区；10 月 1 日中华人民共和国成立，隶属关系不变。南丰县如果从第一次建县的时间算起，有 1900 多年的历史；如果从几废几设之后稳定下来算起，也有 1300 多年历史。

南丰县不仅历史悠久，而且文化底蕴深厚，自古以来人文荟萃，灿若星辰；名人志士，层出不穷；英才俊杰，彪炳史册。据史料记载，宋代南丰有进士 212 名，元、明、清三代南丰有进士 156 名、举人 557 名、武举 58 名。《中国人名大辞典》收入南丰籍名人 62 名；《中国文学家大辞典》收入南丰籍文学家 27 名。这里，既孕育了“唐宋八大家”之一的曾巩，还培育了江西党团组织创始人赵醒侬；既发生过罗动天、江义、周八等领导的农民起义，也铭刻着红军时期毛泽东、朱德、彭德怀等革命先辈带领红军队伍在南丰开展一系列革命活动所走过的光辉战斗历程。

南丰县古城明清古建筑远近闻名，拥有 1630 多米的明清古城墙、161 处文物保护单位。曾家大屋、万贤伯民宅、赵醒侬故居、秋雨名家等明清古建筑达 200 余栋。古城保存了自唐代以来各朝各代的历史文化信息，有唐代的寺庙、宋代的壕沟、元代的里坊、明代的城墙、清代的民宅、民国的商铺，等等。南丰灿烂的历史文化遗产，不仅生动地述说着过去，也深刻地影响着未来；不仅属于当代，也属于后代。

南丰县东接福建，南临广东，地处长三角、珠三角、海西经济区的扇形辐射面；优越的地理位置，为千年古县的经济发展提供了良好条件。

饶贵生为自己出生在历史文化如此厚重的南丰、大学毕业之后又回到故乡工作，从内心感到自豪。他在想，如何将家乡的历史传统文化，保护好、弘扬好、传承好，让收藏在典籍里的文化、陈列在大地上的遗产活起来，充分挖掘历史底蕴，释放文化内涵，留住乡愁，滋养今天？这正是自己之所以大学毕业要求回故乡南丰的愿望和目的所在。因此，他从走上工作岗位的第一天开始，兢兢业业，踏踏实实，以强烈的敬业精神和高度的责任感，积极主动工作，不断进取，并注重从内在、外在塑造自身，完善自己。对待领导交办的每一项工作，领导的每一次讲话，每一项报告，他都精心准备，认真完成，始终坚持在学中干、干中学，爱岗敬业，锲而不舍，自强不息，不断奋进。

二十八、任职供销

“好雨知时节，当春乃发生”。干部四化（即革命化、年轻化、知识化、专业化），是新时期干部队伍建设的根本方针。1982 年 9 月党的十二大正式把这个新方针写进《中国共产党章程》中，为我国干部队伍的建设指明了方向。饶贵生大学毕业后一走上工作岗位，就沐浴着宣传贯彻党的十二大精神的浩荡东风，真是时逢盛世“应运而生”。

1983 年 9 月，他参加工作刚满一年，就被南丰县委当作提拔对象，破格提升为任县供销社第一副主任，协助供销社主任分管业务和财务工作。

饶贵生走进县供销社担任“二把手”，表面上受到社领导、中层干部以及干部职工的欢迎，同时也受到不少冷遇，有的人在背后议论：饶贵生工作仅一年就被破格提拔重用，背后一定有靠山；有的人悄悄说：他不就是一个大学生吗，常言说得好：“秀才经商，输个精光”，今后有戏看；甚至还有人嘲讽说：他连党员都不是，还当“二把手”？面对这八面来风，饶贵生不火不燥，笑脸相待，暗下决心要用自己的实际行动来证明自己的能力和才干，获取同志们的信任和支持。

于是，他给自己订立“五条规矩”，一是加强政治理论学习和思想品德修养，努力提高领导艺术水平；二是注重业务学习，深入调查研究，尽快熟悉全县供销系统的情况；三是正确处理与领导班子成员之间的关系，摆正自己的位子和角色，大事讲原则，做好本职工作，小事讲包容，处处维护领导班子团结；四是积极主动配合、协助“班长”，身先士卒，勇挑重担；五是谦虚谨慎，严以律己，树立良好形象。

正当他刚进入角色扑下身子抓工作之时，1983 年 9 月 13 日傍晚，县里召开紧急会，震惊全国的东北“二王”特大持枪杀人案犯在邻县广昌出现，上级部署全民动员组织民兵布网围捕。县政府专项会议结束后，供销社主任何海令立即召集班子成员传达、布置任务：决定抽调一名班子成员和四名青年干部，于当晚七时赶到县人武部集合，执行围捕“二王”任务。何主任传达完会议精神之后，饶贵生立即自告奋勇说：“班子成员算我年轻，我去。”何主任像是如释重负地点头同意，其他成员都没意见，接着便从有关股室和下属公司抽调了四名青年干部。五个人吃完晚饭，便按时赶到县人武部报到。不多时，县机关单位抽调的人马全部在武装部操场集合整队，站成四列，相关单位领导站一列，县委书记、县长等四套班子领导和县人武部部长、政委站在前面，县委书记作简短动员并宣布纪律，武装部长宣布具体任务。饶贵生被指定为其中一个小组的组长，带领七名干部被派往太和公社下洋大队牛岭村日夜蹲坑守候，密切配合公安、武警和解放军围捕“二王”。

“二王”指的是王宗坊、王宗玮两兄弟，沈阳市人。在1983年2月12日，正是农历大年三十，两兄弟在沈阳解放军某部医院盗窃被发现后连杀数人。在追捕战斗中，“二王”凭借自己手里的四把五四式手枪和五枚手榴弹，先后打死打伤公安执法人员和无辜百姓18人，5次跳过公安的包围圈，逃跑范围覆盖8个省，当时谣言四起，传得神乎其神，人心惶惶，谈“王”色变。5月，公安部发出第一张悬赏通缉令，“二王”的照片一夜之间贴满了各座城市大街小巷。这是“文革”以后出现的第一张A级通缉令，更是中华人民共和国成立以来首张悬赏通缉令，确切地说，它是被严峻形势“逼”出来的。悬赏通缉后，“二王”如人间蒸发了一般，公安部门辗转追捕了半年多仍未将其捉拿归案。1983年9月13日8时许，广昌县民政局干部刘建平在一家土特产商店门口看到一个着装异常的人：戴着一副大墨镜，头上的破草帽压得很低，两条长腿跨在自行车上随时准备蹬车逃离。令刘建平感到奇怪的是，明明快要下雨了，没有太阳，那人却戴着墨镜和草帽，且自行车沾满了泥巴，衣服也很脏，像是经过了长途跋涉。不一会儿，商店里又走出一个同样装束的小个子，两人装作不认识一般始终隔着一段距离。这让刘建平更加怀疑，于是他立即到城关派出所报了警。派出所所长邹志雄带上一名民警与刘建平一同乘面包车前去追查。追至距县城九里的小港路段时拦住了那两人，不料他们掏枪便射。双方隔着道路两边的大树一阵枪战后，两人借着一辆路过的卡车作掩护，迅速跨过盱江钻进深山密林不见了踪影。不过，他们却留下了身份确证，警方在他们丢弃的包中搜到“五四”式手枪两支、子弹十六发以及蚊帐、地图、人民币等物品。经鉴定，那两支手枪正是“二王”所持的。暴露行踪的当天中午，“二王”被确认躲在盱江林场的密林里。广昌县委立即组织公检法和武装部调集民兵参战，同时，上级调集的各方人马也紧急赶往广昌。当天夜里，时任江西省委政法委书记王昭荣、省军区副司令员沈忠祥及省公安厅厅长孙树森等各自率员奔赴广昌，亲临现场指挥。经过多次部署，至1983年9月14日早晨，广昌县界范围内和县界外甚至到福建宁化，组成了四道包围圈，直接参战人数达25000，为两名恶徒布下了天罗地网。9月18日凌晨，有人冒着大雨报案：深夜看到一高一矮两个人惊慌走过。指挥部立刻派搜索小分队兵分两路赶赴现场，很快便在一座山上发现了“二王”的踪迹，但开枪射击后，他们又钻入山坳消失了。至当日傍晚六点二十分，“二王”最终被击毙。这场历时7个多月，范围覆盖8个省的千里大追捕宣告结束。

饶贵生带领的小组就是驻扎在第四道包围圈中。他们艰辛吃苦和忘我坚守，冒着很大的危险，啃干粮喝沟水，白天汗流浃背，夜晚蚊叮虫咬，日夜轮流瞪大双眼蹲坑守候。山沟里通信不发达，搜山人员击毙“二王”后他们也不知道，仍然坚守哨位，直到19日傍晚从收音机中收听到“二王”被击毙的新闻，才知道围捕工作任务已经完成。

结束围捕“二王”战斗之后的第二天，饶贵生没有休息，照常到供销社上班。供销社与商业局不一样，县供销社是县政府的合作经济组织，除了机关内设有五个股室之外，还有生资、果品、土产等5个直属公司和17个公社驻地基层供销社，而且基本上每个农村大队都有供销网点，点多面广。县供销社担负的主要职责，一是宣传贯彻各级党委、政府的方针政策；向县委、县政府反映农民社员的合理要求；协调与政府有关部门及其他社会组织的关系，提出有关发展合作社事业的政策建议；维护基层供销合作社的合法权益。二是制定本县供销社的发展战略和发展规划，指导全县供销社的改革与发展。三是按照政府的授权对重要农副产品、农业生产资料、烟花爆竹、再生资源、农村商业、饮食服务业等经营管理进行指导、大力发展农村市场，促进城乡经济一体化，农业产业化进程，完善社会化服务体系，大力发展农村专业合作社，引导农民有组织地进入市场。四是负责指导本系统供销社组织、队伍建设和人才资源开发，不断提高职工队伍素质，贯彻民主办社原则，设立协调和管理行业协会。五是负责县供销社直属企业社有资产的经营管理和企业改制，保障直属单位社有资产的保值增值。此外，还要完成县委、县政府分配的各项中心工作任务。

那时，我们国家正处在步步深入地实行改革开放，供销系统是改革开放的“前沿阵地”之一，是由计划经济转向市场经济的首当其冲的部门，面临改革开放政策的贯彻实施，供销部门出现了太多的新情况和新问题。当时在计划经济体制下开展工作，绝大多数大宗生活用品凭票供应，如棉絮等，茅台酒每年全县只有 10 箱，每瓶价格 8 元。南丰当时的蜜橘年产量 2300 万斤左右，国家收购 700 万斤，价格每斤 1 角至 2 角，蜜橘运出南丰，需要开放行证，多个路口设有检查站。农资化肥供应实行“双轨制”价格，例如尿素，计划内每百公斤 52 元，计划外每百公斤 104 元。

如何顺应改革开放的历史潮流？饶贵生清醒感觉到有很多工作要做。他认真学习领会和贯彻落实上级有关改革开放的文件和会议精神，深入基层开展调查研究，制订改革方案，提出许多适应新形势新要求、解决实际问题的具体意见和办法。在一次供销社主任办公会上，饶贵生将他调查到的几个基层供销社长期存在工作后进、经营亏损的情况与原因以及解决问题的意见汇报以后，当即得到全体班子成员的认可，于是按照他的建议，从机关抽调几名中层干部组成工作组，由他带队，分别进驻桑田、白舍、古城供销社“解剖麻雀”，进行整顿。他工作认真，作风扎实，生活简朴，召开各种座谈会，分别找各部门各阶层干部职工代表谈话，广泛听取各种意见和呼声，寻找存在问题的“症结”和解决问题的办法。经过近两个月深入细致调查研究，查来找去，在这三个基层供销社都没有发现个人贪污、挪用等经济问题，但工作方面的问题各种各样，最具普遍性的是领导班子年龄老化，思想陈旧，墨守成规，工作疲软，缺乏开拓创新意识，面对改革开放的潮流显得束手无策。饶贵生组织工作组成员开展讨论，达成统一意见后，向县供销社领导班子汇报，建议从整顿领导班子入手，换干部、换思想、换工作机制。他所汇报的有条有理的第一手材料，获得供销社班子成员一致赞同，于是，由民主推荐，经社党组研究，对这三个供销社的领导班子进行了调整充实，提拔了一批年纪轻、文化程度高、工作能力强的年轻人担任基层供销社的领导职务。整顿、调整后的基层供销社面貌一新，各方面工作都有新起色和新发展，得到社会各界好评。

饶贵生走进县供销社担任副主任不到半年，经历了“怀疑、歧视——观察、考验——认同、赞许”三个阶段，他低调谦和、认真负责、严于律己、雷厉风行、务实创新的工作表现，受到县供销社广大干部职工的认同和欢迎，也获得了县委、县政府领导的肯定和称赞。1984年5月，因饶贵生数次申请，县供销社机关党支部大会讨论通过，县委组织部考察、批准，饶贵生加入了中国共产党……

二十九、支老扶贫

1984年上半年，全国开始全面推进农村机构改革，人民公社实行“撤社建乡”，即撤销“人民公社”改建为“乡”，对有些乡的规模和管辖范围也进行了适当调整。南丰县委、县政府所在地的琴城公社改建为琴城镇，其他公社改建为乡。后来陆续有白舍乡和太和乡撤乡改建为镇。农村大队一律改建为村民委员会，生产小队全部改称为村民小组。

1984年9月，南丰县委、县政府为了贯彻落实上级文件和会议精神，抽调县直部门、单位部分干部组成若干个“支老扶贫工作组”，进驻贫困乡、村，指导和扶助村民“治穷脱贫”。其中抽调了8名干部组成工作组，到戴着贫困帽子的三溪乡去开展为期一年的“支老扶贫”工作。饶贵生作为县供销社最年轻的班子成员，主动请缨参加支老扶贫工作组，并被县委指定为工作组组长，同其他7名干部一起，背着行李，来到三溪乡保丰、南堡、军峰、坪上4个行政村，开展支老扶贫工作。

下乡支老扶贫对饶贵生来说是一项全新的工作，虽然他从小在南丰农村生活，对村民的处境和生活状况比较了解，但是怎样帮助贫困村民治穷脱贫，却是一道不易解答的新课题。千头万绪的扶贫工作究竟从何入手？饶贵生同乡党委书记和乡长等领导商量，与其他工作组成员讨论研究，决定从调查研究入手，既要着眼当前，帮助解决部分特困户急需解决的困难，又要立足长远，在“治”字上做文章，帮助村民制定脱贫方案，寻找“治穷”的路子。

饶贵生把包括自己在内的8名工作组成员分为4个工作小组，2人一组，分别进驻4个贫困村。他既负责整个工作组，又负责1个行政村，既蹲点，又跑面。从进驻三溪乡的第二天开始，他便没有停歇过，肩挎背包，依次到工作组蹲点的各个自然村，同驻村工作组的同志一起，走村串户察民情、听民声，进行“访贫问苦”。每天早、中、晚到了吃饭的时间，走到哪户村民家里，就在哪家吃饭，吃了饭便按规定付给村民每餐 1 角 5 分钱和四两粮票。来到哪个村，晚上也住在那个村委会，白天有时还参加农业生产，与村民打成一片，同吃同住同劳动。

通过深入群众调查走访，使饶贵生感到，三溪乡确实还有不少贫困户和特别贫困户。他们贫穷的根源与老家康都一位名叫池雷钵的邻居非常相似。都是由于体弱多病，缺少文化，不懂经营，深陷贫困的深渊，不能自拔。池雷钵土改时期虽然没有被划上地主、富农成分，但实际上家庭比较殷实。他家不仅有猪栏、牛栏，更主要是有祖传下来一个舂米的水碓，就建在村庄侧边那条山溪下面，很多人家砻谷以后，把砻出的糙米拿到他的水碓去舂，舂好米以后都会按数收钱。他家这门特殊的副业一直持续了好多年。到了 60 年代中期衰败得很快，主要原因是：池雷钵体弱多病，妻子李桂娇思想保守，心胸狭隘，“眼浅肚皮薄”，度量不大，遇事疑神疑鬼，不能容人；尤其是没有文化，女儿池带金又是一位智障者女性，不懂生儿育女的基本常识，导致所生的一个年仅 4 岁小女孩夭折。此家庭命运多舛，结局悲惨，至 70 年代末，实在难以生存，便将全部家产变卖掉了，成为村里的一个“五保户”，最后家破人亡，完全没落了。

曾经用热烘烘的心血喂养共产党闹革命的老区人民，当时还有许多贫困户仍然住着破旧的土砖茅草房，寒冷的冬天忍饥挨冻。山区的田地贫瘠，尤其易受干旱，粮食产量低，稻米不够吃，每年有不少日子靠红薯、萝卜等粗粮补充。晚上，大部分村民还是点煤油灯照明，不少村民为了省钱，捡便宜的柴油买，柴油灯冒出的烟又黑又浓，气味很重、很难闻。耳闻目睹老百姓如此贫困的生活状况，饶贵生吃不下，睡不香，日夜思考着怎样尽最大努力为三溪乡人民解决实际困难，早日脱贫致富。

一天下午，正在下乡调查的饶贵生，走出保丰村委会，准备到坪上村委会去。他沿着山坡下的“绕山”土路往前走了大约 1 公里远，看见一个 60 多岁的老头，艰难地拉着一台两轮平板车，车上捆放了 20 余根新砍下的毛竹，朝保丰村走去。饶贵生看看眼前的山路，只有大板车那么宽。他又抬头望见老大爷拉着板车走到一块被雨水冲成下陷的路段，老人家拼命拉并没有拉起来，饶贵生赶紧走上前去，走到板车尾部俯下身子双手抓住板车上的毛竹用力推，两人一前一后同时使劲，好一阵工夫才把板车推出陷坑，上了平路。老大爷解下挂在脖子上的围布，擦了擦满头的汗水，感激地说：“多亏遇到了你这个过路人，要不是你帮我推一把，我正准备把板车放下来，解下毛竹，先将空板车拉出陷坑，再重新将毛竹搬上板车，至少得费一两个小时的时间”。说完，老大爷从裤荷包掏出小半包海鸟牌香烟，先递给饶贵生一支，说：“来，抽支烟”。饶贵生忙推辞说：“谢谢您，我不会抽烟。”饶贵生虽然不会抽烟，但他知道那时的海鸟香烟是 1 角 3 分钱一包。老大爷自个儿点着一支烟抽起来，抱怨说：“常言道‘要致富，先修路’，由于没有公路，目前，树在山上烂，人在家里穷，仍然过着缺衣少食的苦日子。你看看我们这个村，还是这样的泥土路，山上长着那么多的木材、毛竹，还有其他的农副产品，想卖也运不出去……”

经过连续一个多星期的下乡调查，工作组成员对四个扶贫村的情况有了清晰的了解和认识，他们通过认真讨论分析这四个行政村存在贫困的现状和问题，探查寻找治穷脱贫的办法和途径，最后商定主要抓三件事：一是加强村委会班子建设，帮助村委会化解各种矛盾和纠纷；二是加强农村水、电、路等基础设施建设；三是指导村民调整产业结构，发展农副产业和加工业，帮助村民“治穷根”。

工作组把工作意见向乡党委、政府领导班子作了汇报，虽然得到乡党政班子成员的赞同，但是，当时饶贵生并不知道乡党政主要领导中有矛盾，他对乡领导没有给予工作组太多实际上的支持感到有些纳闷。在这种情况下，饶贵生坚毅、果断的个性和勤政、务实的工作作风充分显露了出来。他按照自己的思路和工作组已研究制定的方案行事，首先是帮助三个缺水的村庄打了三口水井，解决了村民饮水问题；紧接着，发动群众修建一条保丰至塅上村 2.1 公里长的简易公路，解决当地的竹木和农副产品运输难的问题。进入冬季以后，天气逐渐寒冷，饶贵生返回县供销社，把蹲点扶贫村存在的有关问题再次向供销社党组汇报，发动全体干部职工为老区特困户群众捐款捐物，并联系县民政局给予支持，不到一个星期，便给三溪乡四个特困村的群众送来了 2400 多件过冬的寒衣和 5400 多元困难补助款，解决了特困村民们越冬防寒的燃眉之急。

挖三口水井分别是雇请具有一定挖井经验的村民，采取包工不包材料的承包方式，砖石和水泥由工作组筹集到的专项款购买，挖到泉水后用砖石砌成直径1.5米圆桶式水井和四方形砖石水泥井台，有效地解决了村民们饮水难的问题。

在修建简易公路的过程中，饶贵生亲自带领工作组的同志上阵，测量路基，确定自然村通往村委会公路的准确路线。然后，同村小组的干部一起发动群众，打响了百人上阵修公路的战斗。在那些日子里，工作组同广大村民一起，起早贪黑在工地上埋头苦干。时而挥镐锄地，时而挑土运石，脱掉棉衣，甩开膀子带头干。修筑好路基以后，发动村民挖鹅卵石混合土，铺在路基上面。后来，饶贵生胃病发作了，痛得要命，蹲在地上一个劲地吐酸水，但又吐不出来。他的胃病是在国家三年困难时期饿肚子患下的，那时他正值少年长身体的时候，天天吃不饱饭，有不少日子见不到大米，吃糠粉和野菜充饥，因而留下了胃病的烙印。胃病发作后，他到三溪乡卫生院开了一些治胃病的药，仍然坚持与工作组的同志一道在修建公路的工地上带领村民施工，一天也没有休息过。短短一个月，这条2公里长的简易公路便抢在1985年春节之前修建成功，三个行政村通公路了，困扰村民们多年运输难的问题得以解决。

当时饶贵生的家还在太和乡康都村。早在1981年他就读江西财经学院之时，农村普遍进行改革开放，生产队分田下户实行责任承包制，他的家里也按人口分了责任田。他大学毕业分配到南丰县工作后，基本上周末都回家，与家人团聚，处理家务事。要是到了农忙季节，饶贵生操心的事就更多了。他的父母年纪越来越大，身体不好，经常生病，两个小孩相继上小学读书，家里的生活重担全部落在妻子唐桂花肩上。1983年9月在县委提拔他到县供销社担任副主任不久，县政府领导为了照顾他，让他能安心工作，于年底前通过公安部门给他的妻子唐桂花解决了“农转非”户口。饶贵生先是由于工作太忙，接着又来到三溪乡参加支老扶贫工作，一直没有顾得上搬家。在春节假期，饶贵生同父母亲和妻子商量，把责任田转给了弟弟饶小毛，着手准备把家搬到县城居住。然而，在动手搬家的头两天，老父亲却临时变了卦，他对饶贵生说：“你和妻子、小孩搬去县城居住，是理所当然的，我和你母亲都很高兴，这便于你们在一起生活，孙子、孙女到县城上学，县城学校的教学质量肯定比农村小学好。但是，我和你母亲在乡下生活惯了，突然住到城里去，会很不习惯的，你看我这身体越来越不行了，去了会拖累你们的。再说，在康都，还有你的弟弟小毛刚结婚不久，到时候生了小孩也会要你母亲帮忙带。”

饶贵生知道，这是父母亲体谅自己，为的是减轻自己的生活负担。多么可亲可敬的父母亲，他们为自己操了一辈子心，到如今有了让他们清闲下来的条件，他们却不肯离开老家进城“享清福”。想到这里，饶贵生禁不住眼泪唰唰往下掉……

此刻，饶贵生不由想起在去年“五一”期间给父亲过生日的情景，父亲饶明裕风雨兼程，在人生旅途上已经走过了 60 个春夏秋冬。饶贵生与兄弟姐妹们商量后，决定在当年五一劳动节期间，邀请亲朋好友欢聚一堂，给父亲庆贺 60 岁生日。五一节那天艳阳高照，暖意融融，共举办了近十桌酒席，儿孙们举杯庆贺：恭祝老父亲生日快乐，寿比南山，福如东海。老父亲当日非常高兴，整天笑容满面，如沐春风。他那勤劳坚强的宝贵品格，宽厚待人的处世之道，严爱有加的淳朴作风，深深感动和引领着儿女们不断奋斗、前行。他那满脸的皱纹，双手的粗茧，两鬓的白发，记载着岁月的沧桑，换来今天儿孙绕膝，天伦之乐。生日宴席结束后，干姐夫彭少辉用手中的相机拍下了一张全家福合影，给父亲 60 岁生日送上了深情的祝福和崇敬，留下了美好的记忆。

父亲饶明裕 60 岁生日合影

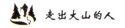

三十、主政三溪

1985年春节之后，饶贵生把家搬到南丰县城来了，继续到三溪乡开展支老扶贫工作。他怀着真心实意为贫困群众办实事的满腔热情，带领工作组成员分别与四个蹲点扶贫村的村委会班子一起研究制定了“农林并举，综合治理”的扶贫规划和蓝图。利用春季宝贵的时节，发动村民植树造林。他在保丰村与村委会班子成员一起努力，号召村民们栽种橘树，开启了种植南丰蜜橘的先河。

饶贵生在三溪乡工作期间的留影

饶贵生不等不靠，引领蹲点扶贫村的群众因地制宜发展农业生产和林、牧、副业。然而，他到三溪乡支老扶贫蹲点以来，先后多次分别向乡党委书记和乡长等领导汇报工作，明显感觉到乡领导之间存在比较大的矛盾和分歧，蹲点半年以来，几个村委会的书记也曾有意无意地向他透露过乡党政领导不团结、闹“窝里斗”的情况。对此，饶贵生头脑清醒，始终坚持不过问、不参与。他想：自己是县委指派来三溪乡支老扶贫的，对乡党委、政府领导之间的矛盾，没有必要过问，自己的本职工作就是踏踏实实做好支老扶贫工作。因此，他除了参加乡里的有关会议和向乡领导汇报扶贫工作情况，一心一意下沉在扶贫村，认真开展支援老区建设工作。

1985年4月，县委常委、纪委书记赵令煌同志带领纪检、监察干部进驻三溪乡开展专案调查，最终，乡党委书记被撤职、开除党籍；乡长亦被撤职；一名乡党委副书记被移送检察部门，判处三年有期徒刑；整个乡党政领导班子陷于瘫痪。之后，县委于6月中旬着手对三溪乡党政领导班子进行全面调整，经县纪委书记赵令煌向县委书记余鼎革推荐，并经县委组织部考察，县委常委会研究决定，把正在三溪乡担任支老扶贫工作组组长的饶贵生留下来，担任三溪乡党委书记。时至 30 多年后的现在，饶贵生还记得当时余书记找他谈话的情景，余书记语重心长而又不无风趣地说："我当年如果不下乡当公社党委书记，今天就当不了你们南丰的县委书记；同理，你下乡到三溪乡当党委书记，任重道远，很有意义。"

三溪乡对饶贵生来说已不再陌生，他在这里"支老扶贫"整整工作了半年。不过，那仅仅是"支老扶贫"，只是在蹲点扶贫的保丰、南堡、军峰、坪上四个行政村开展工作，现在，他要到三溪乡担任党委书记，主持全面工作，与担任扶贫工作组组长完全不同。他想到自己大学毕业只不过三年时间，由县商业局的一个科员到县供销社副主任，即将担任三溪乡党委书记，初入仕途就实现了"二级跳"。他明白，这是组织上对自己关心、教育、培养的结果。他感到责任重大，使命光荣，肩上的担子沉甸甸。他非常感激县委对他如此厚爱、器重，在心里立誓，一定要用实际行动做好本职工作，报答党组织对自己的教育培养之恩，决不辜负人民对自己的厚望。

受命于危难之时的饶贵生，由三溪乡支老扶贫工作组组长而转换成为三溪乡主持全面工作的"一把手"，走马上任之后，立即召开新调整的乡党政领导班子专题会议，研究部署工作，要求大家先从调查研究入手，摸清家底，寻找脱贫致富的道路，尤其要找准改变三溪落后面貌的突破口。

三溪乡位于南丰县西部，西邻宜黄县和本县紫霄镇，南连白舍镇，东北面与市山镇接壤，总面积 126.5 平方公里。地处丘陵山区（95% 为山区、5% 为丘陵），因南有三条小溪流入乡政府驻地村东首汇合，并世代孕育和滋润芸芸众生，民众感其恩，故名三溪乡。全乡有耕地 9500 亩，山地 58000 亩。群山环绕，梯田纵横，小溪幽幽，流水潺潺。境内有一座"赣东屋脊"之称的南丰第一山——军峰山、一座位于保丰村境内海拔 1043.8 米高的宝峰山和一座位于黄连山村和保丰村之间海拔 969 米高的祝家山。三溪乡 1961 年从南塘划出，成立三溪人民公社；1968 年"扩社并队"时并入南塘人民公社；1972 年正式恢复三溪人民公社；1984 年改社建乡。三溪乡下辖三溪、石邮、柏苍、池丰、庙前、南堡、保丰、黄连山、坪上、军峰、云山、上晒等 12 个村委会，共有 69 个村小组，1700 余户，总人口 9400 余人。

当时的三溪乡，由于党政班子主要领导“塌方”式出问题，造成干部队伍思想混乱，人心浮躁不安。饶贵生上任仅仅几天，就收到六份请求辞职调动的报告。饶贵生压下这些报告，按照自己的计划，打起背包，走柏苍、爬黄连山，日访群众，夜开党员会，讲述三溪革命斗争的历史，宣传建设老区的意义，动员群众行动起来改变贫困面貌。他一头扎进三溪乡的村村寨寨，走遍了 12 个村委会近 80 个自然村，调查了 100 多户村民的生产和生活情况。他走村串户搞调查，与村干部和村民代表座谈，了解民情，寻找各种典型事例，拟订根治三溪贫穷落后的“药方”。

饶贵生下乡调查第一站选择到全乡最贫穷的南堡村察民情、摸实情、找穷根。当时三溪乡流传一首民谣：“南堡南堡实在难搞，大小干部来了不少，就是问题解决不了”。饶贵生怀着沉重的心情走进南堡村，首先找到村支部书记唐运才了解情况，看到他满脸愁云，唉声叹气，不停地诉说着村里的困难和问题，然后走进农户家里，与群众促膝谈心，察看实情，查询有关数据，发现南堡之所以难，难就难在以下几个方面：一是主观上工作思路出了偏差，乡村干部长期以来没有从长计议，每年只是给困难户送钱送物，解决临时的燃眉之急，只输血没有增强造血功能，没有从根本上拔掉穷根；二是老百姓思想保守，不思进取，缺乏改变贫穷落后面貌的信心；三是地理位置偏僻，条件恶劣，全村地势海拔 1000 米以上，日照时间短，天气寒冷，霜冻期长；四是没有公路，交通不便，制约了经济发展和生活条件的改善；五是山多田少，山地占 80%，人均只有半亩水田，粮食单产非常低，亩产只有 100 公斤左右；六是产业结构单一，除了栽种水稻以外，几乎没有别的产业；七是由于长期贫穷落后，青壮年人在当地结婚成家困难重重，只好背井离乡，奔赴他乡，成家立业，谋求生存与发展。村里只剩下“一六三八拐”人员，即少年儿童、未出嫁的妇女和拄拐杖的老年人留守村里，艰难度日，年复一年，日子越过越穷，每况愈下，恶性循环，各种问题堆积如山，无法解决。

饶贵生通过调查，掌握了南堡村贫穷的根本原因，经过深思熟虑，在集思广益的基础上，决定综合施策，从以下几方面入手，拔掉南堡村的穷根，带领群众脱贫致富，走出苦海。一是加强教育引导，改变传统保守落后观念，进一步增强村民脱贫致富的信心和决心；二是通过多方筹集资金和民工建勤相结合，尽快修通进村公路，解决行路难的问题；

三是因地制宜，及时调整产业结构，在着力提高粮食单产的前提下，引进种植中药材、食用菌栽培和兴办竹木加工厂等新的种植及加工项目，拓宽脱贫致富的渠道。饶贵生提出的治穷致富思路和方式公布后，受到南堡村民一致赞同，全村上下，男女老少跃跃欲试，甩开膀子干起来了，一场脱贫致富攻坚战的序幕徐徐拉开，村民们焕发出前所未有的热情和积极性，经过三年左右的时间，南堡村民的精神面貌焕然一新，公路修通了，产业结构优化了，村民的收入增加了，昔日贫穷落后的面貌明显改善，多年难办的事情都办成功了。日后南堡村脱贫致富的经验在三溪乡起到了很好的示范引领作用。

经过一段时间深入群众搞调查，他全面分析研究了三溪乡全乡存在的优势和劣势，反复思考，理出了“依托本地资源，发挥山林优势，培植农副支柱，壮大特色产业，发展多种经营，搞活农村经济”的发展思路。

镜头之一：

7 月 1 日，正值党的生日纪念日。这天下午，饶贵生主持召开党政班子成员联席会。他在认真听取了大家的发言后说：“三溪乡是革命老区，长期以来普遍比较贫穷，山区闭塞，交通不便，农业生产技术落后，乡村企业既少又效益低，这些都是三溪乡的劣势，是客观现实。三溪乡的优势在哪里？我以为，一是自然资源丰富，荒山多，林地也多，完全可以因地制宜充分利用，发展种植、养殖特色产业；二是南丰县的蜜橘早已名扬省内外，三溪乡却没有种植蜜橘，完全可以‘全乡开花’，大面积种植蜜橘；三是三溪现有的山林多，各种林木、毛竹不少，但由于交通不便，运不出去，可不可以搞特色加工企业呢？条件可以创造，环境可以改变，没有公路，只要全乡上下万众一心，公路是能够修通的。现在最重要的是团结，把大家的心凝聚到一块，拧成一股绳。”

饶贵生一席话，说得大家情绪激昂，纷纷各抒己见，寻找经济增长点，制订发展规划。会议从下午两点开始，开到傍晚六点钟，大家在乡食堂吃了晚饭接着开，围绕三溪乡如何治穷脱贫的题目继续开展讨论，制订了全乡五年经济发展规划，并一致通过“为建设经济繁荣，生活富裕，文化进步，团结和睦的新三溪而奋斗”的总目标，确定了全乡重点发展“粮、果、经（经济作物）、林、菇（香菇）、猪”等六大产业，粮食以推广杂优水稻为重点，果树以种植蜜橘为重点，经济作物以烟叶为重点，养殖业以生猪为重点，林业以杉木和毛竹为重点，加工业以竹木为重点的全面振兴三溪经济的新路子。会上宣布了各位党政领导的分工，党政联席会开到深夜 11 点钟才结束，收获很大。

镜头之二：

7 月 2 日，饶贵生主持召开他到任后第一次全乡各村委会党支部书记、村长，乡属各单位负责人和全体脱产干部大会。乡长黄家农和副书记万冬冬分别传达上级有关会议精神，部署当前主要工作之后，饶贵生作动员讲话。他简要讲述自去年 9 月来到三溪乡支老扶贫和上级任命为党委书记后同乡党政班子成员分别下农村基层调查研究的收获和体会，策略讲解乡党委、政府集体研究制定的发展六大产业、实现五化目标的全乡经济发展规划，着重讲当前干部队伍中存在的问题和干部队伍建设的要求，他说："由于近年来上届乡党政领导班子不团结，导致有些干部人心不稳，人心思走，因而工作被动，不愿干事。但是，我们要从前任有关领导人的身上得到警示，为官处事必须守住道德、纪律、法制三条底线。要知道，衙门与牢门只有一步之遥。每个党员干部都必须警钟长鸣，洁身自好，永葆共产党员的本色。为此，我在这里郑重地向同志们公布我的《约法三章》，并且保证：凡是要求你们做到的我自己带头做到；凡是要求你们不能做的我自己带头不做。请同志们监督我，向我看齐……"

饶贵生的讲话，并没有很多大道理，讲的都是大家所熟知的身边事，实实在在的肺腑之言。他那流畅的语言和富有激情的话意使大家很受鼓舞，尤其是他喊出"向我看齐"的口号，更加让到会的每一个人信心倍增，看到了三溪乡的希望和曙光。

镜头之三：

7 月 16 日，三溪乡召开换届选举党代会。饶贵生在报告中讲到他们这一届乡领导班子今后五年的基本任务与工作目标时，100 多名党员代表情不自禁地鼓起了热烈的掌声。他首先讲解全乡重点发展六大产业，接着讲述如何实现四化的发展目标，他说："第一，创新农业发展思路，搞活种植、养殖业并举支柱，牵动产业化；第二，创新乡村林业投资规划，舞活蜜橘基地龙头，推进特色化；第三，创新市场经济模式，发展商贸、加工业，加速民营化；第四，创新山区道路交通布局，修建公路、改善交通环境，实现便利化”。饶贵生启发大家说：“三溪乡山地多、山林面积大，有很好的自然资源，有很多的传统副业。要实现治穷脱贫，有利条件很优越，致富的门路很广，三溪要致富，至少有十条路：一是种水稻；二是养猪；三是养长毛兔；四是种苎麻和烟叶；五是种蜜橘；六是种蘑菇；七是植树造林，种植林杉、松、毛竹，经济林种油茶、茶叶等；八是种药材；九是经商，办个体商店，推销农副产品；十是兴办私营企业、跑运输等等。群众是真正的英雄，我相信，三溪乡的群众一定能在经济建设中闯出更多、更广的门路来。乡党委、政府要求每个村委会培养一批种、养业和个私企业的先进典型户，带动全乡村民治穷致富……”

伴随着饶贵生洪亮的声音讲述发展六大产业、实现四化目标和十条治穷脱贫致富门路，一张绚丽的发展蓝图呈现在代表们面前。

幸福是奋斗出来的。锣鼓就这样开了场，经过不懈努力，乡干部的隔膜揭去了，村干部的心被焐热了。接下来便是带领全乡人民凝心聚力，鼓足干劲，团结奋斗，朝着已经制定的发展规划唱起改变三溪面貌的大戏。饶贵生作为三溪乡党委的班长，响亮提出了“讲真的，干实的，来快的”工作口号。他瞄准目标，通晓全盘，并行不悖，务实重干，“咬定青山不放松”，撸起袖子，脚踏实地，朝着既定的目标往前迈进。

三十一、修路种橘

“上面千条线，下面一根针”。农村乡镇作为最基层一级的地方政府，管理事务包罗万象，工作任务千头万绪。那时农村刚实行土地承包责任制，劳力管理、农田基本建设与各种农村集体性的水利、道路和林业等公共设施建设的规划、施工与管理等方面都出现了许多新问题和新困难，由此而发生村与村、村民与村民之间为争山、争地、争水引发的矛盾和纠纷非常突出。有的村把应当集体管理的自然资源分配到户去经营和管理，有的村民搞“急功近利”，乱砍滥伐竹木，有的村民为争房屋基地发生争吵导致打架斗殴，等等。20 世纪 80 年代，计划生育被中央确定为国家一项基本国策，1982 年 12 月写入《中华人民共和国宪法》。主要内容及目的是：提倡晚婚、晚育，少生、优生，从而有计划地控制人口。从中央到地方各级党委、政府抓得很紧。还有每年的征购粮入库、集体积累收缴等任务，由过去的集体生产队上交变成农民各家各户上交，其工作难度非常大。乡镇工作被人戏称为“三要”，即：要粮（催交公粮余粮）、要钱（催收集体积累）、要命（引产结扎开展计划生育）。

在这些千头万绪的日常工作中，饶贵生思路清晰，处事果断，能分清轻重缓急和先后主次，有条不紊，忙而不乱，针对农村实行土地承包责任制之后出现的新情况、新问题，采取“抓两头、带中间”的办法，特别注重抓正面，发挥先进典型的示范、引领、带动作用，他在走村串户调查研究的过程中，了解到有十几户村民靠种植、养殖致富的典型户，便亲自帮助这些村民总结经验，建立生产档案，然后向全乡群众宣传和推广，以此号召和启发全乡群众树立战胜贫穷的信心。他非常注重抓主要矛盾，采用“弹钢琴”的工作方法，在乡党政领导成员和机关脱产干部中实行严格的工作责任机制，既明确分工负责、各司其职，又分派乡干部到各个村委会蹲点包村，并明确任务和职责。同时也在各村委会建立工作岗位、目标责任制。

饶贵生深知，实干是创业的关键，巧干是成功的法宝。要改变三溪乡贫穷落后的面貌，要做的事情很多，饭一口一口吃，事一件一件做。他发现三溪贫穷的一个主要原因是交通闭塞，缺乏公路。长期以来，三溪乡由于地处偏远山区，各村的道路凹凸不平，一到雨季，路面就泥泞不堪。当时 12 个行政村有 7 个不通公路，山里的木材和毛竹及农副产品运不出去，外面的农药、化肥以及农民的生活用品运不进来，严重影响和制约了农民正常出行和生产、生活。农民看着树在山上烂，人在家里穷，捧着金饭碗要饭。饶贵生在调查研究的基础上制订出了切实可行的治穷脱贫规划，决定把三溪乡的资源优势转化成经济发展优势，计划从当年秋季开始，打一场修建公路的攻坚战，用一年左右时间，把过去多年没有修通的池丰村——上晒村——云山村——军峰村——坪上村途经 5 个行政村共 17 公里长的山区公路修通。

俗话说：小曲好唱口难开，规划好订实施难。农村实行改革政策以后，再不能搞“一平二调”了，修建公路属于集体公益事业，涉及的问题很多，工作难度很大，具体如占用土地问题、用工问题、资金问题和沙石材料问题，等等。饶贵生冷静思考，沉着面对，运筹帷幄，使每一个问题都迎刃而解。例如修公路占用土地和用工问题，按照“谁受益、谁承担”的原则，公路地段坐落在哪个自然村，就要那个村庄进行土地微调，按标准划出所占的土地；修筑公路的路基也按照这一原则，由公路坐落地村庄按人口或所分的水田面积出劳动力挖筑路基，具体折合工分计算，由此解决了用工问题；沙石和水泥路面工程则采取专业承包的方式施工。为了解决资金问题，饶贵生充分利用中央关于扶持老区建设的政策，亲自策划，带着项目建设资料及规划图纸向地、县各级有关部门，请求支老扶贫专项资金，一次就“跑”来项目建设资金 200 万元。

在修建池坪公路的过程中，饶贵生亲临一线，身先士卒参加挖筑路基战斗。是年 12 月，北风呼啸，天寒地冻，这条公路翻山越岭，石坚如铁，令人望而生畏。他既当指挥员，又当战斗员，和普通民工一样，抡起锄头就干。晴天一身汗，雨天一身泥，鞋磨破了，肩头压肿了，双手磨出了茧子。无形的命令带动了 1000 多名民工。军峰村村民周细岔感慨地说：“几个月前，饶书记来访问调查，我说山区交通闭塞，外面物资运不进来，山里的木竹运不出去，希望修好池坪公路。想不到饶书记动真格，说干就干，我们老百姓多年的愿望即将要实现了。”

饶贵生凭着苦干实干的精神，团结群众，形成了很强的凝聚力，焕发出了改天换地的力量。到第二年秋天，池坪公路如一条彩带，呈现在世人眼前。道路通则产业旺。自公路修建完成后，三溪乡本地特色的毛竹及各种农产品运输更加畅通。村民们兴奋地说：“多亏饶书记带领我们修了一条发展路、致富路、幸福路。”从此以后，三溪乡每年通过这条路运送出 10 万多根毛竹和大批量木材，大大改善了当地公路状况落后、交通闭塞的被动局面，为村民发展产业，改善生活提供了很大帮助，为山区农民的经济建设注入了新鲜活力。

保丰村党支部书记叶毛仔是个担任支书快 20 年的农村基层老干部，他有头脑、有创业思想，工作以身作则，也敢于担当，在当地群众中威信较高，在组织村民修公路的过程中，起到了很好的积极带头作用。饶贵生在实践中明确认识到，在农村要组织村民治穷致富，充分发挥基层党支部战斗堡垒作用是关键。

为了加强城镇化建设，改善集镇居民的生活环境和条件，饶贵生千方百计筹集资金，推进城乡产品交流和农副产品销售，在乡政府门口至五坪桥头，新建一条长 300 米，宽 14 米的农民街。街道旁规划出一块空地，兴建了一个农贸市场，并把主要街道铺设成水泥路面。

南丰县栽种蜜橘历史悠久，在唐朝开元以前就有种植并成为皇室贡品。据专家考证，当年从江西进贡给唐玄宗和杨贵妃享用的乳橘即南丰蜜橘。清同治《南丰县志》载："果之有橘，四方知名，秋末篱落丹碧累累，闽广所产逊其甘芳，近城水南、杨梅村人不事农功，专以为业。"南丰县境内出现了以蜜橘生产为主的专业村落，开始了专业化生产。1949 年 12 月，中共中央主席毛泽东出访苏联参加斯大林 70 寿诞和缔结中苏友好互助同盟条约。12 月 21 日，斯大林生日那天下午六点钟，毛主席在使馆人员的陪同下，前往克里姆林宫会见斯大林。毛主席向斯大林献上寿礼，其中就有南丰蜜橘。斯大林看到南丰蜜橘，觉得小巧可爱，信手剥壳尝了一个，嚼了一会儿，感到很甜，又没有核，便吞下去。接着又剥了一个，一口就吞下去了，并且说："这橘子一口一个，又不用吐核，中国的小橘子，很好"。南丰蜜橘被斯大林誉为"橘中之王"。

南丰蜜橘以其色泽金黄，果形扁圆，皮薄核少，汁多无渣，肉质脆嫩，风味甘甜，香气醇厚，食之爽口和营养丰富等特色而驰名中外，1962 年南丰蜜橘被评为全国十大良种之一。但是，南丰蜜橘有史以来种植面积并不大，只局限集中在县城琴城镇西郊的杨梅村和水南村 1 万余亩山地上。新中国成立以后，南丰蜜橘也只是在原产地附近的瑶浦村等山村有所扩展，1966 年以前，南丰县其他乡镇都没有种植蜜橘。人们一直误以为只有琴城镇以杨梅村为中心的那片山丘地土质和水质很特殊，适合种蜜橘，其他地方不适宜栽种。为了打破这种传统旧观念，饶贵生最初带领县委组织的"支老扶贫工作组"深入各村开展调查研究工作。1985 年春，在庙前村发现村民曾水邦栽种了 200 多棵蜜橘，长势良好，并且已经结果产橘，进入丰产期，收益很好，这一典型事例更加坚定了他在全乡发展种植蜜橘的信心。

石邮村党支部书记吴金煌同志，是一个威信高、责任心强、想干事、能干事，在村里说话算话的老支书。他虽然在性格和作风方面有点霸道和武断，但工作不含糊，只要他的思想通了，各项工作任务都会不折不扣完成。工作特点精明能干，大胆、泼辣，说一不二，事业心和责任感很强，敢于负责、敢于担当，能处处起模范带头作用，石油村的各项工作都走在全乡前列，带头试种蜜橘。

1986 年春节过后，饶贵生谋划着如何发动村民种植蜜橘。他组织召开全乡各村委会书记、主任会议，并带领与会同志到庙前村参观村民吴水邦栽种的蜜橘，反复讲解南丰蜜橘的特性和栽培技术，要求各村委会领导自己带头在责任山地栽种蜜橘，同时宣传动员全乡群众破除保守思想，在乡里已制定的规划基础上，帮助村民作好种植蜜橘的具体安排，逐步推广种植蜜橘。为了实施“蜜橘兴乡”计划，实现在全乡大面积种植南丰蜜橘的目标，饶贵生四处奔波，请求上级发改委、林业等有关部门和有关政策支持，终于“跑”来了种植蜜橘专项扶持资金。他同乡党政班子一起研究，对种植蜜橘的农户按种植面积给予资金扶助，采取送蜜橘种苗，送化肥、农药，送技术，专门聘请了两名农技员上户下地指导、传授种植蜜橘的技术。通过不懈努力，三溪乡各行政村广大村民种植蜜橘的热情逐渐高涨，此后连续三年逐步扩大蜜橘种植面积，规模超过 1 万亩。饶贵生通过反复调查研究，亲自总结出山区农民脱贫致富应具备以下共同素质“无大病，身体好；人勤快，有头脑；守规矩，走正道”。

饶贵生在全乡大力推广种植蜜橘之时，“慧眼识珠”般地把目光盯住了距县城 10 公里、距三溪乡政府 7.5 公里远的石邮村。该村坐落在群山环抱的小盆地之中，东有文峰山，西有鼓石脑，北有星华山、鹰嘴岩，南有荷石寨，百丈水绕村南而过。全村总面积 11.5 平方公里，耕地 984 亩，山林 14000 余亩。山水环绕，风光秀丽，民俗古朴，文风昌盛，具有 800 余年历史。村庄规模宏大，巷道纵横交错，古建筑保存基本完好，尚有傩神庙、太尹公旧址、东西二栋祠堂、世沐坊、真君殿、福主殿、师善堂等建筑，另有明清民居 46 幢，是个难得的文化古村。尤为突出的是石邮傩舞，自汉迄今，世代相传。1957 年，石邮傩舞应国家文化部（现为文化和旅游部）特别邀请赴北京参加全国第二届民间音乐舞蹈汇演，在京城引起轰动，被誉为中国古代舞蹈的“活化石”；1959 年，石邮傩班新编傩舞《蜜橘大王》，被推选参加江西省第二届农村文艺观摩汇演。改革开放后，石邮傩舞得到更大发展。饶贵生担任三溪乡党委书记以来，多次来到石邮村，指导村民弘扬民间传统文化，使石邮傩舞青春焕发。1987 年春节期间，石邮村傩神庙发生了一件趣事，江西省文化厅副厅长李坚一行前来南丰三溪乡石邮村视察傩舞发展情况。李坚等领导听了村支部书记吴金煌汇报、观摩了石邮傩班跳傩表演之后，忽然对傩神庙很感兴趣，特意提出参观傩神庙。石邮村这座傩神庙是在清乾隆辛丑年（1781 年）迁建的，是举行傩仪的主要场所。庙内是众神（面具）栖息之地，傩坛是清源真君和傩公傩婆。庙门石柱两边镌刻的对联："近戏乎非真戏也，国傩矣乃大傩焉"，概括了傩文化的特征。根据当地的风俗和傩神庙历代传下来的规矩：女人是不能进傩庙的，由于李副厅长是女同志，饶贵生便悄悄地向李副厅长介绍傩神庙的老规矩。可是李副厅长坚持要进庙参观，最后只得与石邮村干部商量，征得傩班"大伯"同意，让李副厅长等人进庙参观。不知是真有这种"天规"还是纯属偶然巧合，结果在当天晚上傩神庙竟莫名其妙发生了火灾，整座庙被烧毁。事后，饶贵生积极向省里写报告要求修复，很快得到上级领导支持，省文化厅直接拨付 5 万元专项资金给石邮村修复傩神庙，后来不仅修好了傩神庙，还新建了一段通往傩神庙的水泥路。

修建好傩神庙之后，饶贵生与石邮村委会干部一起商量，决定由多种经营能手吴伯亮牵头，创办一个面积 600 多亩的园艺场，开发种植花卉苗木基地和果树。经过艰苦创业，几年后园艺场苗木青翠，花卉芬芳，大树如盖，小草如茵，园中栽种了蜜橘、柰李、水蜜桃、黄花梨等特色水果，为具有民俗特色的石邮古村增添了一道亮丽的风景。时至今日，石邮村经历了一次次美丽的嬗变，让古村落保护与新农村建设融合发展，书写了"乡村振兴"的美篇。2006 年经国务院批准列入第一批国家级非物质文化遗产名录。2007 年石邮村被原国家文化部（现为文化和旅游部）代部长、中国文联名誉主席周巍峙誉为"中华傩文化第一村"。2019 年石邮村被国家住建部等六部（局）列入第五批"中国传统村落"。目前石邮古村落，环境优美、瓜果飘香，旧貌换新颜，一年四季游人如织，成为南丰乡村旅游打卡地。

饶贵生非常重视石邮村的历史传统文化建设，对石邮傩舞情有独钟，这除了他深知石邮傩舞是全乡乃至整个南丰县“傩舞之乡”的发源地，明确保护和弘扬当地历史传统文化之外，毋庸置疑也与他一贯爱好文艺有关。记得 1983 年他与何副县长去省城南昌市出差，特意向何副县长建议，专门赶到位于民德路的南昌剧院观看古装京剧《吕布与貂蝉》，著名京剧表演艺术家李慧芳领衔主演，先演吕布，后反串演貂蝉，其演艺精湛，表演非常精彩，获得阵阵掌声，给观众留下了深刻的印象。

三十二、为民排忧

“潮平两岸阔，风正一帆悬”。饶贵生全心全意为三溪乡老百姓办实事，治穷根，谋脱贫，奔富路，深深感动了全乡广大干部和群众，使得三溪乡的各项工作得心应手，令出必行，行之见效。

在饶贵生担任三溪乡党委书记那几年，农村计划生育工作要求非常严格，根据各地人口比例，分阶段下达完成结扎、引产和纯女户结扎的指标任务。对此，饶贵生正确执行计划生育政策，注重正面宣传教育，乡党政领导带领脱产干部分片包村，同村委会班子成员一起，落实工作责任，采取干部带头和典型示范等工作方法，打开工作局面。遇到个别难点村和“钉子”户，饶贵生亲自出马，坐镇村委会，向村民当事人进行耐心细致的思想教育工作。在 1987 年 3 月集中开展计划生育工作时，三溪乡卫生院在给一位结扎对象进行结扎过程中，手术失误，造成结扎对象大出血而重度昏迷。其亲属聚集围住卫生院，要院方交出做手术的医生“抵命”。饶贵生闻讯赶到卫生院，把负责做结扎手术的医生找来，该医生辩称“结扎对象体内有一肿瘤，手术时被切破”，想搪塞过关。饶贵生严肃说道：“你知道人死后解剖检验会真相大白的，你负得起这个责任吗？因此，你必须对我讲真话。”在反复追问下，该医生才说是在手术时失手切到了膀胱。又问：“你是怎么处理的？能不能治好？”医生回答：“我已做了消炎和缝合处理，应该慢慢会好。”饶贵生怒斥道：“人都昏迷了，还等得‘慢慢’好？你说还有没有别的办法？”最后，杨木水院长回答："有，可以再次做修复手术，但我们卫生院没有设备条件。"饶贵生马上吩咐院长请救护车送人去县医院救治。随即来到卫生院门口人群面前说："你们不要再聚集了，即使天大的事，我一定给你们解决。现在救人要紧，请你们放心，乡政府就是砸锅卖铁，也会尽全力把人治好。"在饶贵生理直气壮的担当精神感化和说服下，人群散了，留下几个家属陪同患者乘车赶往县医院住院治疗。经过十几天抢救治疗，那位结扎对象终于完全康复了。政府的真心换取了民心，其后获得了当事群众的谅解和认同。

饶贵生和乡党政班子成员团结一心，同甘共苦，深入群众开展计划生育工作，始终坚持以宣传教育为主，动之以情，晓之以理。没有因完成计划生育任务而强制拆房牵牛，没有扒过村民一担粮、捉过一头猪，更没有拆过村民一栋房。各项工作都按县里下达的任务尽力完成，从未拖过全县的后腿，多数年份获得县委、县政府表彰的先进单位。在完成粮食、生猪等国家征购任务和收缴集体积累的过程中也是这样，坚持以宣传教育为主，采取抓干部带头、抓典型引路的方法做好工作。农村基层的工作就是这样，有干部带头，有典型示范，一般群众就会跟着走。

俗话说：村看村，户看户，群众看干部。饶贵生深深感到，要做好农村工作，必须首先做好干部的思想政治工作，只要干部带了头，群众就会有奔头，任何问题都能迎刃而解。

饶贵生抓村级组织建设的事可以说是开了全县、全省乃至全国的先河，这充分体现出他锐意改革、大胆创新的精神。那是他担任三溪乡党委书记不久，在开展调查研究中明显感到："火车跑得快，全靠车头带"，农村工作千头万绪，抓好农村基层组织建设是关键。要组织全乡群众打好治穷致富翻身仗，必须首先搞好各村委会的组织建设。于是，他对全乡 12 个村委会班子逐个进行"解剖麻雀"式的分析，针对绝大部分村委会"铁将军把门，蜘蛛网站岗，小老鼠坐庄"的现状，采取"留二、交一、派一"（即：原有村委会干部经过考察留任二名、各村委会之间相互交流一名、乡里派一名脱产干部下村任党支部书记）的新举措进行全面调整和整顿。调整后，全乡各个村委会党支部班子的面貌焕然一新，成为有魄力、有闯劲、有战斗力、有凝聚力，能带领村民治穷致富的坚强堡垒。饶贵生这一创新的举措受到各方人士赞同。1989 年，县委书记余鼎革为总结三溪乡农村基层组织建设的经验，专门撰写《加强村级干部队伍建设的思考》为题的调查报告，发表在中央《党建研究》杂志第八期，并到北京中南海向党中央、国务院介绍南丰县加强农村基层组织建设的经验，余书记的调查报告，就是运用三溪乡的例子。饶贵生敏锐的眼光和务实创新之举，与多年后全国农村实行各级党组织向村里选派“第一书记”的做法异曲同工，非常相似。

饶贵生时刻为改变三溪乡贫困面貌谋事创业。他在一次次下乡调查中，看到各个村庄每到夜晚都是一片黑沉沉的，每户村民家里靠点煤油灯照明，无须说使用电视机、电冰箱等家用电器，村民们还在过着黑灯瞎火的日子，心里很不是滋味。从他担任三溪乡党委书记的那天起，就暗下决心一定要尽快解决老百姓用电的问题。

饶贵生心里想着：“若要变，先通电”。在下乡开展农村中心工作的过程中，他特别留心寻找建设水电站的最佳地方。一次，他下乡去上晒、云山等行政村，走进坳里自然村东侧瞭望，顿时被这里群山环绕、耸峰鳞栉的景致吸引住了，在巍峨的峰群中，一条军港溪流绕峰穿涧急奔直泻，流入河床，水花飞溅，发出雄浑的咚咚响声，在山谷中回荡。饶贵生心想：要是在坳里山腰筑堤堵坝，再在堤坝上兴建一座水力发电站，岂不是自然天成的理想之地！于是，在 1987 年 5 月，他率领乡水电站技术人员到上晒、云山等行政村实地考察与测量，选择在坳里自然村东侧上首，规划建一座水力发电站。他根据三溪乡山区地理位置、地形特点和水系走向、流水流量等情况，与技术人员一道，细心勘测，精心设计。该发电站主要由挡水建筑物（水坝）、泄洪建筑物（溢洪道和水闸）、引水建筑物（引水渠，包括调压井）及电站厂房（包括尾水渠、升压站）四大部分组成。设计、制图等前期筹备工作完成后，饶贵生便提交乡党政联席会进行讨论研究。随之，及时向县委、县政府有关领导汇报，征得县领导的鼎力支持。紧接着，他亲自送报告找抚州地区、跑省政府有关部门，坳里水力发电站建设计划立项后，又亲自呈送报告和相关资料到省城南昌找省老区建设办公室领导汇报详情，请求支持。在他的努力争取下，三溪乡坳里发电站的专项建设资金终于得到落实，上级拨给三溪乡兴建发电站专项建设资金 100 万元。

各种前期准备工作就绪，时间已是 6 月中旬。饶贵生在乡党委会上提议成立坳里发电站项目建设指挥部，由分管农村水电工作的副乡长袁跃跃担任总指挥，抽调两名脱产干部和发电站所在地云山、上晒村两位村长为成员，具体负责施工建设。在确定建设施工单位的问题上，饶贵生严格要求，指示项目建设小组发出公告，公开招聘施工单位，先后有五六家具有发电站建设资格的单位来找乡政府报名，请求承接此项建设工程。那时还没有建立招投标制度，但饶贵生严格把关，采取与招投标相似的方法遴选施工单位，最后提交到党政联席会上，集体讨论确定，并决定 7 月上旬正式开工建设。

三十三、父亲仙逝

古语说："忠孝难以两全。"意思是报效国家和孝敬父母不能同时顾及。饶贵生为三溪乡脱贫致富工作日夜操劳，忙工作，惠村民，顾大家，却顾不上自己的小家。他的家由于搬来县城不久，妻子还没有解决正式工作，暂时在一家粮食系统餐饮店"琴台酒楼"做临时工，两个孩子正在上小学，各种家务事全靠妻子一个人照料。他也很难抽空去看望住在康都老家的年迈父母，尤其是他老父亲饶明裕近年来身体越来越差，脾气也越来越犟。饶贵生除了利用节假日匆匆赶去老家探视一下，平时无法顾及父母亲的日常生活和身体状况。

1987 年 7 月 31 日，农历六月初六。饶贵生突然惊闻噩耗：63 岁的老父亲意外去世。饶贵生连夜从三溪乡赶回康都老家，刚到村口，就号啕大哭着跑进家门。他扑在停放父亲遗体的门板上，双手抱抚着父亲苍白的脸颊和清瘦的头颅，伤心痛哭，哭了好一阵，才被众亲友拖起来，劝慰他节哀顺变，把他扶到房间，与哥哥戴传道等兄弟、两个妹妹及其他亲人商量起安葬父亲等后事安排。

由于时值酷暑炎热天气，父亲的遗体不便久放，他们商定把安葬的日子选定在 8 月 2 日（农历六月初八）举行。准备葬礼的时间是仓促了一点，但大家都认为老父亲经历千辛万苦把我们这些子女养育成人，如今子女家里也有一定的经济条件，都主张把父亲的“白喜事”办得风光、热闹一些。饶贵生的意见是赞成各种礼仪按照本地的习俗进行，安葬父亲的“白喜事”既要热闹、隆重又要简朴节约。他说：“热闹隆重”是指接待前来吊唁、送葬的亲戚朋友和村里的父老乡亲们热情接待，不能亏待亲友乡邻；“从简办理”是指闹丧和出殡送葬的仪式尽量节俭、简化。

饶贵生的同母异父大哥戴传道对本地的丧葬风俗非常熟悉，从父亲去世的时候起，各种做法都是他在按照当地习惯牵头操办，例如，在父亲刚刚咽气仙逝时，家人们都围过来哭丧，戴传道便拿出一封千响爆竹到门外场地上燃放；接着吩咐两个妹妹桃容和桃红拿出作为女儿准备的“7 斤 4 两”冥纸过来，他找来一口旧铁锅放在门外，叫妹妹把冥纸放在铁锅内进行火化。他们在商量办理父亲“白喜事”的具体事务如何进行的时候，饶贵生委托大哥戴传道统一安排，“点兵点将”，指定专人向相关的亲戚、朋友报丧，通知人家前来吊丧，并帮助操办“白喜事”；安排人员购置和租赁“披麻戴孝”的孝衣和“红帽子”等物品；落实人员去请地仙前来勘选墓地，择定将父亲遗体入殓和出殡以及入墓坑和立墓碑的时辰，拟写碑文内容等；接待工作主要是提前作好客人用餐准备，还要提前请好八仙。置好安葬所需各种物件，寿房、寿砖等。一大家人及有关亲友都在各负其责分头行动，各种准备工作很快相继落实到位……

夜深了，饶贵生招呼同母异父的两个哥哥回家休息，把坐在父亲遗体身边守夜的老母亲搀扶起来送进房间睡觉，自己和小弟饶小毛两个人留下来守灵，陪伴老父亲。

他坐在老父亲遗体身边，泪眼汪汪地端详着老父亲的遗容，又一阵悲痛从心头升起，不由鼻子一酸，随着唰唰往下掉的泪水，嘴巴也嗫嚅着哽咽起来。霎时，老父亲的经历在他的头脑里就像放电影似的，一幕一幕呈现在眼前……

从他懂事以后，就多次听人说起父亲的童年和青少年是怎样过来的，知道父亲吃的苦、受的难太多太多。父亲幼年丧父、母亲改嫁，是一个孤儿，靠吃百家饭长大。父亲到 30 岁才结婚成家，陆续生下 4 个子女，碰上国家三年困难时期，真不知道父亲和全家人是怎样熬过来的。后来父亲被照顾到公社林场工作，为了养活一家人，他干完了本职工作，长年累月起早摸黑搞家庭副业，上山割松树油脂、种蘑菇、忙自留地，等等，每天都是干到半夜三更才上床睡觉。父亲的一生是勤劳一生、朴素一生、为儿女们奉献一生。特别让饶贵生钦佩的是，父亲虽然没有上过学，目不识丁，但不仅干农业劳动非常精明，做工巧，计划好，各项农事活动要比其他人熟练，干得非常精细，在全村算得上是一把好手，而且有头脑，有眼光，对待许多事情都看得长远，尤其在教育培养自己和妹妹、弟弟等子女方面，费尽了心血。自己因多种原因几次逃学不肯读书，是父亲苦口婆心再三劝说警示，说没有文化将来会吃亏，只有读书才有前途，硬逼着自己去上学的。要不是父亲强逼自己读书，就没有自己今天的事业和幸福。现在自己已走上了工作岗位，并当上了国家干部，家里的生活条件正在逐步好起来，可是父亲的身体却日益差了起来。后来自己搬家进县城，父亲和母亲也不肯一同去县城过清闲生活。饶贵生心里清楚，这完全是父亲为自己的工作和前途着想，为了不拖累自己。父亲这次意外死亡，也是为了管教兄弟而突然发生的，父亲为了养育儿女，真是操碎了心啊！

饶贵生痛心疾首，自责没有让父亲过上好日子，报答父亲的养育之恩，愧疚得心如刀绞，闭上眼睛不敢面对老父，他狠狠地在心里责备自己是一个不孝之子。饶贵生清楚地记得，在半年前，父亲还特意订制了一套新衣服，打算选一个天气好的日子到三溪乡看看儿子工作的地方，听听当地老百姓对儿子工作的看法，结果老父亲因家事繁忙一拖再拖未能如愿就撒手人寰，留下了终生的遗憾，让饶贵生感到万分内疚……

老父亲安葬之后，饶贵生同兄弟妹妹等本大家亲人在一起商讨安排老母亲生活等事宜。他首先征得了母亲同意，打算把老人家接到县城自己家里生活。在征求大家的意见时，兄弟妹妹们认为母亲到县城贵生兄弟家去生活当然是一件好事，都欣然表示同意。于是在8月4日上午，饶贵生请来一辆面包车，接着母亲与他的妻儿一起赶回县城家里。

三十四、通电通水

饶贵生打理完父亲的丧事后，在家里陪伴了母亲一天,8月5日上午，便返回三溪乡，投入到紧张、火热的工作之中。

在这年重阳节前夕访贫问苦中，饶贵生发现三溪乡有十几名“五保户”和孤寡老人，脑海里产生了兴建一所乡敬老院的念头。他把这一念头与乡长交谈、沟通之后，便提交到乡党委会讨论，得到党委成员的一致赞同。在上级民政部门支持下，饶贵生亲自规划，多方筹集资金并组织实施。不到半年时间，一个占地面积 1000 平方米，建筑面积 520 平方米，砖混结构的敬老院顺利建成了，还在敬老院前面修整了一个场院，并建了围墙，院内栽种了好几棵桂花树和其分花卉。敬老院有住房 12 间，设有厨房、餐厅、公共厕所，老人娱乐活动室等，并为老人购置、配备了床铺及生活起居用品。由乡民政干事兼任敬老院院长，专门聘请了一位中年妇女为老人做饭、洗衣，做保洁和护理工作。敬老院开办之初，按照县民政局制定的条件，接收了 8 男、2 女共 10 个孤寡老人进院养老生活。

1988 年 5 月，坳里发电站工程经过近一年紧张施工，已顺利竣工了。这座设计为 15 千瓦容量的中小型水力发电站于 5 月 10 日试运行，经有关部门专业技术人员检测，达到了合格标准。

兴建云山坳里发电站，是为了让全乡的村民用上电。但如何把云山坳里发电站发出来的电输送到全乡各村老百姓家中去？需要立电杆、拉电线，还要配装若干台变压器等设备，这一笔资金，数额不小，全靠乡政府和行政村解决，负担太重；要村民集资，村民也承受不起。为此，身为乡党委书记的饶贵生又挺身而出，利用国家关于支持老区建设的政策，跑地区、跑省里，向有关部门送报告，提申请，向上级领导反映三溪乡实际困难。他那不厌其烦、情恳意切的辛勤努力，感动了上级很多相关领导和工作人员。在他的积极争取下，终于又获得上级扶贫专项资金 80 万元。

根据预算，要让全乡千家万户都点上电灯、用上生活电器，资金还有一定的缺口。怎么办？饶贵生在乡党政领导、脱产干部和各村委会支部书记、村长参加的大会上提出：公共部分，从国家专项资金中解决；入户电线、电表、闸刀、插头及灯泡、家用电器等均由村民自己承担。饶贵生考虑问题就有这么认真而又细致，他的这一意见得到了与会人员的一致赞成。于是，经过两个多月时间群策群力日夜加班奋战，一排排输电水泥杆和电线拉起来了，12 个行政村的变压器安装好了，各个自然村都联网通上了电，全乡 1700 余户群众的照明及生活、生产用电都得到了圆满解决。此外，还帮助邻乡邻近的部分村庄解决了用电问题。三溪乡在全县率先实现了全乡村村户户通电的目标，提升了老区人民生产、生活的品质和效益。云山坳里发电站像一颗灿烂的明珠，镶嵌在群山环抱之中，全乡 70 多个被黑夜笼罩了世世代代的村庄，忽然一夜之间大放光明，并为乡村企业和各村集体公用的机米、抽水等电力设备送来源源不竭的动力。

全乡通电以后，饶贵生谋划着如何改善全乡农村饮水条件。他回想着小时候在自己的家乡康都村，每到秋、冬干旱季节，现有的水井不仅水位低、打水难，而且总是“供不应求”，村民们要想取到井水，都是半夜三更起来挑水，去晚了井水被别人挑干了就没有水取，只得到水塘挑塘水，很不干净，他的母亲就是这样每天起早到井台打水的，有时他被惊醒了就会起来帮助母亲挑水。饶贵生根据平时下乡调查掌握到的情况，发现三溪乡也有不少村庄常年都是在水塘里挑水吃、用的，因此，他下决心要改变三溪乡村民生活用水的问题。现在村村通了电，安装自来水就有条件了，在乡党政联席会上，他把解决全乡村民生活用水的主张提了出来，当即得到每个领导成员的赞成。于是，他一面组织人员进行具体规划设计，一面积极向上级有关部门申报改善农村饮水项目。不久，他又“跑”来了兴建老区农村自来水安装设备专项资金 50 万元，用以购置全乡 12 个行政村的自来水设备。

根据技术人员测量和设计所掌握的水源情况，确定采取就地取材，利用各村的山泉水，分散建设小型水厂的方式解决村民饮水难的问题。采用“三个一点”的方式筹集建设资金。即乡政府支持一点、村委会承担一点，群众自己出一点。

通过全乡上下齐心协力，安装自来水的资金很快筹集齐了，所需要劳力由相关村委会负责调派，经过半年紧张施工，至这年的年底，三溪乡各个村庄家家户户都装上了自来水，村民们用上了卫生、干净、稳定的清洁水源。随着春节到来，全乡村民家家户户的自来水龙头都能哗哗地流出清滢滢的水来，村民们一个个喜笑颜开，心里乐开了花……

1988 年冬季，全省农村工作会议部署农村实行科学种植油菜，大面积推广油菜移栽。省里要求非常严格，对各个县定指标、下任务。据说，有的地方政府出台了“干部的帽子挂在油菜秆上”等措施。不过，由于三溪乡地处山区，冬天气温低，土地干燥，村民反映不适宜种油菜，积极性不高。身为党委书记的饶贵生善于创新，打破山区不宜栽种油菜的常规，组织村民在地势比较平坦的池丰村栽种了 100 亩油菜，采取用草木灰盖蔸保温，浇水、追肥，精心管理，到次年春天长势良好，获得成功。昔日的荒山沟里第一次绽放出成片的油菜花，在暖阳的照射下金光灿灿，令人赏心悦目，非常耀眼。三溪乡这一片独有的花海，吸引了大批群众前来观看，特别是时任省委领导、地委书记刘南方和县委书记余鼎革等“三级书记”一同莅临三溪油菜地里参观考察，给予了充分肯定和高度评价。

饶贵生经常启发村民们说：三溪乡既然地处山区，就要学会山中探宝，靠山吃山。是的，三溪乡境内除了号称抚州地区第一高峰、赣东群山之首的军峰山之外，在军峰山附近，还有宝峰山、祝家山等海拔 1000 米以上的高山。这些高山，与其他丘陵山地相比，空气有些稀薄，冬季特别寒冷，虽然不适宜种植蜜橘，但是非常适合种植药材和茶叶，尤其是高山上种的茶叶特别珍贵。南丰自古就出产“高山云雾茶”，而南丰的“高山云雾茶”主要就出在三溪乡，只是由于面积不大，产量不多，其名声被“南丰蜜橘”给掩盖了而已。军峰山与宝峰山、祝家山自然资源丰富，林木参天、翠竹葱郁、飞禽走兽成群栖息。三溪乡民间历来流传着“军峰十八排，排排都有宝，莫道宝难找，遍地黄连和芹草，还有茶叶云雾绕”。这首民谣点的是军峰山的名，实际上也包括了与之邻近的宝峰山和祝家山。饶贵生心里一直在琢磨，如何使三溪乡的“高山云雾茶”的名声发扬光大。这年冬天，饶贵生又号召组织地处三座大山山腰的黄连山村、坪上村、军峰村、云山村等四个行政村垦地种植茗茶，每个村委会种植面积不少于 20 亩，合计 100 亩。并要求各村委会试种成功后，逐年扩大面积。

饶贵生在三溪乡担任党委书记期间，适逢上级号召开展扫除文盲工作。他在三溪提出“老区要脱贫，教育要先行”和“治贫先治愚”的口号。在有关部门大力支持下，他带领乡党政领导班子积极努力，三溪乡先后建立和完善了 11 所学校（1 所中学、10 所小学），全乡义务教育工作取得好成绩，基本扫除了文盲，被评为全县扫盲工作先进单位。

为了改善三溪乡农村医疗条件，提高老区人民健康水平，饶贵生通过努力，筹集资金 50 多万元，为乡卫生院添置配备了 X 光透视机等医疗设备，使卫生院能进行一般性的外科手术，特别是加强肝炎、胃病、脑膜炎等农村常见病防疫工作，号召村民防治各种疾病，使全乡群众的常见病发病率明显降低，健康水平进一步提高。

饶贵生在实际工作中非常注重乡村文化建设，提升打造美丽乡村的良好形象。他以石邮傩舞为抓手，因地制宜，扬长避短，不断提升文化软实力，每年元旦、春节期间举办三溪乡农民迎新年活动，吸引了许多村民参加，自编自导文艺节目，说唱三溪的新生活、新变化、新面貌，起到了宣传三溪，弘扬正气，改良民风，推动三溪乡社会政治、经济发展的良好作用和效果，获得了上级领导和各级宣传部门的首肯与称赞。

1989 年 6 月上旬，南丰县委、县政府“农村工作流动现场会”在三溪乡召开。到会的县、乡领导听了饶贵生的介绍都感到欣喜。县委书记余鼎革要饶贵生谈体会，他只说了一句话：我爱家乡，爱老区。他用爱倾注了自己对老区人民的一片真情，用爱和汗水展示了他对老区发展所做出的努力。他自己也收获了许多，与基层农民群众结下了深厚情谊，懂得了老百姓的心愿和祈盼。因为爱，他改变了三溪乡面貌，改善了三溪人民的生活；因为爱，他用自己无私奉献的精神谱写着他对党和人民的忠诚。他的这份爱，获得了三溪乡群众和上级组织的充分肯定。6 月下旬，经南丰县委、抚州地委推荐和省委组织部实地考察，饶贵生在全省党的基层组织建设工作会议上作了题为“苦干实干长才干，甜酸苦辣有营养”的典型发言，介绍三溪乡的成功经验，受到与会人员一致好评。并被评为“全省优秀党务工作者”，受到江西省委表彰。

三十五、军峰登高

借得山水描锦绣，铺展大地写新篇。饶贵生担任三溪乡党委书记、主持三溪乡全面工作以来，为了改变三溪乡的落后面貌，使老区人民尽快脱贫，走上富裕、幸福之路，废寝忘食，日夜操劳。他从省里开完加强农村基层组织建设工作会回来，当天晚上就召开乡党委、政府班子成员联席会，讨论研究下一步加快发展的工作方案：一是利用国家有关加快老区建设的政策，向上级申请专项经费，在“双抢”结束以后，利用整个秋季，选择三个田垄比较宽大、平整的行政村，搞农田基本建设试点，规划要着眼长远，既要解决自流灌溉问题，更要考虑将来实现农业机械化，农机耕耙、栽种、收割都有路可走；二是利用国家关于退耕还林的贴补政策，做好规划，向上级林业部门申请，在冬季发动、组织村民开展植树造林。会上，与会的党政领导感到饶书记的设想是在真心实意为三溪的老百姓谋利益，符合三溪的实际情况，切实可行，表示完全赞成。只是在选择搞农田基本建设试点村庄和植树造林山地等具体规划的问题上有的同志有些不同意见，发生了一些争论。主持会议的饶贵生心里很高兴能发生这样的争论，说明大家都在畅述己见，为改变三溪乡面貌动脑筋献计献策。经过激烈讨论，意见渐渐趋向了一致。试点搞农田基本建设的行政村定在三溪村、石邮村和池丰村；植树造林则选择在池坪公路沿线上的五座荒山冈上。

人们都知道饶贵生的性格，他不但办事认真，而且雷厉风行、说干就干。从会议结束的第二天开始，党政领导们都按照分工，组织相关人员深入实地进行勘测规划，开始做前期准备工作。饶贵生自己则亲自向县领导汇报，并向省农业厅和林业厅等单位呈送申请专项建设资金报告。在他的积极争取下，申请到 100 万元项目资金。

饶贵生在离开三溪乡 22 年之后的 2012 年 10 月，他故地重游，看见池坪公路沿线丘陵山冈上，长达数里茂密的杉木林、竹林等，已经淹没了昔日光山的荒凉，成了一片绿色林海。看到三溪、石邮等村庄的山坡地上一片片蜜橘硕果累累，山下的垄田里一块块水田稻谷金黄，绝大多数乡亲都盖起了新楼房，过上了小康好日子，心里感到十分欣慰。

曾记得 1989 年 10 月 7 日傍晚，南丰县委办公室主任银光灿打电话给饶贵生说，明天他和县委书记余鼎革，县人武部政委张士龙等领导要来三溪乡，要他陪同一起攀登军峰山，考察那里的山林和旅游资源。

10 月 8 日刚好是中国人民的传统节日——重阳节，又是 24 节气中的寒露节。对于寒露节，不知是谁写过这样一首诗："天高昼热夜来凉，草木萧疏梧落黄。日享菊香播小麦，夜喝梨贝养脾肠。"寒露时节，自古以来很多地方有赏枫叶的习俗，"霜叶红于二月花"说的就是这个季节。重阳节更是一个中国传统的重要节日，源自天象崇拜，起始于上古，普及于西汉，鼎盛于唐代以后。据现存史料及考证，上古时代有在季秋举行丰收祭天、祭祖的活动。古代民间在重阳节有登高的风俗，故重阳节又叫"登高节"。重阳攀登高山的习俗源于这个时节的气候特点以及古人对山岳的崇拜。登高"辞青"也是源于大自然中的节气，重阳节登山"辞青"与古人在阳春三月春游"踏青"相对应，自古民间在重阳节有登高祈福、秋游赏菊等习俗。

饶贵生心想，县委书记带着办公室主任等人选择重阳节来登军峰山，一定有着非同寻常的意义，心里感到非常高兴。饶贵生在三溪乡工作已经五年，不知多少次到过军峰山脚下的坪上、军峰、保丰等行政村，但由于忙于工作，从未登上去过军峰山。虽然平时陆续听过一些关于军峰山的介绍，但毕竟只是听说，并不很全面，他要再查看有关资料作些准备。饶贵生知道，从三溪乡登军峰山有两条路可上，一条是从兔岭村经炼丹观或经老观登上山顶；另一条是从坪上村经村头村至老观寺抵华玉亭登上山顶。这条路修建了简易泥沙公路通到军峰山脚下老观寺，饶贵生决定走坪上村，把车开至老观再步行登山。于是，他便给坪上村打电话作出周密安排。

8 日早晨 8 时许，县委余鼎革书记、县人武部张仕龙政委、县委办主任银光灿等人就到达了三溪乡政府，然后就向坪上村出发。小车跑了近 1 小时，便到达军峰山下老观古寺。坪上村党支部书记邱玉龙和村委会主任已在古寺等候，饶贵生把两位村干部向县领导介绍之后，清点一下人数，参加登山活动还有县委办秘书黄文贤、乡长黄家龙、乡党委副书记万冬冬，包括司机和村干部在内，一共 10 个人。由两位村干部带路，便开始登山。

军峰山位于南丰县三溪乡、市山镇、紫宵镇和宜黄县神岗乡境内，山的东面属市山镇，山的南面属三溪乡，山的西面属紫宵镇，山的西北面属宜黄神岗乡，主峰海拔 1760.9 米，处于三溪乡境内。山势为西北走向，东西纵驰 15 公里，南北横跨 12 公里，坡度在 15 度以上，总面积为 68 平方公里，是江西省六大山脉中雩山山脉的最高峰，号称赣东之脊，系赣东群山之首、抚州地区第一高峰。

他们在古寺前拍了第一张合影之后，两位村干部在前面带路，从军峰寺右侧一小道为起点，徒步沿斜坡乱石台阶拾级而上。村支书邱玉龙一边走，一边向县领导介绍：

这座山为什么叫“军峰山”，它的名字的来历就是一个历史故事。相传汉高祖刘邦指派大将吴丙讨伐南粤时，在此驻兵，在山上祭祀山神时，看见一将军跃马横刀、指挥满山军队操练，细观之则又倏忽不见，之后才发现此景象为幻景，遂将山命名为军峰山。

村支书简短的开头语，就把余书记等几位领导的兴致引出来了。只听他眉飞色舞接着往下说：

你们看：军峰山处在崇山峻岭之中，峭峰怪石，奇岩幽洞，飞瀑秀水，翠竹林茂，秀丽多彩，胜景纷呈。山上的岩石参差不齐，巍峨超拔，形象千奇百怪，逍遥云端。军峰山有史以来号称“庐山之秀，黄山之美，华山之险，泰山之峻，衡山之幽，九寨之水”。在雄伟险峻、奇绝灵秀的峰峦连绵处，分布着观音堂、迎仙观、王母池、野鸭池、罗汉岩、金沙洞、桃花源等众多旧遗古迹和名刹古观，自然资源和人文资源都非常丰厚。明代著名的地理学家、旅行家、文学家徐霞客曾专门到此遨游，他在游记中说：“军峰耸翠乃南丰八景之最，羡军峰之亲和。”

由于石阶太陡，大家攀行了不一会就喘起了粗气。村支书不顾头上冒汗，还在继续介绍：

军峰山奇岩险峰众多，嶙峋峭拔，森严挺峻，交错毗连，主要有屏障山、着棋峰、望仙山、齐云山、云梯石、鱼背脊、试心石、朝笏石、飞来石、状元石、战鼓王、雄鹰展翅、撑腰石、蛤蟆石、鼓钟石、水坑石群，等等，巍然耸立，嵯峨壮观，不乏势险峻峭之威，赋予人们浮想联翩。遍布于各处怪石峻峰之间的奇岩幽洞，更是景色缤纷。有的横裂于山腰，形似悬挂，有的落陷于平地，状如飞檐；大者似厅，小者如室，弯者似月，直者如廊。多有飞瀑瓢泼，云雾弥漫，竹木环绕，鸟语花香，甚是幽雅静寂。其他山涧飞瀑泉池，明净甘洌。有的飞挂悬崖，一泻千尺，大者似玉练，细者如银丝；有的顺着沟谷，潺潺流淌，清澈见底。最著名的景致有“五绝十景”。军峰山上的五绝是：风动岩、峰顶泉、云雾海、猴面山、蚂蟥王；军峰山十景是：灵龟护山、猪头石、甘露仙泉、军峰云雾、仙鸡抱蛋、通天石阶、净手玉盆、撑腰双石、狮子岩、着棋峰。

同行的县委办公室主任银光灿是一位才子，他早有准备，带来了照相机、一瓶红油漆和一支毛笔，每登上一个景点，分别给大家拍合影和个人照，并在景点旁的石壁上书写景点的名字，如“一线天”“状元石”“鹰嘴崖”“狮子回头”，等等，写了 10 多处，给游人留下醒目的标示。

大家沿着垂陡的台阶爬升，好不容易攀到了半山腰石屋，便停歇下来，坐在大石上。村书记邱玉龙放下担子，解开两个面粉布袋，拿出一大包糯米糍粑，大家便慢慢吃起来。

饶贵生见上山的石路越来越陡峭，担心几位县领导累伤身体，便试探着说道：台阶太陡路难行，斜直没有间断通上山顶，我们在此多歇一会儿吧？余鼎革书记听了，说：继续攀登，不能歇太久。毛泽东同志有一句诗叫作“不到长城非好汉”，我们今天就来个“不到山顶非好汉”！逗得在场的众人都笑了起来。

大家铆足劲继续拾级而上。此时确实很累了，有些地段石阶太陡，开始手脚并用。大约又攀了两个小时，才到达了石门。他们一个个累得气喘吁吁，各自找到好坐的石上坐下来歇息。村长这会儿又解开两个袋子，拿出了矿泉水给大家解渴。余书记接一瓶在手中，拧开盖子喝水。

这回歇的时间很短，余书记催促大家：同志们，山顶已经不远了，大家一鼓作气继续走吧，坚持就是胜利。于是他们又抖擞精神鼓足勇气艰难地登攀起来，好不容易走了半个多小时，终于攀上了海拔 1758 米的军峰山山顶！

他们来到道观老殿，见道观正门石上所刻的左联：万仞峰头齐日月；右联：一真灵气亘乾坤；横批：碧玄洞天。大家观望连绵的石头山，巨石顶的小石头傲立群雄甚是壮观。村党支部书记邱玉龙不顾疲惫，继续向余书记等人介绍道：

古往今来，军峰山吸引过诸多文人墨客和官宦人士登山游览。早在北宋时，南丰籍人曾巩的祖父曾致尧便率三弟三子上过军峰山，撰有《春日至云庄记》，还写过《齐云院碑》和《题军山徐秀才居》，宰相曾布以军峰山的神能出云雨，利民物之由，向哲宗皇帝奏请诏封其为嘉惠侯，其庙为灵感军山庙。其弟曾肇撰有《军山庙碑》，并题有“山高万仞，翠压五岳”之句。宋代进士朱彦题写“军山长老塔”。文人蔡柟撰有《题军山》。明代进士李万实撰有《宿军峰最高处》。明代进士、名誉东南的泰州学派代表人物之一罗汝芳，于隆庆二年登游军峰山时，在王母池边题有“乾坤第一”的石刻。明代官宦冯坚、赵师圣、黄端伯、曾暑等都为军峰山撰有诗文和歌赋。明代著名地理学家徐霞客于崇祯九年（1636 年）到军峰山考察，为期三天。清代文人曾鸿麟撰有《军山小记》，应升撰有《军峰山记》，介绍军山景貌。其他还有不少文人都曾为军峰山撰有诗文……

县委书记余鼎革看了一下手表，没等村支书讲完，便插话说：“已到下午 1 点 30 分了，同志们也都累了，找块地方好好休息一下”。于是，饶贵生领着众人向东边那块较为平整的巨石走过去。大家围坐在一起，村干部把吃的东西全部拿出来了，有糯米糍粑、茶叶鸡蛋、桃酥饼、腌黄瓜皮、花生米等，还有几瓶农家酿造的糯米酒。大家又累又饿，饥不择食，美美地享用了一顿山顶午餐，其乐融融。

用过午餐后，大家喝着矿泉水，极目眺望，奇峰险岩尽收眼底，有的似入云摘星，有的如笔架耸天，有的像天马行空，有的似沉睡猛虎，有的如威严雄狮，还有的像雄鹰展翅。站在山顶，令人感觉有一种君临天下、气吞山河的气势。此刻，饶贵生不由想起唐代著名诗人杜甫写的《望岳》，大概当年杜翁也是登上泰山之巅，领略着雄伟磅礴的气势和嶙峋神奇的景象，才写出“会当凌绝顶，一览众山小”的名句吧。

不一会儿，看到了奇妙的一幕：军峰山的东侧云海茫茫，远方的山峰云遮雾障，若隐若现，如梦如幻，天山一体。而军峰山的西侧则长空高朗，闲云轻漾，峰峦叠嶂，秋景开阔，山下的道路清晰可见，呈现“晚霞衬落日，山尖伴余晖”的奇观壮景。军峰山周围山峰的海拔基本都在 1000 米以下，唯独军峰伟岸超拔，像一个统领千军万马的将军，这也许就是取名军峰山的缘由……

第五章　外贸搭平台 创业显身手

三十六、调往抚州

“九月九，重阳节，十人登高朝天厥；攀军峰，揽秀色，无限风光情更迫。”这首顺口溜形象地记述了饶贵生陪同县委书记余鼎革等领导重阳节登高遨游军峰山的生动情景。

余鼎革书记带领大家来军峰山“辞青”登高是为考察军峰山的旅游资源。他们在考察军峰山之后，立即向上级有关部门呈报军峰山为风景名胜保护区，至 1990 年 2 月，军峰山被江西省人民政府批准列入省级风景名胜保护区；2008 年 1 月，军峰山被中科院鉴定为五级旅游资源区，同时被国家林业局批准设立“江西军峰山国家森林公园”。

不知是天意还是巧合，当年参与登山的几名领导干部包括余鼎革书记，不久都得到了提拔重用，官升一级。余书记被上级选派到省委党校中青年领导干部培训班参加学习，结业之后，便被提拔为萍乡市委常委、纪委书记，后来还被重用为萍乡市市长。

在 1989 年 10 月县、乡领导班子换届时，饶贵生被组织上列为拟提拔使用预备对象进行考察，南丰县召开干部推荐大会，共 126 人参加无记名投票，饶贵生获得 120 票，在全县九位拟提拔使用预备对象中排第一名。他本人当时并不知道，最初他是被县委推荐拟任南丰县人民政府常务副县长人选。后来抚州地委鉴于饶贵生在大学所学专业为贸易经济，外贸人才稀缺，且当时的抚州地区对外经济贸易合作局领导班子不团结，又年龄老化，需要调整充实，经中共抚州地委常委会研究，决定将饶贵生提拔到抚州地区对外经济贸易合作局任党委副书记、副局长。到 12

月，抚州地委《关于任命饶贵生同志为抚州地区对外经济贸易合作局党委副书记、副局长》的文件发下来了，饶贵生心里充满感激，他由衷地感谢组织上对他的悉心教育和培养，默默立下誓言，决不辜负各级领导和人民群众对自己的信任、关心、帮助和支持，一定要在新的工作岗位上、用实际行动报答党和人民对自己的器重和栽培之恩。

饶贵生被提拔任用的消息在南丰县不胫而走，人们普遍对他投来羡慕与敬佩的目光。然而，社会上也有一些不甚了解情况的人在背地里议论说：饶贵生土生土长在农村，大学毕业后又多年在农村担任乡党委书记，一直做农村工作，遍身土里土气。如今提拔到抚州地区外经贸局工作，看他适不适应得了。还有的人说：他不知道抚州外贸局情况有多复杂，可能难以胜任该职务，搞不好会闹出笑话……

饶贵生把这些闲言碎语当成激励自己的良药，坦然面对。他认真回想自己在南丰县供销社担任副主任和在三溪乡担任党委书记的工作经历，总结出人与人之间最好的相处就是：欣赏彼此的好，懂得彼此的苦，体谅彼此的难。他反复告诫自己，一定要保持清醒头脑，谦虚谨慎，戒骄戒躁，沉着冷静，多干少说。他知道，大度和包容是化解矛盾的助力器，是班子团结的黏合剂，是和睦共事的压舱石。他记住南丰县委余鼎革书记在与他告别时嘱咐的话："你到新的单位以后，一定要摆正自己的位置，无论承担什么工作，都应做到既不越权，又不缺位，首先要踏踏实实做好自己所分管的工作，再协助主要领导多做其他分外的事。"

根据抚州地委的文件规定，1990 年元旦过后，饶贵生就到抚州地区外经贸局正式上班，开始新的工作。即将离开三溪乡了，许多村庄的干部和村民都依依不舍，十分留恋他。有的村委会的书记、村长知道他老家的房屋破旧，商量着送给饶贵生一些木料，甚至有一个行政村已砍好了十多棵杉树，准备把这些木料送到饶贵生老家去。后来被他断然拒绝和严厉批评，村书记向他解释说："饶书记，你在三溪乡工作将近五年，我们都没送过你任何物品，现在你要离开三溪，我们想起这些年你对村民的恩泽，送你一点木材算不得什么，这是我们全村群众的一点心意，请你务必收下。"饶贵生语重心长地说："你和村民们的心意我领了，但木材我一棵都不会要。如果说要感恩，我真的要好好感谢你们对我工作的支持，感谢村民们对我的理解和信任，让我经受了锻炼，获得了进步。

三溪乡群众对我的友好我一辈子都报答不完，我将会永远记住你们的深情厚谊。”

捧着一颗心来，不带半根草去。饶贵生在离开三溪乡的时候，1000多名群众赶来欢送，挥泪与他告别。石邮村有位年过花甲，曾在20世纪50年代入党、担任过多年村干部的大爷称赞说：“饶书记是三溪乡中新中国成立以来历任党委书记中最好的书记之一。”

金杯银杯，不如老百姓的口碑。饶贵生听到三溪乡群众对他的评价，心里感到喜滋滋的。但是，他并没有居功自傲，而是怀着“百尺竿头、更进一步”的思想，准备以新的姿态投入新的岗位，经受新的磨炼，迎接新的挑战。

饶贵生来到任抚州地区外经贸局上任以后，有一段时间对自己的角色转换总感到有些别扭，例如从外表形象上作调整就费了不少工夫和精力。以前在三溪乡工作他是理平头，穿的是中山装、圆领衫，草绿色军裤、解放鞋，头戴大草帽，走东村、串西村，同农民打成一片，俨然就是一个农民。即使有上级领导来乡里检查工作，他也不作什么打扮。刚到抚州地区外经贸局上班之初，他还是和在三溪乡工作时同样的装束，引来不少人疑惑的眼光，悄悄议论这位新来的副书记、副局长太土气了……

不久，江西省对外经济贸易合作厅副厅长江山来抚州地区外经贸局指导工作，江副厅长在吃过饭之后与饶贵生闲聊时提示他，一定要适应新的工作环境，注意改变自己的工作习惯和言谈举止等。向他郑重指出，从事外贸工作，一个人的形象很重要，尤其是对外国商人，初次接触，相互陌生，人家往往以貌取人。说到这里，江副厅长关切地对饶贵生说：“你以后经常会同外商打交道，出国的机会也不少，所以，你必须要配备好一套西装、一根领带，并且内衣要有一件白衬衫。要穿皮鞋，戴手表，发型最好是理大包头型的，还要练好英语。你这么好的身材和长相，只要改变一下穿戴，讲究一点仪表，一定非常帅气。”江副厅长对他推心置腹说的这一番外贸行话，使饶贵生顿时感到脸上火辣辣的。他当时很清楚，这是江副厅长对他格外关爱和指教，他联想到已经有人议论他土里土气的闲话，对江副厅长能够及时明确、细致具体地提醒自己，从内心发出感激心情。他打算立即行动，从改变自己的外表形象入手，切实搞好自己的角色转换，尽快适应从事外贸工作的环境。

于是，饶贵生在送走江副厅长之后，就走进抚州市百货商场，购买了西装和领带、皮鞋等物品。

对于江副厅长叮嘱他“要会讲英语”，这对饶贵生来说不成问题，他早在准备参加高考以及在江西财经学院就读时，曾系统地学习过英语，而且还自学了日语，只是口语和听力不大娴熟，学得不怎么深，总之已有一定的基础。以前在南丰县虽然主要从事农村工作，但在业余时间也没有停止过学习英语和日语。现在从事外贸工作，自己必须进一步加大学习英语和日语的力度。

饶贵生只用了不到半年的时间，就基本完成了一个外贸工作者的形象设计和角色转换，比较快地适应了新的工作环境，进入了新的工作状态，受到同事们的肯定和认同。

俗话说：初来乍到，不识锅灶。饶贵生为了尽快熟悉业务，坚持在学中干，干中学，边干边学，他自来到抚州地区外经贸局上任的第一天起，就致力于开展调查研究，下科室、看资料，与业务科室干部交谈，了解和掌握外经贸局各项业务工作。上班之后的第一个星期，他就带领本地粮油进出口公司王静副经理，陪同江西省粮油公司副总经理舒恒清深入崇仁、黎川等山区县，组织水煮笋货源出口日本市场。在相关县外贸公司的积极配合下，连续10天下基层、钻山沟，翻山越岭实地考察，指导查看水煮笋产出情况，联系、洽谈收购价格及发货运输日期与方式，签订收购和销售计划合同书等，一共跑了20多个乡镇，顺利完成了当年水煮笋出口任务，为抚州地区发展外向型经济作出了初步贡献。

饶贵生经过一段时间的了解和观察，发现抚州地区外经贸局领导班子成员之间确实存在一些矛盾和问题，致使许多工作一度处于被动应付的落后局面。饶贵生到任以后，按照常理，他作为新任党委副书记、副局长，所处的位置是很尴尬的。前面有党委书记、局长，后面是几位党组成员、副局长，他虽然只是副局长，但毕竟是党委副书记，既不同于局长，又不同于其他副局长，是名正言顺的“二把手”。如何协调、处理好与党委书记、局长及其他党组成员、副局长之间的关系，是摆在饶贵生面前的一道无法回避、必须解决的难题。他经过一番慎重思考，决定采取三个办法：一是对待工作以身作则，模范带头干，积极支持和主动配合一把手开展工作；二是对待班子成员一视同仁，遇到什么问题就解决什么问题，坚持就事论事，对事不对人，并且甘愿吃亏、敢于承担责任，尽量减轻班子其他成员的压力；三是积极主动地分别找局长和副局长进行交流与沟通，开诚布公谈工作、谈意见和建议，妥善协调班子成员之间的关系，化解各种矛盾。饶贵生既不畏首、也不畏尾，态度温和以诚相待，切实做到出于公心，不争权、不图利，一心一意做好工作，并力争干出一番新事业，闯出一片新天地。

有道是："心底无私天地宽"。在饶贵生待人处事真心实意，工作积极肯干，主动担责，严于律己的精神感召下，外经贸局班子成员之间的矛盾得到了明显缓和与化解。通过交流和沟通，减少了很多误会与猜疑。外经贸局班子开会不再是"一言堂"，人人都能动脑筋想办法，开诚布公，畅所欲言，为做好全局工作献计献策，既分工负责，又相互配合，心往一处想，以饱满的热情投入工作，齐心协力谋发展。

三十七、入行外贸

常言说：好的开头，成功一半。饶贵生从农村走进了城市，由农村乡镇工作岗位走上了地区机关，做起了对外经济贸易管理工作，并且到任之后就做到了开好头、起好步，无论"党委副书记、副局长"角色定位，还是"由土变洋"角色转换，都可谓是顺水顺风。

"入了外贸门，就是外贸人"。饶贵生心想，既然已经走上了外贸工作岗位，就一定要"干一行、爱一行、专一行"，尽快使自己成为对外经济贸易战线的"行家里手"。他深知，虽然在大学学的是贸易经济专业，也有一些对外贸易方面的课程，但毕竟只是书本理论知识，与实际外贸工作有一定差别，必须经历一段"理论与实践相结合"的适应过程。于是，他从熟悉抚州地区外经贸工作现状、外经贸工作职责与任务和当前改革开放形势、外经贸工作环境与条件等方面入手，向实践学习，边干边学，不断总结实践经验，逐步提高对外经济贸易工作水平和能力。

在较短时间内，饶贵生对抚州地区的基本情况以及有关工农业生产状况尤其是与外经贸工作相关联的环境、条件和资源等均有较为全面的了解。抚州地区下辖抚州市和临川、东乡、南城、南丰、崇仁、乐安、金溪、黎川、宜黄、资溪、广昌11个县。全区土地面积18800平方公里，占全省总面积的11.26%。其中耕地面积2637.5平方公里，抚州市人均占有耕地1.32亩；林地121.45万公顷；水域面积9.34万公顷；抚州境内矿产资源丰富，境内有金属矿产20多种，非金属矿产30多种。主要有：有色金属、稀有金属、黑色金属、稀土矿产、瓷土矿产、建筑材料及冶金辅助矿产等，以稀有金属铀、有色金属铜、瓷土矿和建筑材料矿产为优势。抚州地区有各种植物3000余种。有优良速生树种26科55种，其中楠竹、香榧、油杉、罗汉松、沉水樟等45种树种被列为省级保护树种。抚州地区生态条件较好，为野生动物提供了良好的栖息场所。动物资源中有哺乳类、鸟类、两栖类、鱼类等。

抚州地区外经贸局的工作职责主要是：（一）贯彻执行国家对外贸易、经济合作和外商投资的政策法规，拟订相关规定和管理办法，并组织实施。（二）拟订和执行外经贸发展的战略、中长期规划和年度指导性计划；分析国际经贸形势和我区利用外资、进出口状况，并根据实际情况，提出切实可行的解决办法和建议；研究各种新贸易方式。（三）制订对外技术贸易、服务贸易以及鼓励技术和成套设备出口的规定、管理办法；管理技术引进、设备进口和国际招标，协调管理国家限制出口的技术和引进技术的复出口。（四）承担重要农产品（粮食、棉花除外）和重要工业品、原材料进出口等的计划组织实施。（五）参与制定外商投资的发展战略和中长期规划；审批或核报外商投资企业的设立；审批或核报国家规定限额的外商投资项目的合同、章程及其变更；检查监督外商投资企业执行有关法律、法规和合同、章程的情况；指导、管理招商引资和外商投资企业的进出口。（六）会同有关部门组织实施国家、省、市有关加工贸易的政策和管理办法；核准属区管理权限的加工贸易业务，宏观指导加工贸易工作；检查监督加工贸易企业执行国家的有关政策、法规的情况。（七）负责对外经济合作工作，指导和监督对外承包工程、劳务合作、设计咨询等各项业务。（八）依照法律、法规核报或核准各类企业进出口经营资格和国际货运代理资格；拟定境外发展、投资的管理办法和规定，会同有关部门核报区内在境外开办企业，并参与协调管理，负责境外带料加工装配企业经营管理人员外派的审批；管理外国和香港、澳门特别行政区、台湾地区常驻我区商务代表机构的核准业务；指导和监督境内外各种外经贸交易会、展览会、展销会、洽谈会和招商活动等，并制定赴境外举办上述活动的管理办法，负责区直进出口企业及外商投资企业出国及赴港澳台招商人员的政审、签证申报工作。（九）指导地区所属外贸企业的业务工作和外经贸企业参与商会、协会的工作。（十）承办地区行署和省外贸厅交办的其他事项。

根据上述职责，抚州地区外经贸局内设机构有办公室、外国投资管理促进科、对外经济合作科、对外贸易科、行政审批科、财务科等 6 个科室。此外还开设了地区外经贸咨询服务中心等机构。主要业务指标和项目有：货物进出口总额；商品经营单位所在地进、出口额；商品目的地进口额和商品货源地出口额；外商直接投资；外商其他投资；对外直接投资；对外承包工程；对外劳务合作等。

为了摸清、掌握抚州地区外经贸局家底，饶贵生主动向局党委书记、局长邹怀浩同志建议，带领抚州地区属下的外贸公司经理与业务骨干及局机关外贸科负责人，依次下到全区 12 个市县的外贸、商业部门及其重点相关企业、重点乡镇，深入开展调查研究，全面调查了解各市县和各乡镇主要出产什么，有哪些出口食品、农副产品、竹木草制品、化工产品等货物的品种、产源、产量、储存、运输、销售、价格等，使外经贸局做到对全区可供出口的物资底数清、情况明。

当时，我们国家正在逐步深入地大力推进对外开放工作，作为外经贸部门，毫无疑问是对外贸易经济合作的前沿阵地和先行官。饶贵生认真学习国家逐步出台的有关改革开放文件、政策和法规，分析、考究、研判抚州地区如何适应对外开放的新形势和所面临的新问题，如何当好地区党委、行署的参谋，紧紧跟上国家对外开放的步伐，大力发展抚州地区外向型经济。他多次与局长邹怀浩和其他副局长商量，加强同省相关外贸企业联系，建议外经贸局要走出国门，到境外、国外开展对外贸易市场调查，寻找合作伙伴，熟悉国际市场惯例等商务活动。在省外经贸厅和地委、地区行署领导的关心和支持下，1991 年初，饶贵生带领两名外贸干部去泰国、新加坡等国家和地区进行考察访问。

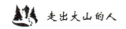

这是饶贵生第一次出境、出国。走出国门之前，省外经贸厅领导和相关部门对考察组给予了具体而又详细的指导，为他们牵线搭桥分别介绍了这三个国家和地区所要访问的单位和对象，使他们作好了充分准备，做足了出访功课。

饶贵生出国考察时留影

首次走出国门，饶贵生已不再有“土气”了，不仅改变了衣着打扮，而且由于他文化程度高，气质好。你看他：西装革履，包头墨镜，一颦一笑，落落大方，举止从容，气派十足。

那时江西还没有国际机场，饶贵生一行是从南昌坐飞机到深圳，再从深圳进入香港。

饶贵生一行三人考察的第一站是香港。那时香港还属英国的殖民管治，但已签署了《中英联合声明》，香港的广大民众都知道将在 1997 年 7 月 1 日回归祖国。饶贵生等人一到香港，就按照省外经贸厅的介绍，直接拜访中华香港总商会。该商会会长姓张，原籍福建漳州，年纪 50 岁开外，见到饶贵生他们，笑容可掬，欢迎之意溢于言表。张会长与饶贵生他们举行亲切交谈，气氛非常融洽。在第二天，张会长又分别约来了另外两家商会的会长与考察组会面交流，并当场谈成了一笔竹制品生意。

考察的第二站是新加坡。新加坡是亚洲四小龙之一，经济发达，是世界金融、航运和贸易枢纽和中心。在开展国际贸易和引进外资等领域，具有十分重要的地缘优势和战略意义。考察组分别拜访了当地的华人商会，考察了西裕廊工业园区，结识了一批著名的企业家，并建立起了初步联系，为日后引进新加坡资金和技术来抚州投资兴业奠定了良好的基础。同时还参观考察了圣淘沙岛、鱼尾狮公园和新加坡国家博物馆等景点。对新加坡的历史、文化和经济发展情况有了比较明确的了解和认识，为今后与新加坡开展旅游项目交流合作掌握了许多有用信息，收获颇丰。

在公务考察活动结束后，离开新加坡前饶贵生还抽空拜访了一位亲戚，干姐吴芳香的公公彭卓球先生。吴芳香跟饶贵生的同母异父二哥戴传龙同年共岁，1951 年出生后，她自己的母亲没有奶汁，与戴传龙两个人一起共吃饶贵生母亲的奶水长大，日后便拜奶娘为干妈。吴芳香成年后嫁给了彭卓球留在中国的大儿子彭绍辉。饶贵生赴新加坡考察前，受干姐吴芳香夫妇俩的委托，特意登门看望其在新加坡的父母亲，带去家乡亲人们浓浓的亲情和问候。见面后非常亲切，受到彭卓球一家的热情款待，并享用了一顿丰盛的新加坡晚餐。通过拜访，饶贵生了解了彭卓球先生的创业史。早在 20 世纪 30 年代，中国战乱时期，民不聊生。彭卓球是广东潮汕揭西人，15 岁便离乡背井，跟随同乡人下南洋谋生，到了新加坡以后，从做苦工开始，后来当职员，学习经商开店，最后自己兴办企业，成立了“卓球百货公司”，事业有成，积累了一定的家产，从此就在新加坡安居乐业，成为一位成功的新加坡华裔企业家。

最后一站在泰国考察访问也进行得很顺利，收获很大。泰国位于中南半岛中南部，是东南亚国家联盟成员国和创始国，同时也是亚太经济合作组织和世界贸易组织成员，是全球最幸福经济体之一，是新兴工业国家和市场经济体，实行自由经济政策，属外向型经济。通过结识、拜访当地几家华裔商会的负责人和一家东南亚商会会长，使饶贵生对泰国的贸易市场情况有了比较详细的了解，见识和体验了国际市场惯例等商务活动。他们在泰国签订了一笔销售茶叶的生意，成交了一单推销箱包的贸易合同，并谈好了一批南丰蜜橘的出口意向。

饶贵生等人这次考察访问香港、新加坡、泰国取得了圆满成功，接触和了解了国际市场，收获了开展国际贸易活动的基本常识，打开了眼界，拓宽了视野，并在这几个国家和地区初步建立了国际贸易合作伙伴关系，让抚州地区在东南亚有了一定的影响和声誉。

三十八、崇仁蹲点

中共中央、国务院《关于 1991 年农业和农村工作的通知》中指出，我国农村正处在从自然经济或半自然经济向社会主义有计划的商品经济过渡的时代，经过 10 年改革开放洗礼的中国农民，已逐步摆脱各种陈腐思想的束缚踏上了追求科学、文明、富裕之路。依照党的十三届三中全会以来的指导方针，当前在农村有计划、按步骤、分层次地开展社会主义思想教育很有必要。决定从 1990 年冬开始，用两三年时间，分期分批在农村普遍开展社会主义思想教育。

为了落实中央这一决定，1991 年 7 月抚州地委专门抽调一批机关干部组成社会主义路线教育工作组，派往全区各县，下到农村基层蹲点，协助、指导开展社会主义路线教育活动，规定蹲点时间为一年。饶贵生是被地委点名抽调到前往崇仁县参加社会主义路线教育活动工作组的，并且被指定为工作组副组长。根据工作组成员的具体分工，饶贵生除协助组长抓工作组成员蹲点乡村开展路线教育活动全面工作外，还要带领两名组员长驻崇仁县白陂乡蹲点，常驻白陂乡，与当地群众打成一片，和村民同吃同住同劳动。

农村社会主义路线教育活动究竟怎样开展？饶贵生深感责任重大。他通过学习中央和省、地区有关文件精神，明确认识到：农民是社会主义新农村建设的主力军，是建设社会主义新农村的关键和决定力量。农民是社会主义新农村的主要建设者，要充分调动农民主动性和创造性，社会主义新农村建设才能全面开展和顺利进行。农民思想道德素质的高低直接关系社会主义新农村建设事业，国家的长治久安与和谐社会的构建。提高农民思想道德素质不仅有利于社会主义新农村建设而且是社会主义和谐社会的重要内容。因此，加强农民思想道德教育十分重要。

饶贵生当过乡党委书记，对农村工作比较熟悉，对农村的各种情况也比较了解。但是他知道，当年的工作地点是南丰县三溪乡，现在的工作对象是崇仁县白陂乡，地方不同，情况不尽相同。因此，他一到白陂乡，就注重调查研究，召开全乡党员大会进行动员。与此同时，召开各种形式和各种规模的座谈会，了解、掌握白陂乡农村实际情况和存在的问题，以便有的放矢地开展社会主义路线教育活动，力求取得实际效果。

饶贵生在调查中认识到，党的十一届三中全会以来，由于实行农业生产责任制，使农村的面貌发生了深刻变化，广大农民走上致富之路。随着改革开放不断推进，农村经济体制改革必然引发农民的思想意识和道德观念的变化，其道德状况既有积极因素也有消极因素。积极因素有：农民思想道德观念不断更新；科学、健康、文明的现代生活方式开始进入农村；新型人际关系开始在农村形成；新的道德观念开始成为农村道德建设的主流。农民思想道德素质存在的问题主要表现在以下几个方面：理想信仰淡漠；国家、集体观念不强，个人主义和享乐主义有所滋长；善恶标准模糊；唯利是图，拜金主义泛滥；封建宗族意识和迷信观念有复苏现象；陈规陋习普遍存在。随着商品经济的飞速发展，新旧体制逐步交替，农村中出现了许多新情况和新问题。农民思想道德素质存在问题的主要原因是：传统观念和现代观念的双重影响；市场经济过程中消极现象的影响；农民群众自身素质的影响；农村干部队伍素质的影响。由于农村基层组织战斗力不强，思想政治工作薄弱，导致由争山争水争宅基地等引起的矛盾和群众纠纷不断发生，甚至有的村庄为此引发宗族械斗；村民的集体观念普遍下降，许多公共设施建设无人抓、无法管；此外，农村中赌博、偷盗等违法犯罪活动也时有发生，等等。所有这些，阻碍了农村改革开放政策的正确实施，影响了社会主义新农村建设和农村经济发展。

在调查研究的基础上，饶贵生同白陂乡党委反复商讨，决定从四个方面入手，在全乡大张旗鼓地进行社会主义思想路线教育活动：第一，树立先进典型，用正面典型开路，大力宣传好人好事，广泛开展社会主义路线教育，提高农民的思想觉悟；第二，支持和引导农民发展产业，提高粮食产量，开展多种经营，发展种植、养殖业，勤劳致富，改善和提高生活水平；第三，加强修路、通电、通水、兴办教育等基础设施建设，改善农村生产、生活环境；第四，采取“评三户”，即发动群众对每家每户进行三个等级的评判，评出先进户、比较先进户和落后户的方法，在树立先进典型的同时，针对性地对落后典型户进行专题教育，用先进户带动中间户，促进落后户转化。

饶贵生同崇仁县委下派来的几名工作组员一起，协同白陂乡党委在赵家村培养了五户养殖麻鸡的专业户农民，又在其他村发现、总结、帮助发展了一批种粮大户、养猪专业户和竹木、水笋加工等致富典型户，将这些种植、养殖专业户的经验在全乡宣传推广。与此同时，协助好几个有条件的行政村，规划和组织村民进行修公路、通电、通水等基础设施建设，改善村民的生产、生活环境。

在开展社会主义路线教育中，饶贵生还主动协助、配合白陂派出所和乡司法所等部门，解决了一批久拖未结的疑难纠纷。如：路教工作组进驻白陂乡不久，农村“双抢”之后遇上了干旱天气，晚稻垄田一片干涸，禾苗急需车水灌溉。白陂村委会有两个自然村的村民都在一座共有的小型水库开闸放水，过去是集体生产，由大队统一放水灌溉，自然没有问题。现在分田到户了，甲村的村庄小，人少些，而乙村村大人多，水闸下面一条流水小渠老是被乙村的人占领，甲村的禾田很难放到水，于是想在这条老渠旁边再开挖一条小渠，把老渠的水引过去。乙村不让甲村的人开挖新渠，甲方要挖，乙方聚集了很多人不让甲方挖，甲方非常气愤，也聚集全村的人准备与乙方拼命，双方为此发生严重的纠纷，械斗事件一触即发。这时有一个村民跑来乡政府报警。恰巧饶贵生及工作组成员也在乡政府开会，他二话没说，带领工作组成员同在家的乡领导一道，第一时间赶赴现场，冲进两方都手持铁锹、锄头和扁担等器械村民的中间，大声喊话，进行法治宣传教育，严令双方村民停止争吵和冲突。在他大义凛然的气势震慑下，霎时把两方村民都镇住了。接着，他和乡里来的领导叫出甲、乙两村民小组干部，把各自村庄的村民领回去，留下他们分别做工作，很快平息了风波。为了进一步消除隐患，他同乡领导一起，与白陂村委会干部和甲、乙两个村民小组干部共同研究制定了一个科学、合理用水的规定，并形成《协议书》，让甲、乙村民小组干部签字，负责执行。这样，使甲、乙两个村庄的用水的问题得到了圆满解决，两村的群众握手言欢，双方都对工作组表示感谢。

在 1992 年春节过后，饶贵生听到白陂中学领导反映，多年来，有一条便民小道穿过学校中心，学校要修围墙，中学东边村庄的村民以出门不方便为理由，不同意中学建围墙，直至粗暴干涉、阻挠，造成该中学除了教室、房屋之外，成了一个“放牛场”，校园环境无法管理，全校学生和教师都缺乏安全感，严重影响教学秩序。饶贵生暗下决心一定要解决这个“老大难”问题，于是同派驻该村的工作组员商量，带着这一问题到村庄作调查，寻找存在问题的真正原因与解决问题的具体办法。在此基础上，他同乡党委书记周小平等领导反复商量，并亲自下到村里，找来村委会干部和村庄几大家族主事的“族长”召开座谈会做工作。饶贵生在宣讲完社会主义路线教育的“大道理”之后，便开门见山讲白陂中学修建围墙的问题。饶贵生像剥春笋一样，向在座的干部和群众代表由表及里一层一层剥，一层一层讲解，他先问大家：这所中学是哪一年建的？为什么建在这里？建在这里对他们村有没有好处？大家都清楚，有人回答：已经建了 10 多年，中学建在村庄旁边，便利村民子女上学，当然有好处。饶贵生因势利导地说：“既然建了 10 多年，你们村有没有人要求废除这所中学，或者要求把中学搬走？”大家都沉默不语。饶贵生说：“虽然建中学时的详细情况我不知道，但我看了乡政府附近的地理环境，我认为将中学建在这个地方是最好的。既然大家没有把中学搬走或不要中学的意见，那么就是希望这所中学继续办下去。好，我再问各位，中学的学习环境要不要安静，教学程序要不要正规？也就是说中学应不应该建围墙？如果是你当校长，你会有什么想法？”饶贵生提的这些问题，没有一个人站出来回答。停了好一阵，他又接着问大家：“我提的这些问题集中到一点，就是中学的围墙要不要建？是建围墙好还是不建围墙好？”村支部书记坐不住了，回答说：当然是建围墙好，其他在座的人纷纷附和。通过循循善诱地引导，大家沉默不语。饶贵生追问不放：“请你们把阻挠中学建围墙的人的名单交给我，我来一个个找他们谈心，同时也便于我们路线教育工作组留待后面‘评三户’作为依据。”村小组干部和几位“族长”你望我、我望你，都不敢作声。过了许久，有一位年老些的“族长”说了一句：无须多谈了，同意让中学垒围墙，在座的其他“族长”纷纷跟着表态……

在饶贵生动之以情晓之以理、抽丝剥茧般的耐心说服教育下，村民们终于达成一致，同意中学修建围墙，最后白陂乡中学的围墙建起来了，他带领的路线教育工作组受到白陂中学师生和全乡群众的交口称赞。为了方便村民行路，他在中学围墙建起来之后，找来中学领导和村委会班子共同商量，在围墙南边挨墙修筑了一条200米长的公路，妥善解决了附近村民“行路难”的问题，受到该村群众欢迎。

三十九、担纲当家

“耕犁不曾负沃土，沃土著雨绽新花。”饶贵生作为抚州地委派往崇仁县蹲点进行社会主义路线教育工作组副组长，在白陂乡组织开展路线教育活动中，以提高农民社会主义觉悟、解决农村存在的突出问题为目标，深入调查研究，找准教育路子，摸清村情民意，解决实际问题，本着“大道理要讲清，具体问题要解决”的原则，采取树立典型、触动思想、正面引导、解决难题的方法，把教育活动搞得有声有色，深入人心，取得了明显成效。这不仅是饶贵生曾在农村工作多年，并当过乡党委书记，熟悉农村工作，声音洪亮，富有号召力、感染力，表达能力强，善于说服教育人，更主要是他具有一颗强烈的事业心和责任感，情系人民群众，真心为群众办实事。

饶贵生在开展农村社会主义路线教育活动中深深认识到，以农业为基础发展国民经济，是我国社会主义现代化建设的一个长期的战略方针。农业能否很好地在中国特色社会主义现代化建设的格局中发挥基础作用，在很大程度上取决于广大农民这个农村经济建设的主体力量的思想科学文化素质状况。“农民问题始终是我国革命，建设，改革的根本问题。”农民问题的重要性，决定了提高农民思想科学文化素质的重要性。毛泽东同志在早年就指出“严重的问题是教育农民。”当前，中央部署开展农村社会主义路线教育活动，毛泽东同志这句话仍然适用。因此，饶贵生在白陂乡蹲点期间，始终坚持紧紧围绕“教育”二字，以正面教育为主，注重培养先进典型，辅之以抓落后典型。在开展路线教育活动过程中，他敢于动真的、来硬的，干实的，不流形式，不走过场，是什么问题就解决什么问题，使白陂乡广大农民的精神面貌发生了焕然一新的变化，全乡的征购粮上交任务和收缴集体积累款任务以及计划生育等各项任务都不折不扣地争先恐后完成。

1992 年 2 月 4 日是春节，抚州地委派往崇仁县蹲点的社会主义路线教育工作组成员都是各单位抽调来的，春节期间各相关单位都会有些事情等待他们回去处理，便提前两天放假，让大家回本单位。饶贵生 2 月 1 日回到外经贸局上班，果然，局下属外经贸公司有一个重要的任务正等待他来承担。根据局里工作进展，局党组决定安排他在春节之后同局长邹怀浩等人去福建厦门进行外经贸业务考察，并与厦门市开元区建立长期合作关系，邹局长要求饶贵生向地委分管领导和派驻崇仁县蹲点的工作组组长请假。于是，饶贵生服从局党组决定，提前作好各种准备。然而，春节之后，局里又冒出一项紧要任务，需要派一位局领导赴上海参加首届华东交易会。局长邹怀浩考虑去上海的任务由饶贵生承担更为合适，因此临时调整安排，委派他在 2 月 15 日陪同行署常务副专员黄明昕赴上海参加华东交易会，改派另一位副局长李慕信同他一起在元宵节后第二天即 2 月 19 日去厦门考察访问。

2 月 22 日，一场意外的灾祸瞬间从天而降：这日中午 1 点 30 分左右，邹怀浩局长等一行四人乘坐的面包车从石狮返回厦门途中与迎面开来的一辆大货车相撞，面包车被大货车拦腰撞击，将坐在面包车第二排座位上的李慕信副局长当场撞死，邹怀浩局长和另一位科室负责人都被撞成重伤。刚刚从上海出差返回抚州的饶贵生闻讯后，头脑“嗡”的一声像爆炸一样惊愕。随即，他镇静下来，告诉自己必须义不容辞处理事故及做好善后事宜。他迅速率领办公室主任梁冠民等几名中层干部组成工作组赶往厦门，途中便与大家一起商量处理事故的方式和原则：一是全力抢救伤者；二是安抚死者家属；三是对死者家属可能发生的过激语言和行为要尽量理解和包容；四是注意掌握好对死者家属提出要求的处理原则，能办的事尽快办、可办可不办的事谨慎办、不能办的事一定要坚持原则，不能瞎办。

工作组一到厦门，他立即赶到医院看望正在抢救治疗的邹局长等伤员，随后与当地交警部门接头取得联系。此时死者李慕信副局长的家人及亲属也来了 10 多个人在交警部门哭闹，饶贵生挺身而出走到他们面前进行安抚，将这些亲属带离交警部门，安排住进宾馆，倾听他们对处理本次交通事故、死者后事的意见和要求。死者亲属人多嘴杂，情绪激愤，语言充满怒火，相继提出：要给死者评烈士；死者的工资不能取消，持续发到最小的小孩长大成人；其儿子要顶替，解决正式编制，等到 18 岁后上岗工作，等等。甚至还怀疑该交通事故属于谋杀事故，并煞有介事怀疑凶手的幕后策划者，是死者原调出单位的某某领导，云云。

面对死者亲属提出的种种要求和激愤冲动的态度，饶贵生沉着冷静，积极思考着应对措施和安抚方法。他等对方讲得差不多了，便平声静气地说："各位死者亲属，你们多数人都认识我，我是外经贸局党组副书记、副局长，刚刚赶到厦门来的。对这起事故，特别是对李副局长遇难，我们都非常难过，感到十分悲痛。但是，既然事故已经发生，我们都要面对客观现实。我认为当务之急，是处理李副局长的后事。刚才你们所提的问题和要求，我都听清楚了，表示非常理解，请你们相信，能解决的问题，一定尽最大的努力解决。我在这里代表局里表个态：凡是在局里职权范围内的事，都会尽量办好；凡是超出局里职权范围办不了的事，我们也会向地委和地区行署以及相关部门呈报，积极要求解决，相信上级在政策范围内也会尽量解决。对超出政策规定，无法解决的问题，也请你们亲属理解、谅解。"

说到这里，饶贵生便停了下来，观察死者家属的反应。那些亲属们听了饶贵生一番有情有义有理有节而又至诚至恳的话，火气消了一半，他们你望我、我望你，没有人发声。许久，有一位神色比较暴躁的中年人大声说道："饶局长，你就干脆说吧，我们提的这些问题究竟怎么解决？"

饶贵生知道对这些问题不可回避，便回答道："关于给李副局长评烈士，我们回去后向地区民政部门申报，相信民政部门一定会按照有关政策规定审核。关于李副局长工资不取消的问题，李副局长生前是我们局副局长，是国家干部，工资是归组织人事部门管的，并有明确规定，我们局里没有权力处理，我只能这样答复你们，一定积极向地区组织人事部门反映，把你们的要求报告上去。至于能不能解决，我不会说假话、空话欺骗你们，也不可能说越权的过头话，其结果只能按照有关工资政策规定执行。李副局长儿子顶替，解决正式工作的问题，我们局里可以向上级人事部门写报告，相信上级一定会按照有关政策规定办理。对于李副局长的死，究竟是交通事故还是谋杀案件？请你们一定要理智、冷静，厦门的交警部门与我们抚州来的这些人谁都不认识，请你们相信，他们会根据调查结果，实事求是地作出客观、公正的裁决。”

亲属们虽然对饶副局长的答复不太满意，对他们所提出的要求没有得到当场解决而心有不甘，但都觉得饶副局长的表态客观诚实、无孔可钻，没有谁进行明显反驳。他们只得耐心等待厦门交警部门的结论和处理意见。

工作组积极主动配合、协助厦门交警部门开展调查工作，在抚州行署领导的重视和关心下，各项善后工作进展平稳有序，最终这起交通事故得以圆满处理和解决。

事后，抚州地委和专员公署有关领导听了饶贵生的汇报，对他的处事应变、决断能力和政策水平以及工作方法感到非常满意。与此同时，这次“一死二伤”交通事故的处理，得到死者家属和两位伤者及家属的认可，外经贸局广大干部和职工交口称赞。

1992 年 5 月，饶贵生还在崇仁县白陂乡蹲点搞社会主义路线教育活动。抚州地委组织部一位副部长和干部室两位同志专程来到崇仁县，通知还在白陂乡蹲点的饶贵生到地委驻崇仁县路线教育工作组办公室来。当时他并不知道究竟地委组织部为何事找他，便按时赶到工作组办公室。他与地委组织部副部长等领导同志见面、寒暄过后，那位副部长告诉他，要对他进行考察谈话。原来，地区外经贸局党委书记、局长邹怀浩同志因年龄问题和身体伤残情况即将退休，经地委组织部在外经贸局进行民主推荐和测评、考察，又到派驻崇仁县路线教育活动的工作组来进行考察，现在找他本人谈话，进行面对面考察。

6 月下旬，饶贵生在崇仁县进行路线教育的工作尚未结束，中共抚州地委便下发通知：任命饶贵生同志为地区外经贸局党委书记、局长。

饶贵生自 1982 年大学毕业后正式参加工作十年来，由一个普通的科员、干事逐步提拔为副科、正科、副处、正处级领导干部，在仕途上实现了“四级跳”，谱写了人生旅程的一篇篇乐章。他曾在南丰县三溪乡担任过党委书记，主持过全乡领导工作；如今他在抚州地区对外经济贸易合作局由于积极肯干，能团结同志，主动配合、协助局长创造性开展各项工作，提升为党委书记、局长，又要开始独当一面地主持全局的党政领导工作。他常说：定位决定地位，思路决定出路，眼界决定境界，想法决定办法，格局决定结局。如何组织和带领外经贸局“一班人”开创全区对外贸易经济工作新局面？他的为人处世准则是：打着赤膊干事，夹着尾巴做人。他的创业思维是：困难困难，困在家里就难；出路出路，走出去就有路。因此，他在地区外经贸局由党委副书记、副局长提升为党政“一把手”之后，再次给自己立规矩、定目标，乘深化改革开放的东风，打一场全区外经贸工作翻身仗。

饶贵生在多年工作实践中体会到，千事万事，人的因素第一，谋事在人，事在人为。人是生产力中最关键、最活跃的因素。他担任主要领导以后，争取得到地委领导重视和支持，从抓班子建设和外经贸干部队伍建设入手，调整、充实局机关科室和下属单位班子人员，选拔了一批文化水平较高、业务能力较强的年轻干部进入中层班子担任领导职务。在抓好组织建设的同时，强化政治思想教育和政治、业务学习，提高外经贸干部队伍的整体素质。在此基础上，一方面狠抓制度建设，建立和完善外经贸工作岗位目标责任机制，使岗位职能、任务和责任相一致，责、权、利相统一；另一方面狠抓廉政建设，切实整顿纪律作风，带好队伍，净化机关风气。

四十、拓展业务

饶贵生不仅致力于抓好地区外经贸局的班子和干部队伍建设，而且积极谋划如何抓好各个县的外经贸局（公司）的领导班子建设。他想，地区外经贸局不仅要做好本局各项工作，还应指导、帮助全区各县的外贸局（公司）做好业务工作，把全区各县外经贸局（公司）真正带动起来，使全地区各县（区）的外贸工作都能平衡、稳定、大步向前发展。虽然地区外经贸局与各县的外经贸局（公司）不是直接的领导与被领导关系，只是行业协调、指导业务工作关系，但是，地区外经贸局有责任、有义务指导、帮助各县的外经贸局（公司）搞好领导班子和外经贸干部队伍建设。只有这样，才能使整个抚州地区的对外经济贸易工作得到长足发展，进而促进全地区发展外向型经济。他锐意改革，大胆创新，亲自组织起草了关于加强外经贸队伍建设，推动外向型经济发展工作方案，分别向地委、行署分管领导和主要领导汇报，得到地委领导的肯定和支持，以地委、地区行署的名义将这一方案下发至各县。为了使地区关于加强外经贸队伍建设、推动外向型经济发展目标在全地区和各县真正落到实处，饶贵生将地区外贸局班子成员实行分片包干，逐县进行调查研究，指导贯彻和落实地委文件精神，争取各县党政领导的重视和支持，促使各县外经贸局（公司）的领导班子获得调整和加强，相继选拔了一批年富力强的同志进入各县（区）外经贸局（公司）领导班子、干部队伍普遍得到了加强，提升了全地区外经贸系统队伍战斗力。

抚州地区外经贸系统各级领导班子调整、加强以后，饶贵生采取举办全区外经贸领导干部学习班、外经贸业务干部培训班等方式，在全地区外经贸系统广泛开展政治理论学习和外经贸业务知识学习，着力提高外经贸干部的政治、业务素质，重点组织学习世贸规则，作好中国入世的思想和理论准备，促使外经贸干部解放思想，增强扩大开放、加快发展的责任感和紧迫感。

中国是在 2001 年 12 月 11 日正式加入世贸组织，成为 WTO 第 143 个成员国的。中国是 1947 年成立的关税及贸易总协定（General Agreement on Tariffs And Trade，简称 GATT）创始国之一。新中国成立后，台湾当局非法窃据中国席位。1984 年 11 月，中国获得了 GATT 观察员地位。1986 年 7 月，中国正式提出恢复 GATT 缔约国地位的申请。中国从提出加入世贸组织申请到正式加入世贸组织，经历了三个阶段。第一阶段是 1986 年持续至 1992 年对中国贸易体制的审议阶段，在此期间 GATT 中国工作组共举行 10 次会议，对中国的外贸体制、关税和非关税措施、服务贸易和外资管理等进行审议。由于长期以来高度集中的计划经济体制下形成的对外贸易国家垄断，中国的外贸体制与关贸总协定的要求差距甚大。缔约国要求中国尽快改革经贸体制，并以此为中心提出数以千计的口头或书面问题。其间，中国政府由经贸部组团，先后组织外交部、海关总署、国家计委、财政部、国务院特区办、国家外汇管理局、国家物价局、国家商检局、国家统计局、国家体改委等部委参加 GATT 中国工作组会议，就中国经济体制改革、外贸体制改革、关税制度等专题进行口头答疑。第二阶段的谈判主要围绕市场准入问题展开，是整个从“复关”谈判到“入世”谈判的核心阶段，也是最困难、最艰巨的阶段。谈判主要解决开放市场的速度、范围、条件等问题。这一阶段直到 2000 年 5 月 19 日才完成。第三阶段中国“入世”谈判的进程大大加快，至 2001 年 9 月 13 日，中国完成了与世贸组织成员的所有双边市场准入谈判。这意味着世界贸易组织中国工作组正式完成了历史使命，中国加入世贸组织的谈判全部结束。9 月 17 日，世界贸易组织中国工作组第十八次会议在日内瓦审议并通过了中国入世议定书及附件和中国工作组报告书。中国人民终于迎来了通过中国加入 WTO 决定的历史性时刻。在完成必需的程序后，中国在 11 月 11 日迈步跨入 WTO 门槛。

饶贵生担任抚州地区外经贸局党委书记、局长，正是中国加入世界贸易组织过程中进入第二阶段即从“复关”到“入世”的谈判阶段，究竟何时能够加入还不知道。但富有前瞻性思想和超前意识的饶贵生心里清楚，认为中国迟早一定会加入 WTO，而且加入的时间不会太长。他明确认识到作为一名外贸领导干部肩上的责任，因此，他认真学习和研究有关中国入世的理论知识，结合外贸工作的职责和任务，精心撰写出《中国入世》的辅导报告，在全区外经贸干部学习班上进行辅导。经地区行署主要领导刘德旺提议，饶贵生还在行署专员办公会上，为各位领导作“入世”辅导报告，并推荐他在地委党校举办的全区县、乡两级干部学习班上进行宣讲。此后，饶贵生还应特别邀请，到地直相关单位、工厂主讲《中国入世》的辅导报告，深受欢迎和广泛称赞。

饶贵生踌躇满志地开展地区外经贸局的全面工作。多次跑省城，主动与省外经贸厅及有关部门请示汇报、联系工作，与之建立起密切的关系，因而有关外经贸工作方面的信息也获得比较多、比较早。

劳务输出，是指组织劳务人员赴其他国家或地区为国外的企业或机构工作的经营性活动。1992 年 9 月，饶贵生从省国际经济技术合作公司获悉，日本一家大型商社来中国江西招聘 100 名劳务人员（研修生）。他通过努力，请求把这一劳务输出指标分配给抚州地区，交给他完成。他赶回抚州后，即向行署领导汇报，将这些国际劳务输出人数分配到几个县，前后仅一个月时间就按照聘用方的人数、年龄、文化程度等要求全部落实好了，并顺利送到了省国际经济技术合作公司，交给了前来接洽的日本企业人员，将这 100 名务工青年送出了国门。

这是抚州地区首次输送的第一批劳务人员赴日本研修务工。此后几年，饶贵生先后通过省国际经济技术合作公司组织了多批抚州青年赴美国塞班岛和德国、澳洲等国家从事国际劳务活动，既为抚州地区培养了人才，使这些抚州青年有了施展才华的平台和机会，学到了外国先进的加工技术和企业管理经验，又培育出了一批小富翁、小富婆，深受社会肯定和好评。

为了更好地与日本开展劳务合作，饶贵生在省外经贸厅和省国际经济技术合作公司的安排下，于 1993 年 3 月第一次赴日本考察，了解日本劳务市场，看望和慰问抚州地区输出的第一批务工青年。

饶贵生首次考察访问日本，对日本有了直观的、进一步的认识。

这次日本之行，对饶贵生来说，收获甚大，不仅比较客观、全面地了解了日本市场，还与一家商社和一家会社分别谈成了销售崇仁麻鸡、南丰蜜橘和竹木加工制品的生意。

当时抚州地区外经贸局下属的外贸公司还没有直接出口经营权，主要任务是帮助省外贸公司组织货源，通过拿 5% 的经营管理费维持公司生存，只是被动地从事外贸经营业务。抚州地区外贸公司怎样进行改革，饶贵生可真花费了一番脑筋和精力。他深入进行调查研究，跑上跑下，多次与省外经贸系统有关部门联系，亲自制定体制改革方案，提交地区行署批准，大胆将外贸公司进行重组新建，在以后的招商引资、发展抚州外向型经济中发挥了主力军作用。

“问渠那得清如许，为有源头活水来”。饶贵生在实际工作中加强自我修养，注重发挥每个班子成员和全体外经贸干部的工作积极性和主动性，充分发扬民主作风，既讲原则又讲团结，既立足当前又着眼长远，切实做到霸气不霸道，果断不武断，高声不高调，实实在在领导和率领全区外经贸局干部卓有成效地开展各项外经贸业务工作。他在抚州地区对外经济贸易合作局主持工作以来，每年的各项业务工作任务都出色地完成，多次受到地委、行署和上级有关部门肯定和表彰。

四十一、招商引资

20 世纪 90 年代初，国家正处于由沿海地区向内陆地区拓展对外开放的起步阶段，有一些劳动密集型的企业开始向内地转移，内地许多省、地、县开始相继创办经济技术开发区和工业园区。江西省抚州地区区位条件优越，毗邻福建、广东，交通较为便捷，具有承接长珠闽等沿海产业梯度的地缘优势。抚州地区生态、农业、劳动力资源丰富，可投资和合作的领域广阔。抚州作为沿海的后方、内地的前沿、长珠闽的共同腹地，具有自然资源好、生产成本低的优势，更有利于承接沿海产业梯度转移。

抚州地区工业开发区是 1992 年 8 月成立的，地址在抚州市新城区南面的丘陵地带，与新城区紧密相连。规划用地面积二万亩，起点较高，规模较大。此后，全区各市县也都陆续创办工业园区，兴起了“招商引资”热。1993 年 8 月 23 日，抚州工业开发区经江西省人民政府批准为首批省级开发区，2000 年 10 月，抚州地区撤地设市改为抚州市，临川市撤市设区改为抚州市临川区。至 2005 年 7 月，抚州工业开发区与原临川市创办的钟岭工业园管理机构合并，成立抚州金巢经济开发区；是年 12 月，金巢开发区顺利通过了国家审计署审计，并经国家发改委、建设部、国土资源部审核，公布为省级经济开发区，名称为“江西抚州金巢经济开发区”。

抚州地区工业开发区成立之初，饶贵生作为新任命的地区外经贸局局长，被地委、行署列入地区工业开发区领导小组成员之一。况且，外经贸局的主要职责就是担负指导、管理招商引资和外商投资企业设立的审核审批和外商投资企业的进出口等。在 1992 年的 10 月和 12 月，饶贵生先后到浙江省温州市和江苏省扬州市进行招商引资活动，为地区工业开发区招引来了两家分别投资为 8000 万元、5000 万元资金的纺织品制造业、油脂生产公司。

1992 年年底，饶贵生从省外经贸厅获得信息，新加坡有一家竹制品企业的老板可能近期要来江西考察，有投资兴办竹木加工企业的意向。饶贵生立即带领局外贸科科长赶往香港，登门拜访这家公司的老板。该老板姓曹，祖籍浙江，其曾祖父在清朝末年带着其祖父等全家人出国境下南洋经商，是一位四代老华裔。曹董事长的企业规模很大，在香港和东南亚有好几家分公司。近年来他利用中国大陆实行对外开放，到处创办工业园区，政策、条件优惠，劳力充足且报酬低廉等发展机遇，想到中国南方竹木充裕的地区就地取材创办竹木加工企业。饶贵生与曹先生一见面交谈，就感觉到曹先生是一位历史文化知识和社会阅历都很高的儒商，便在推介抚州地区的区位优势、自然资源和环境条件等情况过程中，着力介绍起抚州地区的历史文化来。果然，曹先生对抚州的历史文化很感兴趣。人们知道，饶贵生的口才非常好，说话表情极佳，曹先生聚精会神地听着饶贵生口若悬河娓娓而谈，介绍起抚州的人文地理和历史文化。

抚州地区位于江西省东部，东邻福建，南接赣州通达广东，西近京九铁路与吉安、宜春地区相连，北临鄱阳湖与省城南昌和鹰潭市毗邻，抚州自古就有“襟领江湖，控带闽粤”之称。“南昌远郊、闽台近邻”的区位优势非常明显，是国务院确定的海峡西岸经济区二十个城市之一。

抚州地区有 11 个市县，全区总面积 18817 平方公里，占江西全省总面积的 11.27%。境内东、南、西三面环山，中部丘陵与河谷盆地相间。抚州境内山脉集中分布于东部和南部，山体走向为北东一南西向，主要有东部武夷山和南西部雩山，二者在平面上构成北东向斜“川”字形地貌框架。武夷山脉位于地区东部，沿赣闽省界向南延伸，为盱江和闽江的分水岭。主要有笔架山、野鸡顶、昌坪山、杨家岭、王仙峰、九头峰等海拔千米以上的山峰。雩山山脉分布在地区南西部，境内最高峰军峰山位于该山中。抚州地势南高北低，渐次向鄱阳湖平原地区倾斜。地貌以丘陵为主，山地、岗地和河谷平原次之，楠竹、树木和蜜橘漫山遍野。抚州境有抚河、信江、赣江三大水系，大小河流 470 条。尤其是抚河，为全省仅次于赣江的第二大河流。抚州地区自然资源丰富，环境优越，地区所在地距省城南昌市不足 100 公里，交通发达，铁路、公路和水路纵横，外向型经济贸易条件良好。

抚州是江右古郡，历史文化底蕴深厚，早在唐朝初年，文学家王勃在他的名篇《滕王阁序》中就写有“睢园绿竹，气凌彭泽之樽；邺水朱华，光照临川之笔”之句。素有“才子之乡、文化之邦”美誉的临川，就是抚州地区行署的所在地。临川是北宋政治家、文学家王安石，北宋诗人、散文家晏殊和明代戏剧家、文学家汤显祖等著名人物的故里。临川（抚州）自古以来是一个有梦有戏的地方。汤显祖所创作《牡丹亭》《紫钗记》《邯郸记》《南柯记》。前两部是儿女情长戏，后两部是社会风情戏。“四剧”皆有梦境，合称为《玉茗堂四梦》，亦称“临川四梦”。这四部剧中，《牡丹亭》的艺术成就最高，堪称第一流戏曲作品。由于其才艺造诣之高，对人生处境探索之深，对人物角色内心刻画之细，在中国戏剧传统中无与伦比。几百年以来传唱不衰，深受大众欢迎。这些剧作不但为中国人民所喜爱，而且已传播到英、日、德、俄等很多国家，被视为世界戏剧艺术的珍品。因此汤显祖被誉为“东方的莎士比亚”。在现代，抚州又涌现出政治家李井泉、文史学家游国恩、小提琴家盛中国、物理学家饶毓泰等人物。临川文化生成于秦汉，兴盛于两宋，延绵于明清。抚州地区其他县的历史文化名人有很多，如北宋政治家和文史学家曾巩、南唐史学家乐史、南宋哲学家陆九渊、元代教育家吴澄、明末清初军事理论家和天文学家揭子宣等等。中国最著名的“唐宋八大家”，抚州地区就占有王安石和曾巩“两大家”。抚州地区历史上培育出7个宰相、13个副宰相、3000余位进士。著书立传的学者有300多人，著述481种，5580多卷，其中65种770多卷被列入《四库全书》。

曹先生一下子就被饶贵生那极富激情、极有感染力的演说般介绍吸引住了，已暗定下决心，选择到抚州投资办企业。在曹先生的应允下，饶贵生和外贸科长查阅了曹先生公司的详细资料，当即邀请他尽快到抚州实地进行参观和考察访问。

饶贵生这次拜访曹先生，收获不小，不仅为下一步曹先生来抚州投资办企业打下了基础，而且为自己与外商交朋友进而开展外贸工作增添了信心。此外还有一个收获就是更清楚地认识到作为一个外贸干部，与外商打交道，口才很重要。口才就是说话的才能。有口才的人说话具有“言之有物、言之有理、言之有情”等特征。在对外交往的过程中，表达主体运用准确、得体、生动、巧妙、有效的口语表达技巧和交际能力，是增进了解、加深友谊、促进合作的良方，基于此，他在后来的外贸干部培训班上多次强调，要求每个外贸干部，一方面要熟练掌握各种外贸业务知识和本地人文历史、地理以及产业特色、特点等知识，另一方面要下功夫训练口才。

1993 年 5 月，正当全地区大举进行招商引资之时，新加坡曹姓董事长给饶贵生打来电话，决定选择到江西抚州投资开办分公司，准备近日启程来抚州进行实地考察。在电话中，饶贵生对曹先生表示了热烈欢迎，并告诉曹先生，从新加坡至江西省抚州，最便捷的行程方式是从新加坡乘飞机直飞广州白云机场，他会准时亲自开车到广州迎接曹先生至抚州。

放下电话以后，饶贵生立即与行署专员联系、汇报，得到地区领导的重视与支持。果然，新加坡的曹先生如约而至。

从曹先生到达抚州的第二天开始，饶贵生亲自陪同客人在抚州地区一连参观和考察了 5 天，先后看了抚州、钟岭工业开发区和乐安、南丰、广昌、崇仁、黎川等县，让曹先生对抚州地区有了较为全面、直观的了解，使他大开了眼界。曹先生感慨地说：新加坡虽然都市比较发达，经济也比较富裕，但哪有抚州地区这样广袤的山林和肥沃的土地？尤其缺乏自然资源。

俗话说：外行看热闹，内行看门道。曹先生毕竟是一位久经商场的企业家，他经过一路参观考察，又听饶贵生侃侃介绍，目睹了抚州地区确实是一个各项优势集聚叠加的地方，在这里投资兴办加工企业，可以就地取材节省运输成本。正如饶贵生向他所介绍的，抚州地处长三角、珠三角和闽东南三角区战略腹地，是南昌远郊、海西近邻，区位优势凸显，抚州同属鄱阳湖生态经济区、海西经济区、原中央苏区振兴发展战略区、长江中游城市群、江西省生态文明先行示范区、江西内陆开放型经济试验区等六个国家级区域发展战略平台。抚州的山地面积大，竹木森林茂盛，空气质量好，土壤没有重金属污染，绿色食品、有机食品资源非常丰富，生态环境优良；抚州的生物医药、机电制造、蜜橘果品等绿色食品加工、竹木加工、化工建材、有色金属加工等产业不断发展，具有较强的产业基础优势；抚州地区工业园区在招商引资的优惠条件、优惠政策和营商环境等方面都比较优越。工业园区用地条件好，基础设施具有一定的基础。特别是抚州地委、行署倡导科技优先、企业优先、人才优先，提出要打造一流的营商环境，为企业提供“店小二保姆式”服务，还要提升为管家式服务，“让企业家在抚州不受委屈，最受尊重”。在考察访问过程中，让曹先生见识了抚州地区工业开发区“政策最优、审批最快、效率最高、服务最好”的“四最”发展氛围的确十分浓厚。总之，作为外商，到抚州投资，既非常稳定可靠，又具有广阔的发展空间和前景，曹先生委实看好抚州这块投资办企业的热地，投资的信心更足了。

不过，曹先生第一笔投资有投石问路的意思，只想凭借中国改革开放的优惠政策和江西抚州自然资源丰富、劳力市场充裕、企业发展空间宏大的条件，在抚州与当地人合伙办一家竹业加工制造企业。他不想在这里单独办企业的原因有二：一是在新加坡有他的总公司，并在香港和东南亚有好几家分公司，他自感精力有限，经营不过来；二是对江西抚州人生地不熟的，如果与当地人合作，自己只需投资，并派几名管理人员和技术人员过来就行，其他事务由当地人负责打理，办事效率更高，投资风险较小，可以放心发展。

饶贵生知道了曹先生的这一想法以后，立即为他出主意想办法，帮助曹先生物色合作人。他经过一番慎重而又负责的考虑，想起乐安县有一位青年农民姓刘，有高中文化，头脑精明，曾在深圳打过好几年工，有了一定的基础，便返回家乡创办小型竹木加工厂。由于他为人处世诚实厚道，创业意识强，有经营头脑，勤劳吃苦，作风务实，稳扎稳打，所创办的企业逐步壮大，非常成功。饶贵生当即向曹先生推荐这个刘姓青年，曹先生听了他的介绍，觉得很符合自己的应选合作对象，便在他陪同下来到乐安县，找到了刘姓青年。未料刘厂长非常朴实爽快，与曹先生当面交流谈判便一拍即合，当天就谈妥了合作到抚州工业开发区去创办竹业制品公司，并商定由曹先生担任公司董事长，刘厂长担任总经理，曹先生派一名新加坡企业的管理干部和刘厂长原有一名副厂长担任副总经理，并再派两名专业技术人员。资金和资产投入分别是：刘厂长把他的加工厂全部财产作价投入新办公司；曹先生先行投资 1000 万美元，用来购买公司用地与建厂房和办公楼，购置机械设备等。对聘请务工人员、采购原材料、加工制作、销售产品，尤其是利润分成等方面都初步达成了一致。

饶贵生经得曹先生和刘厂长的同意后，便立即向行署专员汇报。专员作出时间安排，同一位分管工业园区工作的副专员会见了曹先生等人，经过商讨和谈判，当场拍板，由地区工业开发区管理处与曹先生签订了投资购地创办竹业加工企业的合同书。

此后不久，一家取名为“抚州邦林竹制品加工有限公司”的中外合作企业在抚州地区工业开发区正式落户了。这是由地区外经贸局直接联系引进并自始至终协助操作的抚州地区第一家中外合资企业，为抚州工业园区引进外资企业开了先河，实现了全区招商引资中外合作兴办企业零的突破。

抚州地区对外经济贸易合作局，注重发扬团队精神，调动和发挥局机关全体干部和下属职能部门的工作积极性，有计划、有目的、有针对性地分期分批组织外经贸干部走出省门和国门，到外地参观学习和考察访问，让外经贸干部广交天下朋友，广开对外贸易经济门路，拓展外经贸市场，为全区招商引资工作牵线搭桥，为发展抚州地区的外向型经济多作贡献。

继抚州邦林竹制品加工有限公司在抚州正式落户后不久，在饶贵生及其所属团队的辛勤努力下，又有日本一家食品公司来到抚州地区工业开发区创办以竹笋为主要原材料的食品加工企业。后来，饶贵生还几经周折费尽艰辛，终于引进了一个香港老板来抚州地区创办以南丰蜜橘为主要原材料的食品加工业公司。

四十二、创办公司

“天行健，君子以自强不息。”1992 年 1 月邓小平同志的南方谈话浩荡的东风，将中国改革开放和现代化建设推向新的阶段。饶贵生面对四海澎湃的改革大潮和五洲震荡的开放大势，紧跟时代步伐，组织外贸干部到沿海发达地区外贸系统参观学习和考察，借鉴先进经验，深入研究如何开创抚州地区外贸工作新局面。他谋事创业，每走一步就想着怎样走好下一步，一步一个脚印放开胆量往前闯。

由于抚州地区有一批事业心强的创业者，投资环境优越和投资政策宽松，吸引了许多外资企业来抚州地区工业开发区入园发展。他们在承接沿海发达地区产业转移方面环境优良，条件优越，人员优秀，因而发展迅速，成效显著，陆续进入工业园区落户的企业达到 73 家。抚州工业开发区仅仅成立一年，就被省政府批准为首批省级开发区。从此，抚州工业开发区成为抚州地区发展开放型经济的重要载体和平台，成为名副其实的主攻工业主战场。开发区以建设“工业新区、城市新区”为功能定位，以发展加工制造业为主体，培育特色鲜明、环保达标的主导产业，配套发展关联产业和服务业，增强核心竞争力；全力聚集一批投资规模大、技术含量高、经济效益好、创税能力强的项目，形成主导产业、配套产业协调发展，产业优势明显，结构不断优化，基础设施和服务功能较为完善的工业新城区。经过几年的努力，开发区充满了蓬勃发展的活力和潜能。

饶贵生在开展对外业务工作中，组织和带领全局外经贸干部认真贯彻执行国家对外贸易、经济合作和外商投资的政策法规，制订并组织实施相关规定和管理办法，根据国际经贸形势和全区利用外资、进出口状况等实际情况，向地委、行署提出切实可行的解决办法和建议，制订对外技术贸易、服务贸易以及鼓励技术和成套设备出口的规定及管理办法，参与制定外商投资的发展规划。他撰写了《关于内陆地区扩大对外开放的思考与对策》，并公开发表，获得地委和行署的好评。他积极主动当好地委、行署的参谋，用足用活国家有关政策，加大对上规模、有潜力的出口企业的扶持力度，强化服务，帮助协调解决各种困难和问题，使全区发展外向型经济工作主攻工业，强势招商，狠抓利用外资和对外贸易进出口，通过招商引资，一大批生产型出口企业落户抚州，成为新的出口增长点。连续几年，抚州地区实际利用外资完成任务比和现汇率均排在全省前三名。

饶贵生由于立足本职，踏实工作，奋发向上，锐意创新，在外经贸工作中取得了显著的成绩 1994 年 5 月，经省、地组织部门考察，将他列为地厅级后备干部序列，进行重点培养和锻炼。

为了实实在在推动抚州地区发展传统的特色产业，进而促进全区外向型经济健康发展，饶贵生充分发挥地区外经贸局团队作用，把局班子成员分片包县，率领所分管的科室干部下县下乡开展调查研究，配合、协助和帮扶各县的有关乡镇发展当地的特色产业和外贸企业，指导各县工业开发区进行招商引资。饶贵生在指导各县抓外向型经济建设过程中，十分注重发展当地传统的特色产业和产品。

做大做强崇仁麻鸡产业。麻鸡是崇仁县特色优良地方鸡种，是全国十大名鸡之一。饶贵生向该县县委、县政府领导建言献策，把麻鸡作为强县富民的主导产业和农业产业化的龙头来抓，采取“政策优惠、因势利导、扶持发展”的措施，把小麻鸡办成了大产业。至 1996 年，崇仁县麻鸡生产专业户达到 1000 余户，麻鸡饲养量达 2000 多万羽，外销 1500 万羽，加工转化 500 万羽，后来，崇仁县利用低缓草山草坡，建立了 10 多个种鸡饲养基地和商品鸡散养基地，崇仁麻鸡产业被列为省重点扶持开发的农业产业。

扩大广昌通心白莲种植面积。据史料记载，广昌县种植白莲的历史有 1300 多年。但在 20 世纪 90 年代之前，广昌白莲种植面积总共只有 10000 余亩。饶贵生担任抚州地区外经贸局长以后，多次到广昌县调研，为广昌县党政领导出主意想办法，指导沿盱江河畔的乡镇开辟白莲种植基地，发展有机白莲、富硒白莲种植。几年下来，广昌县白莲种植面积达到 100000 万亩左右，是江西省白莲种植面积最大、科技含量最高的县之一，有百里莲花带景观，是中国白莲种植面积最广的地方。赋予“中国白莲之乡”的美称。后来，广昌白莲荣获江西省农产品“十大区域公用品牌”，被列入中国特色农产品优势区名单。

开发建立东乡出口蔬菜基地。东乡县长期以来以盛产红薯、芋头、萝卜等蔬菜闻名。该县王桥镇种植花果芋有上千年历史，至明代东乡人就已经掌握了采集花果芋种，进行人工栽培种植的技术，并总结出“种得其道，芋一亩可当稻六亩……”的经验。王桥芋头顶部有数圈粉红色的花芽而得名，整体呈卵圆形或椭圆形，顶部稍大，顶芽粉红色，表皮浅黄色，被多轮褐色棕毛，芋肉乳白色，易煮易熟，口感细嫩糯滑，香润可口，是当地传统特色蔬菜品种之一，适宜在山区含有机质较多深厚黏质土壤栽培。具有肉质细嫩、具胶黏性，营养丰富、质量优良、味道鲜美、无公害、耐贮藏等特点。花果芋中富含蛋白质、钙、磷、铁、钾、镁、钠、胡萝卜素、烟酸、维生素 C、B 族维生素、皂角苷等多种成分，具有益胃、宽肠、通便、解毒、补中益肝肾、消肿止痛、益胃健脾、散结、调节中气、化痰、添精益髓等功效。因其喜阴凉，芋农们基本是用当地的山泉水灌溉，花果芋整个生长期不用农药，是深受人们青睐的“天然无公害”食品，被收录在中国《蔬菜优质高产栽培技术》名录中。饶贵生积极指导和支持东乡县大力开发种植王桥花果芋特色产业基地，种植面积达到4000余亩，平均亩产1700公斤。引导、帮助东乡县建立速冻蔬菜基地，扩大蔬菜出口。东乡的花果芋、特色红薯、优质萝卜等除了销往北京、上海、深圳等国内大都市，还远销韩国、新加坡、日本等国家。

1994年，饶贵生为了做大做强抚州地区外经贸工作，发扬“敢为天下先”的创业精神，积极主动争取地委、地区行署和省外贸厅领导支持，将地区外贸局属下的外贸公司再度进行机构改革，正式申报进出口经营权，创办了抚州地区进出口公司。原江西省人大常委会许勤主任带领中国贸易促进会江西分会秘书长王筱萍等领导亲临抚州出席公司成立庆典大会，给予了极大的支持和鼓励。

抚州地区拓宽对外经济贸易销售渠道，是重要的创业之举。进出口公司拥有进出口自营权，可以直接从事和开展进出口业务。从此，抚州地区拥有了独立开展外经外贸外资业务的专门机构和专业人员，真正迈入了开放时代，走向了国际市场。

抚州地区进出口公司正式挂牌之后，在“开张营业”的第一个月就连续做成了两笔业务，经营活动取得了“旗开得胜”的成效。

可是，由于进出口公司刚成立不久，有关业务人员缺乏经验，在一次进口汽油业务的经营活动中疏忽大意，检测验收汽油质量时工作马虎，把关不严，导致发生了重大失误，从某外国贸易公司进口来的一艘大型油轮装载的上万吨汽油运抵九江港以后，才发现质量不合格，属于半成品汽油，不能验收入库。这一下可把抚州进出口公司给吓坏了，面临如此严重失误和巨大风险，进出口公司领导惊慌失措、束手无策，员工们人心慌乱、无从应对，公司总经理陈春发等有关责任人员诚惶诚恐、眼含泪水，感到无地自容，心情非常紧张。

饶贵生获悉此事以后，虽然心里也很紧张，但表面上并没有显现出来。他异常冷静、沉着，大脑在飞速运转着考虑如何采取有效措施紧急应对，化解风险，挽回损失。他经过反复思考，决定立即召开全局有关人员参加的紧急会议，商量、研究对策。饶贵生走进会场，见一个个都垂头丧气，他知道发生这一事件的本身就是给大家最深刻、最有说服力的教育，再对他们进行批评甚至讲教训之类的话纯属多余。因此，他没有说半句埋怨、责怪部属和责任人员的话，而是直奔主题，启发大家寻找化解风险的办法和措施。通过一番认真讨论和周密分析，最后，饶贵生拍板定案，决定抽调人员兵分三路，开展救助工作：一路迅速与国外公司取得联系，说明事实真相，要求该公司承担损失，为此必须要有最坏打算，作好上法院诉讼打官司的准备，拍照取证，并请油轮人员作证；另一路与九江炼油厂加工单位联系，尽快组织后续加工，使该批半成品汽油达标；第三路向九江炼油厂储存公司求助，将本批半成品汽油单独存入储存公司，等待后续加工，缩短占用油轮的时间，减少运输和储存费用。所幸的是那家外国贸易公司对自己所交的汽油质量心知肚明，做“贼”心虚，自知打不赢官司，没有走法律程序并愿意承担半成品油加工等费用开支。经过三路人马分头行动紧密配合共同努力，终于排除了风险，使该批汽油得到了妥善而又圆满的处理。不仅避免了公司遭受损失，而且还获得盈利近 50 万元。汽油经营事件得以妥善处理的实践证明，关键时刻临危不惧，沉着应战，科学决策才是解决矛盾、化解风险的正确选择。

俗话说：商场如战场。在处理这起有着巨大风险的紧急、严重事件过程中，饶贵生也和大家一样，从未经历过类似的问题，对他本人也是一场突如其来的考验。但是，他能够处险不惊，镇定思考良方妙策，体现了饶贵生的组织领导能力和果断处置风险的智慧，全局上下无不对他投以钦佩的目光。

英国作家狄更斯有一句名言：“顽强的毅力能够征服世界上任何一座高峰。”饶贵生不管走在什么样的道路上，无论遇到怎样的险情和逆境，都能走得坚韧稳健，化险为夷、遇难成祥。说明他具有很强的工作能力和良好的心理素质。他始终以一种不懈的精神，积极的态度，对待工作所面临的各种错综复杂的问题，能够从保护国家整体利益和维护群众切身利益出发，开动脑筋，迎难而上，妥善处理。饶贵生曾说：“我可以不做官，不敛财，但我一定要干事业。”正是这样一种强烈的事业心和责任感，才使得他在抚州地区外贸局主持工作短短几年中，创下了“输送第一批劳务人员走出国门赴日本务工、引进第一家中外合作企业——邦林竹业有限公司、办起第一家进出口公司——抚州地区进出口公司”等“三个第一”，从而打开了抚州对外开放的大门，开启了抚州走向国际市场的快车道。

第六章　商海搏风浪 足迹遍五洲

四十三、进入南昌

“且长凌风翮，乘春自有期。”饶贵生担任抚州地区外经贸局局长期间，正是中国内陆地区大力发展外向型经济的重要机遇时期。他乘势而为，积极主动当好地委、行署的参谋，致力于指导地方政府开发外向型特色产业，扶持、帮助农民因地制宜发展传统农业名特优产品，开拓产品外销市场，带动山区人民脱贫致富。

1994 年至 1995 年，抚州地区大力发展外向型经济，出口贸易大幅增长，重点是一般贸易强劲增长。从出口商品的构成看，仍然是以传统产品为主。主要包括农业、林业和养殖业传统特色产品出口。二是医药、化工产品和服装、纺织纱线出口增长较快。一方面说明世界经济正在加快复苏，国际市场对我国传统产品需求与日俱增，另一方面也有我国不断加大对劳动力密集型产品出口的政策扶持力度，取消或下调进出口关税产生积极的效应，尤其是抚州地区那几年大力实施产业招商、做大做强支柱产业，有力地促进了劳动力密集型产业的发展，带来了出口企业产能的扩张和产品的升级换代，实现了各县生产企业出口较快增长，出口质量明显提升。

饶贵生在对外经济贸易的工作岗位上，立足抚州地区，面向国际市场，奋力开拓创新，取得了良好业绩。他在工作实践中也锻炼了自身，开阔了眼界，熟悉了外经贸业务，积累了经商经验，提高了工作能力和水平。饶贵生当时并不知道，在他的身后，有许多双关切、器重的目光在时刻注视着他。抚州地委在 1996 年春节前夕，研究调整部分县党政班子主要领导的人选，他被组织上提名推荐放到第一线锤炼，拟任乐安县县长；与此同时，省外经贸厅领导尤其是省政府分管外经贸工作的副省长周懋平同志也在关心他的工作和进步……

周副省长是通过工作关系认识和了解饶贵生的。周副省长1965年7月从江西省委党校毕业以后，一直在金融、财贸系统工作，1980年任江西省商务厅副厅长，1984年任江西省外经贸厅厅长、党组书记，1991年3月提拔为江西省副省长、党组成员，分管外经贸、外事、侨务、对台、旅游、海关、商检、国际信托投资、国际经济技术合作及江西省派驻新港的机构。是一位对外经贸工作业务非常熟悉与精通的领导。周副省长对抚州地区的外经贸工作很满意，尤其对饶贵生懂专业，有干劲，能办事多有欣赏。

当时，省外经贸系统由于改革开放新形势的挑战，存在着不少新情况和新问题，省外经贸厅承受着繁重的出口创汇任务，压力山大。外经贸厅属下的29个进出口公司，有一部分企业由于缺乏年富力强又熟悉业务的管理人才，造成经营失误，经济亏损，企业面临倒闭关门的危险。作为分管省外经贸厅工作且又是从省外经贸厅厅长位置上被提拔的周副省长，比谁都了解省外经贸厅所存在的问题，在严峻形势下急需引进素质高、懂外贸、善管理、能干事的管理人才。因此，周副省长在他平时的工作中，一直留心观察、了解、选拔适合外经贸工作的管理人才。饶贵生通过自己的工作表现，顺理成章地进入了周副省长的视线，被列为选调省外经贸厅工作的人选之一。

1996年2月8日，正是农历腊月二十。临近春节，抚州地区行署办公室接到省政府办公厅电话通知：近日，周懋平副省长要来抚州地区慰问走访。地委书记、行署专员以及分管外经贸工作的副专员等领导同志都热情地迎接周副省长到来，身为抚州地区外经贸局局长的饶贵生也一同参加接待和陪同慰问走访活动。

在慰问走访过程中，周懋平副省长向地委书记和行署专员问道：“你们抚州外经贸局长饶贵生同志平时工作表现和实际工作能力如何？”专员回答说：“饶贵生担任局长这几年中，我们地区外经贸工作取得了斐然的成绩。该同志工作热情高，创业精神强，又有专业知识，懂外贸业务，有胆识，有魄力，是个很不错的干部。”地委书记接过行署专员的话，向周副省长汇报说："饶贵生同志，三年前就被省组织人事部门列为地厅级后备干部。目前就要开始县级领导班子换届，经地委研究，已确定饶贵生同志作为乐安县县长的人选，组织部门正在按有关程序办理任职手续。"

周副省长听到这里，心里着急起来，开门见山说："这个干部请你们暂时不要动，输送给省里，把他选调到省外经贸厅工作，请问你们的意见怎么样？"

地委书记和行署专员都一愣，不知如何回答。还是地委书记脑子转得快，大局意识比较强，于是马上说道："小局服从大局，既然周副省长相中了饶贵生，我们哪有不答应的道理？抚州能向省里输送干部是好事情，当然同意。"

周副省长听了，顿时哈哈大笑起来。吃中饭的时间到了，饶贵生也正好在场。当时还没有实行"禁酒令"，服务人员给每位领导斟了酒，地委书记便端起酒杯，招呼所有在座的人共同向周副省长敬酒，餐桌上洋溢着轻松、热情的氛围。

周副省长向抚州各位"东道主"回敬酒后，面带微笑说："贵生同志，你工作干得不错，今后你到新的单位，要更好地发挥专业特长，为江西的外经贸事业添砖加瓦，多作贡献。"

周副省长走后不久，省里的调令下来了，饶贵生被调到江西省对外经济贸易厅工作，任省纺织品进出口公司总经理。

饶贵生由南丰县城下到三溪乡工作，又从三溪乡调进抚州地区，再从抚州地区调入江西省外经贸厅，由一名农村基层干部变成了省城干部，真正实现了由"土"到"洋"的角色转换，并且由一个内陆型的干部转变成了经常出国、专门与"洋人"打交道的外向型专业干部。他从县乡到地市再到省城的跨越，被人们戏说成是"三步跨栏"，一时在抚州地区各个单位中传为佳话，更有意思的是有人把他的这次工作调动编成了新版本的"伯乐相马"故事。

饶贵生对自己这次工作调动并不感到惊奇，他原本从来没有去省城工作的念头，要不然，大学毕业分配时，他不提任何要求，也能安排在省城工作。他的初衷是"回报桑梓"，因而他主动申请，要求回到南丰县工作，为家乡建设奉献自己的绵薄之力。后来组织上调他到抚州地区外经贸局工作，他认为抚州地区仍然属于“家乡”的范畴，只是工作范围扩大了一些而已。如今他被调到省城去工作，虽然江西还是包含了他的家乡，但是距离更远了，自己今后要回一趟家乡就不大容易了。想到这里，饶贵生心里自然有些惆怅，有点故土难离之感，舍不得离开生于斯、长于斯、锻炼培养自己成长与进步的家乡。

然而，饶贵生毕竟是一个明白人，他知道自己能被调进省城，是很多人梦寐以求的，现在组织上选调他到江西省外经贸厅系统去工作，这是组织上关心他、重用他。决不能辜负组织上对自己的教育和培养，一定要用感恩之心报答组织、回报社会，满怀信心，经受考验，以新的姿态迎接新的挑战。

四十四、领衔纺织

饶贵生于 1996 年 3 月 28 日正式来到新的工作岗位——位于南昌市西湖区站前路六十号地段的江西省丝织品进出口公司。作为新任总经理，他知道自己肩上的担子沉甸甸，责任重大，使命光荣。眼下最要紧的任务是开展调查研究，尽快摸清公司人、财、物等方面的现状和公司所面临的形势与挑战。

经过调查摸底，饶贵生掌握了公司的基本情况。省纺织品进出口公司成立于 1985 年 6 月 20 日，属于国营全民所有制企业，共有干部职工 126 人。公司经营范围是纺织品进出口和代理进出口业务，包括来样来料加工和补偿贸易、销售易货贸易项下进口的商品。纺织品的种类很多，大致有以下五种：按其原料划分，纺织品有棉织品、毛织品、麻织品、化纤织品、棉麻混纺、棉涤混纺、棉毛混纺、麻涤混纺等；按其形状分，纺织品有纱、布（坯布，色织布即先染色再织布，印染布即先织布再染色）和服装（成衣）等；按纺织品的织布方式分，有梭织布、针织布、无纺布等；按其服饰的使用功能分，有正装（外套）、内衣、休闲装、运动装、时装、棉衣等；按季节划分，有春秋装、夏装、冬装等，承担着为国家出口创汇的任务。

当时的纺织品进出口公司面临的国际环境主要是：①中国尚未加入世界贸易组织，美国采用每年一审的方式，给中国最惠国待遇；②美国、欧盟对中国商品（包括纺织品、服装）实行“配额”管理，限额进口。国内环境主要是：①外贸业务采取独家经营，只有国营外贸公司才有进出口经营权，江西 29 家外贸公司，年出口额仅有 10 亿美元左右。②国家鼓励创汇，多创美元，曾经要求不计成本完成创汇任务，并相继出台了退税、补贴、奖励等措施鼓励出口。

由于历史的原因和计划经济体制的影响，省纺织品进出口公司长期处于“吃大锅饭”的状态，经营管理不善，效益连年亏损，特别是 1993 年发生了一笔重大经营失误，公司背上了沉重的包袱，债务累计多达 5 亿元。1995 年，有一位名叫余新河的香港商人，甜言蜜语引诱纺织品公司原总经理杨占春同志到香港炒外汇，致使公司蒙受风险，血本无归，损失了 2.5 亿元，从此纺织品公司跌入举步维艰的境地。更有甚者，公司里上上下下人心涣散，调走的调走，辞职的辞职，大家都失去了信心，公司一地鸡毛，经营陷入困境，濒临破产倒闭的状况。

饶贵生临危受命接手省纺织品进出口公司，确实是困难重重。尤其是公司的人员结构状况，令他忧心忡忡。懂外语、懂业务、肯干事、能干事的骨干力量不多。有的员工品质还好，能吃苦，但不懂外语和专业，难以独当一面开展业务工作，只能打杂做帮手。不少员工专业水平不高，工作责任心不强，情绪低落，不求有功，但求无过，缺乏创业精神。还有极少数员工品行差、素质低、私心重，经常给公司惹祸，添麻烦，造成经营亏损和烂账呆账。

面对公司的现状，饶贵生没有被眼前的困难吓倒。他坚信，没有越不过的山，没有趟不过的河，心若在，梦犹在，事在人为，只要下定决心，脚踏实地去干，就一定能干出一番事业来。他走马上任以后，经过一番认真分析和冷静思考，开始缜密地下起拿手的“三步棋”：首先，从调查研究入手，逐个找各部门负责人、业务骨干及员工代表谈话，了解每个人的真实想法和愿望、要求，交流思想认识与工作打算，联络感情，稳心人心，留住业务骨干；其次，从调查国际市场入手，针对国际纺织品市场发展变化情况，着重开发适应国际市场需求的新产品，全面开拓市场；第三，从理顺体制入手，从改革找出路。他迎着改革开放的大潮，冲破过去束缚太多、管制太死等各种条条框框。建立起了一套管而不死、活而不乱的目标管理责任制，实行“弘扬大公无私、杜绝损公肥私”的原则，放开手脚创外汇，干多干少看效益，改变过去“赚多赚少国家全保，业务费用实报实销”的吃大锅饭状况，实行按利润比例“分红”，采用“交足国家的，留下自己的”分配方式，充分调动员工干事创业的积极性。

他确定工作目标，积极寻找公司起死回生的出路，大胆引进先进的现代化企业管理制度，大刀阔斧地进行公司改制，放开手脚调整公司内设机构人员，将六个科室的人员全部打乱，采取竞争上岗，实行优胜劣汰，以达到强队伍、提素质、促扭亏之目的。在引进竞争机制、抓好内部管理的基础上，开拓国际市场，建立货源基地。理清经营思路，一是强化内部管理，防失误，降开支，多创汇，增效益；二是走出去，找货源，固基础，出国门，找客户，拓市场，拿订单，多创汇，增效益。基于这种理念和思路，着力抓重点，寻找突破口，办好开拓美国市场的分公司——江美贸易公司。组织业务人员大胆走出去，参加日本、法国、德国等各国举办的博览会；结识犹太人、日耳曼、日本等世界著名商人，努力开拓新市场。开启“做国际贸易，交世界朋友”新征程。

饶贵生以创新方式，果断地迈出公司改革的第二步：狠抓公司改制，在省纺织品进出口公司内部，成立“北方”“兆方”“八方”“顺方”四家子公司，引进现代企业管理制度，实行股份制，建立“董事会领导下的总经理负责制”。公司实现了由计划经济体制向市场经济体制转变，从体制上为公司的发展奠定了良好基础，增强了发展后劲，使原来计划经济条件下成立的国营外贸公司退出历史舞台。大家对公司改制后原国营公司自然消亡的这一举措，形象地评价为“生的伟大，死的光荣”。

公司改制以后，通过买断，身份置换，全体员工经受“从头再来”的考验，重新选择就业岗位和发展平台，改制后出现了明显的两极分化：一是部分素质较高，懂外语、懂专业、能吃苦的骨干精英，展翅飞翔，通过奋斗，若干年后都成了亿万、千万富商；二是综合素质较高、能及时补课学外语、肯钻研业务的人员能生存发展，衣食无忧，平稳过渡，事业有成；三是极少数素质较差又不思进取者，则转岗当保安或摆地摊，艰难度日。

在国际贸易经商过程中，饶贵生身体力行，坚持理论联系实际，“在干中学、边干边学”，既勇于探索、大胆实践，又善于总结，注重积累，在实践中熟悉和掌握进出口贸易的各个环节，不断提高自己的业务工作能力和水平。例如，在选择对外贸易（出口贸易）的贸易方式时，他坚持“五业并举，齐头并进”，即一般贸易、补偿贸易、来料加工装备贸易、进料加工、寄售代销贸易；而在确定成交（结算）方式上，又是采取信用证、汇付、银行保证函同时并用。他把开拓国际市场，发展对外贸易这一系统工程中在信用业务项下进出口业务履约基本流程，梳理归纳为“43 个环节”，即：1. 推销、2. 询盘、3. 发盘、4. 签订合同、5. 领核销单、6. 申请信用证、7. 开信用证、8. 通知信用证、9. 接受信用证、10. 指定船舶公司、11. 订舱、12. 申请检验、13. 取得检验证明、14. 申请产地证、15. 签发产地证、16. 办理保险、17. 取得保险单、18. 申请核销单、19. 核销备案、20. 货物送到指定地点、21. 报关、22. 办理出口通关手续、23. 装船出运、24. 取回提单、25. 发送装运通知、26. 备齐相关单据办理押运、27. 通知结汇给付收汇核销单、28. 核销、29. 出口退税、30. 议付后交、31. 拨付货款、32. 通知赎单、33. 付款、34. 给付单据、35. 到货通知、36. 交提单换取提货单、37. 申请检验、38. 取得检验证明、39. 报关、40. 缴税、41. 提货、42. 付汇核销、43. 退税。他把出口企业规避和防范国际贸易风险手段和途径的重点归结为“严把六关”，即：严把成交关、单证关、质量关、储运关、结算关、退税关等等。

饶贵生担任省纺织品进出口公司总经理的第二年，国际金融市场出现了起于东南亚、波及亚洲、影响全球的金融危机。那是在 1997 年 7 月 2 日，泰国将固定汇率改为浮动汇率，引起该国货币大幅度贬值，至 12 月中旬，泰铢贬值 48%。东南亚其他国家货币相继受到冲击，菲律宾比索、印度尼西亚盾、马来西亚林吉特和新加坡元均大幅度贬值。10 月以后，韩国金融危机骤起，韩元大贬，股市受挫，一些大公司纷纷破产。无疑，亚洲金融危机对省纺织品进出口公司所产生冲击和负面影响非常严重，公司在亚洲地区的出口成交量急速下降，出口创汇受到很大阻碍。本来，中国香港、澳门和日本、韩国、东盟、东亚等地区一直是江西纺织品进出口公司的主要对外经贸合作伙伴，由于金融风波货币贬值和经济不景气，公司和该地区的订单数量明显减少。出口额大幅度下降，经营效益明显下滑，公司难以为继，受到巨大压力，深感困难重重。

面对亚洲金融危机冲击，饶贵生深入调查，认真研判，沉着应对。他在新的形势和挑战面前，决定组织实施市场多元化战略，努力拓宽出口渠道，坚持一把钥匙开一把锁，针对不同的国家采取不同的措施和方法，优化商品结构，提高商品质量，改善售后服务，减少中间环节，增加公司出口创汇的回旋余地，不断提高应变和抵御风险能力。他组织大家在巩固原有骨干商品的同时，大力开发新品种，培植新的增长点和支撑点。为了开拓美国市场，江西纺织品进出口公司于 20 世纪 80 年代，组建成立了江美公司，选派了两名懂英语的业务人员长驻美国纽约开展纺织品进出口业务，由于多方面的原因，曾一度出现业务经营成效不佳，人员不稳定，大部分人都将公司当作移民美国的跳板，办理美国绿卡后，另谋发展，先后都离开了江美公司，1996 年饶贵生到江西纺织品进出口公司任总经理后，非常重视江美公司的发展经营情况。通过时任江美公司负责人余促进经理了解到，江美公司前任经理刚辞职离开，办理了美国绿卡，江美公司举步维艰，面临着三大困难和挑战：一是公司原来的出口业务被辞职人员带走了，公司出口量明显萎缩，难以为继，面临着倒闭关门的严峻形势；二是当时中国尚未加入 WTO，美国对来自中国的纺织服装商品实行配额管理，市场壁垒高筑，由于缺乏配额，大量中国纺织品被拒之门外，开拓美国市场困难非常大；三是国内总公司经营思想保守、封闭，对外派人员管控太严，不允许江美公司避开总公司从国内其他厂家组织货源出口美国，限制和约束了对美出口业务的扩大。

针对以上情况，饶贵生通过深思熟虑，反复琢磨和讨论研究，决定从经营策略、处理方式和经营品种等方面综合施策，引导和促进江美公司尽快转型，走出困境，站稳脚跟，良性发展，一是以开放包容务实的态度，调整管理方式，对江美公司实行目标管理。即完成国家的创汇任务，交足公司的应缴利润，然后由江美公司自负盈亏，包干经营，并且允许其从其他地方组织货源出口美国市场。以上措施的出口，迅速稳定了驻美人员的情绪，充分调动了他们放开手脚，大力开拓美国纺织品市场的积极性。二是适当增加部分出口美国市场的纺织品配额，支持江美公司转型发展，与此同时，积极鼓励和帮助江美公司通过南美、中东和东南亚等不受美国配额限制的国家和地区开展合作，间接开拓美国纺织品市场，进一步扩大出口规模。

实践证明，思路决定出路，思路活业务就活，江美公司余促进经理凭着炽热的爱国情怀、赤子之心，非常珍惜公司搭建的发展平台，重新振作精神，迎难而上，从业务转型，开发新品种入手。将公司的经营品种从原来单一的纱与布转变为纱、布和服装制成品并举。江美公司余促进经理针对美国劳务用工费用大幅攀升，制衣业大量转向发展中国家，公司原来经营的“两纱两布”传统出口产品用量明显减少，市场不断萎缩的新情况，及时调整经营思路和优化出口产品结构，通过不懈努力，先后开发了衬衣、牛仔系列、休闲服、睡衣、狗窝、狗褥子等成品出口美国市场，扩大了出口规模，在激烈的市场竞争中站稳了脚跟。刘忠标经理在公司的支持与帮助下，通过聘请著名室内装饰布设计师 Lay Yang，开发了宽幅高档沙发布和装饰布，采用中国生产坯布到美国印花的方式，开拓美国高档酒店市场，先后与浙江慈溪沙发布厂，江苏如皋色织布厂，浙江绍兴裕隆沙发布厂合作，开发生产高档沙发布面料。慈溪沙发布厂宋长员厂长积极配合，及时更新设备，引进意大利大提花织布机，成为当时中国最高档的装饰布生产厂家。在较短时间内，开发出了宽幅大提花装饰布。后来通过聘请犹太佣金商帮助推销装饰布，开发美国市场，将新开发的装饰布销售给了拉斯维加斯 Bally 酒店制作窗帘和沙发垫，卖价高达 $7.00/ 码，当年销售额就超过 400 万美元。迅速扩大了出口规模，取得了明显的经营效益，促使江美公司增强了发展后劲。同时，抓住国家调低关税和东南亚货币贬值的机遇，努力增加进口，提高公司的盈利水平，增强公司抵御风险的能力。他带领公司员工改变单一贸易方式，拓宽进入国际市场的渠道，在认真做好一般贸易的同时，积极开展加工贸易、易货贸易和进口贸易，通过“以进养出、以进带出”，尽力把业务搞活。改变公司加工贸易份额较小的落后状况，变坐商为行商，全方位开拓国际市场，抓好广交会、华交会和其他各种展销会、博览会的参会、参展与对外推销，克服东南亚金融危机所带来的负面影响。他在此基础上，强化管理，防范风险，规范操作，严格监控，防止、杜绝产生失误，提高营运质量和经济效益，使公司步入健康发展的轨道；认真审单，严格把关，尽量降低商品进价，提高卖价，增加毛利率；充实力量，建立责任制，采取过硬措施，催收国内外账款，减少管理费用开支，提高经营效率。

通过外拓市场，内抓管理，不仅稳定了人心，鼓舞了士气，创新了体制，而且打开了局面，拓展了市场，增强了后劲。他坚持重合同，守信用，公平竞争，优质服务，使外经贸进出口公司以及所经营的进出口商品在国际市场上获得了较好的信誉。公司通过千方百计开拓国际市场，加强调研，准确定位，努力实现市场多元化，克服金融危机带来的冲击和困难，出口额实现了新的增长。在饶贵生的带领下，省纺织品进出口公司先后与60多个国家和地区的200多家客户建立了直接或间接的贸易关系，国际市场空间进一步扩大，发展后劲明显增强。

另外，饶贵生面对公司诉讼案件多达18例，呆账烂账多，矛盾纠纷大，债台高筑的严峻形势。在抓好出口创汇主营业务的同时，还认真组织力量，综合施策，积极应诉，催收追回各类欠款和债务。饶贵生会同公司工会主席兼财务科长邹华同志一起找来企业管理部经理周忆军同志，听取情况汇报，研究部署具体方案和措施。周忆军是一名军转干部，时年40岁左右，身材中等个头，圆头大脸，天庭饱满，两眼炯炯有神，脸上常带微笑，给人和善稳重、成熟老练的感觉。周忆军工作上大局意识强，精明能干，无私无畏，对公司的每一个案件都分析得非常透彻，了如指掌，并能一把钥匙开一把锁，提出具体的有针对性的处理意见。通过不懈努力，为国家和公司挽回了上亿元损失。

一是对港商余新河案件提出了采用放长线钓大鱼的处理方式，由于香港较特殊，要是简单从事，直接起诉，余新河便会立即宣布公司破产、清盘，所欠纺织公司债务将血本无归。后来，经多方侦查了解，余新河在福建有投资项目，开办工厂生产服装、鞋、帽，规模较大，每年都有一定数量的经营利润。后来经双方协商一致，并签订了一份还款协议，余新河同意将福建工厂的经营利润偿还江西纺织公司的债务。每年300万元左右，五年共计还款1500万元，取得了良好的效果。

二是九江商人易广昌案子。易广昌是一名从体制内辞职下海经商人员，在与江西纺织公司合作开展纺织品出口业务时，采用欺诈手段，长期拖欠公司大量货款，逃避债务。周忆军同志明确提出对易广昌一案，采用诉讼方式追回债务。通过打官司，江西纺织公司胜诉了。但是，由于易广昌所开办的公司已经倒闭关门，账面上没有可供执行的资金，同时也找不到易广昌本人。尔后，经多方侦查了解，易广昌潜伏在珠海某个小区，而且里面有一套豪宅。周忆军同志便带领一名工作人员，蹲坑守候了近半个月，白天头顶烈日，满身汗流浃背；晚上埋伏在路边草地中，忍受蚊虫叮咬。直到有一天凌晨三点钟左右，易广昌果然现身了，周忆军立刻报警，当晚便将易广昌缉拿归案。经顺藤摸瓜，收缴到了豪宅一套，豪车一辆，价值共计近 300 万元，收获颇丰。

三是湖南商人刘文武一案。刘文武是一名典型的农民，小学文化程度，冒险意识强，凭着一股闯劲随大流下海经商，当年在深圳办公司，与江西纺织公司合作，通过香港出口“两纱两布”做结汇业务。最后，拖欠纺织公司近 500 万元货款，长期不还。周忆军后来了解到，刘文武是因为做“四自三不见”业务，骗取国家退税，被公安部门所侦破，锒铛入狱，判处有期徒刑。周忆军眼光敏锐，行动迅速，在公安部门对刘文武公司资产进行清盘时，捷足先登，迅速行动，采取果断措施，在深圳南天大厦小区收缴到商品房三套，当时市值近 300 万元，有效挽回了大部分损失。

周忆军同志凭着强烈的事业心、高度的责任感和精明的头脑、务实的作风，顶压力，冒风险，通过辛勤工作为江西纺织公司挽回了大量损失，受到大家的好评和称赞。后来，通过刻苦自学和参加严格的司法考试，成长为一名专业律师，长期工作在维护公平正义的司法战线上，为民排忧解难。

四十五、三赴美国

江西省纺织品进出口公司在美国纽约创办的江美贸易公司，是为了开拓美国市场而设立的。1996 年 10 月 12 日，饶贵生到任省纺织品公司不久，便组织推销小组远赴美国开拓市场。他和彭云娣副总经理带领王从容、杨曦东等业务员，首次来到美国纽约进行市场考察，深入江美贸易公司调研，指导布置工作，积极扩大开发新市场。

饶贵生等人通过实地考察和亲身体验，了解和掌握了美国市场有四大特点：一是购买力强，市场规模大；二是卖价高，利润丰厚；三是商人与银行信誉好；四是设限多，对来自中国的进口商品实行配额管理。经与美国商人“打交道”，他得出总的印象是：美国商人聪明、睿智、精灵，善于谈判，业务精通，信誉良好，但比较霸道，垄断经营。

纽约曼哈顿留影

饶贵生在担任省纺织品进出口公司总经理期间先后两次到美国考察，在调至江西外语外贸学院工作期间，再次赴美国考察高等教育，第三次来到纽约。他对自己“三赴美国”有着特殊的体会和感慨。

第一次（1996 年）赴美国经商考察，中国当时正处于改革开放的初创阶段。美国海关官员看见他的长相，满头黑发，大腹便便，拿过他的护照一看是来自中国大陆的商人，死活不相信，硬说他是“香港人”，饶贵生回话说“NO”；对方又说他是“中国台湾人”，他仍然争辩说“NO、NO”；对方还说他是“日本人”，他继续回话“NO、NO、NO”。可见当时美国人对中国带有明显偏见，海关方面最后说了一句带有讽刺意味的话：“Tsingtao Beer Is.Just So-So”（即“青岛啤酒马马虎虎”），让他感到一个国家落后就没有尊严，受人歧视。

第二次（1998 年）赴美国考察，由于中国改革发展速度加快，综合国力明显增强，加入 WTO 谈判也接近尾声，开放的大门越开越大，世界对中国有了新的认识。饶贵生入关时，美国海关官员看了他的护照是中国人，再没有异议的眼光和看法，只说了一句话：“The Great Wall Of China Is Marvelous”（即“中国，长城很雄壮！”）使他感受到一份宽慰和舒心，于是他便回了一声“yes！”

第三次（2012 年）赴美国考察，时间过去了 16 年，中国的改革开放已经取得了显著成效，经济实力大幅度提升，入关时海关官员看了他的护照是 China（中国），边看护照边签字盖章，非常顺利，并伸出大拇指赞扬说：“China is wealthy and beautiful！”（即“中国很漂亮，很富裕，很好玩！”）这让饶贵生顿时萌生由衷的高兴，当即回话：“Ok！ China Welcome you！”（即“中国欢迎你！”）是啊，中国发展了，强盛了，有地位，有尊严，可以挺起胸、昂起头走路，做中国人无比自豪、幸福。在美国的三次经历，使他心里感受由酸溜溜到爽歪歪，进一步激发了他热爱祖国的信心和激情，留下了美好的回忆……

四十六、巩固周边

纺织业是江西国民经济中的支柱产业之一，也是江西具有较强国际竞争力和出口创汇的产业。纺织产业健康稳定的快速发展对江西的经济建设、外汇储备、社会稳定等方面都具有非常重要的意义，尤其对解决普通劳动者就业和贫困家庭的生机问题做出了重要贡献。纺织行业在江西的出口贸易中历来占据非常重要的地位，连年保持较高的增长势头，崛起为全国第七大纺织品服装生产基地。

与中国相邻的东南亚大部分国家以及港澳地区和日本、韩国、印度、蒙古、俄罗斯等周边国家和地区，是省纺织品进出口公司的重要市场。东南亚地区共有缅甸、泰国、柬埔寨、老挝、越南、菲律宾、马来西亚、新加坡、文莱、印度尼西亚、东帝汶等 11 个国家，大部分与中国相邻。

饶贵生在实践中明确认识到，如何进一步巩固和扩大周边国家、地区纺织品出口贸易市场，增强江西纺织品的出口竞争力，提高纺织品出口在周边国家市场的占有率，是摆在省纺织品进出口公司面前的重要任务。公司非常重视利用参加每年两次的广州交易会、上海华东交易会、日本大阪博览会、新加坡进出口贸易博览会等机会，加强与周边各国纺织品进出口贸易商的联系。此外，分别组团赴港澳地区和东南亚国家与日本、韩国、印度、俄罗斯等国考察，洽谈业务，推销纺织产品。

饶贵生在抚州地区外经贸局任职期间曾先后到香港、澳门、日本、泰国、新加坡等地区和国家进行过市场考察与外经贸业务往来，对这些地方的对外经济贸易市场情况和特点有所了解，担任省纺织品进出口公司总经理以后，又多次赴香港、澳门开展纺织品出口经商活动，熟悉了港澳市场的情况和主要特点。香港和澳门都是转口市场，订单都是从世界各国拿来的（美国、欧洲），属于二手单，利润较薄，但由于交易数量大，资金周转快，创汇比较多。尤其是香港商人，非常勤奋，精打细算，待人热情，熟悉欧美市场，对各地的商品娴熟，谈判严密，善于盈利，属于“薄利多销”，创汇数额较大的出口市场。

通过对韩国市场的考察和经商往来，饶贵生掌握到，韩国市场对服装品进口有一定的需求和规模，对产品质量要求比较高，卖价适中，利润较薄，江西的服装品与韩国贸易出口有较大的互补性。韩国商人敬业、处事认真，鬼精鬼灵、有小聪明，业务熟练，非常了解中国。但是信誉度不是很好，有的甚至赚骗结合。该公司段林富科长与韩国商人签订了一单价值 200 万美元的夏布出口业务，分期分批交货与付款。在最后一单 12 万美金的交易中，韩国商人朴贞点采取诱骗手段，在没有付清货款前就通过某航运公司把货提走了。后来，公司费了九牛二虎之力，才把货款追回来了。

饶贵生曾多次赴日本考察与带队参加日本大阪进出口商品博览会。日本市场的特点是购买力强，卖价按质论价，质量要求高，进货数量小，分批进货，日本商人小心谨慎，头脑聪明，办事认真，业务精通，比较讲诚信。

印度市场特点是人口多，需求大，市场规模大，但管控严格，限制多，对商品质量要求比较苛刻，卖价一般，与印度人经商较难成交与突破，且有一定风险。

俄罗斯外经贸市场市场管理不够规范。一次，江西纺织品公司与德国商人沃福冈成交了一笔输往俄罗斯市场的旅游鞋出口生意，未料这个德国商人暗中买通了莫斯科海关，未付款便骗取到了提货单，把价值 70 万美元的旅游鞋全部提走了。这起骗货案足足打了一年官司，后来通过开户银行新加坡分行追回了这笔货款，该单业务才宣告结束。

在与俄罗斯进行贸易交往的过程中，饶贵生等人在莫斯科，参观了举世闻名的红场、雄伟的克里姆林宫、彼得大帝夏宫、冬宫和普希金广场，到坐落在韦尔纳茨基大街七号的莫斯科大剧院观看了白天鹅芭蕾舞剧，还观看了一场富有俄罗斯传统特色的马戏表演。

在红场，饶贵生还专门拜谒了苏联10月革命领袖列宁纪念堂，瞻仰了伟大的无产阶级革命家列宁的遗容，接受了一次深刻的马列主义革命传统教育和心灵洗礼。

四十七、挺进欧盟

庄子曰："鹏之背，不知其几千里也；怒而飞，其翼若垂天之云。"饶贵生率领纺织品进出口公司旗下的各个分公司在改革开放的大潮中急流勇进，锲而不舍地奋力开拓国际市场，路越走越宽。

欧盟市场一直是省纺织品进出口公司"两纱两布"、面料、服装等产品主销市场，并形成一定规模，有新老客户几十家，年出口创汇达2000多万美元。但是，欧盟市场份额仍然偏小，市场有待进一步开发。1997年5月，饶贵生率领北方公司经理陈晨亮、八方公司业务员李亚兵，赴英国、意大利、瑞士等欧洲共同体成员国进行了为期近20天的纺织品市场考察和产品推销，谋求新的发展。英国在欧洲是一个老牌帝国主义国家，人口比较多，购买力比较强，有较大的市场潜力。英国的毛纺制品质量属于世界一流，是省纺织品公司进口的首选对象。

在考察英国、意大利、瑞士三国过程中，饶贵生率领李亚兵、陈晨亮两位业务经理先后拜访了英国的福贝尔兄弟公司、意大利的米罗里欧集团公司和瑞士的星联公司等十几家新老客户。通过推销和考察活动，加深了对欧盟纺织品市场现状的了解。欧盟在全球属发达地区，人均收入很高，购买能力较强。纺织品是日常生活必需品，所以欧盟乃至整个欧洲市场对纺织品需求量很大，是个潜力巨大的市场。随着全球经济一体化进程加快，欧盟纺织品市场竞争也日趋激烈。尤其是欧洲对我国大部分纺织品实行配额限制，抑制了我国对欧洲纺织品出口规模的扩大。饶贵生通过分析，随着中国即将加入WTO，对纺织品配额限制逐步减少，最终全面开放市场，这将给公司提供新的发展机遇。因此，务必及早准备，为开拓欧盟市场打好基础。通过这次考察市场、洽谈业务，加强了与老客户的友谊，结识了一些新客户，成交了合同意向金额近 1000 万美元。

如何稳固提高江西纺织品在欧盟市场占有率？饶贵生开启全公司员工的集体智慧，要求各分公司采取“各个击破”的方法，利用各种途径向欧盟市场挺进。在 1997 年下半年和 1998 年，省纺织品公司先后组团前往法国、意大利、瑞典、西班牙和葡萄牙等国进行市场考察。

饶贵生还先后带队赴德国、芬兰、波兰、匈牙利等欧盟国考察贸易市场。对欧盟市场的情况有了比较全面的认识，他总结出欧盟市场的特点主要是：购买力强；质量要求高、出口商品卖价好，利润丰厚；多数欧盟国家商人信誉好；但欧盟对外贸易管理严格，设限较多，普遍实行配额管控。因此，公司考虑，由于欧盟是一个高质量要求的市场，必须努力提高出口产品的质量和档次，力争创出自己的品牌，才能在激烈的市场竞争中立于不败之地。同时还要增强服务意识，变被动报价为主动推销，以赢得客户、赢得市场。此外，开拓欧盟市场要抓重点、抓大客户，以点带面，逐步推进，着力提高在欧盟市场的占有率。

四十八、开拓非洲

饶贵生曾经组团带领时任南昌色织厂厂长陈卫东，公司业务经理宗伟民到非洲，考察开拓当地市场。通过深入实地考察，得知非洲区域广泛，是世界上仅次于亚洲的第二大洲。虽然地处非洲的国家和地区大部分比较贫穷、落后，但由于人口数量多，对纺织品的需求很大。基于这样的分析和考虑，省纺织品公司下定决心要开拓非洲市场。于是，在 1998 年下半年和 1999 年上半年，他先后两次组团并亲自带队，到西非地区的科特迪瓦、加纳、多哥、北非的摩洛哥和东非的肯尼亚以及南非等国家进行贸易市场考察。

饶贵生先后三次到非洲部分国家考察市场，掌握第一手资料。通过赴西非、东非及南非等多国考察，收获很大，结识了 30 多位客商朋友，并签订了10多份纺织品交易合同，尤其是通过走进非洲，了解非洲的贸易市场，加深了对非洲市场情况和主要特点的认识，非洲国家虽然大部分都与中国相距遥远，但是非洲人口多，纺织品贸易市场潜力很大。

饶贵生分析，中非经济贸易有很大互补性，非洲市场发展空间比较广阔。中国产品价廉物美，特别适合非洲消费者的需要，得到非洲人民的普遍喜爱。非洲是中国开拓市场多元化的重点地区之一。通过开拓非洲市场，中非贸易发展迅速，公司对非洲出口额超过1000万美元。

四十九、主攻美洲

饶贵生在工作中始终秉承“抢抓机遇，敢为人先，不怕困难，勇往直前”的理念，在外经贸的商海大潮中搏风击浪，排难而进。

饶贵生也非常重视加拿大市场开发，亲自率团赴加拿大拜访客户，开展出口商品推销工作。

饶贵生通过赴加拿大、墨西哥和巴西、阿根廷等南美洲国家开展市场调查，了解到美洲市场的主要特点是：贸易市场规模较大，纺织品进出口量可观，价格也不错，利润较好。尤其可贵的是南美洲市场信誉普遍良好。在后来的经商实践中，发现南美商人业务精湛，熟悉中国，善于谈判，信誉良好。江西纺织公司销往美洲的“两纱两布”及休闲服装很受欢迎，市场潜力较大。

五十、迪拜参展

2000年1月，由省外经贸厅熊承忠厅长亲自率领纺织、实业、技术等三家厅直属外贸公司饶贵生、万绍华、胡金根三位总经理及杨建华、赵中楠等业务人员组成的商务考察团，在20日至23日参加迪拜第十五届秋季国际贸易展销会。展销会结束以后，考察小组一路沿地中海考察了埃及、奥地利、希腊、土耳其等国家，历时 20 余天，接待、拜访了 20 多家客户，签订了 500 万美元纺织品外销合同。通过这次商务考察，既结识了新朋友，也巩固了老客户，不仅稳固了迪拜等中东市场，也进一步了解、熟悉了地中海市场，为纺织品公司面对即将加入 WTO 新形势开发中东地区新市场和新产品，增强公司发展后劲，打下了一定基础。

迪拜市场是一个既具有潜力和希望，又充满竞争性的市场。迪拜的免税区越来越多，涵盖从媒体到体育、金融和生物科技的所有领域。迪拜的市场没有外汇管制，非常开放，易于进入。进出口关税也比较低，只有 4％。纺织品进口无需配额，当地人民生活消费水平较高，购买力很强。正因为如此，迪拜展销会一直是国际知名展销会，参展国家和地区中有许多都在纺织品方面很有竞争力，比如印度尼西亚、伊朗、土耳其、韩国等。迪拜等中东市场是江西省纺织品进出口公司比较重要的市场，年贸易额在 1000 万美元以上，江西省纺织品公司精心准备了适销中东的新老品种，既带了销往中东的老产品——文化衫、睡衣，也准备了各种全棉和涤纶弹力布及大提花布等新品种，吸引了新老客户涌来江西纺织品公司摊位参观和洽谈，连续签订了 45 万码纯涤纶大提花染色布、2000 打 T 恤文化衫、120 万码 T 恤漂白府绸布和 20 万码全棉弹力牛仔布的合同。同时，饶贵生一行利用展销会外的时间主动拜访客户，商谈明年订单，还考察了迪拜最大的纺织品专业批发市场。该批发市场历史悠久，布行林立，品种繁多，周边中东国家及东欧、独联体和部分非洲国家的客商都来此大批量购货，纺织品需求量大，市场很有潜力。许多发展中国家凭借其国内便宜的劳动力，以价格低廉的中低档纺织品抢占迪拜市场，对江西纺织品公司形成很大的冲击，价格竞争十分激烈，导致该市场纺织产品卖价不高，效益不好，同品种价格比 1999 年下降 10%。在商品交易过程中，迪拜客户喜欢一手交钱、一手交货，很少开信用证，即使开信用证也只能开一半，另一半是 T ／ T、D ／ P、D ／ A 付款，有一定风险的付款方式限制了业务量的进一步扩大，发展新客户需要谨慎从事。

江西纺织公司组团参加迪拜秋季国际贸易展销会期间，还结识了中东地区伊朗、科威特、塞浦路斯、约旦、苏丹、毛里塔尼亚等国的参会商家。了解、掌握到中东市场优劣比较悬殊，发展极不平衡，但是中东地区纺织品贸易市场规模大，档次低，质量要求不高，然而信誉比较差，因此风险比较大。总之，中东市场潜力不小，问题不少，变数也大，需要认真对待，方能奏效。

在迪拜秋季国际贸易展销会结束之后，公司商务考察团顺道前往土耳其进行考察。

在土耳其，饶贵生一行经历了“白天在欧洲经商，晚上在亚洲入睡”的境遇。在土耳其第一大城市伊斯坦布尔有一海峡名叫博斯普鲁斯海峡，将土耳其亚洲部分跟欧洲部分隔开，东岸属亚洲，西岸属欧洲，该海峡是沟通欧亚两洲的交通要道，地理位置十分重要。

土耳其人口较多，市场潜力很大，但市场环境复杂，在纺织品贸易中，土耳其自身也是江西纺织品公司比较有力的竞争对手。土耳其由于地跨欧亚两洲，既属亚洲又插进欧洲，其纺织品出口至欧洲，受到免配额，免关税，自由流通的待遇。因此，只要江西的品种能打入土耳其市场，借此进入欧洲市场，市场前景非常广阔。土耳其纺织业中织、印、染不够发达，而江西纺织品公司的面料品种是土耳其的主要进口纺织品，很适销土耳其市场，饶贵生这次拜访的客户 WIDELINK，几乎每天从国内进口一个货柜的 T 恤坯布和人造棉坯布。这两个品种进口量占土耳其市场需求量 60%~70%。但是，土耳其对中国纺织品进口实行被动限制，配额单列，限制江西纺织品公司出口量。当时土耳其正在积极申请加入欧盟，土耳其加入欧盟之后，配额究竟如何单列，考察组密切关注。土耳其经济欠发达，市场环境复杂。同时市场竞争也十分激烈，与江西省纺织品公司有业务往来的 MASSE 公司正与江西纺织品公司洽谈 80 万码的 II 条灯芯绒，别的国内工厂报客户的价格比江西公司低 USDO.10 ／米来竞争此单。另一方面，土耳其自身也是纺织品出口大国，服装加工业比较发达，同美国关系不错，对欧盟和美国的服装出口量增长很快，对江西的服装出口形成很大冲击，但是在具体品种上有一定的互补性，仍然有开展合作的商机。

五十一、抢占中东

饶贵生一行考察访问团结束了对土耳其的市场考察，便来到埃及继续进行考察。埃及市场是一个以服装加工为主的转口市场，本身国内纺织品需求量不大，国内纺织印染工业不发达，以加工为主，与欧洲隔海相望，同美国关系也很好，输美、输欧服装配额也多，服装出口量大，因无配额限制，江西省纺织品公司的纺织品面料（如色织绒布、牛仔布）和服装在埃及很有市场。江西省纺织品公司此次拜访的 SHUTTLE 公司是埃及最早从事纺织品进口的专业公司，年贸易额 4900 万美元，90% 的服装是国内的货，但从香港进口，再转销欧美。由于省外经贸厅熊厅长高度重视，纺织品公司积极工作，该客户当即表达将尽快与江西公司开展业务的意愿。

2001 年 11 月，饶贵生率领省纺织品公司有关人员到奥地利进行商务考察访问。奥地利首都维也纳是音乐之都，漂亮的多瑙河之水奔流不息，每一朵浪花都撞击出悦耳动听的交响曲。考察组对当地演出人员的舞台时装市场进行了考察，获得了许多有用的信息，为开拓当地演出服饰市场打下了良好基础。尔后，考察组又来到希腊开展市场调查，希腊是文明古国，尽管市场不大，从中国直接进传统的纺织品服装文化衫、丝绸、棉麻织品还是很受欢迎，有一定的市场潜力。在希腊进行市场考察期间，饶贵生等人有幸通过中国驻希腊商赞处引荐中国——希腊商会主要成员举行富有成效的业务洽谈会，结识了一些很有合作前途的客户，其中一家客户负责 2004 年雅典夏季奥运会礼品的采购，仅印花文化衫就需采购 600 万件，还有其他陶瓷工艺品大订单。在熊承忠厅长盛情邀请下，希腊几家大客户约定次年 3 月前来江西考察下单。文化衫是江西省纺织品公司的出口强项产品，也是江西出口大宗产品，希腊大客户亲临江西考察，这将是开拓希腊市场的一个极好机会。

五十二、打入澳洲

2000 年 11 月 8 日至 19 日，饶贵生作为省政府经济贸易友好代表团成员之一，对澳大利亚、新西兰进行考察访问。朱英培副省长担任考察团团长，成员有省外办领导，省外经贸厅陈绵水副厅长，饶贵生、张更亮经理及江西纺织公司主攻澳洲市场的钟光华业务经理等。

代表团一行六人从广州白云机场乘坐中国国际航空的公司班机，经过六个小时左右的飞行，于傍晚当地时间五点钟，抵达澳大利亚悉尼金斯福德·史密斯机场。大家取完行李，办理完入关手续后，便乘坐中巴离开机场，前往已经预订好的酒店入住。

此时夜幕已经降临，悉尼市华灯初放，沿途的霓虹灯火树银花，璀璨夺目。公路上车水马龙，熙熙攘攘，处处呈现出一派繁荣、热闹、梦幻般的景色。由于长途跋涉，舟车之劳，大家既兴奋，又略显疲倦。到机场接站的是一名中年华侨王先生，司机兼导游，办事利索，态度热情，讲话非常得体，顺利地带领大家坐上了一辆丰田牌中巴。上车后，他便主动地向考察团介绍在澳期间五天的考察内容和行程安排。并说，从机场到下榻的酒店有 50 公里路程，由于时间较晚，建议大家先用晚餐，再入住酒店住宿。考察团人员入乡随俗，同意王先生的提议和安排。

经过 1 小时的行驶，便到达了用晚餐的饭店。当车子停稳后，王先生又对大家说：澳大利亚是文明发达国家，环境优美，社会秩序良好，也很安全。建议大家用晚餐时不需要将行李带进餐厅。于是，大家便空手走进饭店，只有饶贵生负责集中保管大家的护照，办事严谨、踏实，责任心强，坚持携带手提行李下车，还主动将朱副省长的公文包一并带进餐厅。晚上用餐的地方是一家华侨经营的中餐馆，大门口悬挂着两个大红灯笼，两扇大门旁贴着“生意兴隆通四海，财源茂盛达三江”的中文楹联非常醒目。餐厅墙壁上则挂着唐代王维《9 月 9 日忆山东兄弟》的诗句匾牌，还有孔子“有朋自远方来，不亦乐乎”的条幅。整个酒店都刷上了中国红色彩，看后让人感觉赏心悦目，非常喜庆，顿时旅途中倦意减轻许多。接着便开始品茶，上菜，用餐，大家高兴地品尝了一桌改良过的粤菜佳肴，颇有几分宾至如归的亲切感。

用完晚餐后准备上车前往酒店入住。当大家走近中巴时，突然发现车左边的玻璃窗户被人砸破，存放在车上的手提行李全部被盗，基本生活用品和少量美元现钞被洗劫一空，损失不少。只有朱副省长和饶贵生的手提行李当时带进了餐厅才毫发无损，躲过一劫，特别是大家的护照安然无恙，尤其难能可贵，要不然，没有护照就将寸步难行。当时大家目睹眼前所发生的意外事件，心情五味杂陈，非常沉重，一时不知所措，久久难以平静。活生生的事实证明，澳大利亚这个文明发达国家并不文明，也不安全。司机王先生为自己的言行而感到满脸羞愧，非常窘迫，不停地表示歉意。大家只好抱着无奈、沮丧的心情坐进中巴，驶向下榻的酒店，在遗憾和忧伤中度过了赴澳考察第一天的时光……

在澳大利亚访问考察期间，代表团考察了维多利亚州墨尔本市以西约 100 公里一家奶制品加工厂；出席波波郡市政府组织的大型业务交流会；参观了州议会大厦；出席了州政府情况介绍会；在南澳洲出席州工业及贸易代部长为代表团举办的业务座谈会；拜会了州总督；出席了州初级工业及资源部副部长为代表团举办的业务介绍会，并分别进行了纺织品、服装业务洽谈。澳大利亚是中国纺织品出口的传统市场，公司主要出口沙滩裤（西装短裤），每年高达 300 万件，市场占有率很高，并深受澳大利亚喜爱，该国每十个人中就有三个人穿江西纺织品公司出口的沙滩裤。澳大利亚出产的棉纺制品质量非常好。新西兰市场开放，商品丰富，人们追求商品的高档化，购物趋向名牌、时新。我国与新西兰自 1972 年两国建交以来，经贸关系一直稳定、健康发展。1991 年至 1999 年间，据中国海关统计，双边贸易额年平均增长率达 20%。1997 年 8 月，新西兰在西方国家中率先与中国就中国加入世界贸易组织双边市场准入问题达成协议。在新西兰考察访问期间，代表团成员出席堪特伯利省主席举行的大型业务介绍会；深入农户考察一农场主的经营情况；参观州林肯大学农业研究机构；考察远郊一奶牛场；拜访中国驻新西兰大使馆，受到陈大使欢迎，代表团向陈大使汇报了江西的主要工作。

皇后镇位于新西兰南岛南阿尔卑斯山脉高于海平面 310 米的瓦卡蒂普湖畔，是一个非常浪漫、美丽的城市，被称为世界各地的新郎新娘们最为向往的蜜月天堂。饶贵生随代表团参观皇后镇之后，启发颇大，到皇后镇参观的游客大都是穿一件 T 恤，一件短裤，加上球鞋或凉鞋。而那些 T 恤衫大部分是来自于江西省纺织品进出口公司推销的商品……

代表团成员根据各自的业务要求，对澳大利亚、新西兰的棉花、草种、矿产品原材料进口等专业性问题分别同澳、新对口部门进行交流、探讨和实地参观考察。与新西兰有关部门和公司达成了纺织品出口、奶制品进口和开展旅游交流等合作意向。

在澳洲访问考察期间，适逢澳大利亚、新西兰盛夏酷暑之时，南澳洲气温高达 39℃，但大家都不畏烈日炎炎，勇于吃苦耐劳，严格遵守纪律，虚心刻苦好学。在充分友好协商的基础上，代表团同新西兰堪特伯利省签订与中国江西两省间友好合作备忘录。饶贵生非常珍惜随省政府代表团到这两个澳洲国家考察的机会，带着纺织品进出口公司的职责和使命，自始至终认真参加参观学习和考察活动，收获甚大，受益匪浅。通过这次澳大利亚、新西兰访问考察，认识和了解了两个澳洲国家的经济发展、产业结构、生产水准、产品特征、人民生活水平和需求、与中国交往等基本情况，尤其是他分别与该两国外经贸官员分别进行交流与洽谈，初步有了相互了解，增进了友谊。回国以后，他即着手组织与该两国开展纺织品贸易活动，扩大出口份额。

饶贵生率领省纺织品公司团队在创汇创业的路上披荆斩棘，一路向前。他践行着“做外贸业务，交世界朋友”的宗旨，努力开拓国际市场，抢占外贸商机，广开出口门路，扩大出口规模，为国家多创外汇。

曾记得，饶贵生调任省纺织品进出口公司之初，该公司由于种种原因，亏损包袱沉重，人心不稳，士气低落。他锐意进取，迎难而上，大胆改革，重整团队，走出国门，开拓市场，果断地提出“巩固周边市场，扩大欧美市场，开拓非洲市场，抢占中东市场，打入澳洲市场”的经营战略，取得了实实在在的成效，稳定了人心，鼓舞了士气；创新了体制，增强了后劲；创收了外汇，创造了效益。一是化解了债务。公司自身支付债务利息，偿还债务 1 亿多元。二是利用国家坏账收购处置公司“长城资产公司”化解公司全部债务近 5 亿元，使公司重新轻装上阵。三是 5 年共为国家创外汇 4 亿多美元，创利润 1 亿多元。在他的带领下，通过大家努力拼搏，省纺织品进出口公司走出了困境，公司像一艘开足马力的航船，在国际商海的大潮中扬帆起航，乘风破浪，驶向成功的彼岸……

饶贵生担任省纺织品进出口公司担任总经理期间，在对外经济贸易的工作实践中，不断总结正、反两方面的经验和教训，还先后撰写出了《关于亚洲金融危机的几点思考》《纺织业如何应对“入世”的挑战与冲击》《试谈加快我国中小型企业开拓国际市场步伐的策略》《我国应对国外反倾销的基本对策初条》《中小企业在当前贸易出口中的困难和挑战》《如何积极稳妥地开拓国际市场》《开展区域经济协作 加快内陆地区外向型经济发展》等研讨文章，并分别发表在《求实》杂志和《国际商报》《对外贸易实务》《国际贸易论坛》《江西国际经贸》等刊物上。

第七章　潜心办教育 创建新学院

五十三、投身教育

饶贵生身为国家公务员，是一名正处级干部，而且早已是组织部门在册的副厅级后备干部人选。1999 年 5 月，中共江西省委组织公开招聘副厅级领导干部竞聘活动，饶贵生在时任省委组织部刘钢秘书的提示下，决定报名参加竞聘江西省对外经济贸易合作厅副厅长职位，笔试和面试成绩均合格入围，其中在笔试答题中“三个实”（摸实情、想实招、求实效）的答案获得满分，受到组织部门好评。后来经政审考察都合格，被列为可以提拔使用的副厅级干部人选。但是，由于多方面的原因，在这次公开招聘活动中，饶贵生当年没有被正式录用。

饶贵生参加完竞聘活动之后，并没有把能否被提拔重用放在心上。他记住一句古训：“求官不到秀才在”，竟聘一结束便投入到公司的正常业务工作之中，带领公司员工继续开拓国际市场，扩大纺织品出口，这一年公司获取订单更多，出口创汇一跃越过 1 亿美元大关，为江西的开放型经济发展做出了积极贡献。

1999 年 9 月，饶贵生以近期可提拔使用副厅级后备干部身份被省委组织部选调到省委党校第十五期青年干部培训班学习，为期四个月，并被省委组织部指定为青干班班长。能有机会参加省委党校学习，他倍感高兴。于是，安排好公司里的各项工作，如期走进了江西省委党校投入紧张有序的学习之中。省委组织部选派了俞银先主任担任该班的辅导员，负责管理和指导班上的学习活动。另外，省委党校安排了有丰富管理经验的王三喜老师担任班主任。

饶贵生身为青干班班长，不仅学习上积极主动带头，更为主要的是管理班上的事务，诸如组织纪律、学习讨论、劳动卫生等等；主持班上的活动，诸如国庆活动、墙报园地、主题班会、专项调研等等。他严格要求自己，关心帮助他人，遇事模范带头，用自己的实际行动影响和带动其他学员，配合和协助党校领导和老师开展各种教学学习活动。

在培训班结束前，饶贵生结合所学的理论知识和江西当时的省情，决定组织全班学员，围绕如何加快县域经济发展开展专项调研活动，并认真撰写出一份有一定参考价值的调查报告，提供给有关部门决策时作参考。

通过近半个月的调查，饶贵生根据各小组对分宜、南丰、鄱阳和南昌县等实地调查所掌握的情况进行反复分析研讨，进一步认识到县域经济在国民经济构成中具有基础性、综合性、交叉性和独立性等特点，是整个社会经济的有机组成部分，在社会发展中具有不可替代的重要作用。古人云："郡县治，天下安。"县一级处在承上启下的关键环节，是发展经济，保障民生，维护社会稳定的重要基础。发展县域经济具有十分重要的意义。

通过实地调查，同时发现当时江西的县域经济发展面临以下带普遍性的困难和挑战。一是思想观念落后，开拓创新意识不强；二是经济总量偏小，自我发展能力较差；三是产业结构单一，发展后劲不足；四是专业人才匮乏，缺乏核心竞争力。

尔后，饶贵生召集全班学员针对以上存在的问题和挑战，开展畅所欲言大讨论，大家纷纷发言，谈看法、提建议。梳理总结出了以下关于加快县域经济发展的对策和建议。第一，改革创新，激发县域经济发展活力；第二，扩大开放，大力引资，增加投入；第三，主攻工业，补齐短板，产业强县；第四，重视人才引进与培养，认真实施人才强县战略；第五，优化发展环境，坚持走持续，稳妥，高效发展之路；第六，多办民生事实，取信于民，增强群众的获得感，幸福感。

最后，在毕业汇报总结大会上，饶贵生代表全班学员，宣读汇报了调研报告内容。由于该报告主题明确，分析透彻，内容丰富，措施针对性强，收到与会听取汇报的省委组织部主要领导和省委党校的专家学者一致好评和称赞，培训班交上了一份合格的答卷。

省委党校学习四个月时间既长又短，虽然是离职学习，但饶贵生是省纺织品进出口公司的总经理，身为单位的“一把手”，心里确实放不下公司的业务。他知道公司的业务工作头绪多，任务重，压力大，如果有一笔业务衔接不上，不仅影响创汇任务完成，而且影响国际声誉和信用甚至会造成重大损失，他想，不能因为自己离职学习而使公司的创汇受影响。好在地处南昌市站前路的省纺织品进出口公司距离省委党校不远，只有 1.5 公里路程，饶贵生利用双休日和晚上的时间，经常召集公司的相关干部和员工安排、协调工作，及时解决公司经营中的实际问题。

四个月的学习时间匆匆过去，收获颇丰。既加强了党性修养，又丰富了政治理论知识，也提升了自己的组织协调能力。最后，饶贵生被授予“优秀学员”称号。

省委党校青干班学习结束以后，饶贵生一天也没有休息，在结业的第二天便返回到省纺织品公司上班。他与公司里的其他领导成员几个分公司负责人一起，在新世纪第一缕曙光来临之际，利用元旦假期休息的时间，讨论研究和制订 21 世纪第一年——2000 年的工作目标、计划和实施方案。

2000 年 12 月中旬的一天，省对外贸易经济合作厅主要领导找饶贵生谈话，告诉他：省委、省政府已作出了加快发展高等职业教育的决定，着手开建“昌东”“昌南”两个高校园区，扩大高校办学规模，提升办学层次，增加高校数量，提高办学水平，将一批国家级重点中专学校升格为高等职业院校。外经贸厅熊承忠厅长对他说：“你相继在抚州地区外经贸局和省纺织品进出口公司工作十来年，应当了解省外贸系统专业人才紧缺的状况。省委、省政府有关领导明确指示，为了适应我国加入 WTO 世贸组织、扩大改革开放的新形势，发展外贸职业教育，培养外贸专业人才，是全省教育工作一项迫在眉睫的紧要任务。你读的是财经大学，学的是贸易经济专业，又在外经贸系统工作了多年，你既有扎实的专业理论知识，又有丰富的实践经验。目前，外经贸厅属下的江西省对外经济贸易学校时任校长杨春同志自费出国留学深造，校长职位空缺，经厅党组集体研究，决定把你调往该校担任校长，主抓人才培养工作。现在征求你本人的意见。”

饶贵生待厅领导讲完以后，便爽快地回答说：“既然组织上信任，我愿意服从组织安排。”

他自从大学毕业走上工作岗位以来，先后被组织上调往多个单位工作，每走一步都是领导安排的，自己从未提过任何要求。平心而论，他自从高中毕业后留校当代课老师起，就爱上了教书的职业。他曾经对教过他课程的所有老师都进行过分析与比较，对每位老师的教学方法特别是在教书育人、培养学生方面进行过研究，深深地感到教书是一门很高尚、受人尊敬、很有意义的工作，教师是“人类灵魂的工程师”。所以，他早就有过打算：等到“退居二线”或者退休以后，找一所学校去当教师，发挥自己的余热。他没有想到，当教师的机会来得这么快，比自己的愿望提前了十几年……

他也不是没有思想顾虑。他一直热爱教师职业，但当校长与当老师不一样，当校长责任重大，使命光荣。省外贸学校和省纺织品公司一样，同属于省外经贸厅管辖的单位，20 世纪 80 年代是学校的黄金年代，进入 90 年代后，国家正由计划经济向市场经济过渡，部分中专学生还能分配工作，而外经贸依然是让一般人眼热的行业之一，学校的生源能得到保障。但是 1996 年之后，国家对大、中专毕业生取消了统一分配的政策，之前只要考上中专，学生毕业以后国家“包”分配工作有铁饭碗，现在完全改变了，毕业生要自己找工作，情况不同了，很多人都不愿读中专。这所学校不但行政色彩日渐剥落，招生也逐年跌入低谷，面临着严峻挑战。从眼前的局势可想而知，自己到这所中专学校去当校长任务多重、压力多大。不过，饶贵生决不会轻易开口讲“困难”二字，这不是他的性格。当年南丰县委派他到三溪乡担任党委书记，那时原三溪乡主要领导全部“烂”掉了，乡党政班子瘫痪，他去当一把手，没有说一个“难”字；后来升任到抚州地区外经贸局工作，实际上也是一个“烂摊子”，他也没有说一个“难”字；五年前调他到省纺织品公司来，真是不来不知道，一来吓一跳，纺织品公司更是一个包袱沉重、困难重重的企业，结果被他搞得红红火火。现在组织上要派他到省外贸学校去当校长，听说该校还比较平稳，只是为了加强培养外贸人才的需要，他能说“不愿去”吗？恰恰相反，他是一个乐于挑战自我、“越是困难越向前”的人！

饶贵生回顾自己在江西省纺织品进出口公司五年多来商海弄潮，深感收获很多，开阔了视野，结交了朋友，增长了见识，锻炼了毅力和意志，学会了各种谈判艺术，积累了许多经商经验。他想，要是能将自己的经商经历和收获、体会传授给学生，为社会培养出更多的商界骨干和精英，是一件多么有意义的事情啊。

此刻，饶贵生又想起了厅领导告诉他的信息，省委、省政府已作出了加快发展高等职业教育的决定，扩建“昌东”“昌南”两个高校园区。“昌东”位于南昌国家高新技术产业开发区内，高新开发区创建于1991年3月，1992年11月被国务院批准为国家级高新区。高新区位于南昌市东大门，区域面积286平方公里，下辖昌东镇、麻丘镇、艾溪湖管理处、鲤鱼洲管理处，已开发产业区面积约70平方公里。全区各类型企业17858户，其中规上工业企业180家，高新技术企业409家；世界500强、中国500强和民营企业500强总计23家，总部在高新区的上市公司16家。在这样一个江西省唯一的国家级高新技术产业开发区内，在昌东镇风景秀丽的瑶湖之滨开辟一块高校园区，无论在自然环境，地理优势等诸多方面都是得天独厚的。他想，他到任江西省对外经济贸易学校以后，一定要抓住机遇，顺势而上，不仅要把中专升格为高职，而且要抢占先机，把学校建在南昌家高新技术开发区内，贴近高新企业。

2000年12月26日，关于饶贵生同志调任江西省对外经济贸易学校党委副书记、校长、法人代表的通知下发了。他又一次开始实现全新的角色转换。尽管时令已经进入严冬季节，赣鄱大地寒风凛冽，此刻，在江西省对外贸易学校的校园中，却是人声鼎沸、暖意融融。上午十时许，学校召开全体教职工大会，正式宣布饶贵生担任该校校长，接着饶贵生在大会上作了饱含深情的表态发言，讲了三点意见：一是服从组织安排，乐于从事教育事业，愿意到外贸学校来工作；二是外贸学校通过多年的奋斗，具有良好的发展基础和潜力；三是本人一定忠于职守，勤奋工作，把学校办好，把蛋糕做大，促进学校更好更快的发展。听了饶贵生满怀激情的讲话，与会教职工信心倍增，群情振奋，对新任校长的到来充满期待，表示诚挚的欢迎。

饶贵生怀着对教育事业的赤胆忠心走进了江西外贸学校。

五十四、创新办学

承揽前驱奠基业，启推后继展宏图。饶贵生满怀着对教育事业特有的基因和情怀，来到江西省对外经济贸易学校，挑起了校长的重担。

事实上饶贵生早已清楚，发展外贸教育，是我国加入世贸组织、扩大对外开放新形势的迫切之需，省委、省政府作出加快发展高等职业教育的决定是非常正确，他决心全力创造条件，做好充分准备，从明确办学方向、指导思想和发展愿景入手，一定要尽快将省外贸中专学校升格为高等职业学院。

江西省对外经济贸易学校创建于 1964 年 7 月，经省人民委员会批准，建立江西省外贸职业学校，苏震任首任校长。校址设在南昌市三经路原江西省财贸学校内。所需教室、宿舍及大部分教学设备向财贸学校借用。1964 年，学校开办一个综合业务班，招收初中和高中毕业生 40 人，学制 3 年。1965 年，开办综合业务、财会、计划统计三个专业班，各招收 40 人。1982 年 4 月，经省政府批准，重建江西省外贸职业学校，校址设在南昌市北郊双港校区。同时，成立江西省外贸干部学校。1985 年 2 月，分别更名为江西省对外经济贸易学校、江西省对外经济贸易干部学校。为了加强对外贸职工的培训，5 月，又成立江西省对外经济贸易职工中等专业学校，三校由一套班子领导、管理，成为全省培养中等经贸专业人才的基地和江西省经贸系统干部职工的培训中心。并在南昌市石泉建新校址，一边筹建，一边办学，开始向江西省经贸系统招生，创办三年的外贸职工班。1986 年开始面向社会招收应届初中毕业生，创办学制三年的外贸普通班。开设有外贸业务、外贸财会二个专业。1990 年 7 月，江西对外经济贸易学校迁入青山湖校区。

饶贵生在来校报到之前就对江西外贸学校的发展史作了一些了解，掌握了不少第一手资料，知道时任学校党委书记温诒忠是一位长期从事教育工作的行家里手。但是，学校内部的基本情况特别是当前的办学状况究竟怎么样？他却知之甚少，一切得从调查研究开始。这天外经贸厅有关领导送饶贵生到外贸学校报到，上午举行了简短的见面会之后，下午他就主动找温诒忠书记谈心。温诒忠书记热情友好地说：欢迎饶校长来学校工作！两人握手寒暄过后，先是饶贵生推心置腹敞开心扉跟温书记交流，坦诚畅谈自己的真实想法：本人被厅党组派来外贸学校工作，有三点考虑：一是热爱教育事业，二是外贸学校办学基础很好，发展前景广阔；三是温书记为人正直，有较丰富的办学经验，是一位好兄长，与温书记合作共事，一定会心情舒畅，工作愉悦。紧接着，温诒忠书记谦逊地说：我正准备找你汇报学校情况的，没想到你雷厉风行先找我来了。我现在就将学校的近况作个简单介绍：

江西省对外经济贸易学校是一所省外经贸厅办的国际商务及外语类专业学校，坐落在南昌市南京东路 483 号。学校占地面积 132 亩，建筑面积 4 万多平方米。1991 年与联合国开发计划署 (UNDP) 合作，成立了江西省国际经济贸易人才培训中心，培养高级外经贸人才；1993 年与上海外贸学院合作设立了“江西函授站”，培养外经贸大专学生。学校目前设有国际贸易、国际金融、外贸财会、英语、国际市场营销、国际旅游等 6 个专业，现有在校学生 2000 人。学校现有教职工 140 人，其中专任教师 70 人。专任教师中有高级讲师 11 人，讲师 50 人。专任教师全部为本科以上学历。1993 年至 1995 年间，联合国开发计划署 (UNDP) 先后派了八位外籍专家来我校进行短期教学，1998 至 1999 学年间，学校聘请英籍语言教师一人。学校拥有 90 年代先进水平的校园网、电视制作室、演播室、歌舞厅和闭路电视系统；有包括健身房、练功房、网球场等完备的运动场地；有 3 个语音实验室和两个计算机房；有程序完整、设备齐全的国际贸易实验室和财会实验室；学校图书馆藏书 113000 册，并建有先进的电子图书阅览室，收藏图书光盘 2000 多张。学校以“严谨、求知、开拓、创优”为校训，本着“一切为学生服务”的宗旨和“劝以教人，诲人不倦”的精神，坚持质量，从严治校，突出“外语、国际商务、电脑操作”三强特色。近几年来学校已为本省及广东、海南等沿海省市外经贸企业和其他行业输送了各种专业的毕业生数千人，大多数已经成为工作单位的骨干，许多毕业生因工作出色荣获“创汇能手”等多种称号。学校办学水平和办学质量为社会各界广泛认可和肯定。学校在省教委 1998 年 5 月组织的中等专业学校办学水平评估中被评为 A 等二级，已达到省部级重点中专标准。学校近几年来先后被南昌市人民政府授予“市级文明单位”“学校绿化先进单位”“社会综合治理先进单位”“安全小区”称号；连续多年被团省委授予“学校团的工作先进单位”；被省经贸委授予“‘八五’期间干部教育和培训工作先进单位”。1997 年 12 月被国家人事部、国家外经贸部联合授予“全国外经贸先进集体”，成为其中的教育系统代表。1998 年，学校被国家人事部、外经贸部授予全国外经贸系统先进集体。1999 年 4 月在教育部举办的中等职业教育办学体制改革工作研讨会上，学校作为江西省两所具有代表性的学校之一被省教委推荐给大会参观考察，受到国家教育部职教成教司领导和与会各省市职教界代表的高度评价。2000 年 5 月，江西省对外经济贸易学校获得教育部授予的“中等职业学校（中专）国家级重点”称号。

饶贵生听完介绍后说：很好，温书记辛苦了。学校能取得这样的成绩，是全校教职员工多年奋斗的结果。

饶贵生顺势问道：不知目前学校教职员工的思想状况如何？

温书记态度十分坦诚：总的看来，教职员工队伍的精神状态还好，工作积极性较高，绝大多数人肯干能干，有德有才，爱岗敬业，有强烈的事业心，想加快发展升格办大学。但是苦于缺乏资金投入，校园面积过小，学校发展存在许多困难和瓶颈。

饶贵生听了温书记的简短介绍，心里沉甸甸的，感到学校要加快发展，压力确实很大。饶贵生在此后的近半个月时间里，分别找各个部门的负责人、学校内设机构负责人和相关教师代表谈话，使他对外贸学校有了比较全面的了解。他经过一番准备，便主持召开第一次全体中层以上干部参加的校务会，公布他的“施政纲领”。

他讲话声音洪亮，口齿清晰，不过普通话不太标准，时不时地夹带着他老家南丰的口音，但并不影响讲话的效果。他的口头表达能力非常好，并且讲起来总有一股激情，抑扬顿挫节奏掌握得好，很有感染力与鼓舞力，吸引和打动着与会的每一位同志。

他简略讲了学校近年来所取得的成绩和目前状况，条理性地归纳了学校存在的不足，并分析了所存在问题的主、客观原因，然后，着重讲他今后的打算。学校要加快发展，必须破除两个瓶颈，一是尽快筹集建校资金，扩大校园面积；二是提升办学层次，将中专升格为高职院校。因此，我们必须从现在起，就要转变思想、改变校风、夯实基础，做好转型升格的各种准备工作。

他说：转变思想，就是冲破过去存在的陈旧、保守、墨守成规的思想观念，大力推进教育改革，增强创业、创新意识；改变校风，包括教风、学风、考风，一方面建立和完善一套行之有效的规章制度，真正实行奖优罚劣、优胜劣汰的机制，另一方面加强对学生的政治思想教育和管理，一切从为国家培养实用人才出发，提高学生毕业后就业的竞争力；再则，夯实基础，努力实现办学体制的根本转变，以“建特色学校，育优秀人才”为导向，走市场之路，筹集建校资金，进一步加大教育投入，扩大办学规模，拓宽办学渠道，逐步把学校建成品牌学校；转型升格，利用三年左右的时间，把学校升格为高等职业学院。

饶贵生讲到这里便停顿了下来。他扫视了一下会场在座的每一个人，发现许多人都露出惊讶的脸色，个别人在交头接耳小声议论着什么。他接着说：最近我得到信息，省委、省政府为了扩大高校办学规模，增加高校数量，作出了加快发展高等职业教育的决定，着手创建“昌东瑶湖”和“昌南前湖”两个高校园区，将一批国家级重点中专学校升格为高等职业院校。同志们都已知道，本人是从省纺织品进出口公司调来的，所以熟知我们省外经贸系统专业人才非常紧缺。外贸学校就是专门培养对外经济贸易人才的专业学校。中国即将加入世界贸易组织，“入世”以后，对外开放的政策更加会深入、广泛，我国的经济会更好地融入国际经济社会，更好地利用国际资源和国际市场的优化资源配置功能，发展我国的社会主义市场经济。因此，我们这种外向型专业的学校一定会受到省委、省政府领导的高度重视。能不能升格为高等职业学院，就看我们能否通过努力工作达到升格的条件和要求，这就完全取决于在座每一位的努力与否。所以，我们要抢抓机遇，谋事创业，打好基础，创造条件，争取早日实现学校转型升格。

饶贵生停顿了一会儿，继续说道：今天是 2001 年的 1 月 12 日，学校马上就要放寒假了。请教研处的同志加加班，抓紧起草一个《江西省对外经济贸易学校 2001 年至 2005 年发展规划》，并争取早日完成。尔后立即启动购置土地扩大校园面积的工作，为升格高职院校创造条件、打好基础。另外，也请办公室的同志做好安排，拟定一份奖优罚劣、优胜劣汰且具有操作性强的目标管理责任制细则及其考核办法，在校务会上讨论通过后，2001 年下发各部门照此执行。

校务会开得紧凑而热烈，把许多中层干部的情绪鼓动起来了，让大家开阔了视野，增强了信心，看到了学校发展的前景和希望……

五十五、学校升格

饶贵生总是以饱满的热情，旺盛的斗志，面带微笑迎接工作中的每一个挑战。在他的亲自带领和研判打磨下，学校的《五年发展规划》经过反复讨论、数易其稿，终于确定下来了。他的工作作风从来就是这样，凡是一天能够完成的事，决不会拖到第二天。他上班坚持不迟到，不早退，从参加工作的第一天起，几十年如一日地一直坚持到现在。他认真对待每一项工作，在繁忙的工作中，每一次会议，每一次讲话，每一项报告，都精心准备，提前拟好提纲。

饶贵生至今还记得，到任外贸学校后下班级听的第一节课是王辉老师所讲的凡·高的《向日葵》。王辉是一位中青年骨干女教师，时年芳龄 25 岁，正值青春年华时期，既充满朝气与活力，又具有艺术气质，兰心蕙质，明眸皓齿，风姿绰约。为了讲好本堂课，她做了精心准备，特意穿了一套中黄色职业套裙，与向日葵的颜色非常般配，既大方得体又漂亮妩媚。她怀揣着既兴奋又略带紧张的心情走上讲台，以其良好的个人形象一下就吸引了全体听课师生的眼球。然后，她娓娓道来，口齿伶俐地开始讲课，介绍了著名的荷兰画家凡·高的艺术生涯和特点，详细讲解了油画《向日葵》的深刻含义和艺术特点。《向日葵》是凡·高在阳光明媚的法国南部创作的。他用闪烁着熊熊火焰，满怀炽热的激情，创作出了富有灵性的作品，他笔下的《向日葵》不仅仅是植物，而是带有原始冲动，鲜活的生命。给读者带来无限的遐想空间与美的享受。王辉老师讲课的结束语是："我希望每一个人都能欣赏生活中随处可见的艺术，同时也能通过艺术熏陶享受生活的美。"

王辉老师通过三尺讲台，讲授凡·高的油画《向日葵》，给大家奉献了一顿艺术美餐。听课师生被王老师的讲课激情，精辟论述和良好形象所吸引和感染，留下了美好难忘的印象。最后，45 分钟的讲课在大家赞美的目光和密集的掌声中圆满结束。饶贵生听了王辉老师的讲课，对学校拥有这么优秀的青年教师颇感满意和欣慰。

与此同时，他不定期流动参加各个专业班级的班会，倾听学生的意见和要求。他的工作就是这么深入和扎实，能够直接、及时地熟悉和掌握全校老师的教学情况和各个班级学生的学习动态。坚持带头上课，带头听课、带头评课，深入教学第一线，与老师打成一片，深受老师欢迎和尊敬。

学校的各项工作都按照新制定的《五年发展规划》和目标管理责任制要求循序渐进。一个学期下来，广大教师和学生的精神状态发生了深刻的变化，学校的风气和面貌焕然一新。

2001 年 8 月，新年度的招生工作开始了。饶贵生知道，在 20 世纪 80 年代，中专学校与本科、专科大学一样，毕业后由国家负责分配工作，同属于黄金年代。中专学校由于学制比大学短 1 ～ 2 年，曾是省内许多优秀学生尤其是家境比较贫困的乡村优秀学生的首选，把它作为跳出农村走向城市的桥梁。进入 90 年代后，由于国家完全取消了毕业生统一分配工作的政策，经济发展与就业日益走向市场，省外贸学校昔日的风光一去不复返了。招生逐年跌入低谷，面临着招生难的新问题。

诚然，省外贸学校作为一所国家级重点中专，过去可以坐在学校等考生报到就读，但近几年的招生工作已然遇到很大困难。

面对不容乐观的招生形势，学校如何生存与发展？饶贵生针对这种情况，迎难而上，反复思考对策，从 3 月份开始，在全省各个媒体上做广告，并通过“进乡、入校”开展宣传。通过多方调查了解到许多考生不是不想读外贸学校，而是不了解外贸学校，使大家认清了扩大对外宣传的重要性和必要性，感到要做好招生工作，就必须增强广告意识，加大宣传力度，提升学校的社会认知度，让学校走进千家万户，在宣传中“心要诚、情要深、话要真”，才能达到事半功倍的效果。通过大胆改革，学校提出了“四个千万”的招生方式，即：“千山万水跑，千言万语讲，千方百计找，千辛万苦干”。2001 届招生达到了预期目标。后来，他经过多方面调查，反复分析和探讨，研判出对中专学校招生工作的看法，认为中专学校不仅要在扩大对外宣传推介上下功夫，以“诚”招生；而且要在增加投入改善办学条件上下功夫，以“优”招生；要在提高教学质量上下功夫，以“质”招生；更要在提高学生就业率上下功夫，以“信”招生；同时更要在改进工作作风上下功夫，以“勤”招生。基于这些认识，他在调查研究的基础上撰写出了一篇题为《当前做好中专学校招生工作的有益探索》的研究文章，分别发表在《职教论坛》和《中国职业技术教育》等期刊上。

2002 年秋季招生过后，饶贵生深感招生工作竞争日趋激烈，是彷徨还是发展，需要重新认识、重新选择，而且必须作出正确决策。

9 月的一天上午，省外贸学校校长饶贵生和党委书记温诒忠一起来到省对外经济贸易合作厅向厅领导汇报外贸学校工作。当饶贵生提出把外贸学校升格为高等职业学院的设想，厅长杨洪基当面表态完全支持。杨厅长到省外经贸厅走马上任才几个月，此前在南昌市工作多年，他主持工作的高新开发区，是南昌市少有的几个亮点之一。此后在南昌市政府常务副市长任上，他分管的招商引资红红火火。来到省外贸厅主持工作后，江西的对外贸易实现了历史性跨越，成为中部乃至全国加工贸易发展最快的地区之一。杨厅长深感此时的江西省对外贸经济贸易学校是急需有人愿做事、敢担待的时候，待饶贵生汇报完，便说：“你们的设想很好，也符合上面的精神，但不能操之过急，这事得经过省教育厅转报省人民政府批准。你们先搞调查研究，学习外省的成功经验，写出书面报告，待厅党组研究后转呈省教育厅，报省政府审批。”

饶贵生立即行动。他挑选相关处室负责人组成外调小组，亲自带队，带着“怎么办大学”和“办什么样的大学”有针对性到全国有关省市进行考察取经，寻找和借鉴办学理念和方案。他与外调小组的成员经过一番商讨，决定先北上，到辽宁对外经贸学院、山东职业技术学院、天津外经贸职业技术学院参观学习。然后再东进，前往上海外国语大学、上海对外贸易学院、南京师范大学进行考察，最后南下赴深圳职业学院取经。通过两个月时间的考察访问，了解、掌握到以上高校办学经验丰富，成效显著，在国内各项工作走在前列，影响力较大。他们的办学特色鲜明，管理科学严格，干事创业劲头十足，其办学经验非常值得学习和借鉴。然而，种种情况和动态迹象表明，进入新世纪后，国内职业教育面临着大发展、大调整、大动荡的新局面，抱残守缺必然会被淘汰，不与时俱进就得关门。

通过国内考察，饶贵生除了对学校改革尤其是中专升格高职感到势在必行之外，对校园建设印象最深的是上海外国语大学一种语言、配上一种风格的教学楼；南京师范大学的校门，其造型就像一本打开的书；北京大学的“一塔湖图”（一座博雅塔，一个未名湖，一栋图书馆）；清华大学关于“进了清华门，就是清华人；离开清华门，带走清华魂”和“不使暗器”的誓言，尤其是“自强不息，厚德载物”的校训，激励和鞭策着一批又一批莘莘学子发奋成才。北大、清华以及上海外大、南京师大的建校、办学元素确实很值得探讨、研究，借鉴、学习。

2002 年 11 月，饶贵生随江西教育代表团出访到英国考察，参观考察了剑桥与牛津两所拥有千年办学历史的世界著名大学，对这两所大学培养出了大批科学家、政治家、诺贝尔奖获得者肃然起敬。他对那种开放的学术氛围，刻苦的钻研精神，无墙无门的古老校园，留下了深刻难忘的印象，进一步激发了他辛勤耕耘、干事创业、教书育人的热情和干劲。

饶贵生从英国考察访问回来以后，对英国这两所世界名校的办学经验感到弥足珍贵，对促进和加快江西外贸学校发展启发很大，具有很重要的价值。此外，他曾参观过美国的普林斯顿大学、哥伦比亚大学和加拿大的多伦多大学。他在考察访问俄罗斯贸易市场期间，特意参观了莫斯科大学。在访问澳洲期间，也参观过澳大利亚大学。这些世界顶级大学的办学特色给他留下了终生难忘的印象，对其创办好江西外语外贸职业学院起到了开阔视野，春风化雨滋润心田，开启神智的特殊作用。

五十六、准确定位

2003 年春节过后，春回大地，草长莺飞，南昌城内城外生机盎然，到处充满活力。春季学期伊始，为了掌握国内更多外贸系统的办学情况，饶贵生决定再抽调相关部门人员，兵分数路，分赴广东、福建、湖南、四川等省市进行考察访问。通过大量的调研，他们回来后进行了认真梳理和研判，理出了学校的发展思路，决定尽快将中专升格为高职，提升办学层次，拓宽发展空间，增强了发展后劲。

饶贵生亲自动手，与办公室教务处的同事一起，向省对外经济贸易合作厅呈交了一份有根有据、理由充分的关于请求将“江西省对外经济贸易学校”转型升格为“江西外语外贸职业学院”的报告……

在起草这个报告的过程中，几位“秀才”最初把升格为高职学院的名称依照中专学校的名称写为“江西省对外经济贸易职业学院”。大家看着这个名称，感到多有不妥。饶贵生想：从这个名称上讲，将原省外贸学校升格为高等职业学院，沿袭中专学校的老名称改称为“江西省对外经济贸易职业学院”，这本没有什么不妥，但是，他认为一个专业学院的名称十分重要，学院的名称决定学院的取向，取向即是定位，而定位就决定了学院的地位。学校这次升格，不仅仅是中专升为高职，更为主要的是要把升格之后的高职院校办成一所具有鲜明特色的职业学院。因此，他觉得材料组取的名字太普通、太俗了，没有特色。

饶贵生说：思路决定出路，定位决定地位。我们的学院要有一个准确的定位，就要选择一个有特色的校名。

他接着又说：职业学院的名称，既要体现外经贸专业的本真，又要有特色，不落同行学院名称的俗套，让人一看校名，就熟知办学主旨和内涵，显示简洁、高雅、鲜明。

大家听饶校长这么一说，顿时都感到学院名称的重要性，认为我们不能跟其他省的外贸学院名字雷同，要把升格后的外贸学院办出特色。

通过集思广益同大家一起开动脑筋思考，一个个不同的名字闪现出来了。许久，他大脑里的扫描仪定格在“江西外贸外语职业学院”10个字上。几位“秀才”几乎异口同声地说：好，这个名称好，“江西”不用“省”字，谁都知道是“江西省”；“外贸”突出了学院的特质；“外语”体现了学院的特色；“职业学院”是学院的性质和规格。“江西外语外贸职业学院”完全体现了“简洁、高雅、鲜明”的要求，可能在全国都是独一无二的。

饶贵生笑着说道：“你们先别夸赞，再仔细斟酌，看看有什么问题？”

饶贵生反复推敲，认为“外贸”和“外语”两个词是从属关系，把这两个词放在一起，连接成“外贸外语”，范围未免有些狭窄和逼仄。

通过大家一番讨论琢磨，一致感到，把“外语”放在前面，“外贸”放在后面，两者并列，学院的空间就大了，既突出了“外语”的特色，又丝毫不影响“外贸”的性质，形成了“学外语干什么？学外语为的是干外贸”的链条，立意深远而又现实、实用，具有鲜明、显著的特色。

饶贵生若有所思地说：把“外语”放在前面，“外贸”放在后面，腾挪出空间遍及全球。我们的学院虽然办在江西，但校园建设、办学特色，就是要定位在世界，校名就定为“江西外语外贸职业学院”吧。

关于请求由中专升格为高职的报告送交省外经贸厅以后，没有料到厅党组的工作车轮转得真快。当天晚上就来了电话通知，要他和党委书记温诒忠两人第二天上午 9 时赶到省厅列席厅长办公会。

厅长办公会议第一个议题就是研究外贸学校要求升格为学院的报告。主持会议的杨厅长让饶贵生向全体与会领导汇报外贸学校升格的理由。

饶贵生胸有成竹，信心十足，语速快得像机关枪，话语里充满激动，也充满期待。他代表外贸学校的领导班子，汇报了将中专升格为高职、做大做强、建立瑶湖新校区的构想。他汇报说：随着我国经济体制改革的不断深入和经济结构的不断调整，新兴外向型产业不断涌现，社会急需大批掌握外向型专业知识的应用型人才。2001 年末，中国已经加入了 WTO 世贸组织，从此融入全球经济一体化，全面提高对外开放水平，培养更多的外向型专业人才已成为当务之急。据我们预测、分析，仅 5 年内，国内就需要外经人才 100 万人以上，而我国各高校现有规模仅能培养 20 万人左右，缺口很大。因此兴办一所外语外贸类高职院校，意义重大，势在必行。我们省外贸学校如果升格为高职，就可根据社会发展的客观需求和自身的专业特色，培养、造就更多更好的服务于外向型企业的外经贸专门人才队伍。眼下省委、省政府已决策构筑江西的人才高地，计划到 2010 年前，建成前湖、瑶湖两个高校新区，使之成为中部地区重要的人才培养基地。倘若我们能抓住机遇挤进高校新区，新的外语外贸职业学院就可能跃上一个更高层次的发展平台……

省厅与会的领导听完饶贵生的汇报，从表情上看都表示认可与赞同。

虽然杨洪基厅长明白要实现这些构想，对于当下蜷缩在老市区一所不过2000多名中专生、固定资产仅6000万元、负债已达300万元的中专学校来说，有相当大的难度。杨洪基多年在改革开放前沿阵地担任领导，作为改革开放的一线人物，他更感受到一个历史性的机遇或许就在眼前：不久前省委、省政府确立的“新型工业化和大开放主战略”，将很快揭开江西对外经济贸易和招商引资的崭新一页，在这个页面上，最重要的不是资源和商品，而是人才，尤其是需要具有实际操作能力的外向型人才。杨洪基虽然到省外经贸厅当厅长的时间不长，但还是对饶贵生有所了解，知道该同志是一个有胆略、有能力、有闯劲的干事创业之才，从内心认为组织上派他去省外贸学校担任校长是选对了人。他对学校刚才的汇报感到满意。

最后，经省外经贸厅厅长办公会议研究决定同意学校的构想，省外贸学校转型升格的发展方案和新校名尘埃落定了。省外经贸厅将关于江西省外贸学校升格为江西外语外贸职业学院的报告转呈省教育厅。省教育厅领导对省外贸学校转型升格极为重视，及时研究了省外经贸厅的报告并呈报省政府，经专家考察组同意后，这一报告很快获得了省政府批准。

饶贵生通过学习、考察兄弟院校的成功经验，更加清醒地认识到高职院校的准确定位是学院生存的基础。高职学院办学定位，一定要根据经济建设发展形势和自身的专业特色，在人才培养目标、专业课程设置等方面做出符合高职教育发展规律的科学定位，只有定位准确，办学目标和方向才能明确无虞。

他经过反复思考，提出了升格以后的高职要“立足江西、面向全国、走向世界”的发展思路。他认为这一思路能够适应当前市场经济的发展要求，符合高职院校的发展规律。“立足江西”是学院发展的基础，江西外语外贸职业学院作为江西省唯一一所培养外语外贸高等职业应用型人才的学院，是全省外经贸职业教育的主要阵地。随着外向型经济的增长，对外经贸专业人才的大量需求，给江西外经贸职业教育事业大发展带来了机遇，在生源上，江西外语外贸职业学院立足于省内，加强与全省各地区中学的合作，生源就会得到可靠的保证；在毕业生就业上，与省内的外经贸企事业单位签订协议，既能满足江西外经贸人才的迫切要求，又能解决学院毕业生就业问题。“面向全国”是学院发展的努力方向。随着学院不断发展壮大，如果局限在省内，不能满足学院办学要求，面向全国势在必行。通过在全国范围招生，吸纳不同地方的人才，在全国范围扩大学院的影响力。在就业方面，与全国各地从事外经贸业务的单位建立合作关系，使学院的毕业生遍布全国。“走向世界”，是江西外语外贸职业学院长足发展的必然趋势。在教育国际化的大背景下，我国教育市场开放已成必然，江西外语外贸职业学院要加强国际交流与合作，引进最新原版教材、先进教学理念和教学方法、众多的外籍教师以及他们带来的各国丰富多彩的文化，为培养国际化紧缺人才创造有利条件，使学院的发展真正走向世界。

饶贵生明白，进入 21 世纪后，随着中国加入 WTO，对外开放进入了新时代。由于社会对外向型人才的需求大幅度增加，给发展外向型高等职业教育提供了千载难逢的新机遇。由于多方面的原因，其中主要的因素是省外经贸厅为了满足市场经济对外向型人才的需求，决定加强全省外经贸人才培养，才把他调入江西对外经济贸易学校担任校长，使他踏上从事教育工作的新征途。他凭着对教育事业的执着和热爱，在短短两年来的工作实践中，通过调查研究，理清了外贸学校的发展方向，开始走上创办大学之路。在省外经贸厅领导和省教育厅大力支持与帮助下，他为即将创办的江西外语外贸职业学院进行了准确定位，并确定了“按国家标准建校，用世界眼光办学”的总体发展思路。

五十七、描绘蓝图

2003 年 6 月 18 日，正值初夏时期，还有三天便是“夏至”节气，天气逐渐炎热起来，烈日当空，大地升温，草木葱茏，青翠欲滴。就在这一天，省政府批准同意省外贸学校由中专升格为高职，江西省对外经济贸易学校正式更名为江西外语外贸职业学院。

饶贵生听到这个消息，顿时欣喜若狂。通过多方努力，果断决策，在昌东高校园区筹措资金购地600亩，立即启动新校园建设工作。他沉着稳健，多谋善断，计划周密，步骤紧凑，当天下午就召开学校中层以上干部参加的校务会，进行创建新校园的具体部署。在他的倡议下，正式成立校园建设工作领导小组，饶贵生自任组长，学校其他有关班子成员为副组长，有关处室负责人为小组成员。在此基础上，专门成立新校园建设指挥部，饶贵生亲自担任总指挥。指挥部下设三个工作小组，即：工程建设组、资金财务组、行政综合组。

建校工作千头万绪，要办的事情很多，当务之急是抓好瑶湖高校园区征地、联系银行贷款、聘请专业设计单位进行新校园设计等。

饶贵生已经把关于学校升格和到瑶湖高校园区建校的准备工作做在了前头。南昌的城市框架正在迅速拉开，正以前所未有的速度大举扩张，市委、市政府等党群、行政机关已于2001年底从老城整体搬迁到红谷滩新区，省委、省政府也已做好规划准备整体搬迁，新建在红谷滩前湖卧龙山。过去在南昌市政府规划、用地指标等诸多环节上不可松动的东西，现在可能作出新的审视和安排。瑶湖高校园区的土地一年间便由5万元1亩提高到10万元1亩，翻了一番。幸好他在当年2月就呈送了征地报告，当即得到厅党组会全力支持。在等待省政府批复的日子里，饶贵生便亲自挂帅，带领有关处室的同志，开展前期准备工作，摸清办理有关手续的程序，提前与省高校园区指挥部、南昌市高新开发区和中国建设银行江西省分行等单位负责人及其他相关办事部门取得联系，争取多方支持，为兴办大学创造条件奠定基础。

外贸学校批准升格高职以后，经组织部门批准，饶贵生转任江西外语外贸职业学院党委副书记、院长。

俗话说：“不亲口吃梨，就不知道梨子的滋味。”同样，不经历创建新校园，体会不到建校工作有多困难，单是办理各种手续就要找大小20多个单位，例如省政府、教育厅、发改委、国土、城建、高校园区指挥部、高新开发区、建设银行，等等，甚至一个单位还需要找多个处室等工作部门。何况此时的省外贸学校除了有一份省政府的批文之外，两手空空什么都没有。正所谓：事因经过始知难，没有亲身经历过的事情，就不知道它的艰难。好在饶贵生与生俱来有一种争强好胜、永不服输的性格，曾先后到过多个单位担任主要领导，也曾经搞过一些建设项目，具有一定的相关工作经验。他指挥若定，从容不迫而又紧张有序，各项建校工作按照其轻重缓急有条不紊地进行；由于已提前作了一些准备工作，例如瑶湖高校园区征地，他已经向省高校园区指挥部和高新技术产业开发区及其规划处呈送了报告，银行贷款与江西建设银行等单位建立起了联系，并已经有眉目。特别是校园设计，他提出要建设一所“中西合璧，现代典雅，科学合理，环境优美”的国际化新型校园。基于这个思路和要求，他主张在全球范围内进行公开招投标。

提起江西外语外贸职业学院的校园设计，可有一则故事。那还是2003年初，学校放寒假以后，饶贵生思想上一直绷紧的弦稍微松闲下来了。就在春节前夕的一天深夜，他上床睡觉以后，不知怎么的，很长时间都睡不着。好不容易进入梦乡，梦着他企盼的“江西外语外贸职业学院”建成了，规模非常宏伟、漂亮，很多来宾都前来参加挂牌剪彩，学生代表穿着漂亮的节日盛装，兴高采烈地献上鲜花，表示祝贺。他异常喜悦，一个激动便被惊醒得猛一下坐了起来，睡在他身边的妻子吓了一跳，但早已知道他有经常做梦的习惯，问他梦见了什么，他也不回答。

从这天起，饶贵生便在心里打开了把职业学院建成什么样的新校园的设计之窗，一天到晚琢磨着办公楼建什么样、学院大门口建个什么标志、建几栋教学楼、科技实验楼、图书馆和阅览室、学生公寓，这些楼房分别建成什么式样，怎样分布，还有足球场、篮球场等运动场馆，学院食堂和餐厅等等。他简直像着迷一样挖空心思设计构想，深夜睡了想到什么就爬起来打开灯伏案挥笔写写画画，多少次半夜三更甚至彻夜不眠。他打开记忆的闸门，充分调动大脑里的每一根神经，把平时积累在脑海的罗马建筑、欧美建筑、巴黎凯旋门、英国牛津、剑桥大学、美国纽约大学和哥伦比亚大学、澳大利亚大学、俄罗斯莫斯科大学以及

江西外语外贸职业学院信息中心大楼

国内的清华、北大等名校的校园图形像翻书一样一页页翻开，从校园设计、异国风情、名人塑像、名人格言、桥命名等入手，借鉴外国皇宫广场式样，用世界眼光，建国际大学，一心要把江西外语外贸职业学院建造成一本“无声的书”。

他连续构想了好些天，想得很周到、很细致，连每栋房屋的位置、分布排列和间隔距离、公路、人行道、花台、草地、花卉绿化带，甚至什么地方建一个什么景致，他都构思出来了，在他的头脑里勾画出了一张比较完整的立体校园图，只是别人看不见、摸不着。他的校园整体设计特别是每栋楼屋的式样都非常新颖别致，风格各异。他认为，既然是面向世界办学的外语外贸学院，就要博采中、西方建筑风格之众长，把学院规划建设成为结构布局合理，仪态端庄典雅，风姿绰约秀气的别具一格新校园。例如，在一进校门的主广场上，他的设想是兴建一座命名为“启迪”的主题雕塑，底座是一个闪亮的地球仪，在大写的“门”字中间嵌着一把金钥匙，意喻开启莘莘学子用智慧的钥匙开启“地球村”的大门，让这些学子放飞走向世界的梦想，彰显出一种开放的视野、开放的胸襟、开放的精神。在雄伟的罗马式信息中心大楼的楼顶中央，他设计出另外建四层圆形宝塔式楼层，最上面建一个金黄色 的半球形穹顶，象征“文明皇冠”或者“夜明珠”，意味着引导和激励学生努力攀登知识和人生的顶峰，走向成功。他设想让这座主楼成为外语外贸学院的标志性建筑。他把学院大门、广场规格，由正方形调整改为长方形，成为 98 米 ×128 米规格。校门两侧的传达室，他借鉴了巴黎凯旋门式样的侧屋，寓意学子们三年后将由此起帆远航，顺利凯旋。校门和校园均为开放式，在主大楼后面广场上，则竖立了一座耸立着的 6 米高孔子铜像。其他五栋教学楼分别取名为启泽楼，启德楼，启诚楼，启智楼，启贤楼，一栋楼一个式样。所有的大楼都有庭院，他设想在庭院内，分别端立麦哲伦、哥伦布、川端康成、郑和下西洋的雕塑，每栋大楼的前厅背景墙上均镌刻相应语种的励志座右铭，各种雕塑和名人塑像，都是开阔学生视野、陶冶情操、启迪学生心志的标志。对校园内的道路，饶贵生借鉴巴黎向日葵的设计风格，把所有道路设计呈圆圈状，不能有夹角，彰显出万物和谐向外推开，使整个校园的道路像一把琵琶琴，引导学生奏响人生成功的交响曲。校园内的水渠和桥梁，分别命名为彩虹桥、希望桥、五环桥，也是激励学生走向成功、走向世界的标志，体现了“问渠那得清如许？为有源头活水来”的意境。校园中规划设计樱花园、玫瑰园、茶花园、紫薇园、菊花园、橘园等十个小花园，分别种植各种与名称相符的 花卉，呈现出常年青翠，四季有花，宛如一座大花园。

饶贵生设计把职业学院建设成一个开放与开明、把世界各国连成一个整体的现代化校园。他的计划是，一定要高起点建设新校园，至少要征地 600 亩。他知道，自己构思的这些校园建设图案只是初步的设计“雏形”，只能提供给专业设计单位作为业主方的建议而已。不过，设计单位有了业主这么详细的构想，设计工作就比较轻松，不用去查很多的资料，只要按照业主方的思路去“按图索骥”搞出科学、合理的布局，设计房屋内部和外观结构，计算出各个部位的精确尺寸，设计描述出学院园区建筑标准图纸。

新校园建设拉开序幕后，饶贵生便率领指挥部的成员，像一架开足了马力的机器，迅速紧锣密鼓地运作起来。其中的新校园设计项目，通过各种渠道公布启示，向国内外公开招标。很快，就有上海同济大学设计院、北京清华大学设计院、澳大利亚的设计公司、美国的设计公司、中国北方设计公司等五家设计单位前来洽谈。这五家设计单位分别按照学院提出的规划设计要求，设计创作出学院的校园建筑初步效果图。学院将五个单位设计的草图分别以 5 万元的报酬买下来，留待中标的设计单位统稿，然后本着公平竞争的原则，参加省有关部门组织公开招投标。结果，北方设计公司中标，正式确定具体承担江西外语外贸职业学院新校园建设设计任务。

中国北方设计公司是军工系统设计单位，具有雄厚的人才实力和大学校园设计经验。在具体进行新校园设计工作的过程中，学院明确要求北方设计公司博采众长，采取“五合一”方式，将五家设计单位草图中的特色、优点进行全面整合，要求有特色、不雷同、科学适用，达到中西合璧，现代典雅，科学合理，环境优美的实际效果。北方设计公司果然不负所望，终于提前交出了理想的设计方案和施工建设图纸。

五十八、筹资征地

饶贵生对办大学思路清晰，胸有成竹，非常明确主要有三项任务：一是建大楼。这是办大学的前提，没有校园，一切无从谈起。二是育大师。要办大学，教师队伍是关键，没有一支能胜任教学的优秀的师资队伍是办不好大学的。三是养大气。一所大学的特色强不强，教风、学风好不好，决定了这所大学的生存和发展之命运。围绕三大任务，必须抓好以下六项建设：一是新校园区建设；二是师资队伍建设；三是学科专业建设；四是实训基地建设；五是校园文化建设；六是规章制度建设。他十分清楚，要办好江西外语外贸职业学院，说一千、道一万，眼前最要紧的就是建校园。

饶贵生身先士卒，带领新校园建设指挥部人员迅速行动，分工负责，有条不紊地开展建校工作，并充分发挥“讲真的、干实的、来快的”办事风格和精神，遣兵布阵，分步实施“各个击破”，重大事项亲自挂帅，找有关部门联系征地、办理各种相关手续等都亲力亲为。他废寝忘食，忘我工作，行动迅速，处事果断，几乎是“马不停蹄”。

筹建新校区的各项工作都在紧张进行。省政府副秘书长、省政府发展研究中心主任、省“高校园区建设推进小组”主要成员郑克强，省委教育工委副书记、省教育厅常务副厅长李小南，省外经贸厅厅长杨洪基等领导，多次出面与有关部门进行协调，经常深入校园建设工地解决实际困难和问题。

白手起家创建一座新学院，资金来自何处？上级主管部门没有拨款，怎么办？饶贵生深感“手中有了人民币，建校办学才有底气。”

有道是：“*巧妇难为无米之炊*。”饶贵生不等、不靠，首先想到利用信贷，向银行贷款。当时已是7月盛夏，素在全国四大火炉城市之列的南昌，骄阳似火，为了解决建校资金“无米之炊”，他不顾天气炎热，三番五次跑银行，在杨洪基厅长亲自带领下，主动与江西建设银行取得联系，争取支持。时任江西建设银行行长张卓群，对外语外贸职业学院的建校专项贷款非常重视和关心，给予了很大的支持。当然，银行贷款有严格的要求和相关规定，政策性非常强，各种相关贷款的手续必须完备，并且要求非常严格，省建设银行张卓群行长亲自指示管辖区域的洪都支行派专人负责调查，审理贷款条件和各种手续，在政策许可的范围内解决贷款问题。洪都支行刘忠行长和李保顺副行长多次约见饶贵生等江西外语外贸职业学院领导，指导学院把有关贷款手续办理齐全。洪都支行信贷员杨尚平等同志大力支持，多次到学院进行实地调查，认真审理有关贷款资料。在建设银行上上下下的重视和诚心帮助下，首批提供贷款 2.5 亿元。在向银行贷款和融资的工作中，省教育厅计划财务处的宋雷鸣同志给予了大力支持，同意学校通过收费权质押向银行融资贷款。外语外贸职业学院财务处处长张清秋等同志不辞辛苦，不厌其烦，不顾疲劳，多次跑银行，搞贷款，找资金，体现了爱岗敬业、默默奉献的精神。

江西外语外贸职业学院新校园建设按照规划和设计，需要资金 6 亿元，银行贷款只解决了一半，另一半资金怎么解决？身为职业学院院长的饶贵生没有在困难面前畏缩，而是在集思广益的基础上积极主动想办法。他连续几天在瑶湖和前湖两个高校园区已建和正在兴建的南昌工程学院、江西科技师范大学、南昌航空大学等校园考察取经，了解这些大学筹资建校的情况，学习和借鉴别人建校的经验。他在新校园建设工程几个主要项目招投标的“标底”上提出，项目建设资金由建设施工单位先垫资，再分期分批付款。这种做法，终于解决了 1.5 亿的资金。例如学院的主楼——信息中心大楼建设工程，就是由当地企业家陈新根中标，并垫资 3000 万元进行施工建设，为缓解学院建设资金困难提供了很大帮助，作出了有益贡献，也为他自己留下了美名，学院将永远铭记。

还有 1 亿元资金缺口怎么解决？饶贵生一方面借鉴别的院校建新校园的办法，另一方面开动脑筋，真是“眉头一皱，计上心来”，在他的多方努力下，终于找到了一个“空手套白狼”的 BOT 办法，采取“建设、营运、移交”三步走，把建设学生公寓的项目交给资金雄厚的私营业主投资兴建，并确定一定年度的收益期，让投资公司有利可图，收益期满后学院再收回产权。经校园建设方与多家公司方反复商议，签订详细的公寓建设工程质量要求与逐年收入之成本和利润提成的合同书。这一项目刚好融资到了1亿元，有效解决了整个学生公寓的建设资金问题。

有人说，饶贵生是玩“空手道”的高手，学院没有分文，硬是像“变魔术”似的建起了一座崭新校园。饶贵生笑着说：我哪会玩什么“空手道”，更不会“变戏法”，我们学院筹资贷款建校园，与社会上某些“皮包公司”玩“空手套白狼”是性质完全不同的两码事。学院筹资贷款建校园，全靠党和国家相关政策，相关部门的大力支持。我作为学院的领头人，是被逼上梁山到处“求人”而已。实践证明，只要思想不滑坡，办法总比困难多。

其实，要说饶贵生是玩“空手套白狼”的高手，从某种角度看，也有几分道理。是他，通过各种社会调查和建筑市场调查，把国家有关政策和市场经济规律运用得“转”，把创办大学作为一项系统工程，采取银行贷款、BOT融资和建设施工单位垫资，“三箭齐发”筹措资金，从而有效解决了新校园建设“无米之炊”难题。

在创建新校园建设的过程中，曾经获得多方支持和有关部门的鼎力相助，南昌高新技术产业开发区工委副主任李有才和开发区规划处处长刁旭等几位领导，以及省高校园区建设指挥部主办干事雷洁华等同志对外语外贸职业学院的新校区创建工作都给予了许多关心与支持，他们与高新开发区昌东镇党委、政府领导反复协商，终于同意给江西外语外贸职业学院解决建校用地600亩，用于建设新校园。园区范围内原有数十栋民房需要拆迁，昌东镇领导仅用三个月时间便拆迁完毕，将所购土地交付学院使用。在整个征地过程中，时任学院膳食管理中心主任的胡兵江同志是当地人，由于人缘地缘非常熟悉，协助学院做了大量牵线搭桥，沟通协调，化解与当地村民纠纷矛盾工作，发挥了特殊作用，做出了有益贡献。

9月上旬，江西外语外贸职业学院通过省外经贸厅、教育厅、建设厅等相关部门，作出了新学院校区工程建设分期施工的计划。当学院把有关第一期工程建设施工的报告送到省招投标管理处，管理处领导和有关办事人员立即开始审查，经审核发现招投标材料非常完备，当即作出招投标时间安排。

于是，新校园每期工程建设的招投标得以顺利进行。第一期工程建设正式启动。从6月18日获批升格高职后着手创建新校园、办理各种相关手续、贷款、征地（包括拆迁）、新校园设计、招投标（确定施工单位）到破土动工，总共只用了半年左右的时间……

五十九、艰辛建校

南昌市在建设花园城市的进程中，人们猛然发现自己这座城市拥有得天独厚的亲水优势，不仅有“落霞与孤鹜齐飞，秋水共长天一色”、宛如飘带的赣江穿城而过，而且竟然分布着东湖、西湖、南湖、北湖、贤士湖、青山湖、象湖、艾溪湖和瑶湖等多座湖泊，城内城外河湖纵横、动感美感风光无限，被人们誉为东方水城、中国水都、鄱湖明珠。单说坐落于南昌市东面高新技术开发区内的瑶湖，其水面竟相当于南昌其他八个湖泊面积的总和。即便是烟波浩渺闻名天下的杭州西湖，也只有瑶湖的一半大。瑶湖是南昌地区最大的内陆天然湖泊，现有水面 15.25 平方公里，是南昌地区最大的天然湖泊。与南昌市已开发的青山湖，艾溪湖连成一线，湖面呈长方形，自南向北分为上瑶湖、中瑶湖、下瑶湖。湖盆平坦，湖面开阔，碧水盈盈，春夏之际，荷花吐艳，红菱飘香，游鱼嬉戏，非常秀美；夏秋之时，数以万计的珍奇候鸟遨游湖面，一片莺歌燕舞景象，美不胜收。瑶湖的沙滩之景，好似“海滩”，同时也被誉为南昌城东的后花园、南昌的“马尔代夫”。

瑶湖，素有“天上瑶池，地上瑶湖”之美誉，该区域地势开阔，环境优美，生态良好。地处南昌市东大门，交通便利；西靠艾溪湖高科技产业区，产业基础实力雄厚；内含昌东高校园区，人才集聚，是打造生态科技城的天然理想之地。昌万公路贯穿湖心而过，福银高速沿湖东侧而过。瑶湖位于南昌市正东方向，距市中心八一广场大概有 9 公里，被南昌市政府规划为高校园区。江西外语外贸职业学院的新校园就落户在瑶湖高校园区内。

2003 年 1 月 8 日，天气预报多云有阵雨。江西外语外贸职业学院新校园建设工程在瑶湖高校园区的学院新校园工地举行奠基仪式。省政府分管教育的副省长，省政府副秘书长、发展研究中心主任郑克强，省教育厅常务副厅长李小南，江西建设银行行长张卓群，省外经贸厅厅长杨洪基，省发改委、省建设厅等有关部门领导和中标承担新校园建设施工任务的江西洪宇建筑工程有限公司董事长等领导出席了奠基仪式。上午十时庆典活动举行之前，恰巧狂风大作、风骤雨猛，临近仪式正式开始之时，却突然云开雾散、阳光灿烂，似乎预兆着天顺人意，外语外贸学院的发展创业艰辛，但前途光明。

新校园区建设工程如期开工。然而，刚刚开工就遇到了很大的阻力。当地的地痞流氓蛮横无理阻挠建筑工程公司为基建工地通水、通电，强行把接好的水管和拉通的电线切断。对此，饶贵生一方面向省高校园区指挥部等单位领导汇报，一方面带领学院建校工程指挥部的同志进行规劝，但好说歹说闹事者就是不听劝阻，竟然猖狂到扬言要动手殴打施工人员。工程指挥部只得向公安部门报警求助。公安民警来了，水管和电线接通了，可是，公安民警前脚走，那些闹事者后脚又来了，仍然将水管和电线都切断，进行野蛮阻工。学院工程指挥部曾一度把公安民警请进工地安营扎寨，维持工地秩序，事件才得以平息。

时任省政府高校园区建设推进小组主要成员的郑克强、李小南等领导多次入工棚、进工地，到高新开发区及昌东镇进行协调，深入校园工地召开现场会和调度会，帮助解决学院建设中的一系列困难和实际问题，给学院极大的支持和帮助。

在整个新校园建设过程中，基建施工工地情况复杂，按下葫芦浮起了瓢。当地有一些“占地为王”的罗汉、地霸，经常到建设工地强行承揽运土项目、推销高价沙石、水泥等建筑材料，价格比市面上要高出30%以上，如果不给他们做，就要向建筑施工单位按数量收取“保护费”，干扰正常施工。一天上午，基建工地突然冒出当地的七八个地痞“罗汉”，直接来到基建工地工棚办公室，到处询问基建施工单位负责人是谁？工作人员问他们有什么事？其中为首的一人便说：购运沙石的工程让他们承包。施工负责人问他：如果给你们承包，1立方米响沙是多少钱、1立方米鹅卵石多少钱呢？该人报的都是高价。施工负责人说：我们现在是从南昌市沙石公司购运的，你们应该知道价格行情，为什么比人家贵这么多呢？这些人便说：我们保证质量比他们的好。施工负责人回应说：南昌市沙石公司的沙石已经过监理部门检测，质量也合格。这些人又扯皮说：我们的土地被你们征用了，没有地种，总得要吃饭。这时新校园建设指挥部负责人刘玉清同志闻声赶来，他针对那些人提出的无理要求，便接过话头说：你们提的这个问题只有政府部门才能解决，我们外语外贸学院到这里创建新校园，购买土地，有合法手续，并通过各级政府和有关部门批准，当地老百姓最后也同意了，签订了合同的。这些人讲不出道理，见来软的不行，便凶相毕露，丢下一句狠话：你们不买我们的沙石，走着瞧！未料当天下午，这伙人就在基建工地围阻大门，强行拦住运输沙石的货车不许开进工地。施工负责人打电话向工程指挥部报告，指挥部负责同志匆匆赶到现场，耐心进行说服教育，可是这些人根本听不进去，不听规劝，还横眉怒目扬言说，谁阻挡他们就要进行“教训”。指挥部只好拨打“110”报警电话。不一会儿，昌东派出所开来一辆警车五个民警。那些阻工者见来了民警，只好悻悻地溜跑了。

没过几天，工地上又“死灰复燃”，突然窜来另一伙“地头霸”纠集近20个人手持铁棍、铲锹等凶器守在学院基建工地大门口，见到运土、运沙石的车辆要开进工地，便强行拦住不许开进去，司机不从就强行把司机拉出驾驶室进行威胁和打耳光，吓得司机不敢开车。指挥部人员闻讯赶来，即上前进行规劝教育，可是这些人却蛮横无理，围住指挥部人员进行恐吓，并举手动脚推搡，险些要进行殴打。指挥部人员没有办法，又只好向公安机关求助，报警。南昌市公安局高新开发区分局和昌东派出所的领导都对此非常重视，立即调派十多名民警赶到现场开展工作，向那伙人严肃指出他们强买强卖，强行阻挠高校园区基建工地施工，是违法犯罪行为。这伙人不接受公安民警对他们的法治宣传教育，仍然强说蛮话，说是基建施工方不答应让他们承包购买和运输沙石就不罢休。他们错误认为只是闹事威胁，并没有打伤人，“法不责众”，所以公安人员来了也无所顾忌。公安民警见他们人多，便采取策略，对这伙人说：你们这么多人东一句、西一句，怎么说得清楚？你们派出三个代表到工棚办公室去谈，其他人回去。他们认为公安人员说的在理，就你望我、我望你，还是推选三个人跟着民警到工棚去了。在留下来继续维持秩序的部分民警的再三劝说下，剩下的那些参与闹事者陆续离开了基建工地。高新开发区公安分局治安大队的民警把那三人带到工棚以后，两个民警一组分别对那三人带到三间办公室进行谈话并作笔录，带队的大队长审阅笔录以后，打电话向分局领导进行汇报，最后向那三人宣布处理决定，将其中的两个为首者和一个动手推搡指挥部人员，并动手打一司机耳光的凶手依法实行治安拘留。

瑶湖高校园区其他基建工地也先后多次发生过此类治安案件，不久适逢公安系统统一部署开展“两打一整顿”专项行动，高新开发区公安分局根据上级公安机关的要求，把高校园区作为治安整顿的重点，全面开展治安整顿和排查，严厉打击了强揽工程的“地头霸”。后来昌东派出所指派一名民警带领两个联防员专门负责维护外语外贸学院校园基建工地的治安保卫工作，这三位同志绝大部分时间都在学院工地巡逻，治安秩序得到了根本性好转，再没有人敢来工地捣乱。

饶贵生从学院新校园破土动工的第一天起，除了参加有关会议和处理一些重要事务性工作之外，绝大部分时间都在基建工地上，检查和掌握施工进展情况，催保施工管理人员落实有关材料到位，监督施工质量，解决临时出现的各种问题，真可谓是千言万语说，千辛万苦干，晴天一身汗，雨天一身湿。他那安全帽下黧黑的面孔，汗水与雨水交融，和工人们一起奋战在施工第一线，恨不得每一个钢镚都砌进那日日增高的大楼。此外，他还特别注重每一个角落、每一个细节的完美，每当发现某个地方有一点点没到位，他都要施工人员赶紧补充甚至翻工重来。用他的话来说：建校园是百年大计，质量第一，来不得半点马虎和疏忽。

学院新校园基建工程指挥部的成员在总指挥饶贵生的影响和带动下，绝大多数时间都在基建工地上指挥调度，检查和监督施工质量，确保不出现差错。在新校园建设中，学院副院长单作民和基建科科长刘玉清等同志立下了汗马功劳。拆迁的重重阻力，地痞罗汉的寻隙捣乱，工期进度，工程协调，资金落实，用款保证，质量查验，纪检监督……力争做到工程有质量，有落实，有检查，有监管。在第一期工程施工的九个月内，正逢冬、春、夏三个季节。隆冬，南昌的气候寒冷异常，温度最低的日子在零下好几度，遇上刮风下雨尤其是风雪交加的天气更加冷冻难熬，只要施工人员开工，工地上就有学院工程指挥部人员在现场；进入春季，南昌的气候乍暖还寒，春天里下雨的日子比较多，经常出现“北风细雨”天气，指挥部的成员都指挥调度在工地现场；盛夏，南昌白天像蒸笼一样，热得叫人喘不过气来，管理者同建设者一起，辛勤战斗在工地。饶贵生在这九个月时间内，总共在基建工地上工作了 186 天。人们感叹说：外语外贸学院新校园建设难怪有这样的高效率和高速度，原来是因为学院里的“一把手”高度重视，亲力亲为，带领工程指挥部全部员工和施工单位共同努力用汗水和智慧换来的。学院司机万成钢曾经感叹说：在整个新校园建设过程中，自己开车接送院领导下工地、跑银行无数次，经常白加黑、“五加二”加班加点工作，新校园完全是大家用心血和汗水浇灌起来的。

在许多建筑工程工地上，人们司空见惯如蝗虫一样猖獗的“啃楼”现象，却在这里销声匿迹。这里有的是高质量和高速度的统一。通过挂图作战，一天一调度，一级抓一级，层层抓落实，第一期工程仅用了 9 个月就宣告竣工完成，建筑面积 9 万平方米，一栋栋风格各异的校舍拔地而起，道路、水电等配套设施全面到位，并建成了足球场、篮球场等运动场所，使 4500 多名师生员工在 2004 年 9 月的秋季开学时顺利入住瑶湖新校园，创造了高效率、高质量建设新校园的奇迹。

六十、校园竣工

古人云：“不遇盘根错节，何以别利器乎？”在瑶湖之滨的外语外贸职业学院新校园建设施工期间的日日夜夜，饶贵生不知操了多少心，吃了多少苦，受了多少累。

2004 年 9 月，第一期工程竣工以后，承建学院校园建设工程任务的江西洪宇建筑工程有限公司在学院基层工程指挥部督促下，紧接着拉开了第二期建设工程的序幕。

第二期工程建设主要项目就是建设“信息中心大楼”和另外两栋教学楼。信息中心大楼的设计式样是罗马式建筑，气派、恢宏、美观。两栋教学楼分别是阿拉伯式和日本式风格。还有校门两侧类似传统的传达室设计为巴黎凯旋门式样的侧屋，衬托着雄伟高大而又洋气的信息中心大楼。随着首期工程竣工，新一届学生和部分教师入驻，饶贵生的办公室已搬来了瑶湖新校区，为他一心扑在学院校园建筑施工质量监督、协调、调度提供了方便，因此，他把更多的时间和精力都花费在基建施工的工地上。工期进度，工程协调，资金落实，用款保证，质量查验，工程监理……力争做到有检查，有落实，有质量，不折不扣达到设计要求。尤其是在主楼竖立以后的楼顶外观标志半球形穹顶建筑施工过程中，饶贵生几乎是与施工人员同上工、同下班，时刻守候在施工现场，一丝不苟地指导施工人员进行施工。他与工程指挥部人员一起，加强协调督查，促进工程进度，确保工程质量，挂牌作战，切实做到“每天一调度，每周一通报，每月一小结”，汗水与雨水交融，骂声与笑声交织，动力与压力齐上，严格督查，推进建设项目保质保量、高效有序向前推进，创造高校建设方面的“深圳速度”，书写了建筑史上的奇迹。

在走进校门主广场上建立的那座命名为“启迪”主雕塑的施工过程中，饶贵生更是废寝忘食，每一个细节都严把质量关。这座主雕塑的底座放着一个闪亮透明的地球仪，在竖立着的鲜红色遒劲的大写“门”字的“两扇门”上面中间，嵌着一把金黄色钥匙。大写“门”字地球仪的周围，配上一条鲜红色弯弧形流线型腾飞的造型，寓含“鲤鱼跳龙门”、打开人生之门的金钥匙等丰富内涵，其设计之精巧，造型之美观，真是特色凸现，寓意深远。几排学生公寓楼面前的草坪上，设计了一尊命名为“耕耘”的造型，两支钢笔的笔尖挺立指向蓝天，一条红色录音胶带围绕两支毛尖环绕，象征学生们走进公寓也不忘辛勤耕耘，好好学习，天天向上。为了建好这个造型，饶贵生一直守候在施工人员身边，指导着施工的每一个细节。

在工程建设上，学院面临最大的难题是资金问题。如果资金不能按照合同规定的工程进度拨付，建筑施工方势必就要被迫停工。身为学院院长的饶贵生为此操碎了心，关键时刻，他多方努力，分别找了招商银行、交通银行、中国银行再追加融资到 1 亿元，解决了建校资金的燃眉之急。

2005 年 10 月，第二期工程结束后，10 栋学生公寓和两个食堂分别经过验收交付使用。尤其是那栋典雅高贵、新颖漂亮而又风情万种、富丽堂皇的标志性主楼——信息中心大楼，像巨人一样耸立在瑶湖高校园区江西外语外贸学院的中心位置，展示在世人的面前。信息中心大楼前面偌大的长方形广场，间隔匀称地栽植了 18 棵大樟树，绿树成荫，环境优美。只要驻足观望大楼，就会使人顿时感到胸襟开阔，心旷神怡。

第三期工程主要建设内容包括部分学生公寓第二栋食堂，校区内的部分道路建设等项目。饶贵生苦思冥想，反复琢磨，决定把校区道路建成圆圈状而不是人们所常见的正方形或长方形夹角式。因为一夹角，不但容易发生交通事故，而且每到上下课人头攒拥，像刚捣毁了的马蜂窝。他要摒弃传统的壁垒心态和单位意识，建成圆圈式，就会使校园的道路也与高处的巨型穹顶遥相呼应，彰显出高等教育的庄重与神圣，以及办学思想的开放与开明。整个校区的道路连接起来，就像一把琵琶琴的形状，有如琴弦弹奏出一层层碧波涟漪通畅地向外推开，体现着清新悠扬、万物和谐的哲学理念。另外，在草坪花园中，还建造了一尊博雅鼎和一座莲花坛，体现出设计者的良苦用心，使人遐想联翩。

到 2006 年 8 月第三期工程结束时，共完成 25 万平方米建筑。拥有四栋风格迥异、功能齐全的教学楼和一栋主要用来作教学实训室的信息中心大楼，共有教室 251 间，实验实训室 79 个，多媒体教室 90 间；拥有 400 米国际标准塑胶跑道 1 条，标准塑胶足球场 1 个，标准网球场地 4 个，篮球场地 12 个，建有教学校园网、监控网、卫星电视系统、校园无线广播电台、校园一卡通和采用微机管理的藏书 80 万册的现代化图书馆 1 座，学生公寓 10 栋，学生食堂 2 个，以及道路、水电、桥梁绿化等配套设施，总绿化面积达 42%。在国家没有直接投入一分钱，全靠贷款和自筹资金运作的艰难条件下，一所“中西合璧，现代典雅，科学合理，环境优美”的新校区，仪态端庄又风姿绰约地展现在瑶湖之滨，可以容纳学生 15000 名学生，全部投资 6 亿余元。

常言道：“打铁必须自身硬。”，在整个江西外语外贸职业学院瑶湖校区的建设过程中。由于学院工程指挥部人员两袖清风正气凛然，坚持原则秉公办事，确保了整个校园基建工地建设进展顺利，工程质量优良。饶贵生带领学院基建领导小组团队，紧握质量标准的尺子，一切按《合同》规定行事，整个工程建设资金走向，来路明明白白，去路清清楚楚，各种招投标手续非常完备，所有参与管理者都干干净净。校园建起来了，经过有关审计部门的严格审计，学院各级领导和干部没有出现个人以权谋私的现象，大家的灵魂纯洁干净，如同他们为之洒落的汗水一样清明透亮。

饶贵生在处理双港、青山湖两个老校区置换，化解学院债务危机的过程中严守底线，花费了一番脑筋。校址设在南昌市北郊双港的江西省对外经济贸易学校，是在 1982 年 4 月经省政府批准恢复学校时重建的。1990 年 7 月，省外贸学校迁入青山湖校区。外贸学校由中专升格为高职学院以后，学院正在瑶湖兴建新校园，从 2004 年 9 月开始，青山湖校区已陆续往瑶湖新校区搬迁。

为了化解债务危机，外语外贸学院党委会集体研究并经其主办单位省外经贸厅同意，决定将双港老校区和即将搬空的青山湖校区置换拍卖出去。这一消息通过不同渠道公布出去以后，有的私企老板想购买老校区进行房地产开发，先后有几拨人找关系牵线搭桥与饶贵生“谈盘子”，都遭到饶贵生明确拒绝。经过多次集体研究，两个老校区置换，全部采用公对公的方式进行处置，并于 2005 年 11 月，先后达成协议，将双港校区卖给了省残疾人联合会，用于创办“残疾儿童托管中心”；青山湖高新校区卖给了南昌市教育局兴办“启音学校”。由于牵涉到校内的教职员工宿舍置换，饶贵生与学院其他班子成员一起，对那些教职员工做了大量艰苦细致的动员工作，真可谓呕心沥血。两个老校区都是在体制内转售交割，从源头上杜绝了国有资产流失和个人以权谋私的现象。

可是，老校区卖出去了，购校款必须经过省政府领导签字同意，财政部门才能拨付。时值 2005 年年底，当时正值隆冬季节，大雪纷飞，天寒地冻。春节即将临近，上门逼债的人络绎不绝，饶贵生正在扮演杨白劳的角色，为了化解学院债务危机，度过年关，冒着风雪赶到省政府，终于找到了时任省政府主要领导吴新雄省长。吴省长听完饶贵生的汇报和请求，便欣然在外语外贸职业学院的报告上签了字。财政部门拿到省长签字的拨款文件，便及时给学院拨付了购校款，使学院度过了一个平安、祥和的春节。

饶贵生几十年如一日，把事业看得比什么都重要。他早就立下誓言：我可以不当官，决不会去因敛财而丢饭碗，兢兢业业干好党交给我的工作，其乐无穷。他始终践行“打着赤膊干事，夹着尾巴做人”的信条，克己奉公，忠于职守，为创建江西外语外贸职业学院新校园，倾注了大量心血。

江西外语外贸职业学院校园建设任务完成以后，凡有嘉宾、朋友来学院参观，身为院长的饶贵生，总要如数家珍般介绍新学院的设置理念和校园风貌，拉着来访者到校门口驻足，欣赏主楼的巨型穹顶。站在主楼顶层平台观赏整个校园，宛若一把巨大的琵琶，在云烟氤氲的瑶湖边吟唱，锃亮的琴弦是流淌校园的小河。教学区在丰腴的琴箱部分，教学楼的建筑物风格各有千秋，英式、法式、日式、阿拉伯式，但所有的楼里都有庭院。在各自庭院内，端立着麦哲伦、哥伦布、川端康成、郑和下西洋的雕塑，每栋大楼的前厅背景墙上均镌刻着相应语种的励志座右铭。从 16 世纪初西班牙、葡萄牙人航海探险开始，地球再也不是由一个个孤立的洲或国家构成，而是通过海洋连接成的一个整体，学院通过一砖一瓦，一草一木，博采众长，将世界各种风格的建筑修建于外语外贸学院的校园之中，给世人展示了一幅完美的画卷。以人类一种从未有过的眼光，穿越广阔的地平线建校办学——这就是世界眼光。

第八章　特色铸校魂 悉心育英才

六十一、特色立校

江西外语外贸职业学院坐落在英雄城南昌东郊的瑶湖之滨。南昌，简称“洪”或“昌”，古称豫章、洪都。地处江西中部偏北，赣江、抚河下游，鄱阳湖西南岸。是江西省的政治、经济、文化、科教和交通中心，自古有“粤户闽庭，吴头楚尾”“襟三江而带五湖”之称，属“控蛮荆而引瓯越”之地，是环鄱阳湖城市群的核心城市，中国唯一毗邻长江三角洲、珠江三角洲和海峡西岸经济区的省会城市，也是长江中游城市群中心城市之一。

南昌是国务院首批国家历史文化名城，因“昌大南疆、南方昌盛”而得名，“初唐四杰”王勃在《滕王阁序》中称其为“物华天宝、人杰地灵”之地；南唐时期南昌府被称为“南都”；南昌又是一座著名的英雄城市，1927 年八一南昌起义，是中国共产党领导部分国民革命军，8 月 1 日在南昌举行武装起义，打响了武装反抗国民党反动派的第一枪，揭开了中国共产党独立领导武装斗争和创建革命军队的序幕，在此诞生了中国共产党第一支独立领导的人民军队，南昌被誉为“八一军旗升起的地方”。中华人民共和国成立后，南昌制造了新中国第一架飞机、第一批海防导弹、第一辆摩托车、第一辆拖拉机，是中国重要的军事机械工业制造中心、新中国航空工业的发源地。南昌是中国首批低碳试点城市，曾经荣获国家创新型城市、国家卫生城市、国际花园城市、全球十大动感都会等称号。

南昌市历史悠久。据《汉书》记载，公元前 202 年（汉高祖五年）

刘邦在垓下打败项羽之后，派大将、颍阴侯灌婴率兵平定江南“吴、豫章、会稽郡”。灌婴平定豫章后，奉命驻军此地，修筑城池，城址在今南昌火车站东南约 8 里的黄城寺，城周长 10 里又 84 步，辟 6 门，称为“灌婴城”，城区面积仅 4 平方公里，这是有史料记载的最早的南昌城墙。南昌从苍茫的历史深处踽踽走来，已有 2200 多个春秋，留下了漫长而丰富的史话。而说起“老南昌”的地理分布就不得不提到“七门九洲十八坡、三湖九津通赣鄱”的民谚，这句民谚基本概括了明清时期南昌城的情况，即一座城门众多、水网密布的南方城市。岁月更迭，山河易变，其间朝代更替，城区迁徙，战事连绵，城门或增或减，城墙或高或低，城区或大或小，给现代南昌留下了许多难解之谜，同时积淀下来无比丰富的历史和民俗文化。七门：即是进贤门、惠民门、广润门、章江门、德胜门、永和门、顺化门；九洲：即是新洲、潮王洲（朝阳洲）、打缆洲、杨家洲、新添（填）洲、黄泥洲、里洲、黄中洲、大洲；十八坡：即是：傅家坡、凤凰坡、骆家坡、戴家坡、十家坡、总镇坡、铁树坡、十八坡、槐树坡、帅家坡、乐家坡、砧头坡、金鸡坡、桃树坡，跃龙坡、灌木坡、煤炭坡、黄泥坡。而所谓的三湖，指的是南昌古城周围的东西北三个湖泊。后来在自然力的作用下，三湖出现了巨大的变化。而九津，指的是南昌城内外的九条水沟，一旦遇到洪涝灾害，这些水沟可以将多余的水资源排入赣江与鄱阳湖。南昌市自古就是一座名副其实的东方水城，具有“西山东水”的自然地势，城市因水而发，缘水而兴，水网密布，湖泊众多，斑斓婀娜，流光溢彩。自古有“落霞与孤鹜齐飞，秋水共长天一色”之美。

南昌人对于水的情节可谓由来已久、根深蒂固。“城在湖中、湖在城内”说的就是南昌。如今南昌城内外主要有：东湖、西湖、南湖、北湖、青山湖、艾溪湖、瑶湖、象湖、黄家湖（含礼步湖、碟子湖、孔目湖）等。南昌城内十几个大大小小的天然湖泊，美丽的湖光水色、璀璨的人文景观，给人以视觉的盛宴，精神的享受，也为南昌平添一份妩媚。湖居的最大价值在于自然、自由、和谐的人文价值，择水而居或临湖而居一直被品质南昌人所追求。在喧嚣的城市中，能够回归自然，又与自然共生，让所有的人情有独钟。南昌不仅是一座历史文化名城，更是一座漂浮在湖面上的城，素有“水都城市”之称。

在南昌有这样一处生态圣地，波清水澜，不喧嚣，不嘈杂，更拥有着独一无二的低密规划和无与伦比的生态环境，这便是瑶湖。江西外语外贸职业学院就是坐落在享誉“天上瑶池，地上瑶湖”的瑶湖风景区之内，青山湖、艾溪湖、瑶湖三座湖泊犹如三颗璀璨的明珠镶嵌在南昌市以东，与江西的母亲河——赣江相邻，三湖相间，风生水起，波光粼粼。

在饶贵生院长的带领下江西外语外贸职业学院通过 15 年的艰辛创建，校园面积由中专学校的 140 亩变为 600 亩，建筑面积是原来的五倍，固定资产总值增长了近 10 倍，教学、工作、生活各方面的设施完整配套。

饶贵生从走进江西外贸学校的第一天起，就怀揣着创办大学的梦想，反复思考着怎样办大学？办什么样的大学？他虽然有读大学的经历，但是没有办大学的经验。从何下手？多少个不眠之夜，他在迷茫中探索，利用外出考察的机会到美、英等国家多所名校参观取经，特别是在清华、北大分别考察学习、进修了 20 天。他从中外名校变化观察高等教育与经济发展水平的紧密关系，18 世纪英国是世界经济强国，那时英国的牛津、剑桥大学成为世界一流的名牌大学。进入 19 世纪以后，美国的经济发展超过英国，美国的斯坦福、哈佛、纽约等大学取代了英国的牛津、剑桥大学。由此可见，经济是办学的基础，哪个地方经济发展快，那里的教育就会随之得到发展。他思路清晰，定位准确，紧跟时代，注重创新。自从江西省外贸学校升格为江西外语外贸职业学院以后，他凭着对教育事业的执着和热爱，开始走上创办大学之路。他在调查研究的基础上，与学校领导班子一起，经过反复讨论，确定了“按国家标准建校，用世界眼光办学”的总体发展思路；拟定了“招得进，育得好，送得出”的办学宗旨；提出了“让学生成才，让家长放心，让社会满意”的工作目标；按照“从严治校，争创一流”的要求，坚持走“特色立校，质量强校，管理兴校”的发展之路。他一手抓新校园建设，一手抓中专转型为大学的办学和教学，狠抓学科专业建设和教学创新，致力打造特色，树立品牌，突出外向型，开办小语种，大力推进理论联系实际、校企合作工作，培养动手能力强的合格人才；开展中外合作办学，采用仿真方式，提升学生外语口语水平和能力，就连学生用膳，也专门开办了外语食堂。

饶贵生在实践中认识到，办学特色是高职院校独特、持久的内涵。

没有特色的学校就没有灵魂。特色院校专业的定位关系到学生培养质量的好差，关系到学院特色教育的形成，更关系到学院的生存与长远发展。作为高职院校，必须以特色立校。如果一所学校没有特色，贪大求全，难以凸显办学质量和办学水平，在激烈的竞争中取胜。

为了抓好特色专业和教学创新，他在专业设置上定位为“面向市场办教育，围绕产业设专业，帮助企业育人才”，根据外部环境和内部因素对专业进行调整。在外部环境中，主要是适应社会需求，专业设置既要以市场需求为导向，根据当地产业政策的要求和产业结构、技术结构的发展变化开设经济发展、社会进步需要的专业，从受教育者的需要出发，满足求学者个人的要求。内部因素是指专业设置可行性的条件，包括在校学生的规模、专职教师的数量、校内外的实验（实训）室等硬件设施。他通过调查研究，极力主张并成功开设了英语、日语、韩语、俄语、阿拉伯语、葡萄牙语、西班牙语、意大利语、法语、德语等十个外语语种；设立了仿真外语实训基地，开办外语商店、外语餐厅，学院用餐、购物，菜名、商品标牌均以英文标注，咨询对话也用英语交流。英语食堂和商店工作人员都是英语专业教师和优秀学生组成，凡能用英语与工作人员对话交流的学生，饭菜价格就能享受八折优惠。学院每个月贴补近 2 万元。学院的这一创举，对提升学生外语口语水平发挥了特殊作用，受到全国同行赞同和学生的欢迎。

另外，学院把各种外语文化节、逢周末播放的英语、日语电影、国际交流活动、由学生每周二自发形成的疯狂英语角等都纳入教学计划。还把海关、机场、银行、酒店的工作流程和经营模式搬进校园，让学生进行国外商务活动模拟训练。

饶贵生坚持以人为本，着力培养能适应社会经济发展需求、人才市场需求和学生就业需求的高素质技能型人才，面对江西及全国开放型经济高速发展的新形势，结合学院自身的专业特色作出了科学准确的定位，着力抓好打造特色，树立品牌、增强后劲工作，坚持“从严治校，争创一流”，使学院形成具有自身鲜明特色的先进办学理念，科学的办学指导思想，准确的办学定位，闯出一条全新的办学路子，为国家输送大批高素质外经贸专业实用型人才。

学院通过多年的办学实践，越来越深刻地体会到，办学特色是高职院校的生命线，是独特而又持久的内涵。如果没有特色，贪大求全，就难以凸现办学质量和办学水平。因此，应当立足区域、地域实际，发掘、培育自己的办学特色。只有重视特色培育，才能使学院具备质量之源、生存之本。一所没有特色的高职院校在市场经济激烈竞争中很难生存和发展。基于这样的认识，饶贵生在办学过程中锐意创新，主攻一个“外”字，打造以“外”字为核心的办学特色，坚定不移走国际化办学之路。专业设置突出一个“外”字，以涉外专业为主体，构建适应行业区域发展需要的特色鲜明的专业体系，用世界眼光办学，学习借鉴国外先进办学理念和教育管理思想，提高办学层次与水平，使师资队伍建设、教学管理、学生就业等与国外先进教育接轨。他一步一个脚印开创外语外贸职业学院的专业特色，不求热闹，不搞规模，不逾文科边界。专业不在多，而在于精，在于有特色，能打响品牌效应。目前已形成五十个以培养外向型人才为特色、众星拱月般较为完整的专业群。

六十二、招生工作

“禹门三级跳，鲤鱼变为龙。”饶贵生自 2000 年 12 月，被调任江西省外贸学校党委副书记、校长，经历了由中专升格为高职，升格后他被重新任命为江西外语外贸职业学院党委副书记、院长。

在学院初创阶段，饶贵生带领师生员工打基础，扩规模，建校园，筚路蓝缕，风雨兼程，艰苦创业，排难而进，改善了办学条件，扩大了办学规模。他通过调查研究和不断学习，了解到衡量一个国家高等教育发展程度的高低，主要看其毛入学率。毛入学率是指一个国家的 18 岁至 25 岁青年上大学人数占该年龄段总人数比例。具体有三个标准：精英教育阶段，毛入学率低于 25%；大众化阶段，毛入学率高于 25%、低于 50%；普及化阶段，毛入学率高于 50%。

在他走上教育工作岗位、调任江西外贸学校校长的当年（2000 年），我国高校的毛入学率低于 25%，属精英教育阶段。15 年（2015 年）后，我国高校的毛入学率已经接近 40%，进入了大众化阶段，且其趋势正在朝着普及化阶段迈进。

饶贵生经多方调查，掌握了大量的第一手资料，对高职学院的办学规模作出了科学评判，通过反复分析，归纳为：5000 人以下是困难线，8000 人至 1 万人是生存线，15000 人至 18000 人是黄金线，20000 人以上是风险线，容易大起大落。

江西外语外贸职业学院的办学宗旨是“招得进，育得好，送得出”。这里，“招得进”既是办学的前提，又是办学的基础，是决定学校生存的关键。没有招生这个办学的前提和基础，或者说招生工作没有做好，不仅后面的“育得好，送得出”都要落空，而且学院的生存都成问题。

荀子曰：“岁不寒无以知松柏，事不难无以知君子。”新设立创办的高职学院不仅面临创建新校园的艰巨任务，而且面临招收“大专”学生的首要任务，招生形势非常严峻。外语外贸学院初创时期，尚没有知名度，另外，人们的传统观念对职业教育不认同，高职院校普遍存在招生难的问题，刚刚创办的高职院校招生工作难上加难。对此，身为学院院长的饶贵生深感肩上担子沉重。他在升高职后的第一个校务会上，部署安排创建新校园任务的同时，紧急布置首次招大专新生的任务。那年正值高考从 7 月调整改到 6 月的第一年，高考在 6 月就已结束，6 月 23 日公布考试成绩后，上录取分数线的考生就要填报择校志愿。饶贵生在散会之后专门找分管招生工作的副院长刘权辉和时任招生处处长的熊南永商量，采取分片包干、责任到人的方法，在分派人员下到全省各地中学进行宣传的同时，分头联系省电视台和 11 个辖区市电视台做广告宣传。这时正是考生即将填报志愿的前夕，电视广告宣传非常奏效，结果，通过艰苦付出和勤勉努力，当年胜利完成省教育厅下达的招生指标任务，招入新生 4000 余人。后来在省考试院肖辉院长的关心下，从 2008 年开始，一连三年安排饶贵生在省高招工作动员大会上作典型发言，介绍学院概况及办学特色、学生就业前景，对提高学院知名度，起了非常大的推动作用。

不做事，永远没有难度。若要做事，就要早动手，动手晚难度更大。在 2003 年至 2007 年外语外贸学院“打基础、扩规模、建校园”的初创阶段，为了顺利进行招生工作，学院招生处的同志分头深入各市、县进乡入校进行招生工作宣传，学院组织人员认真撰写学院《招生简章》，将学院办学宗旨和近年来江西外贸学校外语外贸专业毕业生的就业走向和就业前景写得既简练又全面而具体。在 2004 年招生工作中，饶贵生总结过去几年的经验教训，把宣传动员工作做在前头。明确要求学院分管领导和招生处，从 3 月起着手开展招生的宣传工作，不仅要利用媒体作广告宣传，而且要“进乡、入校”，让社会了解和信任江西外语外贸职业学院，让考生向往外语外贸专业。学院仍然采取分片包干、责任到人的措施和“四个千万”的方法，即：“千山万水跑，千言万语讲，千方百计找，千辛万苦干”，明确责任、目标和任务。经过学院领导班子的统一部署，精心安排，全院上下齐心协力，奋力拼搏，使学院招生工作掌握了主动权。通过“走出去”与“请进来”相结合，在全省和全国有关省市选择一批教学质量较高的中学作为学院的招生基地，建立长期的合作关系，确保生源有保障。2004 年 9 月，随着学院新校园首期建设工程竣工，4000 多名新招收的大专学生如期入驻瑶湖新校园。

2005 年，外语外贸学院的招生工作继续采用全院动员，全员参与，人人身上有任务，个个肩上有压力，分片包干的方式，一级带着一级干，责任到人，奖优罚劣，发扬“四个千万”精神，进村入户，进校入室，访家长，求老师，找生源，努力完成年度招生任务，如期实现办学规模。为了适应当时竞争日趋激烈的招生形势，学院运用市场化手段搞招生工作，迅速与全省 100 多所中学建立了良好的合作关系。从这年开始既招收初中毕业生，又招收高中毕业生，既在江西本省招生，又在全国各地招生，至 2012 年已从全国 22 个省市共计招生 5000 多人，在校生人数达到 12000 人。

从 2006 年开始，在没有给招生经费的情况下，填报江西外语外贸职业学院志愿的考生每年上万人，实际招生数都在 4000 人以上。录取分数线要高于省专科分数线 50 分，年年超额完成了招生计划。招生人数和在校生规模，连续六年在全省高职院校中名列前茅。

2008 年至 2012 年，是江西外语外贸职业学院转入“抓内涵建设、促质量提高、创品牌特色”阶段。经过全院上下努力，实现了从规模扩张向内涵建设发展的根本性转变，内涵建设取得了较为显著的成绩，教育质量明显提高，人才培养质量得到了省教育厅等上级部门的肯定和赞扬，招生、就业实现了“进口旺、出口畅”，学院的办学规模和质量都走在全省高职院校的前头，受到社会各界的好评。

2009 年 6 月，学院原党委书记温诒忠同志因年龄到点光荣退休，组织上任命饶贵生为学院党委书记兼院长，学院的各项管理工作实行“一肩挑”。说心里话，饶贵生真舍不得温诒忠离开学院领导岗位。他自从被调入外贸学校与温书记搭班子以来，共事多年，关系一直协调顺畅。温书记温文尔雅，器宇敦厚，年龄比他大 5 岁，是个“老三届”。“文化大革命”期间被分配去乐平一座小煤矿工作，先是下井扑煤尘，后上讲台罩粉笔灰，给矿工子女当教师。调回南昌后，被安排在刚刚恢复重建的江西省对外经济贸易学校任教，后来担任学校副校长、党委书记等领导职务。温诒忠 20 多年如一日，在本校辛勤工作，默默耕耘，为学院的发展作出了有益贡献。

饶贵生双肩挑起外语外贸学院党委书记兼院长的两副重担以后，更加明确地感到自己责任重大，使命光荣。他鼓足干劲，发愤图强，以内涵建设为抓手，以提高质量、打造品牌、提升水平为内容，以培养德智体美劳全面发展、高端技能型人才为目标，狠抓示范校建设，创新高职办学体制，坚持开放合作办学，增强社会服务功能。

在此后学院每年的招生工作中，饶贵生高度重视，身体力行，带领学院党政领导“一班人”团结一致，齐心协力抓住招生这项被称为“办学的前提和基础”的工作。分管招生工作的学院副院长刘权辉和招生处处长熊南永等同志每年都积极主动抓招生工作，耐心细致，不畏艰辛，为学院扩大办学规模，确保学院每年招收新生“进口旺盛”，立下了头功。后来，熊南永同志经民主推荐和测评、组织部门考察，被提拔为外语外贸学院副院长。

人们知道，我国的教育制度历来是秋季招生，新生入学一般都是在 9 月 1 日。南昌的气候，秋天仍然非常燥热，秋老虎发威热浪翻滚。每年 9 月开学时节，南昌天气酷热异常，新生初来乍到，心情浮躁，需要老师和学校通过耐心细致的工作，热情服务，方能让学生安下心来上学。对此，饶贵生倡导“一切为了学生，为了学生的一切”，让新生过好“第一天、第一周、第一月”，使每个新生都能适应大学新环境，融入大家庭，安心就读。为了不让一个学生因家庭贫困、经济困难而辍学，外语外贸学院一是帮助贫困学生办理助学贷款；二是给予贫困学生一定的助学补贴；三是帮助贫困学生在假期安排勤工俭学，做兼职暑期工等。通过采取“打组合拳”的办法，减少了流失率，确保了每个学生都能安心就读，完成学业。

事实证明，经济基础是兴办大学、发展教育事业的前提和基础，饶贵生深感“手中有了人民币，建校办学有底气”。他带领学院领导班子成员加强对外联络，创造更加宽松和谐的发展环境，通过积极主动加强与省教育厅、商务厅、财政厅以及国家商务部、教育部和财政部等部门的联系，争取上级有关部门给予更多更好的政策、项目、资金、人脉支持，增加财政拨款，开辟经费来源渠道，增强办校财力。他运用国家相关政策，向有关部门提申请、写报告，促进和加快提高了学生年生均拨款标准由 6000 元增加到 12000 元。

六十三、师资建设

衡量一所大学的重要标准就是师资力量。在饶贵生确定的江西外语外贸职业学院办学宗旨中，“育得好”是重点、是中心，是决定办学成败的关键。学院狠抓师资队伍建设，不断壮大师资队伍，同时采取教书与育人相结合的方式，创新育人模式，坚持立德树人。

清华大学校长梅贻琦有句名言：“大学者，非谓有大楼之谓也，有大师之谓也。”百年大计，教育为本。教育大计，教师为本。一所学院的办学质量如何，教学是重点、是中心，是决定办学成败的关键。而教学质量这个重点、中心的“关键”是教师。身为学院院长的饶贵生，深知师资队伍建设是提高人才培养质量的关键。因此，他自始至终都十分重视师资队伍建设，多年来一直致力于抓好“三支”教师队伍（学院基本教师队伍、外籍教师队伍、客座教授队伍）。他和学院领导班子一起，注重高素质教师引进工作。为建成“双师”优良、结构合理的教学团队，学院采取多种措施，努力提高教师综合职业素养与实践教学能力。职业学院升格创办之初，学院紧缺外语教师，饶贵生千方百计想办法，短期内到翻译公司高薪聘用钟点工教师，特事特办渡过难关，请到了别人请不到的老师，办成了别人办不成的专业。此后几年，学院按照公平、公正、公开的原则，每年引进几十名研究生，他们毕业于国内重点大学或“211 工程”高校，以适应和满足办学规模不断扩大、新开专业不断增加、质量要求越来越高的新要求。至 2014 年，学院共引进了 300 多名硕士研究生学历和讲师以上职称的外语、计算机、国际贸易等专业的青年知识分子，充实教师队伍。同时，为保证学生能学到纯正流利的外语，学院专门到国外招聘优秀专任教师，逐渐聘请了近 20 名来自美国、英国、澳大利亚、日本、德国、西班牙、韩国等国家的优秀外籍教师来学院教授外语课程，已成为省内高等院校中拥有外籍教师最多的学院之一。为丰富实践教学，学院还聘请了一大批国内知名高校的教授、专家、学者及有关外贸进出口公司的总经理、业务骨干为客座教授，担任校内外实训教师，定期来学院举办学习讲座，为师生传授实践知识和专业技能。学院共计聘请了 150 名行业、企业骨干担任兼职教师。形成了由学院专职教师、企业专业人员和外教组成的数量充足、素质优良、一专多能的教学团队，造就了一支师德高尚、业务精湛、专兼结合、“双师”突出，能适应省级示范性高职办学需要的教师队伍。目前学院有各类教师 600 多人，其中专任教师 459 人，全部为大学本科或研究生学历。其中，副高级职称以上有 134 人，博士 9 人。有省级教学名师 3 人，省级骨干教师 10 人，省级专业带头人 2 人。这些招聘来的专职和兼职教师，在这座颇像万国建筑博览会的校园里工作舒畅，生活舒心。毕业于四川外国语大学德语系的四川姑娘黄利，原本是以旅游者的心态来到南昌应聘江西外语外贸职业学院教师的，待了几年后，她说，她的家乡成都虽然是一座适合休闲居家的城市，但在南昌，她却找到了自己的事业和归属。德国籍教师亚历山大，在外语外贸学院找到了心仪的爱人。他的夫人是位南昌妹子，节假日他常去岳母家里蹭饭。他用南昌话说：恰（吃）饭啰，让岳母娘的家人笑得捧腹喷饭，其乐融融……

面对学院日益壮大的教师队伍，如何带好这支教学团队，饶贵生深感责任重大。他反复分析研究学院师资队伍的现状和所存在的问题与薄弱环节，明确认识到要留住优秀教师，必须重视环境留人，决定从师资队伍思想政治工作入手，创造宽松优厚的环境和条件。他认真思考相应对策，经常是在深夜琢磨研讨，每想好一个思路就夜半三更从床上爬起来，拉亮灯在房间的书桌上及时用笔记下来，以免第二天回忆时难以“复原”，他的很多办学思路都是在深夜撰写的。例如他用心良苦地倡导制订出学院开展争做“六好”教师的条件和标准，即：忠诚党的教育事业、有过硬的专业知识、有高超的讲课艺术、有爱岗敬业精神、对学生充满爱心、能为人师表以身作则，就是他在深夜思考出来的。党的十八大召开以后，他结合学习党的十八大精神，组织全院师生开展“实现中国梦·大家齐行动”大讨论，他带头作了题为《实现中国梦是全体中华儿女的共同期盼》的专题讲座，提出了十条具体目标，描绘了学院未来发展的美好蓝图，引导大家把党的十八大精神真正落到实处，促进学院又快又好发展。在深入贯彻落实十八大精神中，他结合开展党的群众路线教育实践活动，提出在全院进行“我心中的好大学、我眼里的好党员、我期盼的好教师”专题大讨论。他注重抓学院领导班子组织建设、思想建设和廉政建设，为了加强院、系两级班子建设，增强治校办学能力，学院坚持在每年年初开展领导班子民主测评会和中层干部述职述廉活动。他重视抓教职工的思想政治教育，加强师风师德建设，强化绩效考核、名师评选等活动，增强激励机制，打造专业水平高、思想品质优、工作作风实的优秀教师队伍。使全院教职工提高认识，统一思想，正确处理好全局与局部、眼前利益与长远利益关系，克服功利主义、享乐主义思想，张扬奉献精神，树立正气，鞭策后进，凝聚干事创业的正能量，保持艰苦奋斗、乐于奉献的精神和锐意进取、开拓创新的激情，尽职尽责做好工作。特别是对党员和领导干部要求更高，号召大家都要以身作则，模范带头，把勤政为民牢记于心、付诸行。

为了建设高水平、高素质的师资队伍，学院加大投入力度，实施“人才强校”战略，持续开展“两化一型”（硕博化、双语化，双师型）工作，建立了较为完善的管理制度和人才成长机制，坚持培养与引进并重、学历教育与技能培训并举、师德教育与业务提高并行的方针，制定各种制度鼓励中青年教师在职进修或离职进修，提高青年教师的教学能力与业务水平。学院通过各种形式和渠道加强师资队伍建设，着力提升办学软实力，促进人才培养质量提高，为加强学院人才培养工作提供强有力的后勤保障。学院始终保证教学经费的支出在各项支出中处于优先的地位。仅 2011 年学院就投资 50 多万元送教师赴国外培训，投资 30 多万元送教师到企业挂职锻炼，斥资 100 万元为专职教师配备电脑。学院通过选派出国培训、学历进修、短期培训，以老带新、岗位练兵等各种形式，提高教师的实际教学工作技能。学院要求无企业工作经验的教师到对口专业的公司、企业挂职锻炼半年以上，补充实践课程内容，获取“双师型”证书。会计系的徐艳老师边工作边学习，通过刻苦钻研，获得硕士研究生学位。后来，由于工作业绩突出，理论实践水平较高，属典型的“双师型”教师，于 2011 年就评定了正高职称，成为当时外语外贸学院最年轻的女教授。

人才培养模式是高职院校的核心内容。为适应社会需求，学院以职业能力培养为核心，以产学研为主要途径，不断创新育人模式，引进了德国成熟成功的行动导向理念教学方法，使学生有较强的专业操作能力，有良好的外语应用能力，有爱岗敬业和吃苦耐劳精神，有较好的团队合作精神和沟通协调能力，有开拓创新能力。围绕社会经济发展，依托外经贸行业，重点为开放型经济发展培养和输送“理论用得上、外语能开口（口译能力较强）、操作能力强”的高素质技能型人才，使毕业生达到“学外贸的能谈判，学会计的会做账，学外语的能开口讲”的要求，培养学生熟练掌握本专业技术能力，使学生能较快适应工作岗位要求。全院上下紧密围绕“育人目标”积极开展工作，使学生通过学习专业知识实现“一专多能”，拿到“一凭多证”。全方位为学生成长成才服务，构建起了教书育人、管理育人、服务育人和环境育人的良好氛围和工作格局。

学院为了打造特色品牌，提升教师的外语水平，切实加强“双师型”队伍建设，长期以来选送专业教师到企业顶岗实践培训。同时，学院通过自愿报名和竞争考核相结合的办法，逐年选送部分教师以访问学者等形式到国内外进行培训学习，提升教师的外语水平，促进“双语化”课程建设。在商务部的关心与安排下，本院英语系赵越老师被派往比利时布鲁塞尔欧盟总部进修一年，英语水平明显提高，后来成长为江西省有名的英语同声翻译专业人才。这些出国进行培训的教师，通过走出国门，打开了眼界，增长了见识，了解了外国高校的教学管理经验，观赏了异国风情，结交了他乡教育界的朋友，收获甚大。学院还通过自身学习、终身学习等多种途径，开办暑期教师办公软件应用能力培训班、辅导员心理健康教育技能专题培训班，提高教师的教学能力和水平。学院制定优惠政策，鼓励教师提高学历学位档次。学院适合启动了“博士引进和培养工程”，支持鼓励已取得硕士研究生学位的在校教职工报读博士研究生。徐睿老师便是本院鼓励支持培养的第一位博士研究生。与此同时，学院还启动院级名师考核评选活动。学院开展了第一届院级名师评选工作，通过系部初评、中评及院级终评三大环节，优中选优，遴选出一批师德高尚，教学水平较高的教学名师。通过名师评选活动，带动和促进了素质优良、专业熟练、乐于奉献的师资队伍建设。

在教学改革方面，饶贵生组织和带领学院班子着力推动各级精品课程向精品资源共享课程转型年级工作，在科研方面取得了良好成绩。按计划完成了邹建华教授主持的国家级精品课程“国际贸易实务”的所有授课视频拍摄和剪辑，成功获得教育部批准立项。各系部各类省院级精品课程的申报和拍摄工作如期完成。学院“商务英语翻译技巧”“国际商务入门”“导游英语与模拟实训”“基础会计实务”“计算机基础应用”等多门课程入选 2013 年省级精品资源共享课程。学院就业指导与训练课程入选全省高校职业发展与就业指导示范课程。学院教材建设成果丰硕，由饶贵生亲自主持编写的 21 世纪规划教材国际贸易系列之一的《国际贸易实务》教材荣获全省高校优秀教材一等奖。会计系老师联合编写的《基础会计实务》和《财务管理实务》两部教材在第五届全省普通高等学校优秀教材评选中荣获二等奖。一批批优秀课程教材建设与改革，不仅促进了中青年教师整体教学水平的提高，也扩大了学院体质教学资源的辐射范围，进一步提升了学院的内涵建设和办学质量。

总之，通过事业留人、待遇留人、环境留人，学院的师资建设工作犹如春风化雨，滋润着每一位教师的心田，吸引和留住了一大批德才兼备、师德高尚的教师留校潜心育人，默默奉献。

六十四、育人管理

满眼生机转化钧，天工人巧日争新。江西外语外贸职业学院进入新的发展阶段，到 2010 年，在校学生规模已稳定在 15000 人左右。学院认真践行“招得进、育得好、送得出”的办学宗旨，深谙“育得好”是办学的重点和核心之道理，一环扣一环地抓好育人管理创新工作。

学院通过综合施策，不断加强学生管理工作，培养德智体美劳全面发展合格人才，提出了培育学生成为合格人才的“六有”标准，即：有理想抱负，有一定的专业理论知识，有良好的外语水平，有较强的操作技能，有爱岗敬业和吃苦耐劳精神，有强壮健康的体魄。

为了有的放矢地做好学生的思想政治工作，饶贵生针对学院三个年级阶段学生的思想变化，亲自动手精心撰写专题讲座，每年对学生举办“三场讲座”：对一年级新生作题为《争当志存高远，树立理想的大学生》的报告；对二年级学生作题为《勤奋好学、练就过硬本领》的讲座；对三年级毕业学生作题为《学会感恩，回报社会》的讲座报告。饶贵生三个讲座的内容立意深远，一脉相承，相互关联，相得益彰。通过旁征博引，用讲故事的方式，晓之以理，动之以情，从“什么是人才”“大学生如何成才”入手。娓娓道来，环环紧扣，由表及里，由远及近，层层深入。最后，他围绕主题归纳出青年大学生成长成才需明确方向，瞄准目标，锲而不舍，久久为功，从以下几个方面奋力拼搏，不断进取。首先，要志存高远，树立远大理想；其次，要有崇高的使命感和社会责任感；再则，要勤奋学习，刻苦钻研，掌握安身立命，建设祖国的过硬本领；四是要把理想与行动有机统一起来，既仰望星空，又脚踏实地，注重实干，务求实效；五是要学会做人，做一个讲诚信，守规矩，与人为善，助人为乐，既有高尚情操，又有良好形象，脱离了低级趣味的人；最后，要加强体育锻炼和心理素质，打造强壮的体魄，健全的人格，阳光的心态，未来能应对和战胜人生旅途上的风霜雨雪，各种风浪。饶贵生一连坚持了十年跟学生做讲座，听讲座的学生达到数万人次，他的每一次讲座都充满激情，非常感人，犹如阳光雨露，洒下炫目的光辉，照亮着学子们一张张快乐、兴奋、充满憧憬的笑脸。为学生播下希望的种子，开启奋斗的航行。

加强学生思想政治教育工作，进一步服务青年成长成材。早在2004年，学院就成立了“心理咨询室”，从人力、物力、财力上不断加大学生心理健康教育力度，开展学生个体心理咨询服务，建立功能齐全的心理活动室和心理放松室，开设了“大学生心理健康教育”课程，创办了《青年之声报》，建设了心理咨询中心网站，关注学生的身心健康。学院通过主题团日活动、演讲比赛、座谈会、观看专题片等多种形式，深入开展党的教育方针政策学习宣传活动。学院举行了“微传递・巨能量”等媒体传播活动，吸引广大学生参与。学院继续以“大学生成长论坛”和“中外文化青年大讲堂”两个平台，深化“一校一品”工作格局，提高学生人文素养。共举办了多期由校内外知名学者、专家主讲的“中外青年文化大讲堂”，帮助学生开阔了视野，提升了人文素养，丰富了校园文化生活。学院广泛开展“实现中国梦・大家齐行动”主题教育活动，创新青年思想引领工作。举办了“与信仰对话”主题报告会，组织了“中国梦・我的梦”主题演讲比赛和“三下乡”主题社会实践活动、思想分享会、学术沙龙、征文竞赛等，引导学生为实现中华民族伟大复兴的“中国梦”而努力奋斗。学院积极开展主题教育活动。举办了争创“勤奋好学，文明守纪”大学生主题教育宣传周活动、“大学生树立正确恋爱观”主题教育月活动，以“自知、自尊、自律、自爱、自保”为主题的关爱女生身心健康宣传教育活动。主题教育活动的开展，对学生勤奋好学，文明守纪，培养德智体美劳全面发展的外向型高端技能型人才起到了良好的促进作用。此外，学院还组织开展了各类志愿帮扶活动，培养学生的社会责任感和社会实践能力。2013年，学院被省教育厅评为“全省省情教育先进单位”，被省委教育工委、省教育厅授予“全省高校思想政治教育工作先进集体”。

被尊为“唐宋八大家”之首的唐代著名文学家韩愈说过：“古之学者必有师。师者，所以传道授业解惑也。”饶贵生在抓教师的教学质量过程中，积极探索任课教师与班主任协同育人的新模式，撰写出《如何做好高职院校班主任（辅导员）》的论文，提出当好班主任必须具备“三心”：

责任心、耐心、爱心；把握“三个要点”：调查研究熟悉情况、爱岗敬业勤奋工作、为人师表严以律己；抓好“三个重点”：选好班干、订好班规、树好班风。他的这篇文章在学院的《学报》上刊登以后，在全院教师特别是班主任中产生了积极反响，取得了良好的指导和示范效果。后来，该论文发表在 2009 年 4 月《江西教育》杂志上，获得了一等奖。

在加强校风学风建设、促进学生全面成长的过程中，饶贵生长期组织开展强化学生日常教育与管理系列活动，为加强校风学风建设，创造良好的教书育人环境，使学院形成长效管理机制。他组织和带领院、系两级领导率先垂范联系班级，着力抓“辅导员与任课教师相互配合、共同抓好教书与育人相结合”的工作。他以身作则，联系自己挂点的国际商务（4）班，担任该班“国际贸易”课程的教学任务，亲自指导和参与班级管理，以争当“勤奋好学，文明守纪”合格大学生为主题在该班开展了富有特色的“五个一”活动，即上一堂入学教育课，布置一次专题作业，出一期专题黑板报，发一份倡议书，举办一次主题班会。践行辅导员与任课教师合力育人，取得了良好效果。他以制度建设为先导，进一步完善学生管理工作机制。学院开展了强化学生日常教育与管理工作，多次举办“学工论坛”，每月组织召开“学生工作典型案例研讨会”，对学生日常教育和管理情况进行汇总分析，并对发现的问题及时通报及督促整改。为学生营造良好的学习和生活环境，制定了《关于进一步加强学生安全管理工作的通知》，使学生日常教育管理更加科学化、制度化和规范化。在学生资助工作中，规范评审工作流程，完善报送评审材料，对每一项工作都制定了精细化操作流程，圆满完成学生资助各项工作。为了让学生有一个安定、舒适的学习环境，饶贵生高度重视安全稳定工作，他要求学院各部门按照“管好自己的人，办好自己的事，看好自己的门”的总体要求，保证了维护稳定工作扎实有效开展。多年来，学院综合治理维护稳定工作实现了无交通事故、无火灾、无中毒、无重大人员伤亡和财产损失，学院连续多年被评为省商务厅综合治理先进单位，连续三次荣获全省文明单位，为推进学院的教育教学改革创造了良好的条件。

六十五、教学改革

没有世界眼光，就抓不住历史机遇。没有世界眼光，也闯不出康庄大道。学院着眼长远，锐意改革，争创一流，狠抓内涵建设，努力提高办学质量，着力培养德智体美劳全面发展的合格学生。饶贵生与分管教学的周建华副院长一道，带领学院整个团队从深化改革入手，狠抓教学创新工作，取得了明显成效。

学院自列入“省部共建”序列以来，进一步加强内涵建设，提质量、创特色、树品牌，提升办学治校水平，立足商务行业，打造“江西国际商务职业教育集团”平台，增强社会服务功能，为企业行业提供优质服务。学院逐步完善实践教学条件，本着“优势互补、互惠双赢”的原则，依靠职业教育集团企业单位的支持，打造设备齐全、条件优越、职业环境真实的实践基地，充分满足教学与培训需要。来鑫公司把公司搬进学院校园来开展校企合作，在校园内共同打造出了国际电子商务产业园。该项目将成为学院实训教学的一大新亮点。对做强做大电子商务专业，发挥了积极作用。

在普通高校，外语教学注重的是基础知识和听说读写能力。在这里，除侧重外语能开口、操作能力强，还需掌握国际商务，国际金融等方面的知识，学生毕业后才能很快胜任外贸行业的工作。电子商务专业，本科院校一般大三才开始上第一门专业课，在这里，第一学期便接触由老师整合起来三门专业课：《电子商务概论》《市场营销》《网络营销》。而且，市场调查、网上实践，需占到一半以上的学习时间。几年下来，在电子商务师资格考试中，该院报名学生的通过率达到 80% 以上。曾记得，在黄山举行的全国大学生网络营销大赛，共有 164 所学校组队参赛，开设网店 1000 余家，由该院代表队开设的“飞鸟部落”和“自由星期八”网店名列前茅，被评为十所优秀院校之一。

学院注重深化教育教学改革，创新育人模式，加强日常教学管理，营造良好教风学风。学院成立了学术委员会，专业建设委员会和督学办等管理领导机构，建立和健全了院、系（部）、教研室三级教育管理体系。每个教学部门均有明确的职责分工。督学办公室随机随堂听课，反馈意见。定期组织学生开展评教等形式的日常管理活动。院、系两级领导继续坚持带头上课，开展院、系两级教学巡查，有效监管课堂教学质量。坚持举办公开教学，并组织课后评议活动，落实教学“传帮带”措施，确保新教师能尽快进入教学角色，促进教师之间的教学交流，营造浓厚的教研氛围。督导办针对教学违纪行为及时下发违纪处理单并及时整理归档。此外，每学期期末教务处与实训中心、各系（部）通力合作，完成涉及在校师生 10000 余人次的教师教学质量考核工作，进一步加强了日常教学管理，营造了良好的教风学风。同时，把握职业教育发展新趋势，创新人才培养模式。学院积极探索高职本科联合办学试点工作，为促进学院“升级”奠定了基础。学院把握职业教育发展脉络，着眼“升级”，积极探索多途径培养技能型人才试点，在省教育厅虞国庆书记和省商务厅王水平厅长的关心和支持下，饶贵生在调查研究，学习借鉴兄弟高职院校成功经验的基础上，强力推动与江西财经大学联合培养四年制本科层次高端技能型人才，经过多次沟通，不懈努力，从 2014 年开始与江西财经大学联合培养电子商务和国际经济与贸易专业人才各五十名。该项试点工作非常成功，是学院人才培养方式的一大突破，提升了学院办学品牌，并能为学院将来“升本”积累办学经验。学院开展中高职衔接试点，贯通人才培养立交桥。为拓宽人才培养途径，提高技术技能人才培养水平，促进现代职业教育体系建设，学院着手准备与江西省商务学校开展中高职对接改革试点工作，对接专业为商务英语、会计、电子商务。学生在江西省商务学校经过三年学习，成绩合格取得中专毕业证书后，再用两年在本院学习，成绩合格取得高职大专毕业证书。这一改革是学院人才培养方式的又一创新点，为促进全省中高职衔接、协调发展增光添彩。学院启动辅修第二专业试点工作，提高学生就业竞争力。

饶贵生对待学院升本工作的态度是：不等待，不浮躁，不悲观。学院经过八年艰辛勤勉打造，于 2014 年成功试办了“本科班”，为学院今后提升办学层次，由高专升本科打下了坚实基础。2014 年 6 月，学院被正式确定为江西省首批培养应用型本科人才试点院校。

为了拓宽学院学生知识结构，提高就业竞争力，2013年下半年，学院开展以电子商务专业为试点的第二专业培养工作，这是学院教学工作一个新举措，也是学院实施教学改革的有益尝试。适应江西发展新形势，率先成立电子商务学院。为响应省委、省政府关于着力发展电子商务产业的号召，适应电子商务行业蓬勃发展的新形势，培养江西急需的高端技能型电子商务人才，2013年11月，经省商务厅批准，学院信息管理系更名为电子商务学院。新成立的电子商务学院大力拓宽校企合作平台，先后与上海网萌网络科技有限公司开展了“双十一”校企合作实践活动，与江西淘鑫电子商务有限公司合作设立“江西淘宝大学电商精英培训中心”等。电子商务学院的成立，使学院电子商务专业更加强大，为打造江西电子商务产业高端技能型人才培养培训基地提供良好保障。有效推进了课程与教材建设，探索出了一条教学改革创新新路子。

学院大力支持鼓励全院师生参加各项赛事活动，并取得骄人成绩。为了提高学生的专业技能，引导和鼓励学生参加全国各类技能竞赛，学院专门研究制定了针对辅导老师和参赛学生的技能竞赛奖励措施，调动了老师和学生的参赛热情和积极性。2013年，学院教师共获得国家级和省级各类奖励14项，学生共获得全国各级各类竞赛奖励37项，其中全院师生在国家级教学竞赛中共获一等奖2项、二等奖9项，三等奖3项，为学院争得了荣誉。特别是学院学生代表在全国职业院校技能大赛高职英语口语赛事上获得的英语专业二等奖和非英语专业二等奖，是学院在全国职业院校技能大赛上取得的突破性成果。此外，各系也结合自身专业特色组织各类专业竞赛，在学院内部营造出一种你追我赶比专业赛技能的良好氛围。为表彰先进，学院还召开了2013年度参加省级以上竞赛表彰大会，进一步激发了师生积极向上的进取热情，鼓励大家继续努力为学院提升办学知名度添砖加瓦，多创佳绩。

创新教学管理理念，提高教育教学质量。学院对以学校和课堂为中心的传统教学模式进行改革，不力推行产学结合、工学交替等现代职业教学模式。一是积极推广以学生为主体的德国“双元制”职业教育模式和行动导向教学理念。所谓“双元制”，就是企业、学校联合开展职业教育，即：学校负责理论知识、公共课等教学；企业主要培养学生动手操作的技能、技术。二是实施小班化课堂教学，语言类专业实施小班化教学，实行中外教师联合授课。三是通过开展系列活动提高教师教学水平。四是健全教学质量监控体系。编写《教学管理制度汇编》，强化监控力度，充分发挥院系两级领导、教研室负责人和督导办教师听课、评课、检查和指导的作用。五是大力支持鼓励教师参与教学改革和科研立项。

实用，可谓是职业教育生存、发展的命门。饶贵生向教学部门提出"学外语的能开口讲，学会计的会做账，学外贸的能谈判"的具体要求，着力抓好以提升教学质量为中心的教学改革，重点在专业理论知识、操作技能及动手能力、提升外语水平三个方面下功夫，取得了优良的业绩，使人才质量明显提高，办学竞争能力增强。学院创新人才培养模式，重点专业广泛开展行业、企业调研，根据各专业技术领域和岗位的不同要求，深入分析岗位工作职责和职业能力要求，以关键能力培养为核心，与合作企业共同创新人才培养模式，分别形成了商务英语专业的"英语十商务十技能"、国际商务专业的"学、做一体"、电子商务专业的"工、学交替"、酒店管理专业的"实践十实训十实习"、会计专业的"工学结合、校企合作"、商务日语专业的"三驾马车（日语能力十商务技能十职业素质）"的人才培养模式。学院对学生既重视实用与实践训练，也不忽视必要的基础知识和理论素养培养。学院已有 69 个校内实训室，每个专业有一个以上；100 多个校外实训基地，每个专业有两个以上。学院组织学生参加全省大学生英语风采大赛，成绩一年比一年好。2012 年比赛已经不分本科和高职，但在团体赛中，外语外贸学院荣获第二。在单项的英语演讲比赛里，外语外贸夺第一名。此外，学院还参加了 CCTV 主办的全国大学生英语演讲比赛，获得江西赛区的二等奖。2013 年 7 月学生参加由中国国际贸易学会和外经贸职业教育行指导组织的"外贸单证技能竞赛"，获得团体总分第一名和高职组个人一等奖。

在信息中心大楼里，像蜂巢一样密布着一间间实训室。在国际贸易实务楼模拟实训室，学生通过虚拟的贸易平台，依据教师提供的原始资料以及各国市场行情、国内外货源情况等信息资料，扮演口出商、进口商、供应商、出口地及土进口地银行等各类角色，从而掌握国际贸易的物流、资金流和业务的运作方式。其谈判间也模仿广交会，搭建了三个不同经营类型的公司展台，柜台上摆放实物样品，由学生扮演进出口双方，直接以英语进行磋商谈判。物流实训室，由自动化仓储区、分拣及配送作业、供应商、零售商及第三方物流公司共五部分组成。可实现运输、仓储、配送、连锁经营、第三方物流等基本功能，以加深学生对现代物流理论的感性认识。旅游实训室，则通过省内庐山、井冈山、龙虎山、婺源等主要景区的沙盘、地图推演，世界各国若干名胜的多媒体播放，训练学生组团、接团、带团、送团等导游必需的技能项目……

饶贵生也非常重视教材建设，组织学院撰编了一批针对性和实用性都很强的新教材，他本人主持和参与并亲自动手带头编写教材，他编写的教材已出版的有《国际贸易实务》《市场营销》《就业指导》系列丛书等近 10 本。仅 2013 年，教师申报各级各类课题共 80 多项，立项 40 项，其中省级教改课题七项高校人文社科课题 7 项，社科规划课题 3 项（含专项课题 2 项），教育规划课题一项，党建与艺术规划课题各 1 项，院级课题 20 项。全年共编辑出版四期《江西外语外贸职业学院学报》，共刊登论文 102 篇，并成功举办全院性各类讲座 50 场，有效地促进了科研水平进一步提高。

漫步校园，处处都能看到充满青春活力的学子们一拨拨地忙碌，穿梭在知识的百花园里，听着他们嘴里不时骨碌碌冒出来的西腔洋调，恍惚间，你真不知这里是在学习，还是在观景？这是在江西，还是在异国？但是一切又很“中国”。日籍教师本田知也感叹地说：这里的学生像蜜蜂一样勤奋、忙碌，整日荡漾在书海和职场练习之中，不断吸取知识营养，锤炼自我，他们很多人学习是为了将来能回报社会、报答父母，展翅高飞，收获希望，走向成功。

六十六、学生就业

学生毕业后能否顺利就业，是衡量一所大学办得好坏的重要标志，能充分体现出学院的教育质量之优劣，关乎学院的声誉和地位。因此，“送得出”是办学的目标，是落脚点。江西外语外贸职业学院始终全面践行落实“招得进、育得好、送得出”的办学宗旨，在努力培养出合格人才的同时，千方百计为学生就业创造条件。

多年来，饶贵生十分重视毕业生就业工作，狠抓加强学生就业指导，提高就业质量和就业率。学院一方面加强对毕业生的教育培养和指导，让学生树立“先就业、后择业、再创业”的正确就业观，另一方面采取各种措施、通过各种途径，千方百计为毕业生架桥铺路，从而确保毕业生都能充分就业，顺利就业，开心就业，使该学院历届毕业生的就业率稳定在 90% 以上，深受学生及家长欢迎。

在如何抓学生就业的问题上，饶贵生思路清晰、明确，按照“面向市场办教育，围绕产业设专业，帮助企业育人才”的办学思路，正确设置专业。他坚持“需求与优势互补”的原则，不跟风，不越格，不趋利，不搞超大规模，根据市场需求和自身优势进行专业设置。在专业上强化“外语、外贸”专业特色，开设外向型、管理型、服务型三大类专业。形成以外向型人才为特色的较为完整的专业群。特别是“国际贸易实务”课程被评为国家级精品课程，“财务管理”等四门课程被评为省级精品课程，商务英语和国际商务专业被评为“江西省高等院校特色专业”，国际贸易实务课程教学小组被评为“江西省高等院校省级教学团队”。学院正朝着“高品位、高收入、高起点”方向迈进、用人单位对毕业生综合评价的满意度均在 91% 以上，对学院毕业生的评价普遍是：“外语好、上手快、能吃苦”。学院的办学竞争力和吸引力明显增强。

2007 年以来，国家商务部机关连续多年在江西外语外贸职业学院挑选了一批又一批毕业生，他们个个能说一口流利的商务英语，写出条理清晰的短文，而且，打字速度每分钟达 100 字以上。有的学生还担任部长秘书，从事办公室翻译、商务接待等工作。一段时间下来，商务部人事司的领导评价道：来自江西外语外贸学院的毕业生，论外语总体水准，北京外国语大学的学生应该比他们强，但是他们的学生外语口语流利，非常勤奋，工作上手快，敬业精神强，听话好用。

“山不在高，有仙则名。水不在深，有龙则灵”。正是由于江西外语外贸职业学院所开设的专业适应了人才市场对不同专业、不同层次人才的需求，培养出的大学生能够“适销对路”，才受到社会和用人单位欢迎，有的专业毕业生出现了供不应求的现象，从而使招生与就业工作步入了良性循环的轨道。学院随着市场变化而不断发展和壮大，根据社会

“行情”文化，几乎每年都在更新着专业设置，到 2014 年学院增加到 9 个系、50 个专业。

学院在抓学生就业工作中，通过对毕业生开展就业问卷调查，实行就业指导教师责任制，建立用人单位信息库，每年组织召开毕业生就业供需见面会，开设《岗前培训与就业指导》课，举办就业指导讲座，为学生进行职业生涯设计等不同方法和手段，加大了毕业生就业指导工作的力度，教育和引导学生转变就业观念，提出“先就业再创业，先生存后发展”。通过加强与社会各界特别是合作就业单位的联系，积极开拓毕业生就业市场，建立起了遍布国内经济发达城市的毕业生就业推荐服务网络。

2009 年 4 月，江西外语外贸职业学院被江西省人民政府和商务部列为省部共建院校，成为省内高职院校以及全国商务系统同类院校中第一个开展省部共建的单位。自共建以来，商务部以多种形式支持学院发展建设。商务部部长陈德铭亲临学院视察工作，对学院工作给予了大力支持和高度赞扬。商务部选派了 30 多名司局级领导亲临学院指导工作和举办讲座。商务部每年都选拔毕业生到商务部机关就业。截至 2013 年，已有近百名学生在商务部机关工作、学习。此外，商务部培训中心，北京饭店贵宾楼，也多次引进外语外贸学院的毕业生加盟就业。

饶贵生非常注重发展与用人单位之间的交流合作，开辟学生就业门路，积极创新人才培养模式和拓宽毕业生就业市场。2012 年 4 月，学院挂牌成立了江西国际商务职业教育集团，到 2013 年参与企业有 100 多家。学院以职业教育集团为平台，不断整合办学资源，与企业合作培养适销对路的专业人才，创建了“合作办学、合作育人、合作就业、合作发展”的校企合作新模式，一个由政府主导、行业指导、学校主体、企业参与的四轮驱动“大职教”新格局已初步形成。该集团后来被教育部评为国家示范性职业教育集团，并受到社会各界的充分肯定和好评。学院创新人才培养模式，深化“校企合作、工学结合”内容，疏通毕业生就业渠道，实施“订单”培养，推进校企深度融合。学院通过“走出去”，积极加强对外交流，大力拓宽校企合作平台。院领导每年分期分批带队前往有关合作单位开展调研活动，学院先后与知名企业江西省美华建筑装饰工程有限责任公司、上海网萌网络科技有限公司、江西淘鑫电子商务有限公司、江西开心人药业集团等企业开展校企合作，就“订单式”培养、建立顶岗实习基地等达成合作意向，特别是引进了与浙江东阳来鑫工艺品有限公司的合作项目——来鑫产学园。这是双方共同创建的创业实训平台，是学院探索的最新校企合作模式，让学生不出校门就能掌握专业知识和实操技能，为促进校企合作和毕业生就业等各项工作奠定了基础。职业教育集团内的许多企业在学院纷纷设立“订单班”，大大拓展了学院“订单”培养的规模，江西正邦集团、美华公司、完美动力动漫公司等每年在学院设立了订单班，学院已拥有省内外 300 多处学生就业基地，并与多家企业实施“订单式”培养模式。江西美华装饰公司汤瑞兴董事长是一名头脑精明，具有战略眼光的企业家，非常重视人才培养和引进工作，与外语外贸学院合作办学，共同举办订单班，培养出了一批优秀专业人才，取得非常好的成效。2011 年学院工商管理系通过与江西一家知名正邦集团合作，专门开设了订单班，第一期订单班学生近百人，这家企业录用了 45 名订单班毕业生进入该企业工作。2012 年起，学院物流管理、营销与策划、工商企业管理专业与江西正邦集团、福建鑫诺通讯科技公司实施了“正邦班”和“鑫诺班”订单培养。单是“订单式”培养的学生，2013 年就输送了近千名毕业生就业，取得了良好成效。此外，饶贵生先后率领各相关部门负责人，专程赴广东、浙江、上海等地用人单位进行考察调研，看望毕业生和顶岗实习生，及时了解当前用人单位对于人才的实际需求，在就业工作方面，通过举办供需见面会和各类专场招聘会学院 2013 届毕业生初次就业率达到 90.19%，高出全省高职高专平均就业率，位居全省前列。11 月，学院实行了 2014 届毕业生校园招聘会，为这届毕业生提供就业岗位 9600 多个，达成就业意向 2000 人次。学院就业工作得到省教育厅肯定，成为省教育厅推荐参选“全国高校就业工作五十强”的两所高职高专院校之一。

诺贝尔经济奖得主刘易斯曾提出一个模型：发展中国家在发展初期，劳动力的供给是无限的，这些国家可以利用低工资、低成本的优势，实现经济起飞。但当发展到一定阶段，劳动力的供给就不会是无限的了，低成本优势将消失。于是，经济拐点出现了，这就是著名的刘易斯拐点。加上世界性的金融风暴，国内一直存在的结构性失业问题将会更加严重。一些传统行业出现大批下岗人员，而一些新兴的产业和技术职业所需要的素质较高的人员又供不应求。国内物流、仓储和电子商务等行业形成了巨大的就业规模。

什么是“一步领先”？什么是“手中有粮，心里不慌”？江西外语外贸职业学院提供了生动的注脚。

江西外语外贸学院的每年的办学情况一般是70%招生在省内，而就业却70%在省外。3/4的毕业生能自己找到工作，甚至未出校门，有的专业被一次性“打包”要去。国内知名丝绸贸易公司——上海国丝贸易公司。每年来学院要人，条件是英语水平达六级，在学院符合条件的有两三百人，对方回回挑到眼冒金星为止。手机配件产品全部外销的广东中山格美公司，10多年下来，现在公司销售部的41个人，包括经理、副经理、主管等，有12个人出自该院。深圳美拜公司，也是一家出口电子类产品的公司，它的业务员，包括财务部的人员，大部分都是江西外语外贸职业学院的毕业生。

如今，在外贸出口最集中的珠三角、长三角、闽三角等地区。到处都活跃着江西外语外贸学院的毕业生，仅在广东、上海等地，就足以拉起一个上千就人的校友会。我省外贸企业的骨干，基本来自于江西外语外贸职业学院。

就业是结果，是落脚点，是决定学院社会地位的关键。由于江西外语外贸职业学院办学特色鲜明，育人模式定位准确，学院培养的毕业生质量高，受到社会各界特别是用人单位的普遍好评。多年来，许多专业的毕业生供不应求，就业率居全省同类院校前列，招生和就业真正做到了“进口旺，出口畅”，使招生、教学、学生就业形成办学的产业链，实现了“招得进，育得好，送得出”的办学宗旨，一批又一批莘莘学子从江西外语外贸职业学院展翅飞翔，奔向祖国的四面八方，登上五大洲跨国公司平台，放飞人生希望，实现心中理想。

六十七、校园文化

校园文化是体现一所学校办学理念、精神和风尚的象征，是一种群体性文化，需要经过长期的积淀而形成。高职院校的校园文化，应该与学院的发展相统一，要有计划地提炼自己的“校园文化”，并将其贯彻到全体教职员工和学生的教育教导以及各项学习和工作中去。通过校园文化建设，能很好地规范学院的办学行为、教师的教学行为、管理人员的管理行为、学生的学习行为，为整体提升学院教育质量创造优良环境。饶贵生十分重视抓好校园的文化建设，实施文化兴校、文化强校战略，精心打造学院的特色名片。学院突出“外”字主题，营造“外”字文化氛围，彰显特色。

通过潜移默化的文化熏陶，教育人、培养人，提升人的精神境界，形成陶冶情操、凝聚人心、文明守纪、奋发向上的优良教风、学风和校风。他着力打造学院“外向型”校园主题文化特色，组织学院有关人员完善了校园标识文化建设，确定了校训，制作了校徽，设计了校旗，谱写了校歌，创办了校报，拍摄了学院专题宣传片，制作了学院宣传画册，建成了校史展览室等。

学院的校训是：“严谨、求知、开拓、创优”。严谨，是指态度严肃、谨慎，细致、周全，追求完善，不儿戏，不荒诞，不粗枝大叶，不马虎潦草。求知，即是探求知识。对知识的作用及历史上人们对知识 的看法进行一一查找；开拓，指从小到大地去发展、扩大；创优，就是尽最大的努力，创造最好的业绩，争先进、创优异。

学院的校歌名为《理想之歌》，其歌词是：

在美丽的赣都大地编织梦想
在典雅的校园之中放飞希望
我们建校创业按国家标准
我们办学育人用世界眼光
在开放的情怀之中跨海越洋
在奋进的道路上托举太阳
我们严谨求知让青春无悔
我们开拓创优让生命闪光
我们辛勤耕耘播种理想
我们披荆斩棘自立自强
我们挥洒汗水

点燃生命的曙光
我们扬帆远航
迎接明天的辉煌
……

在设计制作校徽、校旗、校歌等基础上，为营造“外”字主题文化氛围，学院还认真实施校园文化提升工程。英式、法式、罗马式、阿拉伯式等不同风格的教学楼使整个校园充满着异国风情，各教学楼大厅内镌刻了相应的语言文字，安放了名人塑像，共张贴了200多幅名人名言。在校园的有关广场立起了孔子铜像、博雅鼎和艺术雕塑，着力打造文明校园、生态校园、特色校园，让学生置身于外国语言学习的环境中，接受无声的熏陶，达到“随风潜入夜，润物细无声”的育人目的，整个校园充满了朝气蓬勃健康向上的文化氛围。

新校园具有“中西合璧、现代典雅”的特色，打造出了世界建筑小博览会的风格。在四栋教学楼还安放了麦哲伦、哥伦布、川端康成、郑和下西洋等中外名人塑像和二座艺术雕塑，整个校园充满了浓郁的人文艺术氛围。

孔子名丘，字仲尼，公元前551年出生在山东曲阜，是中国古代伟大的思想家、政治家、教育家，儒家学派创始人、“大成至圣先师”。孔子开创私人讲学之风，倡导仁义礼智信。有弟子三千，其中贤人七十二。曾带领部分弟子周游列国14年，晚年修订六经，即《诗》《书》《礼》《乐》《易》《春秋》。孔子去世后，其弟子及再传弟子把孔子的言行语录和思想记录下来，整理编成《论语》。该书被奉为儒家经典。孔子是当时社会上最博学者之一，在世时就被尊奉为“天纵之圣”“天之木铎”，更被后世统治者尊为孔圣人、万世师表。其思想对中国和世界都有深远的影响，其人被列为“世界十大文化名人”之首。

斐迪南·麦哲伦（全名费尔南多·德·麦哲伦，1480–1521），葡萄牙探险家、航海家、殖民者，为西班牙政府效力探险。1519年8月10日，麦哲伦组织了一支五艘船组成的船队进行环球航行，率领船队从西班牙塞维利亚港出发。船队以特里尼达号为旗舰，另外还有圣安东尼奥号、康塞普逊号、维多利亚号和圣地亚哥号，随行船员265人。麦哲伦在环球途中在菲律宾死于麦克坦岛部落冲突。船队在他的副手胡安·塞巴斯蒂安·埃尔卡诺带领下继续向西航行，1522 年 9 月 6 日，“维多利亚”号返抵西班牙，终于完成了历史上首次环球航行，历时 1082 天。当“维多利亚”号返回塞维利亚城外港桑卢卡尔德瓦拉梅达时，只有十八人生还。

克里斯托弗·哥伦布，意大利探险家、航海家，大航海时代的主要人物之一，是地理大发现的先驱者。他 1415 年出生于中世纪的热那亚共和国（今意大利西北部）。哥伦布是第一个从热带亚热带海域横渡并往返大西洋两岸的人，是第一个航抵发现美洲加勒比海的全部主要岛屿的人。他首先发现了南美大陆北部和中美地峡，为发现西半球的两个大陆——北美洲和南美洲奠定了基础。哥伦布发现新大陆，不仅给欧洲人带来了好运，从殖民地掠夺来大批的金银财宝，而且宣告了一个旧世界的死亡和一个新世界的诞生。数百年来，人类文明的巨大成就，人类生活方式的巨大变化，首功当推哥伦布。

川端康成（1899 年 6 月 14 日 –1972 年 4 月 16 日），日本文学界“泰斗级”人物，新感觉派作家，著名小说家。1968 年以《雪国》《古都》《千只鹤》三部代表作获得诺贝尔文学奖，是亚洲第三位获得诺贝尔文学奖的文学家。他一生创作小说 100 多篇，中短篇多于长篇。作品富抒情性，追求人生升华的美，并深受佛教思想和虚无主义影响，川端康成善于用意识流写法展示人物内心世界。因写《伊豆的舞女》而成名。1953 年被选为日本文学艺术最高的荣誉机关——艺术院的会员。1961 年，日本政府即“以独自的样式和浓重的感情，描写了日本美的象征，完成了前人没有过的创造”，授予他最高的奖赏——第 21 届文化勋章，成为日本文化功臣。1957 年，获西德政府颁发的“歌德金牌”。1960 年获法国政府授予的艺术文化勋章。

郑和下西洋是明代永乐、宣德年间的一场海上远航活动，首次航行始于永乐三年（1405 年），末次航行结束于宣德八年（1433 年），共计七次。在七次航行中，三宝太监郑和率领船队从南京出发，在江苏太仓的刘家港集结，至福建福州长乐太平港驻泊伺风开洋，远航西太平洋和印度洋，拜访了 30 多个国家和地区，其中包括爪哇、苏门答腊、苏禄、彭亨、真腊、古里、暹罗、榜葛剌、阿丹、天方、左法尔、忽鲁谟斯、木骨都束等地，已知最远到达东非、红海。郑和下西洋是中国古代规模最大、船只和海员最多、时间最久的海上航行，也是十五世纪末欧洲的地理大发现的航行以前世界历史上规模最大的一系列海上探险。

学院选择这样五位世界级中外文化名人铸塑像，既彰显了一个“文”字，又凸出了一个“外”字，借以体现外语外贸学院的办学宗旨和文化特色，真是匠心独具，用心良苦，主旨鲜明，恰到好处。

为了活跃、丰富校园文化生活，学院大力支持共青团和开展学生社团文体活动，培养学生综合素质。先后由学生自发成立了外语协会、物流协会、会计论坛、金融学社、营销社等专业社团，开展了许多积极健康向上的活动，这些活动内容丰富多彩，例如外语商店、外语演讲比赛、中文朗诵比赛、专业知识竞赛、校园展卖会、“全省大学生街舞邀请赛”“清明诗会”“实现中国梦·青春正能量”红 5 月大合唱比赛、“挑战杯”辩论大赛、“挑战主持人大赛”“唱响瑶湖”青春韵动会，邀请举办了“2013 年高雅艺术进校园活动之赣剧专场演出”等活动，增加了学生对本土赣文化及多元文化的了解。同时，各系团总支还相继组织开展各具特色的校园文化活动。学院这些形式多样、精彩纷呈的活动开展，覆盖每一位在校学生，通过环境熏陶，活动带动，学习探讨、典型示范、制度规范等方式，使广大师生建立了积极奉献、奋发向上的人生观和价值观，使学院以“改革创新、追求卓越、积极奉献”为内涵的精神内化于心，外化于行，既促进了学院的校园文化建设，又提高了学生的职业素质，陶冶了学生的思想情操，锻炼了学生的自我管理和社交能力，提高了学生就业竞争力。

校园里，触目所及，草坪如裁，流水似带，细微的波纹上恍若跳动着无数的外文字母。楼宇走廊，墙面板报，间隔有致地传教着古今中外的先进、传统文化。在学院那座现代、宽敞的图书馆，无论双休日，还是课余的早晨和夜晚，柔和而又明亮的灯光，照亮着一批批求知若渴的学子……

有人说：要了解一座城市的文明程度，不妨先去比较一番政府大楼和中小学校舍，要评估一所学校的人文品位，可先观察一下校园里是权力受追捧，还是知识受尊重，以及它的学生阅览室如何。江西外语外贸职业学院有一个“与众不同”的特点，就是学生阅览室里报纸杂志，品种繁多，琳琅满目。学院为学生订有近1000种期刊，200多份报纸。请你千万别小看了这1000多份期刊杂志和报纸，它们每天都给学生传递着源源不断的各种专业知识和大量信息，如春风化雨，滋润着学生的心田。

为了实现把学院办成“全省一流、全国知名”的高职院校，饶贵生处心积虑，想方设法打造校园文化。他一方面组织教师积极主动走出去，加强对外联系，创造更加宽松的发展环境。不断吸收、学习和借鉴省内外兄弟院校的先进办学理念和做法，把兄弟院校的先进经验、成功做法总结好、运用好，把好的东西、借鉴吸收进来，推动学院科学发展。另一方面，不断扩大对外宣传，提升学院的社会知名度，不遗余力地创造条件，在不同场合大力宣传学院，扩大学院的影响力。在宣传工作中善于挖掘宣传亮点，围绕学院重要工作、重大活动和主要特点，突出人才强校战略，学科建设成就，人才培养质量等工作特色，创新宣传形式，做好主题宣传，成就宣传和典型宣传，树立精品意识，同时进一步加强与社会新闻媒体的联系，做好与主要媒体的长线联系和热线沟通，增加学院在重要媒体宣传报道的数量与频率。

学院坚持实施制度文化建设，内部管理科学规范。学院按照“从严治校，争创一流”的总体要求，建立健全了各项规章制度，逐步制定、修订和完善了组织人事、教学教务、实训实习、科研工作、学生管理、就业指导、财务管理、图书电教、后勤管理等方面管理制度100多项，促进了学院各项管理工作步入“制度化、规范化、科学化、程序化”建设的轨道。通过长期实行规范的制度结束和管理，使广大师生形成习惯成自然，营造出和谐的校园氛围，建立起了良好的校风、教风和学风，打造出了“最安全、最漂亮、最具特色”的美丽校园。

六十八、服务社会

办大学责任重大，使命光荣。除了抓好学生的学历培养、科学研究，还肩负着服务社会、传承文明的重任。饶贵生在调查研究的基础上理清了服务社会的思路，找出了服务社会的突破口。

2006 年 3 月，江西外语外贸职业学院成立了“江西省开放型经济人才培训中心”基地。2007 年，商务部将学院列为全国七大商务人才培训基地之一，正式承担实施商务部“人才强商”工程华中片区（河南、安徽、湖南、湖北、海南、江西等六省）地市级商务领导干部的培训任务和我省开放型经济人才培训工作。学院先后举办了 10 多期六省地市级商务局干部参加的培训班，培训地市级商务领导干部 1000 多人，受到参训干部一致好评。商务部通过省商务厅先后拨款近 2000 万元支持学院建成了培训大楼。商务部每年都安排学院教师前往国内外进修培训。另外，还先后开展了电子商务单证员、外销员、物流师、国际货运代理、海关报关员、会计、导游等职业资格培训，规模已达数万人次。学院作为江西省开放型经济人才培训中心挂牌基地，已多次圆满完成商务部“人才强商”工程培训任务，社会服务功能明显增强。商务部领导对江西的开放型经济人才培养工作及学院的办学情况，给予了充分肯定和高度评价，称赞“这所学校办得真好！”

2007年6月3日，孙刚副省长在杨洪基厅长和省教委领导的陪同下，来到江西外语外贸职业学院进行考察。在离开学院前，孙刚由衷地说：你们学院是我看过的全省最好的高职院校之一，我为江西省有这么一所学院感到骄傲。

2007 年 12 月，省教育厅人才培养工作水平评估专家组来到学院进行评估。经过四天对学院各个方面、各种层次的调查、测试、走访、座谈，专家组给予了全面、充分的肯定和高度评价：一是办学思路清晰，定位准确，领导班子结构合理，团结进取，勤奋廉洁；二是师资队伍建设力度大，发展步伐很快；三是教学设施通过加大投入，办学条件明显改善；四是专业建设与改革初见成效；五是教学管理体制健全，管理手段初步实现了网络化和信息化；六是教育效果明显，社会信誉提升；七是学院立足江西，面向全国，产、学、研结合，坚持培养外向型经济专业人才，为江西开放型经济和商务事业发展做出了很大贡献。

饶贵生以人才培养工作评估为契机，进一步创新校企合作形式，优化校企合作格局，推进校企深度融合。学院积极开展校企合作，探索企业行业投资、参股，实行政府、行业、企业与学院“四方联动”格局。各系在专业设置、教材编写、实训实习、素质培养、招生就业等各方面与企业开展深度合作，全面提高学生的综合职业技能，培养合格的高端技能型人才。

2008 年初，在异常复杂的国际金融贸易环境下，伍再谦同志出任省外经贸厅厅长。外有挑战，内有压力，江西外贸已有高速增长，却还不是均衡性增长，在一些地市，仅靠几十个企业的支撑。怎样保持高速度，又取得均衡性？伍再谦厅长站在如何促进江西开发型经济更好更快发展、实现新跨越的高度，提出抓发展必须从抓人才培养入手。他要求外经贸厅属下的外语外贸学院保持稳定，更具特色，为江西外经贸事业培养更多合格人才，同时要尽量动员学生留在江西创业奉献，并表示厅党组将一如既往地支持学院的工作。伍厅长高度重视、非常关心学院的发展，多次亲自调度，帮助学院解决发展中的困难和问题，通过多方努力争取有关部门支持，将学院升格为副厅级事业单位，并支持学院成功置换了两个老校区，及时化解了债务危机，使学院步入持续稳定健康发展的轨道，功不可没。分管厅领导刘翠兰副厅长对学院的工作非常关心，经常深入学院指导工作，为学院排忧解难。2013 年，省商务厅新任厅长、党组书记王水平一如既往十分重视外语外贸学院的发展，亲自主抓外语外贸学院工作，对学院给予了大力支持。当年，省商务厅设立了“江西商务经济研究院”，为全省商务经济发展提供智力、决策、咨询等服务，饶贵生被省商务厅指定，兼任首任院长。

省委教育工委书记，省教育厅厅长虞国庆同志对发展高等职业教育非常重视，倾注了大量心血，他主持制订和出台了一系列鼓励和促进职业教育发展的政策和措施。他亲临江西外语外贸职业学院考察调研，对该院的工作给予了充分肯定和大力支持。并要求学院继续苦练内功，不断提升办学水平，树品牌创示范，积极探索国际化办学的新路子，为江西经济发展培养更多的实用型专业人才。

学院每一步发展和进步都凝聚着省外经贸厅、省教育厅各位领导的心血和期望，包含着各级领导和财政、银行等有关部门的大力支持和帮助。

2009 年 5 月，外语外贸学院被列为江西省首批示范性高职院校。学院以建设示范性高职院校为引领，创新高职办学体制，充分发挥行业优势，构建产学结合人才培养机制，着力抓服务社会重点工作，加强外部交流，拓宽校企合作平台。学院组织实施了“推进职业院校与园区企业对接”项目，被列为“江西省教育体制改革试点项目”，同时被列为教育部教育体制改革试点项目之一，有力地推动了学院教育体制改革试点项目的实施。学院不断整合办学资源，与企业合作培养适销对路的专门人才。学院以“工学结合”为抓手，创新人才培养模式，坚持开放办学。充分利用校内师资、场地等资源，大力建设经营性实体，自筹资金建立了一批实体型实训基地。学院现有经营性实体七个，信息管理系成立了电子商务公司，会计系成立了会计师事务所和投资理财公司，英语系和外语系共同成立了翻译社，国际商务系成立了国际贸易咨询服务公司。以上实体在管理和运作上完全采用公司的体制和机制。

学院通过完善实践教学条件，充分利用办学资源面向社会各层次、多方式、宽领域地开展技能培训工作，服务江西经济和社会发展。学院建有 27 个职业技能鉴定站，先后开展了电子商务单证员、外销员、物流师、国际货运代理、海关报关员、会计、导游等职业资格培训项目，规模已达数万人次。中国对外经济贸易企业协会、中国国际货运代理协会、中国国际贸易学会已陆续授权在学院设立国际商务单证员、外贸跟单员、货代员、外贸业务员、国际经贸风险管理师、商务会展等培训认证考试中心，负责江西地区的考试组织与培训工作，学院形成了“国际型”和“商务型”特色的培训品牌。学院先后与江西铜业集团、江西省服装进出口有限责任公司、江西省国际经济技术合作公司等 160 多家企业建立了相对稳定、深度合作的校企合作关系，实施“订单式”培养模式，精心培养了学生的综合职业能力和职业素养，全方位地训练了学生的专业操作技能，实现了校企零距离对接。

2012 年 8 月，全国外经贸职业教育行业指导委员会在江西外语外贸职业学院召开校长年会，会上透露，在全国同类型的外语外贸高职院校中，江西外语外贸职业学院的办学规模名列第一，校园建设和内部管理均名列前茅。全国外经贸职业教育指导委员会主任王乃彦在大会上对江西外语外贸职业学院的评价是：思想解放、干事创业、科学发展。一个在该院师生胸际里灼灼燃烧已久的目标，正在一步步稳健地、清晰地走来，这就是要把学院办成在江西有明显优势，在全国较强竞争力，在世界有一席之地的特色高校。

为加强校企合作工作交流，2013 年 10 月 25 日，学院召开校企合作座谈会，来自全国各地一大批企业负责人和代表齐聚学院，共商校企合作大计。11 月 16 日，学院有次承办全国外经贸教育教学指导委员会校企合作指导委员会年会，交流校企合作改革经验。学院通过“走出去”，积极加强对外交流，大力拓宽校企合作平台。院领导分期分批带队前往有关合作单位开展调研活动。学院以项目建设为契机，完善校内实训基地建设。2013 年是学院“中央财政支持提升专业服务产业发展能力建设项目（商务英语和国际商务专业）”验收之年，在教务处、实训中心、国际商务系、英语系等部门的共同努力下，学院两个项目以优异的成绩顺利通过了省级和教育部、财政部验收。2013 年学院又成功获得省财政配套 320 万元的“对接企业岗位的立体化实训中心建设”项目。学院以建设中央和省财政支持项目为契机，不断完善和更新实训教学设施设备，对 500 套旧电脑等教学设备进行更新，配备了智能化的先进教学一体机，进一步改善了校内实训基础硬件设施，提高了实训室档次，增强了发展后劲。

六十九、对外合作

“剪裁用尽春工意，浅蘸朝霞千万蕊。”饶贵生带领全院师生员工勇于开拓、不断进取、攻坚克难、奋力拼搏，大力开拓国际合作办学的新路子，使学院的各项事业沿着积极、健康的轨道快速挺进，实现了跨越式发展。

学院坚持用世界眼光办学，走国际化办学之路，学习借鉴国外先进的办学理念和教育管理思想，提高办学层次与水平，先后有 30 多家国际知名高等学校和教育机构到学院参观交流，洽谈合作。学院挂牌成立江西国际商务职业教育集团之后，以援外培训工作为龙头，着力提升社会经济服务功能，全面提升社会经济服务能力，鼓励院系两级面向社会各层次、多方式、宽领域地开展技能培训工作。学院也成为省内首个拥有招收国外留学生资质的高职院校。中外合作不断深化，国际影响逐渐扩大。学院坚持走国际化办学之路，合作模式不断创新，国际化办学进展明显，拓宽了国际合作办学领域，开发了国际就业市场，扩大了国际化视野，学院的国际影响力不断扩大。在建设的三年中，已经开展了多项国际交流与合作。2009 年学院与美国堪萨斯州立大学签署合作协议，正式启动留美直航项目，为学院学生提供了更广阔的就业空间。同时，学院积极与国外院校建立友好联系，多次接待包括韩国大元大学、加拿大莱斯布里奇大学、美国教育联盟、美国贝东维尔大学等高层来访，签署了合作意向书。这些活动宣传了学院，增进了友谊，促进了交流与合作，拓宽了学院教育国际合作的新路子，国际影响不断扩大，并取得了丰硕的成果。2009 年 12 月学院与澳大利亚博士山学院合作办学项目申报成功，经省教育厅批准、教育部备案，江西外语外贸职业学院与澳大利亚博士山学院开展“中澳国际合作办学”，并于 2010 年 9 月招收第一届中澳合作班，该班学生已于 2011 年 6 月全部通过博士山学院英语入学考试，成绩优异，受到澳方称赞。2010 年起，学院与韩国大元大学开展“中韩国际合作办学”，已获得省教育厅正式批复，2011 年 5 月，学院中韩合作办学项目首次选派了 20 名学生前往韩国留学深造，2012 年又招收了 50 名中韩合作办学的学生。通过开展国际合作办学，不仅为学生接受国外高等教育架起了一道彩虹桥，而且国外合作院校还亲自派优秀教育专家到学院对部分教师进行培训，因此扩大了学院参训教师的视野，进一步了解了国外先进教育理念与模式，实现了共同发展，互利共赢。

2010 年 5 月，江西外语外贸职业学院凭借良好的办学条件和先进、科学的管理水平，被商务部确定为国家首批“国际商务官员研修基地”，这是全国首批四家国际商务官员研修基地之一。6 月，学院又被省教育厅列为江西省高职高专首批接受外国留学生院校，成为全省名副其实的开放型经济人才培训中心，承担起国家援外培训的重要任务。

2012 年 3 月 31 日上午，阳光灿烂，春意盎然。江西国际商务职业教育集团成立大会在江西外语外贸职业学院举行。省商务厅党组成员、副厅长刘翠兰，省教育厅副厅长洪三国出席大会并讲话。来自津巴布韦、马拉维、毛里求斯、尼日利亚等 13 个国家的 29 名参加商务部国际商务官员研修班的政府官员、苏宁电器集团、江西正邦科技股份有限公司、南昌高新出口加工区等 30 家江西国际商务职业教育集团理事单位代表，饶贵生等学院领导班子成员出席了大会。江西国际商务职业教育集团是经省商务厅批准，由江西外语外贸职业学院牵头，联合有关企业及工业园区组建的非营利性专业联合体。集团全体理事单位在原单位性质、管理体制、隶属关系、人事关系、经费渠道保持不变的情况下，本着“自愿、平等、互利”的原则，加入江西国际商务职业教育集团。成立江西国际商务职业教育集团，将进一步促进学院与企业之间开展全方位深度合作，打造合作共赢的新平台，实现合作办学、合作育人、合作就业、合作发展的总体目标，形成“人才共育、过程共管、成果共享、责任共担”的合作办学体制机制，为江西省开放型经济又好又快发展提供智力支持和人才保障。职教集团的成立，标志着学院的办学打造出了新的特色，进入了新的发展阶段，迈上了新的台阶，具有十分重要的意义。

2013 年，学院通过加强与南京大学现代远程教育中心合作，全年共招收 193 名现代远程教育学生，比上年增加 80%，取得较好成绩。此外，学院还积极开展自学考试，承办公务员考试、建造师考试等考试培训业务，社会服务能力不断提高。

为了拓宽中外合作路子，使学院的国际影响不断扩大，学院引进了德国行动导向型教育人模式，大力开展中外合作办学项目和留美直航项目，学院先后与日本冈山商科大学、韩国新罗大学、西班牙萨拉曼加大学签订了合作办学框架协议，赴美国带薪实习、以“交换生”“互惠生”形式到母语国家学习。应用西班牙语专业、应用德语专业通过交换生、互惠生项目，选送了一批学生到母语国家学习西班牙语和德语，进行 多项国际交流与合作。学院通过“交换生”“互惠生”项目已选出了七十多名学生到母语国家学习该国语言。同时，学院下大力气招聘优秀外国教师，2013 年新聘了 7 位外籍教师，使学院外籍教师总数已达到 20 人，并做到了每开设一个小语种就配备一名以上外籍教师。另外，学院每年有计划地安排教师到国外接受职业教育培训，到企业第一线学技术、练技能，全面提高专业教师特别是中青年教师的专业水平和实践能力。特别值得一提的是，学院的韩国籍教师咸政兑荣获“江西省庐山友谊奖”时任省长鹿心社亲自为咸政兑老师颁奖，该奖是江西省政府颁发给在赣工作的外国人的最高荣誉奖项，为学院争得了荣誉。

在商务部和省商务厅的坚强领导下，学院举全院之力，举办援外培训班和研修班。截至2022年，学院已在国际官员培训基地成功承办了等多期援外研修班，对亚洲、非洲、欧洲、拉丁美洲、加勒比及南太等地区发展中国家的国际商务官员和外国技术人员进行了培训。援外培训班的成功承办，宣传了中国，推介了江西，传授了专业知识，促进了国际合作，增进了国际友谊，加深了中外人民之间的感情，各项工作均获得了参训学员的高度评价和商务部的高度赞扬，取得了圆满成功，作出了积极贡献。为我省企业走向世界打下了良好基础，学院社会服务水平明显提高。为确保研修班运转有序并取得圆满成功，学院精心制定实施方案，合理设置培训课程，认真挑选师资力量，细心做好后勤保障服务，分工布置，细化责任，检查落实。研修班采取理论学习和实地考察相结合的方式，包括专题讲座、实地参观考察、与企业开展对接座谈等多种形式，保证学员在轻松愉快的环境中完成研修任务，每期研修班都获得外国官员的高度评价。外籍学员们深有感触称赞培训内容和活动务实丰富，承办方热情细致，他们纷纷在结业感言中发自内心地感谢中国政府，感谢江西外语外贸职业学院，称赞江西，赞美中国。

在开展国际商务官员研修过程中，学院组织研修班官员与政府及江西企业进行交流，邀请了江西国际经济技术合作公司、中鼎国际工程有限公司等江西重点“走出去”企业与学员进行对接，有效带动了江西企业“走出去”，促进了江西省与发展中国家的友好合作关系，将双方的合作扩大到更加广阔的领域。援外培训班的成功举办，为江西企业走出去打下了良好基础，学院的社会服务水平明显提高。

2013年4月和5月，省政府朱虹副省长、省商务厅王水平厅长先后莅临外语外贸学院视察、调研，充分肯定该学院近年来办学所取得的成果，认为学院在校园建设、办学特色、招生就业和教学质量等方面都起到了示范和带头作用。

江西外语外贸职业学院的校歌优美高亢：*在美丽的赣都大地编织梦想，在典雅的校园之中放飞希望……我们办学育人用世界眼光，在开放的情怀之中跨海越洋……*

是的，这座校园里的一草一木皆能引发人们无数遐想。在富有传奇色彩的赣鄱大地上，在英雄城南昌这座动感都市里，给人们带来无限的欣喜与憧憬。学院这首节奏欢快、明朗，充满蓬勃朝气的名为《理想之歌》的校歌，令人心往神驰，浮想联翩。歌声中，人们不由得想起，一个昔日的人才洼地，是怎样迅速被填平，且有着快速崛起之势的呢？一所过去普通得名不见经传的江西省外贸中专学校，经过短短十余年的拼搏，如今却发生了令人刮目相看的巨变，竟然在世界上占有“一席之地”。

面对已经取得的成绩，饶贵生并没有满足。献身教育事业是他的追求，也是他的信仰。信仰是心灵的指路灯，是理想的原动力。而实现信仰，则要有一股像“牛”那样执着的奉献精神。在未来的征途上，他还将继续探索，继续耕耘，继续拼搏……

七十、春华秋实

江西外语外贸职业学院移师瑶湖之滨之后，以饶贵生为班长的学院领导班子抓住江西实施大开放主战略和江西高教事业发展的大好机遇，开拓创新，拼搏奋进，使学院有了高起点、高定位的快速、稳定发展，成为一所专门培养外语外贸类专业人才有特色、高水平的高职院校。

光阴荏苒，春华秋实。人们知道，江西外语外贸职业学院前身是1964 年 7 月创办的江西省外贸职业学校；1985 年更名为江西省对外经济贸易学校；2003 年升格为高职，更名为“江西外语外贸职业学院”，迄今已走过 50 周年风雨历程。学院党委研究决定，于 2014 年 10 月 18 日隆重举行建校五十周年庆祝盛典。并成立了校庆筹备小组，饶贵生亲自挂帅，布置由学院办公室具体抓好落实。时任院办主任饶建华同志是一名精明能干，协调能力强，办事效率高的优秀青年干部。他和刘金星同志一道，带领全体工作人员做了大量艰苦细致工作，付出了辛勤劳动，有效促进了校庆各项筹备工作有序向前推进，按时完成，确保了学院成立五十年庆典活动取得圆满成功。

金秋 10 月，丹桂飘香。10 月 18 日，江西外语外贸职业学院建校五十周年校庆庆典大会在该院田径运动场举行，来自国家商务部、江西省政府、江西省商务厅、江西省教育厅、江西省人大财经委等单位的领导及该院全体领导班子成员、老同志代表、杰出校友代表、兄弟院校代表、新闻界和社会各界朋友近 500 人，与该院 15000 名师生欢聚一堂，共庆母校 50 周年华诞。

在激昂的国歌声中，庆典拉开帷幕。学院党委书记饶贵生致辞，他代表全院师生员工首先向到会的领导、嘉宾以及来自各方的校友们，表示最热烈的欢迎和最衷心的感谢；向为学校发展付出青春岁月与艰辛努力的创业者，表示最崇高的敬意。

饶贵生首先回顾 50 年办学历程，学院从双港白水湖畔扬帆起航，到南京路青山湖畔创业图强，再到瑶湖校区铸造辉煌，几代外院人发扬“开拓创新、艰苦创业、求真务实、乐于奉献”的办学精神，从白手起家、艰苦创业到摘取“国家级重点中专”桂冠，再到自强不息、奋发图强建成名副其实的省级示范性高职院校，每一段发展历史都凝结着外院人自强不息的可贵精神；每一个新的跨越都闪耀着外院人艰苦创业的优良品质。

50 年筚路蓝缕，50 年砥砺奋进，学院由小到大，由弱到强，各项事业都有了长足发展。2003 年 6 月 18 日经江西省人民政府批准江西省外贸学校升格为江西外语外贸职业学院；2005 年 10 月被评为“江西人民满意十大品牌高职院校”；2009 年 4 月被省政府和商务部确定为“省部共建”院校；2009 年 5 月被列为江西省首批示范性高职院校立项建设单位，并于 2012 年顺利通过验收；2010 年 5 月被商务部确定为全国首批“国际商务官员研修基地”，肩负起国家援外培训重任；2010 年 6 月被江西省教育厅列为江西省高职高专首批接受外国留学生院校；2011 年 11 月升格为副厅级事业单位；2014 年 9 月成为培养应用型本科人才试点院校。

半世纪风雨沧桑，弦歌不辍；几代人躬耕树蕙，成就辉煌。一代代外院人秉承“严谨、求知、开拓、创新”的校训和孜孜以求的精神，经过五十年，特别是 2003 年升格为高职以来十年的抢抓机遇，攻坚克难，艰苦创业，学院实现了跨越式发展。在校生规模由 1500 人增长到现在近 1500 万人，校园面积由 140 亩扩大到 600 亩，建筑面积达 25 万平方米，固定资产总值增长了 20 倍，达 20 亿元。学院的办学综合实力在全国商务系统同类院校中名列前茅。学院拥有国际商务、电子商务等 50 个三年制大专专业，涵盖英语、日语、德语、韩语、法语、阿拉伯语、西班牙语、葡萄牙语、俄语等 10 个语种，办学特色鲜明，教学质量优良，招生就业实现了“进口旺，出口畅”，已为国家培养出了 4 万多名外语外贸专业等管理类合格人才，为社会经济发展做出了积极贡献。

50 年薪火相传，看今朝桃李芬芳。一批批外贸学子从母校启航，走向祖国四面八方，融入建设社会主义伟大祖国的洪流中。他们以“外语好、上手快、能吃苦”的良好素质受到社会普遍好评，在各条战线上干事创业，辛勤工作，奋力拼搏，积极奉献，用自己的优秀品质和良好业绩实现了人生价值，为母校赢得了荣誉。

学院的办学成果得到了上级领导的充分肯定。2010 年 4 月 26 日，时任商务部部长陈德铭莅临学院视察。他在参观学院实训基地后连声称赞说：“这所学校办得很有特色，很不错，培养出了适销对路的学生。”2010 年 1 月 8 日，时任副省长洪礼和前来视察，称赞学院是“江西省可以在国际上亮出去的一张名片”。2007 年 6 月 3 日，时任副省长孙刚赞扬学院是“全省最好的高职院校之一”。副省长朱虹先后三次前来视察，他称赞学院：“招生和就业都很不错，我很满意。”特别是 2014 年 9 月 5 日，省长鹿心社亲临学院视察调研，对学院的办学特色和大力培养电子商务人才给予了充分肯定，称赞学院办得很好，很有特色。他指出：“要继续努力提高办学质量和水平，为江西发展升级培养更多高素质实用型人才。学院连续三年被省教育厅分别评为“规范管理年活动先进单位”“创新发展年活动先进单位”“提升质量年活动先进单位”，被省综治委、省教育厅、省公安厅联合授为“江西省安全文明校园”。

50 周年华诞，是学院承前启后、继往开来的里程碑，也是凝心聚力、再创辉煌的新起点。学院按照“隆重、简朴、务实、高效”的原则，以“回顾历史、展示成果、凝聚人心、促进发展”为主题，举办庆祝大会、校史展览、校友论坛、学术交流、文艺晚会等系列活动，回顾办学历程，展示办学成就，增进校友情谊，凝聚各方智慧，共绘发展蓝图。

雄关漫道真如铁，而今迈步从头越。饶贵生在致辞中饱含深情地说：回首往昔，我们感慨万千，豪情满怀；展望未来，我们无限憧憬，信心百倍。在上级领导、社会各界、广大校友的鼎力支持和热忱帮助下，有50年打下的良好基础，有全体师生不懈的努力，学院一定能不辱使命，越办越好，再创辉煌，为江西乃至全国经济社会发展作出新的更大贡献。学院的明天一定会更美好。

贺华诞桃李盈门，谋发展群贤毕至。饶贵生致辞之后，商务部、省商务厅、省教育厅等领导向学院全体师生员工和广大校友表示热烈的祝贺并致以亲切的慰问并发表讲话。企业代表、校友代表、教师代表、外籍教师代表、学生代表先后在会上发言。

校庆典礼结束以后，有关媒体记者专门采访了江西外语外贸职业学院党委书记饶贵生。谈到梦想，饶贵生说，学院也有自己的梦想，那就是争取用5～10年的时间，实现“十个更”：校园更美、质量更好、功能更强、管理更细、名师更多、设备更全、层次更高、品牌更响、学生更优、贡献更大。梦想承载希望，奋斗成就未来。以50年的发展成绩为坚实路基，朝着“十个更”的要求努力，奋进中的江西外语外贸职业学院一定能实现，将学院办成“全省一流、全国知名”高职院校的办学目标，从成功走向新的辉煌。说到动情处，贵生欣然赋诗一首《创业者之歌》：

五十载光阴，是一曲优美的赞歌，
咏唱着跨越发展的美好理想。
五十载光阴，是一束漂亮的琴弦，
弹奏出风雨历程的美妙乐章。
五十载光阴，是一串铿锵的音符，
回荡着披荆斩棘的坚毅刚强。
五十载光阴，是一封深情的书信，
书写出乐于奉献的育人篇章。
……
我们移师瑶湖之滨，
以“立足江西，面向全国，走向世界”为总体思路，
抓住转型升级的机遇，办大学、求发展、创辉煌；
我们秉承“严谨、求知、开拓、创优”的校训，
坚持以质取胜的育人理念，
为社会培育更多新时代的精英良将；

我们以使命感肩负起国家援外培训的重任，
沟通四海，放眼全球，
搭建起中外友好交往的平台与桥梁；
我们以坚忍不拔的毅力，
锲而不舍的精神，勇于创新的眼光，
领跑同类院校的发展方向。
我们用辛勤的汗水、集体的智慧，
点亮了万人大学的希望之光，
实现了创建省级示范高职院校的理想，
迎来了培养应用型本科人才新的希望。
——打基础、扩规模、建校园；
——抓内涵、建示范、出重拳；
——搞规划、促升级、再向前。
回望五十年艰苦奋斗的足迹，
回望五十年峥嵘岁月的风霜，
回望五十年建校办校的辉煌。
我们回望，
是为了明天的梦想；
是为了学院的荣光，
是为了实现心中新的理想。
……

第九章　退休不停步 杏坛献余热

七十一、退休离岗

时光飞逝、岁月匆匆。到了2012年，饶贵生这一届大学生一晃毕业30周年了，同学们大都已年近花甲，步入退休之年。曾记得，1982年大学毕业生实行“在国家统一计划下抽成调剂，分级安排”的办法，由国家直接安排分配工作。饶贵生所在班级的78名毕业生，分配工作的主要去向有以下几个方面。一是直接进京，安排在国家有关部委和央企工作；二是留校任教和分配到其他大中专院校当教师；三是进入企业从事销售经营管理工作。同学们走上社会以后，通过岁月的磨炼，风雨的洗礼，在各自的人生赛道上不断奔跑前行，每个人都有自己的光鲜和不易。大多数人均能爱岗敬业，勤奋工作，不断进取，稳步成长。但是由于各自所处的行业，环境等各方面因素的影响和熏陶，也出现了明显的分化。一部分同学抓住了发展机遇，再加上命运的眷顾，成长为行业、单位的骨干精英，走上了领导管理岗位，挑起了重担，成为时代骄子。伍世安、廖进球两位同学大学毕业时都是留校任教。通过多年奋力拼搏，辛勤耕耘，专业上晋升为教授、博导；职务上先后担任校党委书记、校长；特别是两位大学同班同学在同一所高校——江西财经大学搭班子，担任主要领导的奇葩现象，一度被传为佳话，备受社会关注和赞赏。另外，还有一部分同学出国深造，移居国外，在异国他乡干事创业，生存发展。再则，大学毕业时分派在国企工作的那部分同学在20世纪90年代，随着企业改革改制不断深入，经营项目放开，昔日靠国家政策庇护，垄断经营，吃大锅饭的日子一去不复返，许多人都在“从头再来”

的歌声中，饱含泪水，纷纷下岗，重新就业，过着打工谋生，惨淡经营，比较寒涩的日子。在改革开放的大潮中，既有机遇机会，也有惊涛骇浪，更有暗滩陷阱。个别人由于天时、地利等各方面原因影响，未能经受住市场风浪的冲击和利益的诱惑，被外部环境所裹挟，人在江湖，身不由己，命运多舛，导致最后坠入深渊。还有少数人因为身体和心情的原因英年早逝，在人生旅途中留下了无穷无尽的遗憾和愁绪。人生路漫漫，何曾有坦途。为人处世，只有常怀"如履薄冰、如临深渊"的心态，守住底线，珍惜生命，敬畏法律，方能化险为夷，行稳致远，一生安康。

另外，在人生赛道上，各行各业只有分工不同，没有高低贵贱之分，只要肯奋斗就会有回报，都能收获属于自己的那份幸福和快乐。饶贵生回想起老家康都村的发小同学，如从小学到高中一直同班的朱上海同学非常勤奋，通过自己的多年努力，当上了公务员，最后在乡人大常委会主任的位置上退休，并且将两个儿子培养成大学生，兄弟俩事业有成，均在南昌和赣州安居乐业，过上了幸福生活。王友宏、郑瑞生两位同学投笔从戎，走出大山，步入军营，王友宏通过勤学苦练，奋力拼搏，成长为一名团级军官，转业后分配在中铁集团有关部门担任党务工作者，安家落户在北京，过上了快乐愉悦的日子。郑瑞生也当了公务员，后来在南丰县民政局副局长岗位上光荣退休。高中另一位同学王政高，毕业后选择走自学成才之路，通过多年努力拼搏，刻苦钻研，长期实践，成长为一名医术精湛，医德高尚，治病有方的乡村医生。通过为四里八方的百姓救死扶伤，解除病痛，奉献大爱，深受村民欢迎和爱戴。他诊所里面的墙上挂满了致谢赞赏的锦旗和牌匾。同时，也收获了属于自己的那份幸福和快乐，家庭经济富裕殷实，在南丰县城买房开店，安居乐业。并且将两个儿子培养成才，大学毕业后分别在杭州、泉州成家立业，奉献社会。唐桂员同学在国家恢复高考以后，未能考上大学，高中毕业后，一直在家务农。他默默无闻，脚踏实地，凭着自己的"吃苦耐劳"精神，虽然有些平淡，但也生活无忧。特别是培育出了一名勤奋能干的好儿子，儿子大学毕业以后走上社会事业有成，收益颇丰，投资近百万元，在家乡建起了一栋漂亮气派的别墅，引来邻里们羡慕钦佩的目光。又如何木根同学，由于家庭生活贫困等原因，小学没毕业就辍学了，从小就从事农业生产劳动。由于他精灵、有头脑，能吃苦，身体好，非常勤劳、能干，也守规矩，走正道，成为村里劳动致富的先进典型，过上了殷实富裕的小康生活。还有时任生产队长的儿子王水样同学，自小有点优越感，走出校门后在村里当电工。后来还做起了土郎中。由于头脑精明，非常勤奋，通过江湖拜师学医，刻苦钻研，掌握了许多民间治病良方，特别擅长点痣祛斑，治疗腰酸背痛等各种疑难杂症，同样深受患者认同，经济收入也不错，小日子也过得有滋有味，幸福快乐。总之，人生成功之路千万条。乘着改革开放的浩荡春风，一批批农家子弟通过奋力拼搏，纷纷走出大山，奔向五湖四海，四面八方，繁华都市，干事创业，安家落户，买房买车，享受社会发展进步所带来的红利，过上了幸福美好的现代生活。

“愿做春泥护桃李，甘为人梯架金桥。”2012 年 5 月江西外语外贸职业学院升格为副厅级事业单位。这对提升学院的社会地位和声誉，扩大对外交流，留住管理人才，发挥了历史性的重要作用。组织上为了减轻饶贵生的工作负担和压力，决定他担任学院党委书记，不再兼任学院院长。

学院新任院长孔华，1959 年 12 月出生，江西临川人。他调任外语外贸学院院长之前，是省商务厅市场体系建设处处长。2012 年 3 月调任外语外贸学院院长之职后，按照职务和职责分工，自然是由孔华院长任法定代表人，主持学院行政方面的工作；由于中国公办高校实行党委领导下的院长负责制，饶贵生作为学院党委书记，仍然统领学院的全面工作。

两人多年来同在省商务厅系统工作，早已互相认识、了解，孔华院长一是初来乍到，对学院的行政工作还有一个熟悉过程，二是非常清楚学院在饶贵生的领导下各项工作都很出色，在全省高职院校乃至全国同类高职中各项工作都是走在前面。因此，孔华院长对饶书记很尊重，学院的大事难事，仍然请饶书记“掌舵”和“把关”。饶贵生十分明白应该怎样干，心想：孔华院长越是尊重自己，自己越要支持他的工作。虽然自己卸下了院长的担子，不再主持行政工作了，但担任党委书记，主持学院党的组织工作和政治工作，不仅理所当然地要在自己的职责范围内卓有成效地开展工作，还要支持和帮助新任院长开创工作新局面，尽职尽责对新任院长撑腰支持。于是，在接下来几年的工作中，两人互相配合、互相支持，使学院的各项工作有序推进，开展得非常好。2013 年 9 月，饶贵生被评为“全国职业教育先进个人”，受到教育部表彰。

2014 年 10 月，由于年龄的原因，组织上决定饶贵生同志卸任江西外语外贸职业学院党委书记职务。

我国组织人事部门多年来所实行的领导干部管理制度，凡是行政、事业单位的领导干部，到了级别规定的年龄期限，一律免去其所担任的领导职务，直接退休。这也如古人之诗所曰：“长江后浪推前浪，浮事新人换旧人”。

饶贵生长期担任主要领导职务，现在突然让他停歇下来，虽然有顿觉轻松之感，但这种“轻松之感”没过几天就一晃而逝，随之却是感到轻闲得手足无措。然而，像他这样一位几十年来一直在单位主要领导岗位上拼搏奋斗，突然间回家休息，真有点不适应。他早就说过“我可以不当官，可以不敛财，但不可以不干事”，这不仅从他几十年来在干事创业的道路上留下来的一串串平实的脚印中体现了这一点，而且笔者将要记述的他退休以后的事实，也可证明。

岁至花甲，退休离岗，组织上找他谈话，并告之将免去他的学院党委书记职务之后，他认真思索……

中国明代《增广贤文》有一句话非常经典：“记得少年骑竹马，转眼又是白头翁”，岁月匆匆流过，转眼间由幼小的儿童变成老人。时间如白驹过隙，往事令人回首。他回忆自己的工作经历，有辛酸，有苦辣，更有甘甜和收获。

改革开放初期，通过拨乱反正，1977 年冬国家恢复高考，他由于客观原因没有报上名。第二年，他及早作准备，通过不懈努力报上名参加高考，结果以良好的成绩考取了江西财经学院贸易经济系。四年寒窗，苦尽甘来，1982 年大学毕业后，他选择返乡回到南丰县工作，从此以后便走上了一条顽强拼搏、不断进取的奋斗之路，在干事创业的征途上义无反顾，扬帆远航。由县商业局干事岗位起步，到担任县供销社副主任，三溪乡党委书记，抚州地区外贸局副局长、局长，省纺织品进出口公司总经理，再到江西外语外贸职业学院院长兼党委书记。他一路走来，工作上每每遇到困难和挑战，都凭着他的智慧和勤劳而被一一化解和攻克。前进的道路尽管有些坎坷艰难，但总体上比较顺利平坦。

刚参加工作不久，1985 年光荣加入了中国共产党，调入江西外语外贸职业学院，凭着教学能力和理论研究水平，被评上了教授职称。几十年来，他无论在哪个单位工作，所获得的荣誉很多，其中有两次高规格的奖励，一是在三溪乡担任党委书记时，被评为全省优秀党务工作者，受到江西省委表彰；另一次是 2013 年被评为全国职业教育先进个人，受到教育部嘉奖。

平时，饶贵生总说自己工作很平凡。然而，他在平凡工作之中有奋斗目标，有追求，他那平静之中的满腔热血，平常之中的极强烈责任感，使得他在平凡中放歌，每每把一件件平凡的工作干出不平凡的业绩。

饶贵生沐浴着改革开放的浩荡东风，从农村走向城市，从一名农民的孩子成长为大学教授、副厅级领导干部。他几十年如一日，以高度的责任感、强烈的事业心、饱满的热情、旺盛的斗志、踏实的作风，投身于火热的工作之中，从基层工作干起，一步一个脚印，为党和人民的事业作出了有益贡献，书写了人生中一个又一个新亮点。用他自己的话说，他本是一个“土得掉渣”的乡下人，经历了“由土变洋”的艰苦历练之后，在国家急需外贸人才的时候，2000 年底，他被组织上选任，一头撞进“江西省对外经济贸易学校”，做起了把“土”青年学生变为“洋”人才的教育工作者。

记得 2000 年 12 月，组织上找他谈话，要他到江西外贸学校担任校长时，他曾感慨地说：“我学的是外贸，干的是外贸，原来个人的想法是等年近花甲时再到学校教书，现在则提前了十几年”。在此之前，他曾有多次机会离开江西，外国人请他去做“买办”，民营企业邀他去当老总。尽管年薪高出很多，他全都婉拒，仍然留在江西这块红土地上耕耘、奉献。他说，走到哪里都是干事，我还是留在江西干我的教育事业吧！

转眼十四年过去，弹指一挥间。教育工作是平凡的，学院的工作是普通的，核心是培养社会主义事业建设者和接班人。有人说，教育工作日复一日、年复一年会很单调，饶贵生却认为，单调没有什么，重要的是自己的才华如何在教书育人中发挥才更有价值。没有平凡的工作，只有甘于平凡的人。平凡是做人的本分和常态，平凡并不是平庸，平凡之中蕴含着不平凡。每天看着那些在知识的海洋中畅游的莘莘学子，在教师的循循善诱中快乐成长，毕业后能在社会舞台上展示自我的优秀人才，这样的人生虽然平凡，但倍感幸福和愉悦。

从事教育工作十几年，他回想激情燃烧的岁月，概括为一句话：立身杏坛，无愧于心。他懂得教育工作者是人类灵魂的工程师，是青年学生健康成长的引路人，教师的思想政治素质和职业道德水平直接关系到青少年学生身心健康成长，关系到实现中华复兴的智力支持和人才支撑。他回顾自己在江西外语外贸职业学院奋斗的14个春秋，让他深感遗憾的是他还有许多工作没有干完，让他倍感自豪的是来自社会、学校、家长对他的肯定和鼓励，14年来在杏坛中求索，体味到了幸福人生。

教育岗位，承载着沉甸甸的责任，担负着极其光荣的使命，也感到了无限的快乐。每当他看着校园内一双双求知欲极强的眼睛，一张张青春灿烂的笑脸，他总是充满了兴奋和激动。饶贵生说过："宁肯透支生命，也不亏欠使命"。确实，他在办大学中的付出，不看别的，单看他的身体，就发生了很大的变化：走进外贸学校时是满头黑发，如今却头发花白；来时血压是正常、平稳的，现在血压升高了，每天要服用降血压的药；膝关节磨损了，做了手术，落下残疾……

七十二、重返杏坛

2015年的春节将至。已退休离岗、"无官一身轻"的饶贵生，在春节来临之际想到了老家康都。春节，是我国的多个传统节日之中最盛大、最热闹、人们最作兴的节日，他盘算着在今年春节期间，带着全家老小到乡下老家去拜年，多住几天，重温一下儿时记忆和青少年时代的艰难岁月。

他和妻子唐桂花商量之后，便与还在老家生活的弟弟饶小毛和两个同母异父的戴传道、戴传龙两个哥哥以及饶桃容、饶桃红两个妹妹都联系好了，在2015年2月19日春节一过，正月初二便带着妻子唐桂花和儿子饶敏、女儿饶丽回到了南丰老家拜年。

这是饶贵生自从1990年春节期间随着他被调到抚州地区外经贸局

工作而从南丰县城把家搬到抚州市、再后来搬进省城南昌市生活，回老家拜年的日子逐渐少了。虽然之前也陆续在好几年的春节期间抽空来过老家看望母亲哥哥、弟弟等亲人和村庄里的父老乡亲，但由于工作繁忙到老家拜年总是来去匆匆，住一两个晚上就要打道回府返回南昌。而且，每年大年初一的上午，各个单位照常例举行“团拜”活动，凡住在南昌的干部职工，都会到单位参加“团拜”，互相庆贺新春佳节，甚至上级领导也安排赶来看望大家，饶贵生怎能缺少。因此，他每年都是在春节之后回老家，匆匆忙忙地逗留片刻，从未在老家待住过较长时间。今年“卸甲”了，时间上获得了“解放”，他计划春节期间在老家住一个星期，好好陪伴老母亲，看望左邻右舍父老乡亲，欣赏一下家乡的山水风光，待正月初六再返回省城。

几十年来，农村到处发生了巨变，饶贵生的哥哥、弟妹等亲人们的家里也都有了很大变化，兄弟姐妹的子女大多数已长大成人，有的读了大学参加了工作，有的结婚成家了，有的第三代“孙”字辈正在上学。哥哥、弟弟和妹妹他们为便于经商、打工，平时主要时间都住在县城，只有节假日才住到乡下去，大家都在县城买了房。他自己为便于回老家省亲，也专门在县城置买了一套住房。他回老家，一般都是住在南丰县城，白天才去老家康都村。现在许多亲人都买了小车，从县城往返康都村半个小时就能到达，非常方便。

这年春节哥哥弟妹们听说“小弟崽”一家人要回老家来拜年，都非常高兴。在早些天陆续回到了老家，打扫好了卫生，准备好了“小弟崽”一家人住宿的床铺，备好了肉、鱼等年货。

到达南丰县城的上午，饶贵生全家人先把行李放进自己的房子内，然后如约来到大哥戴传道家里吃中饭。大哥家里早已准备了非常丰盛的家乡菜肴欢迎饶贵生一家人到来。他的这位同母异父大哥为人忠诚厚道，精明能干，早年是个木工师傅，后来经商开店，做鞭炮蜡烛生意。大儿子戴爱明大学毕业后在省城工作，小儿子戴爱军在南丰县乡镇当干部。大哥由于经济条件改善，也在县城买了房子，全家都搬到了县城居住。

下午，饶贵生已订好一家酒店两大桌，由他做东，邀请所有住在县城的哥哥、弟弟及两个妹妹的全部家人吃“团圆饭”。这也是多年来亲人们到得最为齐备的一次，过去由于他忙于工作，回老家总是匆匆忙忙，这家坐一会，那家待一阵子，难得全部在一起相聚。这次，一大家族亲人欢聚一堂，互相问候，共叙家常，亲亲热热，快快乐乐。席间，举杯敬酒，互致祝福，恭贺新年，其乐融融，热闹非凡。

来到南丰的第二天，即正月初三，饶贵生按照预约，和妻子儿女，同大哥、二哥、弟弟以及几个侄儿一起，来到老家康都村看望父老乡亲，按照农村传统风俗习惯，逐家逐户走亲访友，拜年贺春。

乡亲们听说饶贵生带着老婆孩子回来了，都争先恐后赶到老屋来看望饶贵生，乡亲们大都是多年没见，今日相遇，都笑脸相迎，问长问短，那份乡情、那份亲热劲儿无以言表，真是喜乐开怀，让饶贵生也有“告老还乡、荣归故里”之感。他依次给年长的老人拜年，结果被乡亲们围着走不开。此时已至中午时刻，弟弟小毛家已经置办好了饭菜招待大家用午餐。吃完中饭后，饶贵生带着老婆孩子，依次上门到年长的乡亲家里拜年，大家见到饶贵生，又惊又喜，都是喊着他的乳名“小弟崽”……

其实，这次饶贵生给乡亲们拜年，丝毫没有因为自己“功成名就”显摆什么的意思，之前都是由于自己工作忙走不开，没有时间回老家看望亲友，今年完全是因为自己卸了职有时间了才来的，在他的心里一直都思念乡亲们。然而，乡亲们都理解他一直在外忙于工作，也时常想念他。一来，是大家都记着他的父母亲和他的兄弟们多年在村里的好，二来是为康都村走出了他这位全村第一名大学生而感到自豪。所以，当乡亲们知道饶贵生今年春节来给大家拜年，便都奔走相告，热情相迎。离别时抱着对乡亲们的无限眷恋，依依不舍，流连忘返。

2015 年 3 月上旬，饶贵生同志正式办理了退休手续。他到过多个部门工作，但是时间最长、感受最好、体会最多、收获最大、感情最深的还是江西外语外贸职业学院。此时此刻，他又一次想起我国著名教育家、思想家陶行知所奉行的一句话：“捧着一颗心来，不带半根草去”。这句话的意思是以一颗赤胆忠心舍弃私利，映照出无私奉献、一心为公的精神品格。饶贵生在外语外贸学院十四年来之所以呕心沥血、不辞辛劳、爱岗敬业、埋头苦干，靠的就是这种教育情怀。

别看他大学毕业参加工作以来到过七八个部门工作，且不论在哪个部门、哪个岗位工作，始终坚持干一行爱一行专一行，自我加压、发奋努力的结果，他的内心世界对教育事业情有独钟。

在春节期间，饶贵生已全身退职，并且即将办理退休手续的消息不胫而走，接着有人陆续通过直接、间接的渠道向他介绍到民营高校去任职办学，当时先后有七所民办高校的董事长，想聘请他去当校长，并对他承诺了丰厚的待遇等条件。

的确，饶贵生多年前就有退休后再到民办院校去工作的愿望。如今已经退休了，他感觉自己精力充沛，身体健康，刚刚退休的年龄也不算大，再干个 10 年都不在话下。只是，他要认真考虑，自己究竟能不能适应去民营院校当校长。他知道，自己过去一直是在国家行政事业单位工作，外语外贸学院是省商务厅主管的公立高职院校，是国家事业单位。而民营院校则完全不一样，是属于私人个体民办性质。

据他了解，民办高校初创时期，大多数都是民营企业老板利用国家允许民办社会大学的契机，或单独、或合伙、或邀请教育战线退休老干部入股联营创办起来的，但大都缺少办学经验和高校教育、管理水平；还有的凭着手里有钱，搞盲目扩张，违背高校教育管理和发展规律，造成一风而起、一风而散的大起大落局面。因此，民办高校普遍存在缺乏高层优秀管理人才的现象。他明白，这些介绍他去民办院校当校长的领导和熟人，是了解自己在江西外语外贸职业学院如何把一所中专学校创建成为全省乃至全国都小有名气的高职学院，见识了他办学的工作能力和水平，所以都乐意推荐他到民办高校当校长。

饶贵生自从大学毕业后走上工作岗位，一路走来，绝大多数工作岗位都是由组织上分配、安排和决定的，他从没有向组织上提起过任何要求。如今退休了，他一如既往满怀着对教育事业的热爱和为社会发挥余热的愿望，作出了应聘到民办高校去工作的第二次选择。

七十三、领导力荐

“形似晓日腾云起，势如春潮带雨来”。饶贵生面临多所民办高校董事长的聘请，没有急于答应。他需要了解聘请他的民办院校董事长是些什么样风格的人、其办学的情况和发展前景究竟如何？

饶贵生在江西外语外贸职业学院担任党委书记、院长期间，被聘为江西省高校设置委员会评委，曾经参与过多所高校设置的考察评议工作，对江西高教系统各方面情况都比较熟悉，平日里与多所民办高校有过接触和交往，了解我国民办高校的创办和发展变化情况，可以说“知根知底”。

我国民办高校的发展走过了一段不平凡的道路，自改革开放以来，民办高校历经了从无到有、从小到大、从少到多的曲折历程，大致历经了以下四个阶段：

一是探索孕育阶段（1978 年至 1991 年）。在改革开放的推动下，高等教育的发展开启了新的征程。1977 年，恢复高考制度，无数学子进行高考。但是，由于招生人数少，大多数成为失意的落榜者。从而兴起了主要是以“高考补习”和“自学考试辅导”两种形式的民办学校。随后国家实行以经济建设为中心的经济政策，迫切需要大量的人才支持，社会上开始出现大量的以培训为主要途径的民办社会大学。这一阶段的民办社会大学处于三无状态，主要在非正规的培训领域发展，对公办高校起到补充和拾遗补缺作用。但为民办高等教育的发展积累了宝贵的经验，孕育了民办高校的雏形。

二是合法地位确立阶段（1991 年至 1999 年）。1992 年，社会主义市场经济的确立，为民营经济的发展提供了契机。随后，《民办高等学校设置暂行规定》《中国教育改革和发展纲要》和《中华人民共和国教育法》等，一系列的政策和法规来保障民办高校的合法性地位。这期间，一批办学质量高的民办社会大学被允许招收高考生，正式成为民办普通高校。但此时的民办院校的规模和在校生数量都很小。

三是快速发展黄金阶段（1999 年至 2006 年）。国务院 1999 年决定扩大高校招生规模，为民办高校的发展迎来了新的机遇。如：其一，高等教育大众化下的扩招，给民办院校带来了充足的生源，其二，国家财政难以满足高等教育大众化的支持，需要更多的社会力量办学。民办高校抓住了扩招机遇，办学规模不断扩大，数量迅速增加。从 1998 年到 2005 年，全国民办高校从 25 所增加到 252 所，在校生从 22000 人增加到 1051700 人，占普通高校在校生的 15% 以上，这一时期，是民办高校快速发展的黄金阶段。

四是内涵建设阶段（2007 年至今）。民办高校乘扩招之风，实现了跨越式发展，诸如有些建校时间很短，却有超过万人在校生的学校。但如此快速扩张的同时也带来了很多难题，如，其一，由于招生人数的增多，增加了教学管理难度；其二，学校资金投入跟不上扩展规模，办学条件难以得到改善；其三，师资队伍难以满足，教学质量差。严重影响到民办高校的发展。此外，近年来政府下放高校管理权，公办高校进行不断的扩招，各高校之间的生源大战愈演愈烈，民办高校在竞争和生存压力并重的艰难状态下，迫切需要转变发展模式，加强自身的内涵建设，这也是民办高校未来发展的主要任务和策略。

民办高校伴随着改革开放大潮重新崛起，以其不同于公办院校的独特办学模式快速发展，在中国民办教育发展史上抒写了浓墨重彩的一笔，目前已经成为我国高等教育事业不可缺少的重要组成部分。

然而，民办高校在公办院校处于优势的冲击下，生存和发展面临着前所未有的压力。

一是缺少国家强有力的政策支持。长期以来，政府在支持和鼓励民办高校的发展上制订了众多的政策法规，并逐步完善，但存在政策落实过程中执行不到位，具体措施不够规范，且缺乏强制性的问题。如，我国民办高等教育的基本特征是资助办学，但部分资金迟迟未能兑现，往往只是表面上支持鼓励，实际上却只流于形式，缺少衔接性。其次，立法质量偏低。关于民办高校的一些法律内容存在对立状况，如：《民办教育促进法》中规定，民办学校可以将取得利益作为主要办学目的，但《教育法》中却规定，民办院校不能以营利为目的办学。这就表明，政府在制定民办高校的政策上并不完善。

二是民办院校管理队伍薄弱。首先，民办高校的教师相对公办院校的教师不仅在待遇上有很大差距，发展前途也受到种种阻碍。其次，目前民办高校的管理者基本都是公办院校的退休人员，因其本身就有退休后良好的生活保障，也不需要提供住房等，这样虽然可以减去民办院校的经济负担，但是这些办校工作者只是把民办院校当作是自己发挥余热的地方，并没有把全部的心思放在怎样办好民办院校真正发展教育的工作上。第三，随着教育事业的不断进步，教师要不断提升自身的专业技能，而民办院校因资金来源单一，教师的继续教育因资金困乏难以为继，导致教师的专业水平很难适应教育的发展，使得教学质量很难达到预期效果。

三是社会认可度低。社会上对民办高校的认识存在偏差、歧视，如，第一，传统的大众思想认为民办高校是游离于国家教育体制之外的产物，错误认为民营院校的办学是不正规、不规范，少数民办教师的教学态度不够认真，对其存在歧视。第二，社会上不信任民办高校，对民办高校的教学能力和教学质量存在质疑，只有在孩子实在进不了公办学校万不得已的情况下才会选择民办院校。第三，社会上有的单位和企业对民办高校的毕业生带有偏见和歧视，在招干招工时设置障碍，区别对待，不让报名，拒之门外。

饶贵生认为，民办高校作为我国高等教育不可缺少的组成部分，在我国高等教育发展中发挥着重要作用。它以迅猛发展的势头，牵动着众人的目光，并能在资金来源单一，竞争处于弱势，发展时间不长的情况下取得显著成绩实属不易。在目前高等教育大众化时期，民办高校应提高综合素质和教学质量，加强自我反思。相信在未来的时期里，民办高校的品质必将提升，也将进入高质量、快速发展的黄金时期。

据饶贵生所知，各级政府、教育行政管理部门也在对民办高校进行调查研究，针对当前民办院校在发展中所存在的一些突出问题，采取相应的措施和办法，指导、帮助和扶持所存在问题的民办高校走出困境，使之持续健康发展。

果不其然，就在饶贵生刚办理退休手续后的 3 月 5 日上午，省教育厅突然打电话找他。当他赶到虞国庆厅长的办公室，互相握手、寒暄过后，虞国庆厅长从对饶贵生退休表示关心的客气话开场，望着饶贵生魁伟的身材，微笑地说：“退休后打算干点什么呢？”

其实，虞厅长是非常了解饶贵生的，知道他是个闲不住的“工作狂”，从不打麻将不玩牌，没事给他干，反而会憋得慌。他虽然退休了，但年纪并不算大，身体强健，精气神很好。虞厅长望着饶贵生问道：“最近你有没有考虑去民办高校继续办教育的事？”

饶贵生爽朗回答：“是的，有所考虑，但是还没选定去哪所学校。”

虞厅长立即回答他说：“我知道你有很深厚的教育情怀，身体也挺好。像你这样的情况，恐怕聘请你的民营院校都在排队等着你吧？”

虞厅长一语中的，说到了饶贵生的心坎上，他心里明白，猜想虞厅长一定是有什么安排，于是没有作声，等待虞厅长的下文。

停了一会儿，虞厅长便开门见山地说：“你选定了哪所民办院校没有？”饶贵生即刻回答：“没有”。实际上，他心里已经有了定向，在那七所争着要聘请他去担任校长的民营院校，他已经看中了两所，只差最后的“一锤定音”。

虞厅长见他说还没有最后定板，连忙接着说：“那好。你应该记得半年前我陪同朱虹副省长到外语外贸学院调研时对你说过的话吧？”

饶贵生当然记得，那天朱副省长到学院考察调研，听了他对学院工作的汇报，参观了校园，特别是重点看了校内的几个实验室之后，高兴地对他说：“你把外语外贸学院办得如此完好，证明你是一个有事业心、有能力、有闯劲的人。”当时朱副省长转脸对站在他身旁的虞厅长说：听说他即将退休，这样的教育管理人才不要浪费，他将来退休了可以推荐他到民办高校去当校长。并直接对饶贵生说：“我建议你退休后到民办高校去发挥余热……”

虞厅长见他没有吭声，于是进一步说道：“前几天朱副省长对我说，南昌职业学院两次要求‘升本’都没有成功，朱副省长知道你退休了，推荐你去南昌职业学院担任院长，委托我征求你的意见。”

饶贵生感到有点吃惊，虞厅长继续说道：“南昌职业学院的新校区在安义县。目前南职正在紧锣密鼓做升本科的准备工作，正需要有专业管理水平和担当精神的人去担任院长。如果你没有意见，就这样确定。”

饶贵生心想，既然朱副省长和虞厅长都举荐他到南职担任校长，他还能说什么呢？何况本来他也正在选择去某所民校工作之事，于是对虞厅长微笑着点了点头，同意接受组织安排。

直到此时，虞厅长才招呼饶贵生坐下，并亲手给他沏上了一杯新茶端送到他座椅旁的茶几上。

虞厅长坐在饶贵生旁边的另一个单人沙发上，侧脸对着饶贵生介绍说：南昌职业学院规模不小，是全省重点民办高职学院之一。你既然同意，就请你明天上午赶去南职报到，南职的董事长会在那里迎候你。

饶贵生告别了虞国庆厅长，从省教育厅回到家里，心里并不轻松。

他要着手准备明天去与南昌职业学院董事长见面时，谈些什么问题和要求。他在思考，自己应当以怎样的战斗姿态，跨上新的征程，迎接新的挑战，书写好人生中新的一页……

七十四、受聘南职

5 日上午，饶贵生从省教育厅虞国庆厅长办公室回家后没一会儿工夫，就接到了南昌职业学院董事长章跃进的电话，对他的受聘表示热烈欢迎，并约好了 6 日上午他和学院的全体班子成员等候他的到来。

阳春三月，大地温茵，草长莺飞，桃花盛开。3 月 6 日上午，饶贵生怀着对教育事业的挚爱，如约驱车从家里出发，越过南昌大桥，驶上昌九高速公路，朝着坐落在安义县的南昌职业学院驰去，迈上了再登杏坛的新征程。

南昌市区距安义县仅 60 公里，小车一路风驰电掣，一个小时就到达了。一切都很顺利，学院有理事长、党委书记、五个副院长，饶贵生聘任的是院长岗位，聘用期三年，饶贵生自己提出试用一个学期。确实，他的这个建议对双方都好，假如学院认为他不适合当院长或他本人不愿意干下去，都可以依照合同“好合好散”。

饶贵生第一次走进南职。由于该学院春季学期举行开学典礼的日期早已定下在 3 月 7 日，明天就要正式开学，对学院来说，饶贵生这位新院长的到任，来得正是时候。饶贵生顾不得中午休息片刻，便投入到查阅资料、听取学院情况介绍等紧张的工作之中……

南昌职业学院创建于 1993 年，经省教委批准，当时名曰江西大宇工商学院，校园建在南昌市湾里区翠岩路 200 号；1998 年 3 月更名为江西大宇专修学院，2003 年 4 月改名为江西大宇职业技术学院，纳入全国高等学校统一招生计划；2006 年 4 月，国家教育部高等教育出版社确定为国家级教学改革实验基地；是年在安义县征地 1000 亩开始筹建新校区；2007 年 12 月通过国家教育部专科人才培训评估；2011 年 4 月更名为南昌职业学院。南职是省教育厅主管的一所专科层次的民办职业高校。

学院设有6院12系2部，共有专业38个；在职教职员工600余人，其中具有高级专业技术职务的占32.7%，具有硕士研究生学历及以上的占55.3%；有“双师型”教师占35.6%；有在校学生23000余人。学院有中央财政支持的实训基地两项、教育部职业教育创新行动计划建设项目一个、省级教育发展专项基金支持项目3项、省级特色专业1个、省级高校精品课程1门、省级精品资源共享课程4门、省级民办教育发展专项资金支持的专业实验室与实训中心等教学建设项目11个；建有校内实验实训中心21个，校外实习实训基地118个；建有校内实验实训中心21个，校外实习实训基地120余个。学院形成了以管理学为主导，工学、文学为两翼，艺术为特色的多学科专业体系。

学院办学条件基础较好，规模比较大。拥有教学大楼，现代化和数字化图书馆、体育馆、运动场，学生公寓设施齐备。建有多媒体教学中心、实训中心、数字化图书馆、大型室内体育馆、学生创业中心等。设有电子、电工、机械、数控、声乐、绘画、财务、物流、电子商务、服装CAD等教学实训场所。学院投入巨资打造数字化校园，拥有配置先进的教学电脑3000多台，各校区网络核心和节点以光纤互联，采用千兆以太网技术组建高速校园网，是全国首批接入中国教育科研网的高校之一。

饶贵生作为聘任院长，其主要职责是负责抓学院的全面管理工作。正式上班以后，他便马不停蹄地深入学院各系、各部门进行调查研究，针对性开展教育管理工作。

3月9日下午，新学期开学的第三天，新任院长饶贵生教授对学院招生办进行调研，参加调研的有分管招生工作的院长助理吴丽华，招生办副主任余勇坚、吴星德等三位同志。饶院长开门见山地说，今天是我上任后对各职能部门调研的第一天，招生办是我进行调研的第一个部门，足以体现招生工作在学院整体工作的重要性，招生工作是学院生存与发展的基础。余勇坚副主任向饶院长介绍招生办主要职责和人员分工、近年来学院招生工作情况，以及今年秋季招生工作的计划和安排。吴助理介绍了学院历年招生取得的经验与成功做法，招生工作存在的困难与不足。交流中，饶院长不断地对学院招生工作给予肯定和点赞，同时也提出了他个人的想法和建议，及兄弟院校的成功做法和经验。饶院长对学院发展的信心、对做好招生工作的决心和雷厉风行的作风大加赞赏，激发了大家的工作积极性。同时指出了今年的招生工作思路，指明了今年的工作方向；他要求招生办紧密围绕今年招生规模稳定、着力提高生源质量的目标，认真修订和实施今年的招生计划与方案。他提出了三个工作重点：第一、科学安排招生人员；第二、合理划分招生片区，加大本省招生力度；第三、创新招生方式。同时还要注重招生阶段中三个环节：一是扩大宣传打基础，二是填报志愿找生源，三是新生入学抓报到。他要求招生办工作安排要尽早，常抓不懈，努力做到“四个千万”——千山万水跑、千方百计找、千言万语讲、千辛万苦干。

4 月 10 日上午，饶贵生院长来到经济管理系会计 GB1401 班听课，了解老师的教学情况，听取学生对老师授课方式的意见和建议。上课铃声响过之后，他以一个普通听课老师的身份进入教室。落座后，他仔细地听、不停地记，以一位专家的敏锐眼光分析授课老师的长项与短板。课间，饶院长与同学们进行亲切交谈，他告诉同学们，要按照课前进行预习、课间认真听仔细记、课后在查阅资料中进行复习、消化，并选择性地参加一些与课堂知识有关的实践，通过这些环节来学习知识、巩固知识、提高能力。他询问学生们有没有信心时，学生们高亢地齐声说：“有信心！”饶院长还和授课的温淑萍老师进行交流。他说，一个合格的老师应该具备：扎实的理论功底、严谨的治学态度和灵活有效的教学方式方法。他认为温淑萍老师的这堂课准备充分、条理清晰、语言流畅，能突破教材、突出重点，有创新、有补充。饶院长也对温淑萍老师的授课提出了建议，比如：教学过程中可多运用一些启发式教学方法，采用比较法、案例法等，需要加强课堂上老师与学生的互动。饶院长还对班主任谢娟老师的工作给予了肯定，认为该班级管理得很好，环境整洁，学生到课率高，有责任心。

通过连续两个多星期的调查研究，饶贵生便针对学院的教育管理和办学工作情况进行了全面的梳理。在学院理事会和各位系主任参加的院长办公会的联席会议上，他一连提出了“十个抓”：一抓准确定位，进一步理清办学思路；二抓校园硬件和软件建设，进一步改善办学条件；三抓招生工作，切实做到“招得进”，确保办学规模稳定扩大；四抓师资建设，进一步提高教师队伍专业素质和实际教学水平；五抓教学创新管理，确保对全院学生“育得好”；六抓毕业生就业，采取校企合作、“订单”办班、召开毕业生就业大型招聘会等多种方法、途径和手段，确保毕业生有人要、“送得出”；七抓校园文化建设；八抓科研课题工作开发与突破；九抓维护教师和学生合法权益，确保教师教得安心、学生学得安心；十抓学院食堂和学生宿舍等后勤工作。

在学院理事会的领导下，饶贵生院长积极大胆开展工作，一是指导、帮助学院进一步理清了办学思路，准确定位；二是鼓舞士气，进一步调动广大教职工的积极性；三是健全制度，规范管理，使学院各项工作步入平稳有序的发展之路。

从此，学院秉承“知识、技能、素质、人文、创新”等五项教育功能的办学理念，坚持以教学为中心，以服务为宗旨，以就业为导向，以特色求发展的办学方针，在努力培养具有自学能力、实践能力和创新能力的高素质的应用型和技能型专门人才上下功夫。学院贯彻“面向市场、打好基础、注重修身、强化技能”的教学方针，面对高等教育国际化的新形势，积极探索新型办学模式和实施高等职业教育的有效途径，构建了以管理学、工学、人文、艺术等多学科协调发展的专业体系。创建了“学历 + 专业 + 技能”的人才培养模式和教学做一体化教学模式，形成了理论和实践相结合的课程体系。强化技能训练，实行双证培养，让广大学子成为具有自学能力、实践能力和创新能力的高技能型专门人才。学院为了让学生赢在职场，在人才培养工作中突出实践教学主导地位，融合企业文化，推进校企合作，建立实习就业基地，构建了“学业与工作”“理论与实践”“校内与校外”“育人与育才”四结合的特色人才培养模式，着力培养学生实际工作能力，努力提升学生综合职业素养，为学生实习就业提供了通畅的渠道。在饶贵生带领下，学院与泰国博仁大学签订合作办学协议（含本科、硕士）：专科录取直升泰国博仁大学本科，专科或本科毕业直升泰国博仁大学硕士研究生，学历和学位均可通过中华人民共和国教育部认证。与此同时，学院还与全国最大的铝合金生产基地之一的雄鹰铝材等多个企业签订了合作办学协议。 学院不仅仅在毕业生就业服务上倾注全身精力，还在校内建立创业中心，积极鼓励并指导学生边学习边创业，而且还为创业者提供智力、人脉资源和资金支持。

5 月下旬，饶贵生 91 岁高龄的母亲因摔跤骨折，造成行动不便，饮食受阻，最后引发身体器官自然衰竭，于 6 月 1 日（农历是四月十五）未时心脏停止跳动，寿终正寝，与世长辞。守候在母亲身边的儿女们顿时哭天号地，悲痛万分。在为母亲守灵的时间，饶贵生满怀悲恸，写了一篇《祭母文》，并派人上街打印，张贴在母亲灵堂。《祭母文》如下：

慈母刘招金大人生于 1925 年 9 月 9 日（农历）。因老迈年高，身体衰竭，回天无力，不幸于 2015 年 4 月 15 日未时（农历）寿终正寝，与世长辞，享年 91 岁。我最亲爱的母亲大人永远地离开了我们，给儿孙们留下了无限的哀痛和永远的思念。

母亲大人驾鹤西去，儿女们悲痛欲绝。母亲呀，你的音容笑貌将永远留在我们心中。

母亲的一生，是辛苦的一生。母亲出身贫寒家庭，从小随父四处漂泊，艰难度日，饱受贫困和饥饿的煎熬。含辛茹苦，养育了我们六个兄弟姐妹，付出了大量心血，吃尽了人间苦涩。

母亲的一生，是勤劳的一生。在很长时间里，你白天既要下田劳动，又要操持家务，挑水扫地，做饭烧菜，晚上还要缝缝补补，洗洗浆浆，用自己的辛勤劳动换来全家人的温饱和幸福。母亲呀，你把所有的心血奉献给了儿孙，你的功劳比山高，你的恩情比海深。

母亲的一生，是善良的一生。您有一颗菩萨心肠，从不坑害人，欺瞒人，你的一生宽宏大量，与人为善，厚道仁慈，乐于助人，你的美好品德为儿孙们树立了做人的典范和榜样。

母亲大人，儿孙们将永远铭记你的大恩大德。我们一定会按照你的教诲和期望堂堂正正做人，踏踏实实做事，和和睦睦度日，为家争光，以自己的实际行动告慰母亲大人的在天之灵！

衷心祝愿尊敬的母亲大人一路走好！

儿：饶贵生敬挽

乙未年四月十五

安葬了母亲以后，饶贵生由于伤心、劳累过度，在家里休息了两天，便重返工作岗位，回到南昌职业学院。

然而，南昌职业学院是一所民办的学院，一切事情均由校理事会决策。由于办学理念和治校方式与主办者存在差异，饶贵生作为受聘院长，工作中感到力不从心，难以干成事业。于是渐渐地产生重新寻找新的环境条件更为优越的民办高校工作。在一个学期结束以后，2015 年 8 月，他向学院理事长提出了辞呈……

七十五、转聘泰豪

2015 年 8 月，饶贵生离开了南昌职业学院，正是暑假期间。他回到家里，通过综合分析近年来各类民办高校的调查与了解，感觉到当前民办高校面临的挑战与发展瓶颈主要是：思路不清、定位不准、投入不足、师资不稳、环境不优、管理不细。主要教训与挫折是：①无序扩张，大起大落；②违规招生，引发社会动荡；③盲目蛮干，乱收学费，不讲规律的现象。有的主办者抱有严重的自负心态，认为“我就是教育家，学校就是我的家，出了问题找国家”。他发现民办高校创办者的主要来源和渠道，一是具有教育情怀，来自教育系统的业内人士；二是先从培训入手，完成了原始积累以后，开始创办进修学院，再申办正规高校；三是比较成功的企业集团和企业家，以盈利为目的，投资兴办大学，名利双收。当前，不少民办高校自身实力薄弱，这也是制约其发展的根本原因。破解民办高校发展过程中的困境，不仅需要国家和政府给予必要的支持，更需要民办高校自身做出努力。

第一，要坚持走特色发展道路。特色是民办高校的源泉和生命力，也是它应有的定位和策略。在激烈的高校竞争中，民办高校要想提高自己的地位和声望，就要找准定位，走特色办学之路，拓宽自身的生存发展空间。首先，打造特色专业。民办高校要垒自己的炉灶，端自己的饭碗。如，语言类学校，就要把语言专业设为特色专业，加强特色专业的教学质量，使其走向专业精英。其次，在人才培养上，根据地域特点培养独特人才，例如，地处旅游资源丰富地区的学校就应该把旅游专业发展为独特的特色专业，地处发达地区的学校可以把经济专业发展为领头专业。再次，拥有独特的办学理念。如果学校没有独特的办学想法，那么其他一切都是空谈，高等教育的整体水平也不会提升。高校要通过社会实践和服务，获得社会的认可，形成自己独特的特色。如，学校要根据时代进步、时代需求思考未来社会所需的人才，并开设相关专业，具有超前意识，开设社会未来所需学科，这样才有利于学校整体层次的提高和发展。

第二，要建设高质量的师资队伍。民办高校不能只顾眼前一时的利益，一窝蜂上市，而应配齐配强师资队伍，只有这样才能经得起高等教育迅速发展的大浪淘沙，才能在众多高校中站稳脚跟。首先，聘请优秀专职教师。同时也要聘请懂专业的校外兼职教师，充分发挥兼职教师的特长，发挥其对培养学生的帮助，引进兼职教师，弥补学校教师资源不足。其次，聘请专家定期讲座，增加学术交流。通过这些途径来建立一支高水平的专、兼职相结合教师队伍，有利于民办院校师资队伍的提升。再次，定期组织教师培训。为民办高校教师创造良好的培训机会。由于科学技术发展，高等教育的教学也不断进步，要想提高教师的质量，就要为教师提供外出学习的机会。通过创建优秀的教师队伍，提高教学质量，打出自己的品牌，提高社会公信度。

泰豪动漫学院

第三，要完善法律政策，营造公平发展的环境。为了保障民办高校更广阔的生存和发展空间，政府应从制度和法律层面上为民办高校提供一个良好的环境，不能让民办高校的成功止于个案、昙花一现。首先，明确平等地位。一是政府应该制定和完善保障民办高校发展与公办高校保持平等地位的相应政策和法规，消除对民办高校存在的歧视和偏见；二是加强对民办院校政策落实的监督，如，设立专门的监督部门来监管相关政策落实，保证民办院校相关政策施行，保障民办高校与公办高校享有同等地位。其次，明确同等的待遇和权益。政府在对民办院校的投入和待遇上应与公办高校一视同仁，不可厚此薄彼，以公和民的身份差别对待。如，为了保障民办院校教师享有与公办院校教师平等的权益，应建立促进高校间教师流动的双向机制，使教师流动教学，也有利于稳定民办院校教师的身份，进而消除民办高校与公办高校教师体制之间的屏障；健全和完善民办高校教师的社会保障机制，如，为民办院校教师提供“五险一金”以及与公办院校教师平等的待遇，消除民办高校教职工的后顾之忧，有利于民办院校师资队伍的稳定。

有道是：世上没有不透风的墙。饶贵生向南昌职业学院辞职的事情很快被江西泰豪动漫职业学院的董事长黄代放知道了，便通过省教育厅的老领导李小南找到饶贵生，恳切要求聘请他去泰豪动漫职业学院当校长。

饶贵生对江西泰豪动漫职业学院作了一些了解，掌握了泰豪学院的基本情况。江西泰豪动漫职业学院前身是江西清华泰豪电脑培训中心，经教育部门批准后改为江西清华泰豪专修学院。2008 年经省政府批准、教育部备案成立江西泰豪动漫职业学院，是一所全日制民办普通高等（专科）职业院校，坐落在南昌市小蓝经济开发区金沙二路 1888 号，法定代表人是黄代放，主管部门是省教育厅。学院占地面积近 1000 亩。由于长期缺乏优秀、能干的校长，学院一直徘徊不前，全日制在校生只有两千人左右，因此急需聘请一位高素质、懂管理、肯干能干的优秀领军人物担任校长。

学院董事长黄代放先生是全国人大代表、泰豪集团董事局主席。1996 年 3 月成立的泰豪集团有限公司，是在江西省和清华大学“省校合作”大背景下发展起来的一家投资性控股集团公司。它面向高新技术进行资本运作和投资监管，下设智能建筑本部、电机产业本部、软件产业本部、军工产业本部。自创立以来，公司秉承“自强不息、厚德载物”的清华校训精神，坚持走“承担、探索、超越”的创业之路，积极实践“技术＋资本”的发展模式。一直致力于信息技术的推广和应用，坚持用信息技术改造传统产业，积极参与国有企业的改革重组，先后投资和参股的上市公司有泰豪科技有限公司等；收购重组的国有大中型企业有：江西三波电机总厂、湖南衡阳四机总厂、长春宇光电子厂、山东吉美乐有限公司等。凭借超前的发展思路和超常规的发展速度，泰豪公司受到党中央和国务院的高度重视和关怀，江泽民、胡锦涛等党和国家领导人先后前来视察；中央有关部委的领导和总参、总后、总装、海陆空三军的首长也多次到公司指导工作；此外，清华大学两任校长王大中、顾秉林也先后来到公司考察并题词。

江西泰豪动漫职业学院由江西省人民政府与清华大学“省校合作”项目的重点发展产业的依托单位泰豪集团有限公司投资创办。

学院依托泰豪集团的资金优势，创建了一流的软硬件教学、科研、创作环境，拥有国际先进的运动捕捉系统、三维扫描仪等设备，拥有CG 实验室、互动艺术实验室和动画制作实验室，以及一流的数字影视面对高等教育发展的新形势和新机遇，学院以动漫为特色，坚持“以教育聚集人才，以园区培育企业”的办学理念，大力推行“双师型”教育，专业教师“上班在公司，上课在学院”。学院开展面向企业、政府和个人的职业教育和在线教育培训服务。制作室、虚拟演播室、网络多媒体制作室、数字合成机房、数字录音棚等。学院设有国际动画学院、华为ICT 学院、虚拟现实学院、创意艺术学院、音乐与影视艺术系、智能科学与技术系、网络经济与管理系七大院系。学科专业主要涵盖了文学、工学、艺术学、管理学、经济学五大学科门类，形成了以工学为主，各专业交叉融合，艺术与技术结合的学科专业体系。

饶贵生在 8 月中旬与江西泰豪动漫职业学院董事长黄代放先生见面并同意应聘学院校长之后，于 9 月 1 日秋季开学前夕如约走进动漫学院，挑起了校长的重担。

饶贵生深感没有调查就没有发言权。他从调查研究入手开展工作，调研的第一站是学院办公室，并全程出席院办公室全体工作人员的办公会。他首先请办公室的领导介绍近年来办公室以及整个学院的主要工作情况，然后与与会人员一起谈心聊天拉家常，使大家感受到长辈对青年人的慈爱。他结合自己的亲身工作经历，对办公室的定位和工作提出自己的看法。他说：办公室职能定位是“三个一线”，即工作的第一线，任务的第一线，矛盾的第一线。办公室也是“三个部”，即学院的工作部，院内的协调部和领导的参谋部。他认为，办公室成员需具备的基本素质应该是：一、政治上可靠，自觉贯彻党的方针政策，品德高尚，有奉献精神；二、有较高的写作能力，文从字顺，条理分明；三、有较强的综合协调能力，团队意识强，遇事反应快，急事能灵活处理；四、有健康的体魄，能承担工作压力，受挫能力强；五、严于律己，遵守组织纪律，自律意识强；六、有较好的交往能力，对外接待有条不紊，井然有序。他还对办公室同志提出了三点要求：一是工作要认真，责任心、事业心要强，遇事敢于担当；二是要爱岗敬业，工作不打折扣，有奉献精神；三是要服从调度，听从指挥，分工不分家。他勉励大家：办公室工作虽然辛苦繁杂，但汗不会白流，事不会白干，青年人吃苦耐劳经受了锻炼，前程似锦。

在接下来的调研过程中，饶贵生突出重点，针对学院的教学工作、招生工作、学生管理、毕业生就业等情况进行详细的研究分析，明确感到，学院的办学思路有待进一步理顺；内设机构进一步健全；师资队伍建设进一步加强。

七十六、真抓实干

饶贵生经过近一个月紧锣密鼓的调研，认真梳理出了学院的办学定特点、优势及存在的问题，针对学院各系、各专业的实际情况，根据办好学院的三大任务：建大楼、育大师、养大器和四项内容：学历培养、科学研究、服务社会、传承文明，并在此基础上，提出办好学院的十项措施：第一，理清办学思路；第二，改善办学条件；第三，科学确定办学规模；第四，正确设置专业；第五，重视师资队伍建设；第六，创新育人模式；第七，加强实训基地建设；第八，突出办学特色；第九，搞好校园文化建设；第十，强化监控评价体系建设。

泰豪动漫学院工作照

根据国家有关政策规定，现阶段中国民办高校实行“三驾马车”领导管理体制，实行董事会领导下的校长负责制，另外再由上级教育主管部门选派党委书记（督导专员）驻校参与领导管理工作。校董事会是决策机构，董事长是举办者法定代表人，负责出资建校，制定发展规划，筹集办学经费，决定学校的设立、合并和终止，聘任和解聘校长。校长的主要职责是，执行董事会的决定，实施发展规划，拟定年度计划，财务预算和学校的规章制度，负责学校日常管理，组织教学科研活动，完成各项办学任务。党委书记的主要职责是：监督学校贯彻执行党和国家的有关加强民办高校管理的方针政策，法律法规，引导学校的办学方向、办学行为和办学质量，参与学校重大事项的研究讨论，并提出意见和建议。抓好党的组织、思想和作风建设。

近年来泰豪动漫学院三驾马车（三套班子）组织健全，人员齐备，力量较强，通过相互配合、相互支持，有效地促进了学院各项工作，协调平稳开展，并取得明显成效。饶贵生在动漫学院任校长期间，时任党委书记是吴文锋同志，吴书记个子高大、性格直爽、待人谦和，是一名正厅级领导干部，曾经在江西省旅游局、科技厅担任主要领导职务，退休后被组织上选派到泰豪动漫学院担任党委书记，吴书记对党忠诚，事业心强，爱岗敬业，在工作中既能坚持原则，又能妥善处理好监督与支持的关系，与校董事会和校长形成合力，为加强学院日常管理，加快发展，做了许多有益的工作，付出了辛勤劳动，做出了积极贡献，深受全校师生的欢迎与尊敬。

与此同时，饶贵生为了促进学院持续稳定健康发展提出了“十个要”的工作总体思路。即：①要正确处理好合法办学与学院加快发展的关系；②要正确处理好扩大办学规模与持续稳定发展的关系；③要正确处理好董事会与教师、学生三者关系，一定要确保师生的合法权益；④要进一步健全学院内部机构；⑤要做到待遇留人：提高教师薪酬、购买“五险一金”、坚持正常休假；⑥要进一步建立和完善规章制度，实行规范管理；⑦要逐步扩大办学规模，确保学院能生存和发展；⑧要对贫困大学生给予资助；⑨要对优秀毕业生给予奖励；⑩要打造品牌、特色，推进学院升本升格。

在此基础上，他特别注重学院的招生工作，强调要千方百计抓招生，一心一意谋发展，扩大办学规模，要求学院领导班子一定要高度重视招生工作，组建招生专业队伍，落实招生政策和措施。

他的这些意见和建议，得到了黄董事长以及学院领导班子的认可和支持。黄董事长鼓励他放手、大胆开展工作，并决定再增加 5 亿元投资用于校园建设和引进师资人才。

人们说：“一名好校长就是一所好大学”，这话一点不错。饶贵生根据他多年工作实践经验和广泛进行社会调查的实际体会，他明确认识到：一个民办高校能不能生存和发展，需要秉承“招得进、育得好、送得出”的主旨。“招得进”是前提、是基础；“育得好”是重点、是关键；“送得出”是目标、是落脚点。录取进来的学生能不能“育得好”，直接影响到学院的声誉和社会知名度，既严重影响到招生工作，又影响到毕业生就业。只有抓住“育得好”这一重点和关键，才能够使民办高校步入“进口旺、出口畅”的良性发展轨道。他知道，民办高校的教师都是聘请进来任教的，要是待遇太差随时会辞职走人。学院要想留得住教师，尤其是留得住优秀的高素质教师，就要创造留得住教师的环境和条件。他认为，要使民办高校行稳致远，得到持续稳定、健康发展，就必须组建好优秀的管理团队，理清办学思路。正是基于这种认识，他向学院要求必须把师资队伍建设摆在其他各项工作的首位，一再强调要建设出一支素质好、水平高、能力强的教师队伍。于是，他首先向校董事会提出给教师加薪的建议，并要求人事、财务部门按教师职称、级别划分等级，平均增加工资 500 元测算。同时，为每位教师办理“五险一金”。他的这一建议得到了学院董事会的及时批准。全体教师获得加薪和办理“五险一金”后，大多数教师都兴高采烈，安心工作，以更加饱满的精神状态和激情投入各自的本职工作之中。

紧接着，他督促、指导学院各有关部门按照他提出的相关工作意见逐部门、逐项抓落实。为了帮助教师进一步端正工作态度，增强工作责任心，教学水平，他于 10 月中旬专门举办了一堂全院教师参加的学习讲座，由他亲自讲授精心准备的题为《当代高校教师应具备的基本素质》专题报告。讲座中，他从“教师”一词的含义、高校教师的责任与义务及高校教师应具备的十项基本素质这三个方面具体阐述了这一主题。他说，从教师的含义中我们可以体会到教师是一个崇高的、神圣的、受人尊敬的群体，从事教育工作尽管非常辛苦，责任重大，但无上荣光，令人向往，意义重大。进一步明确教师的真正含义，有利于增强大家的责任感、自豪感和使命感。高校教师应肩负起三个方面的主要责任，即岗位责任、社会责任和国家责任。此外，高校教师应当具备十个方面的基本素质，一是高尚的道德情操；二是广博的专业知识；三是高超的教学艺术；四是超前的创新意识；五是强烈的敬业精神；六是务实的工作作风；七是浓厚的慈心爱意；八是良好的个人形象；九是敏锐的世界眼光；十是强壮的健康体魄。讲授期间，饶院长列举了著名教育教陶行知、蔡元培的办学思想，以及苏联著名的教育家苏霍姆林斯基的教育理论等生动形象事例逐一展开，使全院教师对“高校教师应具备的基本素质”这一课题有了更加清晰、更加全面的认识。最后，饶校长希望全院广大教师以强壮的体魄去应对繁重的教书育人工作，让自己的生命之树常青，谱写出一曲曲永载史册的育人新篇章，为学院第二次创业做出新的更大贡献。

学院的教育发展模式是：“以教育集聚动漫人才，以园区培育动漫企业”为载体推进产学融合；“教师上课在学院，创作在工作室”为机制推进双师教育；坚持“开办一个专业、创办一个企业、形成一支团队、带动一个产业”为目标发展中国文化产业、推动中华文化传播。2016 年 8 月，学院入选第二批国家现代学徒制试点单位。

学院创新人才培养模式，贯彻“三段式”教学方法，即学生入学第一年开设公共课程与专业讲座、第二年为核心专业课程与项目对接学习、第三年项目实训、实习、实践，使每个学生有长达两年的时间接触并参与项目，实现理论与实践相结合，让学生真正“在游泳池里学习游泳”，从而拓宽基础知识，提升职业技能强化企业岗位训练，全面培养学生“下海前”的就业能力与创业能力。

学院在重视和加强师资队伍建设中，聘请法国国家信息学院博士导师 Bruno Salgues 教授、欧洲动画高级学院 Frederic Curien 教授、Jean-Marie Dallet 教授为学院特聘教授。要求所有专业课教师均为专职“双师型”教师，并具有较强的实践能力，能到工作室带领学生开展相关的动漫及数字媒体艺术作品。截至 2017 年 3 月，学校专兼任教师 400 余人，高级职称 130 多人，业内顶尖高手近 30 人，享受国务院政府特殊津贴专家一人，文化部（现为文化和旅游部）扶持团队 3 个，江西省“五五五”工程人才 2 人，省优势科技创新团队一个，省级学科带头人 10 人。

学院高度重视对外交流与合作，与国内几十所高校建立了合作关系，发起了全国动漫产业技术创新战略联盟、民族动漫原浆计划、绿色人才计划，举办了国际性 SIANA（〇九）国际动漫周、“泰豪杯”中小学生动漫设计大赛、江西省大学生动漫节、江西省动漫专业扶建合作交流会、民族动漫人才培养高峰论坛等大型活动。学校注重树立国际化办学理念，重视培养师生的开放竞争意识和交流合作意识，与法国奥弗涅大学建立了良好的交流与合作关系，长期互派教师与学生交流；与欧洲最大动漫集团——法国达高动漫集团合作，开展动画制作、衍生品开发、手机动漫创作等方面的合作。学院积极对外开展合作办学，学院与法国国家信息学院、欧洲高级动画学院、法国克莱蒙大学建立合作关系，共同在学院建立了“中法泰豪中法中心”，开展法国大学预科教育、3+2 硕士、3+2+X 博士国际合作教育。并与中国传媒大学就师资资源共享、动漫人才培养、共同创作动漫作品签订合作协议。

学院坚持以教学为中心，以人才培养质量为生命线，不断加大教学投入，改善办学条件，教学质量和教学水平稳步提高。学院建有“手机动漫工作室”“手机漫画工作室”“达高动漫工作室”“游戏工作室”“玩具设计工作室”“音乐创作工作室”“创意编剧工作室”等教学与实训体系，在真实的产业环境下学习创作。良好的教育教学体系和硬件条件保障了学院的教学、科研工作成效，学院已经获批省部级科研项目 10 项，教师获得国家级奖励 2 项，省部级奖励 27 项，地市级 61 项；学生积极参加各类学科、技能竞赛活动，获省级及以上奖励 30 余项，其中国家级奖励 3 项。

2017 年 11 月，饶贵生院长在泰豪学院召开的 2017 届毕业生就业工作总结表彰大会上，就继续做好今后每届毕业生就业工作提出了要求。他说，过去的一年，全院上下在学生就业方面做了大量工作，付出了辛勤劳动，取得了良好业绩，为学院快速发展作出了有益贡献。今后每届毕业生就业工作必须做到：第一，要继续高度重视，明确意义，像抓招生一样抓好就业工作。舍得花时间、投精力。招生、教学、就业三者之间相互联系，就业是落脚点，是检验办学成果好坏的关键性指标，也是办好人民满意教育的归宿点。第二，要齐心协力，创新方式。各部门要齐抓管管，相互配合。一是要提升教学质量，培养合格人才；二是要搭建平台，拓宽渠道，为学生提供更多的就业岗位，让学生能够实现“对口就业、充分就业、快乐就业”。三是要加强就业指导，引导毕业生克服浮躁情绪，树立“先就业、后择业、敢创业”，“先生存、后发展”的正确就业观。既要仰望星空，又要脚踏实地。明确“不积跬步，无以至千里；不积细流，无以成江海”的道理。在磨练中修炼，在实践中成长，实现人生价值。第三，奖优罚劣，加强督查。就业办一要加强指导，二要加强服务，三要加强督查。通过抓好就业工作，以促进学院步入“招得进、育得好、送得出”的良性发展轨道。要发扬成绩，克服不足，总结经验，找出差距，奖优罚劣，为学院加快发展作出新的更大贡献！

通过不懈努力，争取多方支持，经省教育厅批准，泰豪动漫学院成为江西民办高校中唯一拥有招收外国留学生资质的高校。2017 年 12 月 8 日下午，江西泰豪动漫职业学院首届“一带一路”国际班举行开班典礼，来自“一带一路”国家的 18 位留学生正式入学。省教育厅国际合作处雷洁华处长亲临现场指导和祝贺，江西泰豪动漫职业学院校长饶贵生，副校长熊彦，校长助理阿龙，电商分院院长刘元顿等领导参加开班典礼。当时在校就读的“一带一路”国家留学生来自巴基斯坦等六个国家。为帮助他们深度了解中国文化，掌握汉语应用能力，学院将在他们学习国际经济贸易课程三年时间里，开展丰富的教学和课外活动并安排他们实习，使他们成为“一带一路”建设的实用性国际人才。国家“一带一路”重大战略提出近四年以来，与沿线国家合作稳步推进，各项建设从无到有、由点及面，受到国际社会广泛欢迎和积极参与。江西泰豪动漫职业学院一直坚持开放办学、实施高等教育国际化战略，加大人才培养力度，加深学校内涵建设，泰豪动漫学院“一带一路”国际留学生人才培养项目拓展了对外交流合作的深度与广度，使学院国际交流与合作的进程迈出一大步。

通过近三年的奋力拼搏，饶贵生带领全校师生员工使泰豪学院理清了办学思路；强化、稳定了师资队伍；健全了处室机构；扩大了办学规模，在校学生由两千人迅速增加到八千人；加强了内部管理；扩大了对外交流。与此同时，他还积极部署和规划好了学院升本工作，提出了“达标升本，一次成功”的总体思路，带领和引导江西泰豪动漫职业学院朝着更高更远的发展目标不断前行。

功夫不负有心人。由于饶贵生认真实施民办高校发展战略，遵循教育规律，科学决策、照章办事，规范管理，使泰豪动漫学院由原来的粗放“培训式”管理模式转向“规范式”管理轨道，促使学院各项工作步入良性循环，持续稳定健康发展的路子，受到上级有关领导管理部门和全院师生员工广泛赞誉。副校长陈宝元在全院教师工作大会上曾由衷赞叹地说：“近年来，自从饶贵生同志当校长以后，带领大家按教育规律办学，用规章制度治校，我们泰豪动漫学院才算真正是在办大学，学校的各项工作面貌一新，呈现出良好的发展态势，坚信学院的明天一定会更美好”。

第十章　好风凭借力 迈步再向前

七十七、学而不厌

北宋政治家、文学家欧阳修说过："立身以立学为先，立学以读书为本"。熟悉饶贵生的人都知道，他十分崇尚苏联作家、现实主义文学的奠基人高尔基关于"书是人类进步的阶梯"的话，几十年如一日，学而不厌地看书学习。他不仅在中小学时期如饥似渴地用功学习，早在读小学的时候就抄写《新华字典》，把《成语词典》里面的数千条成语，统统造了一遍句子；在读大学的四年中嗜书如命地穿梭于江西财经学院的图书室不断借书、还书，经常畅游在书海之中；他从参加工作直至今日，不管在哪个工作岗位，长期坚持看书学习，并养成了夜读的习惯。

他始终信奉南宋著名诗人陆游的一句诗："纸上得来终觉浅，绝知此事要躬行"。无论干什么工作，都能自觉地做到不懂就学，学以致用，既向书本学习相关专业理论知识，又紧密联系实际，在业务工作中学习实践知识，坚持"干中学、学中干"。不仅如此，他还"不耻下问"，虚心向身边的同事请教，主动向兄弟单位学习、取经。"干一行、学一行、专一行"是他一以贯之的处事方式和风格。

1982 年 8 月，他大学毕业刚分配到南丰县商业局时，工作比较陌生，便认真学习专业知识，虚心向同事请教，迅速上手胜任业务工作，并很快成为行家里手，工作表现出色，仅半年时间就被县领导看中，把他借调到县政府财贸改革办公室工作，不久兼任何重九副县长的秘书。由于他谦虚谨慎，刻苦学习，积极肯干，一年之后，1983 年 9 月便被提拔为南丰县供销社副主任。走上副科级领导岗位以后，他仍然保持好学上进，积极探索，勤奋务实的工作态度，在工作中勇挑重担，攻坚克难，严谨务实，至 1985 年 6 月，南丰县委提任他为三溪乡党委书记。

他出生在农村，上大学之前一直在农村中小学读书和生活，对农村工作没有全面深入涉足，似懂非懂。在三溪乡工作期间，他一方面学习农业知识和农村干部专业知识，办公桌上的《农村工作手册》被他几乎翻烂了，另外几本《学习与宣传》《半月谈》杂志常换常新。他从农村实际工作的需要出发，先学在前，深入调查，尽快熟悉、掌握党的农村工作方针政策和农村工作要领，大刀阔斧地开展农村农业各项工作，脚踏实地带领村民治穷致富。在此基础上，为了有的放矢地帮助和指导农民发展农业生产，他还刻苦学习、钻研农业科技知识。

说到他学习农业科技知识，确实肯花精力、动脑筋，对“农业八字宪法”中的“土、肥、水、种、密、保、管、工”了解得非常透彻。山区农田怎样浸种育秧、栽插、施肥、灭虫、治冷浆田等，他讲起来头头是道。什么“疏禾有谷粜，密禾捞柴烧”，他要求水稻密植达到株距保持四寸、行距六寸，简称四乘六；什么“种地不上粪，等于瞎胡混”；什么“秧好一半禾，苗壮一半产，壮苗三分收，弱苗一半丢”；什么“青蛙开口早，早禾一定好”，“三年不选种，增产会落空”，等等。提到化肥，他还编成了顺口溜：尿素钾磷调三元，氮磷钾肥养料全；生产是用硝酸钾，熔合尿素和二铵。含磷含钾各十四，还有二十八个氮；硝氮四来铵氮六，另有十八为酰胺。由于三氮样样全，重用果树经济田。还有粮食估产也被他研究透了。一次，省农业厅有几位农技专家到南丰县核查水稻产量，县政府安排到三溪乡进行现场测试。饶贵生亲自带着农业专家深入田头，他抓起一株成熟了的稻谷仔细察看一番，然后风趣地对专家说：“量也不用量，稻穗七寸长；数也不要数，谷粒二百五（即每根稻穗上结有 250 粒谷子）；称也不要称，亩产一千斤”。农业专家不信，饶贵生立即吩咐村干部安排劳力割下两分田水稻，当场打谷脱粒，让会计拿秤来称，果然是 200 斤重。几位农业专家半信半疑，饶贵生连续选择附近两丘水稻长势不同的稻田，掐着稻穗观察并默默数数，分别指划着对专家说：这丘田的水稻亩产 890 斤、那丘田水稻亩产 920 斤。他又安排村干部找人割下水稻，当场脱粒、过秤，准确度达到了 98%。省农业厅来的几位专家连连称赞说：你真神呢，看来我们几个农业专家要让位了……

饶贵生调入外经贸系统工作更是得心应手。他在大学读的是贸易经济专业，对外经贸业务知识原本就熟悉，但他仍然坚持学习。他说：国际贸易形势发展非常快，中国加入世贸组织以后，发展变化的步伐更加迅速，要想适应国际市场发展变化的新形势，唯一的办法就是不断学习。于是，他边实践边学习，在致力改变所在单位工作面貌的同时，长期注重外经贸实践与理论研究工作。与此同时，他在每次出国开展经商与考察国际市场活动中，利用点滴时间进行参观学习，撰写调研报告与论文。多年来，他先后在省部级等有关刊物上发表的主要论文有五十余篇。均获得了良好的社会效益。

饶贵生调入江西外语外贸职业学院工作之后，清醒地认识到自己虽然读过大学，但对如何办大学却茫然不知所措。他深谙“不懂就学”的道理，刻苦发奋坚持看书学习，做到学而不厌，博览群书，专题突破，钻研攻关，通过补修《教育学》《心理学》和党和国家有关教育的方针政策，努力提高自己的教育理论水平和高校管理能力。在专业知识和实际业务工作方面都通过考试考核，2006 年被评定提升为教授职称。曾记得在评定教学职称答辩时，原定个人陈述时间是 15 分钟，由于饶贵生的答辩陈述内容丰富，信息量大，案例生动，条理性强。答辩主持人便说：“你的答辩非常精彩，我们不忍心打断你的陈述，时间可以延长至半小时”。并当场赞扬说：“凭你的专业水平，你是一名当之无愧的国际贸易专业教授”。

他在学习中非常注重理论联系实际，积极探索高职院校办学的新路子，每年都要“南下”“北上”，到省外有关高等院校进行参观、考察、调研活动，虚心学习和借鉴兄弟院校的先进经验。他在总结国内外职业院校办学经验的基础上，结合江西外语外贸职业学院自身特点，对高职院校办学和管理提出了许多创新性的见解和看法，在指导实际工作中获得了良好效果。他先后在有关期刊上陆续发表《试论高职院校的办学定位问题》《试探新形势下如何做好大学生思想政治教育工作》《如何做好高职院校班主任工作》《论高职院校对信息素质的培养》《当代高校教师应具备的基本素质》《深化内涵 凝练特色 全面提升人才培养质量》《江西高职教育发展的回顾与展望》等多篇论文，均受到社会好评。

多年来，饶贵生经常光顾书店，畅游知识的海洋，凡是看见自己喜欢或者工作需要的书籍，他都会毫不吝啬购买。日积月累，他家里的藏书已达两万余册，书柜中摆满了世界名著、中外历史名人传记、古籍经典、国学诗词等书籍，真可谓琳琅满目，丰富多彩。“胸藏文墨虚若谷，腹有诗书气自华”的哲理在饶贵生身上得到了充分体现。

饶贵生在看书学习和自己长期的人生经历中，理出了十条人生感悟。这 10 条感悟是：①虚荣心是激励儿童成长成才的原动力；②学习借鉴别人长处是获得进步的助力器；③勤奋与努力是走向成功的阶梯；④良好的人际关系是生活生存事业发展不可缺少的条件；⑤机遇永远是留给有准备的人；⑥定位决定地位，思路决定出路，眼界决定境界，想法决定办法，格局决定结局；⑦出路出路走出去就有路，困难困难困在家里就难；⑧讲真的，干实的，来快的；⑨勤奋、认真、感恩是成功的三大法宝；⑩读书学习是丰富自我、增长才干、陶冶情操的唯一良方。

饶贵生的人生感悟如春风化雨，滋润和激励着莘莘学子和身边工作人员走向成功。曾经担任饶贵生司机多年的吴来和、万成钢和秦志刚受其言传身教的影响，都能刻苦学习，勤奋工作，助人为乐，严于律己，工作表现非常突出，乐于奉献，均获得大家一致好评和交口称赞。

七十八、宣传中国

江西外语外贸职业学院凭借自身鲜明的办学特色、严格科学的管理水平和优美的校园环境，被商务部确定为全国首批“国际商务官员研修基地”。饶贵生利用援外培训班的平台，向一批批来自世界五大洲参加国际商务培训的国际友人和技术人员宣传中国，推介江西。每期援外培训班授课，第一堂课都是由他主讲《中国国情》，让国际友人近距离了解和熟悉中国，既传授了专业知识，又促进了国际合作，增进了国际友谊，加深了中外人民之间的感情，每堂课均获得了参训学员的高度评价和商务部领导的高度赞扬。

为了在江西打开世界窗口，宣传中国、推介江西，他十分重视援外培训工作，确保研修班运转有序并取得圆满成功。学院精心制定援外培训工作实施方案，合理设置培训课程，认真挑选师资力量，细心做好后勤保障服务，分工负责，细化任务和责任，并及时检查落实。研修班采取理论学习和实地考察相结合的方式，包括专题讲座、实地参观考察、与企业开展对接座谈等多种形式，保证学员在轻松愉快的环境中完成研修任务。在饶贵生和学院相关领导、教师的共同努力下，每期研修班都获得外国官员的高度评价。外籍学员们深有感触称赞培训内容和活动务实丰富，承办方热情细致，他们纷纷在结业感言中发自内心地感谢中国政府，感谢江西外语外贸职业学院，称赞江西，赞美中国。

饶贵生退休之后，仍然坚持以教授、专家身份受聘为援外培训班的国际友人授课，他的援外培训讲稿《中国国情》得到商务部以及外交部领导的认可和充分肯定，成为宣传中国的一个范本。

他的援外培训讲稿《中国国情》主要内容是：一、基本概况；二、地理与气候；三、人口、民族、宗教信仰；四、政治制度和行政区划；五、改革开放和经济发展；六、社会和文化生活；七、中国梦；八、“一带一路”倡议；九、中国的外交准则；十、中国经济未来展望。他在撰写这篇讲座稿的过程中，花费了大量心血，要将中国国情浓缩成一堂讲座，尤其面对的听课学员是来自世界各国的商务官员和技术人员，要讲好《中国国情》课，可不是一件容易的事。好在他曾经做过多年外经贸生意，先后跑了五大洲近百个国家，同世界上许多国家的商业界人士及民众有过交往与接触，知道外国商务人士的基本状况。因此，要想让他们全面准确了解中国国情，就得从中国概况讲起，由表及里，让他们认识真实的中国家，然后从古至今、由浅入深地讲解中国的发展史。

援外培训讲稿《中国国情》的内涵和外延都非常丰富，涵盖着党和国家的各项方针政策尤其是中国的对外政策。随着中国特色社会主义事业不断发展，讲稿中很多方面的内容也要不断发生变化。然而，饶贵生紧跟国家发展的时代步伐，不断地刻苦学习党的方针政策和国家法律法规及相关文件、会议精神，根据新的文件精神和中国日新月异的发展变化情况，随时修改、补充讲稿的相关内容，确保《中国国情》讲稿的内容与中国国情完全一致，使学员们能够获取最新的信息和实情，发挥其应有的价值和指导作用。

在每期援外培训的讲座上，饶贵生凭着其较强的表达能力，良好的口才，讲课的气氛非常有感染力，深受学员们欢迎。他饱含激情，旁征博引，娓娓道来，讲述中国故事。他从介绍世界四大文明古国入手，方式独特，引人入胜，四大文明古国是关于世界四大古代文明的统称，分别是古巴比伦、古埃及、古印度和中国。文明古国的三大标志是：①有文字记载；②城市的出现；③能够生产青铜器，掌握了冶炼技术。

古巴比伦文明：古巴比伦文明位于幼发拉底河和底格里斯河流域，位置大概在今伊拉克境内。被称为美索不达米亚文明和巴比伦文明。起源于公元前 3500 年左右，公元前 2000 年左右兴起的古巴比伦王国统一了两河流域。主要成就一是汉穆拉比法典，是世界上现存的古代第一部比较完备的成文法典（重点）；二是楔形文字；三是六十进制；四是空中花园。

古埃及文明：形成于公元前 4000 年左右，在公元前 3100 年建立初步统一的古埃及国家。古埃及在鼎盛时期疆域很大，包括现在的苏丹、埃塞俄比亚、埃及、利比亚，东部延伸到巴勒斯坦、以色列地区。古埃及文明的主要成就：一是金字塔，修建金字塔的用途——国王陵墓。二是狮身人面像，哈夫拉（胡夫的儿子）修建的金字塔前有狮身人面像。三是斯芬克斯之谜。四是太阳历：古埃及人创造了人类历史上最早的太阳历，属于历法规则的一种。

古印度文明：古印度文明发源于印度河、恒河形成的冲积平原。起始时间从公元前 2500 年前开始陆续出现一些小国家，后来在印度河、恒河流域建立起农历制度国家。主要成就：一是种姓制度。二是认为梵天是造物者。三是发明了数的记号，以及创造了“0”的概念和符号。后经阿拉伯人略微修改，传播至欧洲，逐渐演变成全世界通用的阿拉伯数字。四是创立了佛教。

中国文明：中国文明被称为中华文明或华夏文明，最早起源于黄河流域。大约在公元前五六千年前。在黄河流域出现两个部落，炎帝部落与黄帝部落，后人自称为炎黄子孙。主要成就一是四大发明（指南针、造纸术、印刷术、火药）。二是农业；三是天文；四是历法；五是中医药学；六是其他领域（如数学领域、地理领域、综合性著作等）；七是手工业。

饶贵生讲授中国文明的话题，眉飞色舞，神采飞扬，如数家珍般侃侃而谈。他说：中国的文明历史源远流长而又博大精深，历经三皇五帝、夏商周春秋战国、秦两汉三国、两晋南北朝、隋唐五代十国、两宋元明清，直到中华人民共和国，长达四五千年从未间断过。

饶贵生从万里长城，说到大运河。他说：万里长城、运河并称为中国古代的伟大工程，并且使用至今，是中国古代劳动人民创造的一项伟大工程，是中国文化地位的象征之一。

中国的长城是人类文明史上最伟大的建筑工程，它始建于 2000 多年前的春秋战国时期，秦朝统一中国之后联成万里长城。汉、明两代又曾大规模修筑。其工程之浩繁，气势之雄伟，堪称世界奇迹。岁月流逝，物是人非，如今当您登上昔日长城的遗址，不仅能目睹逶迤于崇山峻岭之中的长城雄姿，还能领略到中华民族创造历史的大智大勇。万里长城是中国古代的军事防御工事，是一道高大、坚固而且连绵不断的长垣，用以限隔敌骑的行动。长城不仅是一道单纯孤立的城墙，而是以城墙为主体，同大量的城、障、亭、标相结合的防御体系。它横跨河北、北京、天津、山西、陕西、甘肃、内蒙古、黑龙江、吉林、辽宁、山东、河南、青海、宁夏、新疆这 15 个省区市，总长 21500 公里，磅礴恢宏，被列入《世界遗产名录》。

大运河是中国东部平原上的伟大工程，是中国古代劳动人民创造的一项伟大的水利建筑，为世界上最长的运河，也是世界上开凿最早、规模最大的运河。大运河始建于公元前 486 年，包括隋唐大运河、京杭大运河和浙东大运河三部分，全长 2700 公里，跨越地球 10 多个纬度，地跨北京、天津、河北、山东、河南、安徽、江苏、浙江 8 个省、直辖市，纵贯在中国华北大平原上，通达海河、黄河、淮河、长江、钱塘江五大水系，是中国古代南北交通的大动脉，至 2020 年大运河历史延续已 2500 余年。2014 年 6 月 22 日，大运河在第 38 届世界遗产大会上获准列入《世界遗产名录》。

古巴比伦、古埃及、古印度和中国这四大文明古国，除中国之外，其他三大古国的文明历史都中断了，现在只剩下中国的文明继续传承着。

中国文明的稳定、延续和发展，是给我们带来几千年持续辉煌的原因，同样也是我们度过黑暗、还能保持国家统一和民族信心的原因，必将引领我们最终重新回到巅峰时代——实现中华民族伟大复兴的中国梦。

饶贵生每次讲完这些内容时，外国友人均不约而同地报以热烈的掌声。

他客观认真的介绍中国发展历史。中国经历了五种社会形态，即原始社会、奴隶社会、封建社会、半殖民地半封建社会以及社会主义社会。中国没有经历资本主义社会。他说：有的国家实行资本主义制度取得了成功；中国没有经历资本主义阶段直接搞社会主义革命，也取得了成功。这说明什么？我个人认为：世界各国的发展模式和所走的道路是不一样的，各国的国情不一样，每个国家可以学习他国的经验，但不要复制、照搬、照抄。这说明，每个国家只要从本国的国情出发，科学选择自身的发展道路，并坚定不移地走下去，就一定会成功；世界各国的发展史反复证明，条条道路通罗马！

在座的国际友人听到这里，都情不自禁地频频点头，投来赞同的目光。

饶贵生继续介绍中国的国情：中华人民共和国自 1949 年成立以来，经历了由站起来、富起来到强起来的发展阶段。2021 年 7 月 1 日庆祝中国共产党成立 100 周年大会上，中共中央总书记、国家主席、中央军委主席习近平，代表党和人民庄严宣告，经过全党全国各族人民持续奋斗，我们实现了第一个百年奋斗目标，在中华大地上全面建成了小康社会，历史性地解决了绝对贫困问题，正在意气风发向着全面建成社会主义现代化强国的第二个百年奋斗目标迈进。

饶贵生在讲座中结合自己亲身经历和所见所闻，展示中国的发展变化。他在少年时代，正处于建国初期，基础差，底子薄，处于“一穷二白”。他所出生的农村，存在着“五缺”：缺食品、缺饮用水、缺电、缺医疗、缺公路。他小时候就曾经有过这样十个梦想：一是能吃饱饭；二是能喝上干净水；三是能穿得暖和；四是能告别满地鸡屎猪狗牛粪的恶劣居住环境；五是能户口农转非；六是能有机会上大学；七是能找到体面的正式工作；八是能进入城市工作、生活；九是能生活、生存得有尊严；十是能走出国门了解世界。如今，随着国家的飞速发展进程，特别是实行改革开放以来，中国面貌发生了历史性变化，人民生活水平实现了从温饱到小康的跨越，国家经济建设得到突飞猛进的发展。自己经过不懈的努力，少年时代的十个梦想全都梦想成真，变成了现实。

他列举大量事实讲述中国发展模式的成果和经济建设成就，归纳说：中国社会总的形势和国情是“政治稳定，经济发展，文化繁荣，社会和谐，生态良好，人民幸福”。

讲到中国的外交政策时，他说道：中华人民共和国是中国唯一合法政府。坚持一个中国的原则是国际社会的普遍共识。中国奉行独立自主的和平外交政策，坚持和平共处五项原则，相互尊重主权和领土完整、互不侵犯、互不干涉内政、平等互利、和平共处。中国在和平共处五项原则基础上发展与世界各国的友好合作关系。中国坚决反对霸权主义、强权政治和恐怖主义，维护世界和平和促进人类进步。中国政府奉行国家不分大小、强弱、贫富一律平等。中国是一个负责任的大国，中国将继续坚定不移地奉行和平发展，并在互利基础上继续执行开放战略，谋求合作共赢，推动构建人类命运共同体，为世界经济的繁荣和发展进步作出新的更大的贡献。

饶贵生在授课的过程中，熟知前来参加培训、研修的国际商务官员的普遍需求，因而善于调动受众的听课气氛和注意力。他灵活运用讲课艺术，经常与受众进行“互动”，适时地向受众提问或者让受众向他提问，收效非常明显。

另外，学院培训中心宗平华主任带领着张瑛、周露水等老师管理团队爱岗敬业，安排周到，管理有方，热情友好，做了大量艰苦细致的日常管理工作，用实际行动传播了中国人民的友好和真诚，给来自世界各国的学员们留下了美好的印象和记忆，获得一致好评和称赞。

七十九、指导办学

“千淘万漉虽辛苦，吹尽狂沙始到金”。自2013年3月起，饶贵生被教育部聘为高等职业教育评估专家、被江西省教育厅聘任为省高校设置委员会评委、高等职业教育专家，历时近10年。

他退休以后，先后受聘担任南昌职业学院和江西泰豪动漫职业学院两所民办高职院校担任校长，省教育厅仍然续聘他为专家、评委。

诚然，当专家、任评委，是一项凭借自己的经验和智慧服务社会的公益性工作。他曾经不止一次地说过：我可以不当官，不敛财，但不可以不干事。现在教育部和省教育厅聘请本人当专家和评委，可以指导、帮助全省各高校问诊把脉，出谋献策，为全省教育事业贡献一分力量，深感自豪和欣慰。

饶贵生几十年如一日，把事业看得比生命更为重要。他始终奋斗在江西这块红土地上。他曾说：走到哪里都是干事，我还是留在江西干我的教育事业。他早就立下过志愿，到自己后半生要从事教育工作，沿着自己所钟爱、所选择的路继续走下去。锲而不舍，登高望远，迈步再向前。

他当上教育部和省教育厅的专家、评委以后，学习更加刻苦，工作更加勤奋。一有时间就深入到有关公办、民办的高校进行调查研究，既注意总结众多的办学经验，又十分重视丰富自己的专业知识，提高办学管理水平，并以此取得发言权，掌握工作主动性。2018 年以来，他先后被邀请到十余所高校进行讲学，陆续参加过全省数十所高校评审。在进行评审工作中，由于他非常认真开展调查研究和善于分析、归纳，所以，他的每次发言都能一矢中的，客观公正，评价被评审单位所取得的成绩，中肯指出存在的问题，有针对性提出今后努力的方向。

饶贵生先后参加过江西省近 30 所高等院校及中专学校的设置和评估工作，总结出了一系列指导学校加快发展的成功经验，如办学定位、师资建设、校园建设、招生、教学、学生就业工作等方面的真知灼见，受到社会的广泛赞誉。

八十、当好参谋

在南昌市青山湖区南京东路上，有一栋大楼，名为“医药谷”。大楼中有一家民营医药公司——江西龙贵堂科技有限公司，成立于2018年5月。

在公司创办之初，公司董事长通过了解得知饶贵生曾经担任过江西省纺织品公司总经理，有管理公司的丰富经验，经过一番考虑，决定邀请饶贵生帮助公司做好发展规划、企业文化建设和员工培训工作。他通过多条途径，了解到公司董事长高明龙为人正派、聪明能干，办事踏实，具有多年从事药品销售工作的实践经历。创办医药公司只要把握得好很有发展前途，于是爽快地答应，同意为该公司提供力所能及的帮助和指导。

他为公司董事会出谋划策，设置公司的基本思路和特色，描绘出了公司的发展愿景，帮助公司制订了“以客户为中心，以服务为宗旨，以发展为目标”的经营理念；为加入医药公司的成员编写了誓词：我自愿加入“龙贵堂”团队，赞成公司发展愿景，认同公司价值理念，完成公司工作任务，并愿为公司加快发展发扬龙马精神，努力勤勉工作，积极奋斗奉献。我将以积极的心态和旺盛的斗志，去面对工作中的困难和挑战。并拟订出承诺践行口号：做一个遵纪守法、诚实守信的人，做一个刻苦学习、不断进取的人，做一个维护团结、顾全大局的人，做一个爱岗敬业、勤奋工作的人，做一个追求卓越、争创一流的人，做一个堂堂正正、严以律己的人。

他认真为公司的业务开展当好参谋，从事开拓市场业务咨询，职工培训和内部管理提供指导、服务工作，并取得了明显成效。

与高明龙董事长一起商讨以后，拟定出了公司的“龙贵堂”名称，为公司设计出核心价值观：“龙马精神，贵在堂正”。江西龙贵堂医药科技有限公司的经营范围是：特色医疗技术开发、技术服务、技术咨询；基因检测；自有设备、自有房屋租赁、会展服务、互联网信息服务、计算机及辅助设备、保健用品、电子产品、医疗器械的销售；网上贸易代理。饶贵生在集思广益的基础上提出了公司的发展靠天时、地利、人和；个人的成功凭奋斗、耕耘、拼搏。他还提出，公司要本着“真诚合作，优势互补，互利双赢”的原则，与相关医疗生产企业、营销单位以及有关医疗部门开展合作，促进发展，共创辉煌。

2020年春节以来，湖北武汉和全国各地乃至全球各国相继发生了程度不同的新冠肺炎。面对疫情，江西龙贵堂医药科技有限公司作为一家医疗企业，无法置身事外，抗击疫情，更是责无旁贷。公司董事长高明龙思路清晰，步伐稳健，带领公司全体员工顺势而为，排难而进，企业上下做好了充分的战“疫”准备，从疫情防控期间到复工复产后，企业业务经营始终保持着正常运转。目前公司通过不懈努力，药品供应和销售规模上实现了稳中求进，为患者提供了优质服务，取得了较好的经营效益和社会效益。

八十一、爱国爱家

“桃李不言，下自成蹊”。饶贵生自从大学毕业以来，先后到过八个单位工作，并且多为担任“一把手”。无论在哪个岗位，干什么工作，他总是严格要求自己，高调做事，低调做人，襟怀坦白，忠诚直爽，大胆负责，敢于担当。他处处以事业为重，严以律己，做好表率，廉洁奉公，不谋私利，遇事以身作则带头干，并且真正做到了不干则已，干就要干成功，干到极致。论干事业，他眼光远，起点高，创业精神强，干事劲头足；在具体实施的过程中，他干得认真，管得细致，注重勤俭节约，对每一个细节的要求都非常严格，用他很早说过的一句话来形容：即使扫地也要扫的比别人更干净。

他走进江西省对外经济贸易学校担任校长之后，扑下身子干事业，聚精会神谋发展，创办了江西外语外贸职业学院。在建校园、办学院的艰辛历程中，他克服各种困难，把学院当成自己的家一样，身先士卒，亲力亲为，发奋创业，勇于担当，完全体现了“果断坚毅，雷厉风行”的干事创业风格。

电视连续剧《亮剑》有一段经典的台词：“我明白了，一支部队也是有气质和性格的，而这种气质和性格是和首任的军事主官有关，他的性格强悍，这支部队就强悍，就嗷嗷叫，部队就有了灵魂，从此，无论这支部队换了多少茬人，它的灵魂仍在。”这段话用到江西外语外贸学院，用在饶贵生这位学院的首任院长身上，也是挺合适的。社会上有人说：一个好校长就是一所好大学。饶贵生说：一个好校长能带出一个好团队，就是一所好大学。

饶贵生曾说："我并无过人的特长，只是忠诚踏实，苦干实干，想做一个'忠贞报国'办好教育的平常人。"的确，从他正式走上工作岗位四十年来的一步步脚印中，完全体现出了这一点。他从南丰县康都村山沟里走出来，经历"由土变洋"的蜕变，到担任江西省纺织品进出口公司总经理那时起，在"做国际贸易，交世界朋友"的工作中，完全有机会、有条件选择到某个经济发达的国家定居，至少可以移民欧美发达国家，为子女出国定居打下基础。事实上，他有好几次到某国定居的机会，都毅然放弃了。有好心人问他，在 20 世纪 90 年代出国潮非常盛兴的时期，为什么不移民国外，享受发达国家的富裕生活，他回答得干脆而又简单："我是中国人，我热爱自己的祖国。"

饶贵生先后几次毫不犹豫放弃出国定居的机会，对两个儿女通过言传身教，目前都在中国工作和生活。女儿饶丽大学毕业后选择在珠海和深圳工作，儿子饶敏大学毕业后通过考试录取在江西省某金融系统工作，已经成长为一名骨干管理者。非但如此，在他的亲戚、家族圈子里，已经教育培养出了 10 多个大学生，其中有的还经常出国做贸易生意，所有晚辈都把根留在中国。他这种"忠贞爱国"的家国情怀，经受住了大浪淘沙般的时代洗礼和历史考验。

他不仅放弃了移居国外工作的机会，而且还放弃到外省经济发达地区工作，坚持留在江西。他在省纺织品公司经营国际经济贸易的过程中，曾结识了许多省外知名大企业的老总，先后有深圳的企业家和江苏浙江的企业家聘请他去当老总，拿年薪，报酬非常丰厚，但都被他婉言谢绝。他说："我爱自己的家乡，不想离开江西，要把自己毕生的精力回报桑梓，奉献给江西这块红土地，为江西的发展贡献自己的全部力量。"

常言道：一个成功男人的背后，必然有一个默默支持他、为他付出的贤惠女人。饶贵生的妻子唐桂花善良贤惠，勤劳俭朴，孝敬公婆，相夫教子，尤其对丈夫始终如一地温柔体贴，把家庭真正营造成为爱的港湾，并且多年来从不过问和参与丈夫的工作事业活动，生活中能看好家门，树立廉洁干净和谐的家风。饶贵生自从调入抚州地区外经贸局工作以来，经常出差，尤其是调任省纺织品公司总经理，做国际贸易，经常出国，长年奔波在外，但他时刻牵挂着年迈的母亲和妻子、儿女，惦记着自己的家庭。他很爱自己的结发妻子，也深知自己能有今天，全靠党的教育培养和自己的艰辛奋斗获得，他非常珍惜自己来之不易的美好前程。在他的头脑里，时刻绷紧着一根弦，必须严于律己，始终坚守“打着赤膊干事，夹着尾巴做人”的人生信条。堂堂正正干事，清清白白做人，无论身在何处，面对一切八面来风，都能初心不改，守住道德和法律的底线，维持家庭的和睦、温馨和幸福。

的确，饶贵生一双儿女在良好家风的熏陶下，尤其是老母亲和妻子的悉心抚养和帮教下，从小到大得以健康成长、成才。1976 年 10 月出生的女儿饶丽，身高 1.65 米，不仅长得俏丽俊秀，而且读书非常刻苦用功，从读小学起学习成绩就一直冒尖，在大学期间已熟练掌握了日语、英语两门外语。从美国纽约理工大学研究生毕业获得硕士学位后，决心把自己所学的知识贡献给祖国，曾经多年在国内的日资企业担任高管职务，从事企业管理工作。2010 年开始自己创办了公司，经营电子类产品业务。女婿高天也是研究生毕业，在深圳一家上市公司当高管。饶贵生刚上大学时所生的儿子饶敏，身高 1.85 米，身材高大，电子科技大学研究生毕业，获硕士学位。毕业后多年从事银行管理工作。

饶贵生的六个兄弟姐妹共养育了 16 名儿女，晚辈们沐浴着改革开放的春风，通过各自奋力拼搏，纷纷考上大学，走出了大山，在北上广深和南昌等大城市打拼工作，安居乐业，收获了满满的幸福。二哥戴传龙的儿子戴爱辉在浙江义乌创办了公司，经营服装生产、进出口业务，事业有成；大妹饶桃容的两个儿子刘建华和刘敏分别在南昌、上海找到了体面稳定的工作，生儿育子，享受快乐生活；弟弟饶小毛的女儿饶婷、儿子饶峰分别在北京、南昌工作，成家立业，过上了衣食无忧的小康生活。

饶贵生看着自己的家庭开枝散叶，人丁兴旺，一代一代薪火相传。饶煦洁、高子馨、高鸣远、朱晨榕等子孙们每天佩戴着鲜艳的红领巾，沐浴着和煦的阳光上学读书，在幸福快乐的时光中茁壮成长，心里感到非常欣慰。

八十二、诗和远方

“鲜衣怒马少年时，不负韶华行且知。”饶贵生1954年出生，岁月的车轮走过将近70年。回首往事，时光弥足珍贵；展望未来，让人激情澎湃。在以往的人生征途上，饶贵生经磨历炼，筚路蓝缕，战胜了许多艰难困苦，收获了成功与喜悦。人生路漫漫，饶贵生深感人的一生，既应享受阳光的照拂，也要经历风雨的洗礼，不管是学习还是事业、家庭、感情等都是风雨兼程，不断前行，人生几十年，是由一段一段的路组成的，少年时，有学习的任务；青年时，有选择发展方向的要求；中年时，有奋斗的目标和压力；步入老年，离开职场后，有养老的安排，修身养性的思考。不同的人生阶段，做不同的事情，只要拥有一颗阳光的心态、科学的态度和正确的选择，即便遇到坎坷和风浪，也能克服战胜，迎来“柳暗花明又一村”，活成自己想活的样子，成为一个脱离低级趣味，有所作为的人。

饶贵生长期以来，在紧张繁忙的学习和工作中养成了一个业余爱好，就是喜爱诗词。一次，他盛情邀请到江西日报社等几家省级主流媒体的十多位记者来到省纺织品公司采访。在忙完了采访事务之后，公司与记者朋友共进晚餐。席间，记者们与饶贵生等同志边吃边聊，以诗为媒，吟诗诵词，气氛轻松愉悦。在相互敬酒的过程中，饶贵生不经意间引用出孔子《论语》中一句话：“有朋自远方来，不亦乐乎？”好几位记者感到吃惊，心想：你一个经商的生意人还能说出如此经典的千古名句？其中有一位记者起身，端起酒杯说道：“看不出饶总还能讲古文，来，我敬您一杯。”饶贵生饮干酒后微笑着说：“我还能背诵唐诗宋词呢。另几位记者说：我们不信。”饶贵生说：“不信，那就我背给你们看，不过有个条件，我背出一首古诗，你们每人喝一杯酒，行不行？”众记者齐声应和，都说可以、可以。于是，饶贵生便开始了背诗助兴。

他首先背出唐代边塞诗人王翰写的《凉州词》：“葡萄美酒夜光杯，欲饮琵琶马上催。醉卧沙场君莫笑，古来征战几人回？”众记者纷纷鼓掌，并喊说再来一首，饶贵生说："光鼓掌不行，刚才说好了要喝一杯酒的，你们喝了我再背。"众记者便都举起酒杯一饮而尽。

饶贵生接着背一首，明代文学家杨慎的《临江仙》："滚滚长江东逝水，浪花淘尽英雄。是非成败转头空。青山依旧在，几度夕阳红。白发渔樵江渚上，惯看秋月春风。一壶浊酒喜相逢。古今多少事，都付笑谈中。"众记者又是喝酒，又是鼓掌。

就这样，饶贵生一首接着一首背诵，众记者一杯接着一杯饮酒，谁也不许推诿食言，一连背了 10 多首古诗，直到记者们个个喝得酩酊大醉，当场趴在桌子上。后来，记者们都交口称赞饶贵生为"儒商"……

饶贵生自幼喜爱诗词，从孩提时母亲教背儿歌到自己读诗背诗和学习写诗，几十年来，在辛勤工作中忙里偷闲，写下了数百首诗。下面摘录饶贵生的几首诗，展现他的人生充满诗情画意，尝尽甜酸苦辣，饱含泪水和汗水的峥嵘岁月。同时折射出他刻苦学习、勤勉工作、心存感恩、爱国爱家的热血情怀！

饶贵生在任江西外语外贸职业学院院长期间，多次到清华、北大进行参观考察和进修学习。在北京大学，当他对中华民国首任教育总长，主持制定中国近代高等教育的第一个法令——《大学令》，曾于 1917 年至 1927 年任北京大学校长，对学生提出"抱定宗旨、砥砺德行、敬爱师长"三点要求的蔡元培先生有了进一步了解之后，心中感慨万千，对我国这位杰出的教育家、革命家、政治家油然而生钦佩之情，当即写下了一首《缅怀蔡元培》的诗：

学界泰斗蔡元培，
终生潜心办教育。
高举科学民主旗，
丹心报国育桃李。

2012 年 8 月上旬，赣鄱大地，天气炎热，正值高温酷暑，饶贵生登上庐山备课和撰写论文。庐山东偎浩瀚鄱阳湖，北枕滔滔长江，顶端因处高空地带，江环湖绕，湿润气流受到山地阻挡，加上森林茂盛，常年雨水多，空气湿度大，使夏季山上山下的气温差异较大。每年盛夏，鄱阳湖盆地赤日炎火，最高气温可达 39℃，而山上夏季平均气温只有

22℃，早晚温度常在 15℃～20℃，凉爽宜人。所以，庐山素有“匡庐奇秀甲天下”之誉，自古以来是避暑绝佳胜地，自 1863 年至 1949 年，先后在英、法等 18 个国家的显贵在庐山修建了 636 幢别墅。饶贵生身临此境，即兴写出一首《庐山凉》。庐山管理处的同志见了这首诗，都伸出大拇指啧啧称赞，并把这首诗作为庐山旅游的广告在电视节目中进行播放。《庐山凉》：

夏日骄阳似火焰，
熏得人儿夜难眠。
唯有匡庐凉如水，
山上山下两重天。

2014 年是饶贵生高中毕业 40 周年。7 月 10 日，南丰县太和中学 1974 届高中毕业生相约，从省内外四面八方兴高采烈来到母校，同学们欢聚一堂，畅叙友情，举行纪念活动，分享毕业后 40 年来各自的成长、进步与发展和美好、快乐与幸福。在这次同学聚会的日子，饶贵生抚今追昔，满怀激情地写下了一首《纪念高中毕业四十周年》：

回望四十周年前，
读书求学在田边。
书声蛙声连成片，
寒窗苦读秉油灯。
勤工俭学建校园，
师生同心肩并肩。
峥嵘岁月人勤奋，
敢叫旧貌换新颜。

2014 年 10 月 1 日国庆节，恰逢重阳节，又是饶贵生母亲刘招金 90 岁生日。在母亲生日来临之际，饶贵生和兄弟妹妹们一起商量，为母亲举办庆贺 90 大寿聚会。就在重阳节的前两天，饶贵生异父同母哥哥戴传道的孙女生下了一个男婴，为母亲的 90 大寿增添了一份喜气。母亲 90 生日那天，儿女们欢聚一堂，全家男女老少一共 60 多人，共同为老母亲祝寿，全家人欢天喜地，老母亲喜笑颜开，五世同堂，其乐融融。饶贵生心情无比激动，为了表达对母亲的养育之恩，当即泼墨挥毫，写下了一首《慈母颂》：

庆贺母亲 90 岁生日合影

喜逢重阳九月九，
母亲九十庆高寿。
儿孙绕膝齐聚首，
五世同堂共祝福。

2018 年 9 月 24 日，正值中国传统的中秋节。饶贵生亲临祖国宝岛台湾考察访问。这天晚上，他同部分代表团成员来到位于台北市信义区仁爱路四段的孙中山纪念馆馆前热闹的广场，一边观看五彩缤纷的美丽夜景，一边赏月，豪情激荡，流连忘返。当他返回酒店下榻，兴犹未尽，感慨良久，欣然写下了《盼团圆》一诗：

中秋时节月儿圆，
海峡岂能成天堑？
两岸本是同根生，
中华儿女盼团圆。

2019 年 8 月 10 日是“双休日”，他回南丰县康都老家探亲，在两位村干部的陪同下，重走青少年时代多次行走过的“康杉古道”，感触犹深，于是一连写下了三首《康杉古道赞》：

（一）
红色康都有古道，
东行五里梅水桥。
翻越百丈隘关口，
便是建宁杉溪堡。
（二）
康杉古道路峻峭，
青松翠柏节比高。
涓涓清泉石上流，
密林深处白云绕。
（三）
康杉古道立功劳，
红军沿途反围剿。
昔日播下革命种，
今朝处处换新貌。

2021 年 10 月 10 日，秋色连波，天高云淡。正值“落霞与孤鹜齐飞，秋水共长天一色”时节，饶贵生漫步在赣江南岸的林荫大道上，极目眺望，思绪万千。他欣赏着天际的云彩，路边的花朵，眺望滔滔赣江之水奔流不息，从东流去，回想起自己年近 70 的人生经历和峥嵘岁月，往事涌上心头，对未来充满期待和憧憬，欣然命笔，以诗抒怀，赋诗一首《岁月如歌》：

岁月如歌年复年，
甜酸苦辣皆人生。
奋斗耕耘且为乐，
如今迈步再向前。
……

跋

我是本书的主人公饶贵生，1954 年 11 月出生在江西省南丰县太和镇康都村的大山沟里。祖辈们世代务农，是一名地地道道的农家子弟。

光阴似箭，一晃已年近古稀。70 年在历史的长河中只是短暂的一瞬，但在一个人的生命旅途中却是一段弥足珍贵、难以忘怀的时光。早在 10 年前 60 岁退休时，就萌想采用讲故事的方式，将自己的人生经历和感悟记录下来，整理成书，作为自己 70 岁的生日礼物。于是从 2018 年 8 月份正式开始构思，在靖安县中源乡三坪村清风山庄的农舍中草拟出了第一份写作提纲。后来用了近一年的时间作前期准备工作，主要是阅读了解纪实文学的写作方式和基本要求，明确了必须遵循“全面、真实、客观、生动”的原则，并力求达到“文体规范、条理清晰、用词准确、可读性强”的目的。内容要能做到理念新颖，内容丰富，言之有物，可读性强。

2020 年 10 月 28 日，经饶氏宗亲饶贤义引荐介绍，认识和聘请了揭光保先生一起合作，担任执笔人。从此，便正式启动了本书的撰写起草工作，初步安排用三年左右的时间完成撰稿事宜，并力争在 2023 年 10 月份之前正式出版，印刷成书。

不忘初心，方得始终。深感一个人走得再远，飞得再高也不能忘本，忘本就意味着背叛，饮水必须思源。我是一名农民的儿子，要始终不忘乡愁，把根留住，我是从大山里走出来，故事就从大山讲起，所以书名就确定为《走出大山的人》。尽管此名字有点平淡俗气，但一目了然，最能体现本人的本色和特征。书中的故事是以我的人生三个跨越为线索进行讲述和展开。一是生活空间，从农村到城市；二是个人身份，从农家子弟到大学教授；三是工作平台，从中国走向世界。通过具体、鲜活的事例和亲身经历，以本人作为一名改革开放的受益者、参与者和中国发展变化的见证者，通过现身说法，从一个窗口展示中国从站起来、富起来到强起来的辉煌成就。以见微知著，窥斑见豹的视角，达到讴歌新时代，体现新变化，展示新风貌的撰书宗旨和初心。同时，也想通过撰写本书，表达我对社会、父母和所有培养和帮助过我的人的感激感恩之情。

另外，在 70 年的个人经历中，也有许多体会、遐想和感悟，刻骨铭心，一生难忘。如：三赴美国的体会和感受。成功者的三个秘诀：勤奋、认真、感恩；工作作风的三项原则：讲真的、干实的、来快的；为人处世必须始终守住三条底线：道德、规矩、法律。均收集于书中，意在增强本书的可读性，对读者起到抛砖引玉，启迪思考，激励后人积极探索，不断前行的作用。

本书共分 10 章，32 多万字。在整个成书过程中，曾经得到许多的支持和帮助。在素材收集阶段，得到老师、同学、亲朋好友和工作过的有关部门和单位的配合和支持；特别是在本书撰写起草阶段，揭光保先生认真负责，呕心沥血，倾注了大量的心血和精力，花了近三年的时间，完成了撰写起草任务。同时，还邀请到了南昌大学原党委书记、管理科学与工程博士生导师郑克强先生为本书作序。再则，李绍声老师为本书提供了许多有参考价值的素材和建议。最后，得到河北优盛文化传播有限公司及沈阳出版社的鼎力相助，使本书稿得以顺利出版成书，圆满收官。在此一并表示感谢和敬意。

鉴于多方面的原因，特别是因本人的经历和收获平淡平凡，所收集的资料和素材挂一漏万，对书中所涉及的人和事叙述得不够全面完整，评价也不够科学准确，书中存在不足与纰漏在所难免，欢迎大家批评指正。并深表歉意！

饒貴生

2022 年 5 月 28 日于南昌

后　记

我与饶贵生教授相识，源于我读高中阶段的要好同学、国家一级美术师、中国美术名家协会理事、南昌市著名书法家饶贤义的“牵线搭桥”，介绍我为饶教授写这部长篇纪实文学。记得第一次见面，我就被饶教授那极具感染力的谈话折服了。他说话思路清晰、思维敏捷、条理分明、语言流利、表达准确并且富有艺术，听着他声音洪亮、口若悬河般的讲话，就是一种极佳的精神享受。

随着采访的频繁、接触的增多，对饶先生的了解逐步深入，使我对他的认识逐渐加深。江西边远山区——武夷山脚下南丰县太和镇康都村一个贫苦农民的儿子，完全靠着自己的聪明才智和发奋努力，冲破各种困境，战胜各种困难，在恢复高考制度后的 1978 年考上了大学，成为一名“天之骄子”，从此走出了大山，走进了县城，步入了省会南昌，并走遍了全国和全世界 100 多个国家。

饶贵生 1982 年大学毕业后，为报效乡梓，主动要求回到家乡南丰县工作，分配在南丰县商业局任秘书，随后借调县政府兼任副县长秘书；一年后被提拔为南丰县供销社副主任；三年后又被提拔为三溪乡党委书记；1989 年底，升任为抚州地区对外经济贸易局党委副书记、副局长；两年后继续升任该局党委书记、局长，并被列为地厅级后备干部人选；1996 年调任江西省纺织品进出口公司总经理；2000 年底调入江西外贸学校任校长，2002 年 5 月组织成立江西外语外贸职业学院后改任院长；2012 年 7 月被提升为副厅级领导干部，转任外语外贸学院党委书记。2015 年 3 月退休后，先后聘任南昌职业学院院长、江西泰豪动漫职业学院院长。2018 年至今，担任江西省教育厅专家、高校设置委员会评委；经常给国际商务人员讲授《中国国情》课程；此外还在江西龙贵堂医药科技有限公司担任顾问。

饶先生一路走来，踩下了一串串辉煌的足迹。从他出类拔萃的步履中，能给人以很多的思考和启迪。

在采访饶贵生的过程中，我不仅仅是对他的人生经历和事业成功感兴趣，更为主要的是被他自立自强、不懈奋斗的精神所感动、鼓舞，并由此而乐意接受撰写他的这部纪实文学。

凡是了解和熟悉饶贵生的人都知道，他成长的每一步，都是凭着他的“自立自强、不懈奋斗”而取得。他从小就上进心强，勤奋好学，参加工作以后，有着强烈的事业心和责任感，爱岗敬业，吃苦耐劳，干事认真，讲求实效。他品德高尚，爱憎分明，重公心、轻私心，讲责任、讲公正，敢于担当，乐于奉献。同时，他重感情，讲诚信，守规矩，讲时效。他干一行、爱一行、专一行，每到一个新的工作岗位，对自己“高标准、严要求”，刻苦学习，钻研业务，尽快使自己成为“内行”。总之，他的为人处世风格，他的“不干则已，要干就力求干得最好”的精神，有你从任何书本上学不到的实践知识。

我和他都是20世纪50年代出生的人，所受到的传统教育较多。从他“到过八个单位工作，担任过五个单位的主要负责人，下过基层，进过机关，出过国门，当过教授专家”的经历，可以看出他就是“一切服从组织安排、一切听从党的召唤”的人。他一次次“跳槽”调动工作单位、一次次被提拔任用，除了大学毕业时提出了“回家乡南丰县工作”这唯一的一次要求之外，再没有向组织上提过任何要求，且大多数的调动和升任，他本人事先都不知道，从来沾不上“找关系、走后门”的边儿。

所有这些，吸引和激励着我学习他的精神，认真写好他的长篇纪实报告文学。

在撰写饶贵生教授这部书稿的过程中，得到他本人的大力支持、配合自不必说，同时得到了他众多的亲友、老师、当年有关工作单位领导和同事的无私帮助和精心指导，他们先后多次抽空参加采访座谈，例如他读初中、高中阶段的班主任李绍声、赖世英、杨金根等老师不顾年老体弱，接受我的采访，介绍相关事例。尤其是饶贵生在南丰县工作期间的原县委书记余鼎革同志，先后两次参加采访座谈，提供了不少珍贵的素材。在本书即将出版之际，请允许我对所有为撰写本书提供过帮助、指导的诸位先生表示衷心的感谢！

由于本人写作水平有限，拙作中一定存在不少缺点和错误，敬请读者诸君不吝指教、批评指正。

揭光保谨识

2022 年 8 月于陋室